KB043436

세상에서 가장 아름다운 말,

꿈결에도 스미는 그리운 이름

서라벌예대·중앙대
문예창작학과
70년 기념 엔솔로지

이시백 정지아 류 근 송승언
강철수 정형수 최승필 손지민
_78인 함께 지음

세상에서 가장
아름다운 말,
꿈결에도 스미는
그리운 이름

더봄

세상에서 가장
아름다운 말,
꿈결에도 스미는
그리운 이름

제1판 1쇄 인쇄   2023년 12월 10일
제1판 1쇄 발행   2023년 12월 13일

엮은이   서라벌예대·중앙대 문예창작학과 총동문회
지은이   이시백 정지아 류근 송승언
          강철수 정형수 최승필 손지민 _78인 함께 지음
편집위원   김근 김서령 김용수 이준희
          이진하 임정민 황유정 황인찬
책임편집   김덕문

펴낸곳   **더봄**
등록일   2015년 4월 20일
주소   서울시 노원구 화랑로51길 78, 507동 1208호
대표전화   02-975-8007 ‖ 팩스 02-975-8006
전자우편   thebom21@naver.com
블로그   blog.naver.com/thebom21

ⓒ 서라벌예대·중앙대 문예창작학과 총동문회, 2023

ISBN 979-11-92386-15-7 03810

70주년입니다. 사람으로 말하자면 올해 칠순 잔치하는 셈인데, 칠순 잔치에 가면 친인척 빼고 직계가족만 모여 사진 찍어도 정말 많습니다. 자녀들, 그 배우자들, 손자 손녀들.

놀랍고 신기하지 않습니까? 젊은 시절 수줍은 두 사람으로 시작된 인연이 한 세대, 두 세대 지나면서 기하급수적으로 확장되는 현상이요.

우리 중앙대 문예창작학과도 70년 세월을 지나면서 대가족이 되었습니다. 동문들은 여전히 시, 소설, 평론, 아동문학 분야에서 독보적인 존재감을 드러내고 있습니다. 뿐만 아니라 영상문학인 드라마, 영화, 논픽션 및 스토리텔링 분야에서도 활발하게 활동하고 있습니다.

그렇다고 해서 졸업생들이 전부 문학 관련 분야 일을 하는 건 물론 아닙니다. 실상을 보면 문학보다 비문학 직업이 더 많겠지요. 그런데 문학과 상관없는 일이라고 여겨지는 직업에서도 문창과 졸업생들은 존재감을 드러내고 있습니다. 창의적인 사고와 풍부한 감성, 자신의 의견 혹은 아이디어를 일목요연하게 정리할 수 있는 글쓰기 능력 때문이겠지요.

이것이야말로 문창과 4년 동안 저절로 습득, 함양하게 된 재능일 겁니다. 그래서 문창과 학생 때는 다들 개성이 강하고 몹시 예민해서 나중에 사회생활을 잘할까 싶은 걱정이 들었어도 졸업 후에는 의외로, 사회에 잘 적응하고 제 몫을 훌륭히 해내는 것 같습니다. 각계각층 어디에서도 쓰임이 많은 인재가 되는 거죠. 대단한 장점입니다.

이번 70주년을 맞아 서라벌예대, 중앙대 문창과 총동문회 기념 문집으로 동문들의 에세이를 모아 발간합니다. 사회 여러 분야에서 일하고 있는, 다양한 직업을 가진 동문들의 에세이입니다.
어떤 모습으로 어떻게 살아가고 있는지 흥미진진한 얘기들이 실려 있습니다. 읽는 재미, 보장합니다. 우리는 무려 문창과 아닙니까.

서라벌예대·중앙대 문예창작학과 총동문회

회장 주찬옥

차례

2부 | 꿈결에도 스미는 그리운 이름

1부

세상에서 가장
아름다운 말

문창과에 특별한 나 따위는 존재하지 않았다

김재윤 | 슈퍼에고엔터테인먼트 공동대표

문창과 동기들 대부분이 그랬던 것처럼 나도 고등학생 때부터 그 나이치고는 꽤나 술을 즐기는 편이었다. 동아리 선배들과의 만남이라든지, PC 통신 문학 소모임 등을 통해 술자리의 낭만을 어느 정도 안다고 자부하는 마음도 있었다. 모임에서 만난 형, 누나들은 나에게 말했다.

"재윤아, 너 이번에 중앙대 문창과 붙었다면서? 거기에서는 술 잘 마신다는 소리 하지 말아라. 먹다 죽을지도 몰라."

당시 내가 즐겨 찾던 소모임은 가족의 반대를 이기지 못해 문창과에 가지 못했다고 주장하는 용기 없는 자들이 모여서 문창과에 대한 괴담만 퍼뜨리는 그런 집단이었는지라 그러한 당부 따위 싹 무시해 주기로 마음먹었다. 물론 '설마 내가 술로……?'라는 자신감도 없지 않았다.

하지만 문창과에 입학한 지 한 달, 나에게 생긴 수식어들은 이랬다. 97 내리개 김재윤, 술자리에서 늘 잠드는 김재윤, 술도 못 마시면서 많이 마시려고 하는 김재윤 등등. 그러고 보니 좀 억울하다. 아, 내가 그런 취급을 당한 적이 있다니!

문창과가 심상치 않다는 것은 97학번 신입생 오리엔테이션 때 이미 눈치 채긴 했다. 오티 첫날, 삼삼오오 조별로 모여 앉아 진지하게 대화를 나누는 자리였다. 내가 속한 조에는 당시 학생회장이었던 95학번 용수 형도 있었다. 문창과 면접 보던 날 '여러분이 문창과에 합격하든 말든 문학을 사랑한다는 것만으로도 우리는 동지다'라는 말로 친구들의 가슴에 울림을 줬던 형이었다. 다른 선배님들은 어떤 분들일까, 내 동기라고 하는 애들은 얼마나 별종일까, 문창과 사람들은 어떤 대화를 나누는 것일까? 모여 앉은 자리마다 어김없이 놓여 있는 1.8리터 소주가 인상적이었던 그곳에서 가장 먼저 시작된 이야기는 왜 문창과에 왔느냐는 것.

기자가 되고 싶다는 친구도 있었고, 교직을 이수하기 위해서라는 잘못된 정보를 접한 친구도 있었다. 1.8리터 소주병들이 비워지고 바닥을 뒹굴기 시작할 무렵, 동기들은 꼬인 혀로 진심을 말하기 시작했다. 대부분 각자의 콤플렉스를 문학으로 극복하기 위해서라는 내용을 자신만의 언어로 표현한 것이었는데, 그중 진상인 친구는 자신을 위로해 주는 이에게 "형이 뭘 안다고 그러세요!"라며 화를 내기도 했다. (생각해 보니 이 친구가 나보다 진상이었는데 왜 내가 내리개가 됐는지 의문이다) 그러다가 한쪽에서 조용히 술만 마시고 있던 친구가 입을 열었다. 선배들의 재촉에 못 이겨 몹시 귀찮다는 듯 다소 어눌한 말투로 툭 내뱉었다.

"문창과에 오면 혼자 아무리 술을 마셔도 아무도 뭐라고 하지 않을 것 같았어요."

난 그때 보았다. 자신의 발언에 만족하며 살짝 실룩거리는 그의 입술을. '어때, 괜찮았지?'라고 말하고 싶은 것을 꾹 참으며 쿨한 척하려는 그의 눈빛을! 누구도 웃지 않았지만 자기 자신만은 뿌듯했던 게 틀림없었다. 그런 그의 모습에서 누구에게도 말하고 싶지 않았던 어떤 것을 떠올렸다.

　고등학생 시절 나는 '스스로 특별하다고 생각하는 나'였다. 백일장에 나가면 상을 받았고, 입시와 상관없는 책들을 즐겨 읽었으며, 종로, 대학로, 홍대 등지의 술집들을 줄줄 꿰고 있는 주제에 이름만 대면 알 만한 대학에 갈 수 있는 정도의 성적은 유지했다. 주변의 걱정을 뒤로 하고 원하던 학과에 입학했으면서 한 번도 기뻐하는 모습을 보여 주지 않았다. 글을 쓰는 학생이라면 어쩐지 인생에 대한 찬양과 기쁨보다는 냉소로, 내 처지에 대한 긍정보다는 비관과 절망으로 일관해야 뭔가 그럴 듯하다고 생각했으니까.

　상처 입은 과거에 대해 반쯤 자랑 섞인 고백을 내뱉는 동기의 술주정이라든지, 관심받고 싶다는 욕망을 온몸으로 드러내면서도 애써 아닌 척하는 친구의 얼치기 같은 모습, 그러한 것들에 스스로 특별하다고 생각했던 내 모습도 어느 정도 닿아 있다는 사실을 인정할 수밖에 없었다. 문창과에 특별한 나 따위는 존재하지 않았다. 살면서 처음으로 접하는 나와 비슷한 인간들이 가득할 뿐이었다.

　1.8리터 소주와 술 마시기 게임 덕분에 그날의 자기 인식은 짧게 끝나고 말았지만 문창과 생활을 하는 내내 그와 비슷한 경험은 계속되었다. 나와 비슷한 부류라고 생각했는데 알고 보면 정말 다른 친구들과 만났고, 그들과 서로의 민낯을 드러내며 부딪치고 으르렁거렸다. 서로를 웃기고 울리는 과정에서 우리는 부끄러운 나 자신과 대면하는 법을, 우리에게 문학이란 어떤 의미인가를, 글을 쓴다는 것은 결국 어떤 의미에서든 스스로의 인생을 치열하게 살아가는 것임을 배웠다.

　마흔이 훨씬 넘은 요즘도 종종 문창과 친구들과 만나 술을 마시다

보면 그런 이야기를 하곤 한다. 드라마 작가든 기자든 출판 편집자든 큰 차이는 없다.

"형이 문창과라도 나왔으니까 그 일이라도 하면서 먹고 사는 거 아니에요? 아니었으면 그 성격에 사람 때리는 일 같은 거 했겠지."

"마, 너는 그때도 술 많이 마시던 놈이 지금도 많이 마시네. 문창과 안 나왔으면 너 같은 놈이 뭘로 먹고 살 수 있었겠냐."

약간의 부끄러움 때문에 진심을 털어놓지는 못하지만 다들 그런 생각을 가슴에 품고 있다.

'그때 만나지 못했더라면 우리는 얼마나 외로웠을까?'

'그때 문창과에 오지 않았더라면 우리는 과연 정상적인 사회인이 될 수 있었을까?'

97학번. 위즈덤하우스 웹툰본부 본부장과 디앤씨웹툰비즈 콘텐츠기획본부 본부장을 지냈다. 현재는 슈퍼에고엔터테인먼트 공동대표이다.

쓰지 않으려는 저자에게
원고 받아내는 법

박지혜 | 멀리깊이출판사 대표

학교 다닐 때 들은 온갖 이야기 중에 이십 년이 지난 오늘에도 떠올리면 모골이 송연해지는 내용이 있다. 그 인자한 이동하 교수께서 젊었을 적에, 소설 합평 마감일에 원고를 내지 않는 학생이 있으면 여관방에 감금해놓고 글을 다 쓸 때까지 꺼내주지 않았다는 이야기다. 늦으면 늦었지 마감 전에 미리 뭐든 제출해본 기억이 없는 나로서는, 젊고 서슬 퍼런 이동하의 존재와 여관 감금 소재 모두에 기가 죽었다.

아시겠지만 마감 안에 저자에게 원고를 받아내는 일은 편집자의 가장 중요한 사명이다. 써야 글인 것처럼, 받아야 원고다. 계약서에 아무리 도장 찍어봐야 다시 안 볼 사이가 아닌 이상 달라고 했던 글을 '다 됐고 계약금이나 토해내시라' 무르는 경우는 드물다.

애초에 계약금 돌려받을 심산으로 쓰는 계약서도 아니다. '너 돈 받았으니 이 날짜까지는 꼭 나한테 원고 줘야 된다?' 하는 약속인 동시에, 미리 땡긴 돈으로 술이라도 한잔 마시게 한 다음에 부채감에 기대어 원고를 쓰게 만드는 족쇄 같은 것이다. 그럼에도 불구하고 (성실한 소수의 몇 분을 제외하고는) 저자들은 절대로 마감 안에 원고를 주지 않는다.

온갖 독촉을 해대는 편집자인 나도, 내가 저자의 입장이 되어 어딘가에 원고를 보내게 될 때에는 거의 대부분 마감 안에 원고를 보내지 않는다. 마감 이틀쯤 전 "하루 늦게 보내면 어떤 일이 벌어지나요?" 같은 의뭉스러운 문자를 보내고는 한숨 길게 내쉬었을 담당자로부터 "하루 정도는 괜찮습니다."와 같은 답을 받아낸 후에 꼭 하루를 미뤄 원고를 보내곤 하는 것이다.

인세를 미리 받아놓은 작가의 경우에도 이러할진대 쓰지 않으려는 저자에게 원고를 받아내는 일의 어려움은 말해봐야 입만 아프다. 많은 저자가 마감을 지키지 않는 것처럼, 많은 유명인이 고작 나 따위에게 원고를 줄 리 만무하다.

읽는 사람보다 쓰는 사람이 많은 요즘 같은 때에도 내가 꼭 받고 싶은 그 원고를 쓰실 저자께선 열에 아홉 내게 원고를 줄 마음이 없다. 그나마 돈 많고 광고도 빵빵하게 하는 대형출판사에 있을 때는 원고 받아내기가 수월한 편에 속했으나, 내 사업을 해보겠답시고 허허벌판으로 뛰쳐나와 무명의 간판 하나 세워놓은 다음에는 번듯한 원고를 받아내는 일이 더욱 어려워졌다.

그래도 다행인 것은, 여전히 출판의 세계에 '진심의 비즈니스'라는 것이 통한다는 점이다(어차피 인세로 먹고사는 시대는 지났으니, 계약 한 건에 부여하는 의미가 크지 않아 '그래, 이렇게까지 청하는데 한번 써보겠다' 하는 가벼운 심정이 되신 것도 한 이유일 수 있겠다). 창업하고 초반 라인업을 세울 때 다짐했던 것이 죽든 살든 예전에 하고 싶었지만 시장 핑계를 대며 못했던 것을 해보자는 것이었다.

지난 회사에서 퇴사하던 무렵에는 모든 기획안이 "그래서 저자 팔로

위가 몇 명인데?" 하는 질문으로 결판나고는 했는데, 내 회사에서는 그런 것 좀 신경 쓰지 말아보자 생각했다. 팔로워 하나 없이 생전 처음 원고 쓰시는 분들의 책이 나오기 시작했고, 신기하게도 그 기획들이 먹혀들어가기 시작했다. 점점 멋있는 것에 대한 욕심도 커졌다.

당시 나는 CBS 출신 변상욱 대기자의 오래된 일기를 쇼핑백 몇 개는 되는 분량으로 보유하고 있었다. 큰 회사 다닐 때, 몇 년씩 귀찮게 굴면서 기자님 같은 분이 안 쓰시면 다음 세대는 무엇을 에세이라 생각하며 살겠느냐고 입에서 나오는 대로 뭐든 떠들어가며 받아낸 재료였다. 변 기자님은 은퇴 후에는 말도 멈추고 글도 멈추고 일상의 삶으로 들어가리라 작정하신 후였기 때문에, 쓰시지 않을 요량이면 쓰셨던 것이라도 달라고 졸라 집안까지 쳐들어가 겨우 받아낸 원고뭉치였다.

그 노트들이 창업한 내게 엄청난 위안이 되었다. 갑자기 불어닥친 코로나19로 인해 인문사회 서적은 싹 죽어버리고 오로지 돈 버는 방법과 애들 교육시키는 방법에 대한 책들만이 살아남은 시장에서, 그 고요한 새벽마다 떠오르는 해를 보며 정갈한 글씨들을 타이핑해 옮기는 일이, 나로 하여금 '의미가 있다면 결과도 있으리라'는 희망을 품게 했다.

그러나 원고를 정리하는 기간이 길어질수록 어쩌면 기자님께 이제 다음 에세이가 없을 수도 있는데(이렇게까지 쓰기 싫어하시니), 이 정도 수준으로 묶어 내기에는 너무 가볍고 어수선한 글이 되는 게 아닐까 하는 두려움도 커졌다. 깨끗한 언론인으로 살아온 그의 인생에 걸맞은 책을 내고 싶었다.

나는 두 개의 기획안을 썼다. 첫 번째 기획안은 기왕 주신 노트를 깔끔하게 문서화한 후에 주제별로 얼개를 짠 후 이를 다시 기자님이 보완

해서 출간하는 방향으로, 책의 전체 주제와 편집 방향, 디자인 레퍼런스까지 정리된 안이었다. 만나 뵌 자리에서 주문한 난과 커리가 입으로 들어가는지 코로 들어가는지도 모르는 채로 첫 번째 기획안에 대해 설명을 드리며 참고도서도 보여드렸다.

그러고 나서 기자님의 표정을 살핀 후에, 슬그머니 두 번째 기획안을 보여드렸다. 기왕 주신 노트를 취합해 최선을 다해 출간할 수는 있으나 제가 진심으로 출간하고 싶은 방향은 두 번째 안이다, 정갈하고 깔끔한 전문인으로 복무하면서 자기 양심과 책무를 지켜낸 끝에 사회의 진보에 기여한 이야기와 철학을 독자들께 보여드리고 싶다, 그렇게 말씀드렸다.

기획안을 가만히 보던 기자님이 "알았어."라고 말씀하시던 순간의 터질 것 같은 떨림이 지금도 잊히질 않는다. "아신다고요? 뭘 아세요? 쓰신다고요?" "아, 글쎄, 알았다니까."

그렇게 기자님은 매 주말마다 약속한 분량을 꼬박꼬박 송고했다. 토요일 새벽이기도 했고 일요일 늦은 밤이기도 했다. 추석과 설 명절에는 쉬는 날이 많으니 두 꼭지씩 도착했다. 아, 어떻게 이렇게까지 깔끔하고 단정한가. 메일을 받을 때마다 마음가짐을 다잡게 됐다.

원고를 보내시는 중에 새해가 되어 인사를 드릴 겸 전화를 드린 날이었다. "보내주시는 원고 진심으로 고맙습니다." 인사드렸더니, "박 대표, 내가 요즘 주말마다 통 못 쉬어. 하여튼 뼈를 깎아서 보내는 원고라는 것만 기억해줘."라는 대답이 돌아왔다.

그렇게 해서 출간된 도서의 제목이 『두 사람이 걷는 법에 대하여』다. 책을 통해 많은 독자들을 만났고, 아울러 이 책을 계기로 좋은 저자들께 원고를 받아낼 수도 있었다.

절대로, 다시는, 무슨 일이 있어도 쓰지 않겠다 말씀하시지만 나는 요즘 기자님께 다음 원고에 대한 이야기를 쉬지 않고 떠든다. 그때마다 쓸데없는 소리 하지 말라고 질색팔색 손사래를 치시지만, 모를 일이다. 한 번을 받아냈는데, 두 번을 못 받아낼까.

02학번. 2007년 출판계에 입문해 북이십일, 위즈덤하우스를 거쳐 편집자 14년 차에 멀리깊이를 창업했다. 아버지로부터 "너 아직 안 늦었다. 박완서 선생도 마흔에 등단하셨다"는 독려 문자를 신년마다 받아왔으나, 딸은 박완서 선생이 될 수 없다는 것을 피차 인정한 지 3년이된다. 여전히 미련은 남아 있다. 『날마다, 출판』, 『중쇄 찍는 법』을 썼으며, 한겨레교육에서 출판 강의도 진행한다.

TV Kid

김혜림 | MBC PD

어릴 때 나는 내가 천재라고 생각했다. 유치원 미술 시간에 쓴 동시 한 편에 충격을 받았던 부모님이 내내 그렇게 부르기도 했었고, 교내 백일장에 써내는 글마다 매번 가볍게 상을 받았기 때문이다. 게다가 논술로 수능도 보지 않고 문창과에 입학했다.

하지만 막상 문창과에 오니 글 잘 쓰고 재능 있는 애들이 차고 넘쳤다. 전국 대회에서 상을 받았거나, 살아온 삶 자체가 특이해서 소재로 쓸 경험들이 무궁무진하거나, 발상이 남다르거나.

그들 사이에서 나는, 무색무취의 인간이었다.

글쓰기에 점점 흥미를 잃어갔던 건 어쩌면 당연한 일이었을까? 시를 전공했지만, 과제가 아니면 단 한 편의 시도 쓰지 않았다. 시간이 흘러가고 졸업이 가까워질수록 나의 말과 글은 점차 퇴보하는 느낌이었다. 이따금 영화 한 편을 보고 감상이라도 적어볼라치면 뱉어낸 말들은 점선이 되다가 이내 흩어져 버리고 말았다.

부전공으로 광고홍보학 수업을 듣기로 했다. A+ 학점을 따는 데에만 몰두했다. 쉴 틈 없이 '스펙'을 쌓으면 졸업 후 바로 대기업에 들어갈 수 있을 것 같았다.

열심히 살고 있다고 철석같이 믿고 있던 4학년 어느 날, 나보다 학점도 낮았던 광고홍보학과 학생들이 졸업하는 족족 내로라하는 광고대행사에 들어갔다. 수천의 연봉에 프라이드도 하늘을 찌를 듯한, 이름만 들어도 선망의 대상이 되는 기업에 가서 본인들의 자질을 마음껏 펼치고 있었다. 나는? 그야말로 청년 실업자, 백수가 되었다.

서류에서 낙방만 줄줄이 이어지자 우울증까지 겪게 됐다. 심지어 한 달 정도는 귀가 안 들리기도 했다. '이렇게 살다가 굶어 죽는 걸까?' 아르바이트 삼아 출판사 인턴 생활을 했던 몇 달을 빼곤 침대에 줄곧 누워서만 지냈다. 출판사에서 잘린 지 4개월이 지났을 무렵이었다. 엄마가 텔레비전을 한 대 사주셨다.

"좋아하는 TV라도 많이 보렴."

누워 있던 나는 슬금슬금 일어나 앉았다. TV를 보는 건 몇 가지 없는, 내가 좋아하는 일 중 하나였다. 성냥갑 같은 방에 어울리지도 않는 커다란 TV를 보고 있자니 옛날 생각이 났다. 맞벌이를 하신 부모님의 부재로 종일 빈집에 있는 게 무서웠던 어린 시절, 여동생과 나는 학교에서 집에 오면 TV부터 틀어놓고 가요무대나 만화영화를 저녁 내내 봤다. 엄마는 퉁퉁 부은 다리로 퇴근해 숙제는 안 하고 바보상자만 쳐다보고 있다면서 혼을 냈는데, 그게 너무 무서워 우리는 바깥에서 발소리라도 들리면 재빠르게 TV를 끄곤 했었다.

"왜 PD가 되었나요?"

누가 내게 묻는다면, 거창한 이유는 없다. 다만 쓸쓸했던 우리에게 창문처럼 빛나던 그 상자 너머의 오색찬란한 현실이 내 삶이 되었으면

하고 나는 바랐다. 매일 저녁 우리의 가슴을 떨리게 하던 무대들. 현재를 가장 실제처럼 기록할 수 있는 매체.

글에만 머물렀던 시선을 더 넓은 곳으로 옮기자 놀랍게도 나의 멈춰 있던 시간이 다시 흘러갔다. 막연히 글쟁이가 되어야 한다고 여기던 나는 그때부터 PD를 꿈꾸게 되었다.

PD라는 직업은 '화류계'가 아니냐는 아빠를 설득하기 위해 '영혼이라도 팔아서 이루고 싶은 꿈'이라고 했던 말이 씨앗이 되었을까? 7년간 영혼을 바쳐 일했다. 일주일에 사흘은 무조건 철야 근무, 주말에도 잔업을 해야 했다. 해외 촬영이라도 가면 제대로 먹거나 씻을 시간조차 없었고, 한 달 연속 퇴근을 못 하고 거지꼴로 회사에서 숙식하는 일도 일상이었다. 서러운 비정규직 생활에 인이 배어 웬만한 큰일에는 놀라지도 않게 됐다. 그렇게 나의 마지막 남은 이십대가 갔다.

서른 살에 지상파에 입사했다. MBC 사람들은 '문창과'를 졸업하고 작가도 아닌 PD가 된 나를 '유니크'하게 여겼다.

"문창과 출신이래. 시나리오 한번 써볼래?"

"섬네일 문구 잘 뽑겠네."

조금도 마음에 남지 않았다고 생각했던 문창과 딱지가 새삼 자랑스럽게 생각되었다. 문학을 했던 경험이 콘텐츠를 제작하는 데 도움이 된 것도 사실이다. PD는 촬영감독, 디자이너, 작가, 오디오 감독 등 다양한 포지션을 조금씩 다 할 줄 알아야 하는 직업이다. 그중 단연코 중요한 것은 '아이템을 고르는 능력'(기획)과 '글쓰기 능력'(구성)인데, 내 안에 남아있던 글 쓰는 사람으로서의 정체성 덕분에 나는 남들보다 훨씬 수월했다. 기획안 한 장을 쓰더라도 학교에서 배웠던 문장력과 통찰력이 큰 도움이 되었다.

한국에 본격적으로 유튜브가 유행하기 시작한 2018년에 '14F'(일사에프)라는 MBC 채널의 개국 멤버가 됐다. 이때는 새로운 미디어 환경에서 무엇이 먹힐지 몰라 닥치는 대로 콘텐츠를 만들어야 했는데, 편집이나 그래픽으로 기교를 부릴 줄 아는 동기들과는 다르게 나는 한 편의 글을 쓰듯 콘텐츠를 제작했다. 그래서 남들과는 다른 깊이나 진정성 같은 게 느껴졌던 걸까.

영상 전공이 아닌 탓에 기술적인 부분들은 모두 독학으로 해결해야 했지만, 유튜브 조회 수 생각뿐이었기에 며칠씩 밤을 새도 힘들지 않았다. 그즈음 내 별명은 'MBC의 등대'였다.

SBS의 '스브스뉴스' 등 타사 브랜드보다 후발 주자로 시작한 14F(일사에프)는 '소비더머니', '아이돈케어' 등 다양한 프로그램의 성공을 거두며, 현존하는 가장 많은 구독자를 보유한 종합 디지털 콘텐츠 채널이 되었다. 나는 '14F'의 수익성 프로젝트들을 주로 맡게 되었는데, '마계 인천'의 이미지 쇄신을 원했던 인천 관공서의 브랜디드 콘텐츠 〈인천패밀리〉가 200만 넘는 조회 수를 기록하며 화제가 되었다. 그야말로 대박이었다. 브랜디드 팀을 맡게 된 후 연출한 'BNK금융그룹' 〈돈스토리〉 또한 300만이 넘는 조회 수를 기록하며 '14F'의 가장 성공적인 채널 대행 사례로 남았다. 이 두 프로그램은 나에게 MBC로부터 큰 상을 안겨다 주었다.

이 글을 읽는 누군가가 진로를 정하지 못해 헤매는 중이라면 아마도 이 학과에 온 이상 평생 문창과 색깔을 벗어나기는 힘들 거라 말해주고 싶다. 우리가 꿈꾸는 직업은 대부분—그것이 광고든 방송이든 영화든—

글쓰기를 바탕으로 하기 때문이다. 그리고 사회에서 글과 관련된 이슈가 튀어나올 때 사람들은 당신을 쳐다볼 것이다.

"~씨, '문창과' 나왔다고 했지?"

그러면 그때 당신 안에 내재된 문창과에서 배운 모든 것들이 베이스가 되어, 전혀 다른 콘텐츠로 새롭게 태어날 것이다. 그러니 문창과에 재학 중이면서 작가를 꿈꾸지 않는다고 해서 죄책감 따위를 가질 필요는 전혀 없다. 당신은 곧 생각지도 못한 꿈을 이루게 될 거니까. 그리고 이 이야기는 모두 나의 사연이기도 하다.

다시 말해서, TV가 쏘아 올린 꿈이었지만 나 또한 문창과 글 밥을 먹고 사는 셈인 것이다. 일한 지 10년이 넘은 지금 또한 마찬가지이고, 아마 앞으로도.

07학번. 2011년 중앙대학교 문예창작학과를 졸업하고, 2012년부터 CJ E&M에서 일하기 시작했다. 2018년에 MBC 문화방송으로 옮겨 PD로 일하고 있다.

어쩌다 마케터

전화경 | 라인프렌즈 마케터

문창과 동문의 글을 모아 책을 낸다는 말에 좋다고 손을 들었을 때와는 달리 마감일이 다가올수록 초조해졌다. 빈 종이, 아니 빈 워드프로세서 창 위에 깜빡이는 커서를 멍하니 바라보는 일이 얼마나 두려웠는지 그만 까맣게 잊어버리고 말았던 거다. 커서가 깜빡일 때마다 그 까만 작대기가 머리를 딱, 딱, 내리치는 기분에 휩싸였던 날들을. 내리 골목에 자리한 낡은 빌라에서 반쯤은 소주에 취한 채 뭐라도 한 자 적어보려던 막막한 밤들을. 더 이상 문창과 학부생도 아닌 나는 글을 쓴다는 것이 무엇을 의미하는지 거의 다 잊어버렸다. 대신 마케터가 되었다.

한창 문창과를 다닐 때만 해도 사람과 사랑과 글만 생각하며 발이 땅에서 10cm쯤은 둥둥 떠 있는 기분으로 살았다. 그 지저분하게 우울하고 처절하게 행복하던 20대의 어느 날 문득 다른 과 수업이 궁금해졌다. 근데 또 하필이면 철학과가 재밌어 보였던 거다. 그리곤 "문창과가 철학과까지 전공하면 다크 싸이코 된다?"라던 선배의 경고를 가볍게 웃어넘기고 철학과가 있는 서울 캠퍼스로 향했다. 다행히도 다크 싸이코가 되진 않았지만, 대신 예술대학 바깥에서 살아가는 대학생들을 마주하게 되었다. 죽어라 공부하고 치열하게 경쟁하는 사회의 단면을 엿보자 덜컥 겁이 나 뒤늦게 이력서에 한 줄이라도 쓰기 위한 '노오력'을 시작했다. 공모전으로 한 줄, 인턴십으로 한 줄, 각종 자격시험으로 한 줄⋯⋯. 그 한 줄 한 줄을 계단처럼 딛고 올라갔다. 그리고 취업사이트에서 그나마 가장 많은 공고가 있던 '광고·마케팅' 직군을 만나게 되었다. 수많은 닫힌 문을 50번쯤 두드렸고 그중 하나의 문을 열고 사회로 나왔다.

처음 직장인이 되었을 때 나는 이 정돈된 세상에 누군가 툭, 실수로 떨어트린 이물질 같았다. 모 교수님께서 '싸가지 없는 글쓰기'라고 표현했던 논술을 매일 사용해야 했다. 최대한 보호색으로 위장하고 튀지 않으려 애썼지만, 그곳에서 짓는 표정과 몸짓이 자꾸만 어색하게 느껴졌다. 다른 무엇도 아닌 자기 자신이 되라고 가르쳤던 문창과와는 달리 새롭게 속하게 된 사회는 내게 조직의 일원으로서 모나지 않게 기능하라고 명령했다. 처음엔 마치 네모진 택배 상자 안에 몸을 욱여넣고, 바깥으로 난 조그만 창으로 눈만 껌뻑이는 기분이었다. 그 갑갑하던 상자가 몸에 맞춰졌는지 아니면 몸이 상자에 맞게 변했는지 모르지만 지금은 퍽 살 만하다. 때로는 편안하기도, 때로는 재미있기도 하다. 비록 이렇게 여유를 부리기까지 10년쯤 걸렸지만 말이다.

어느새 10년 경력의 마케터가 됐지만 마케터가 뭐냐고 물으면 뭐라고 대답해야 할지 모르겠다. 'moving'이라는 단어를 가끔 생각하는데, 'moving'은 마음을 움직인다는 어원으로 '감동적인'이라는 뜻도 있지만 말 그대로 '움직인다'는 뜻도 있다. 마케터는 고객을 움직인다. 주목하게 하고, 경험하게 하고, 물건을 사게 하고, 어떤 무형의 것들을 좋아하게 만들 수도 있다. 그러기 위해서 고객을 분석하고, 전략을 짜고, 카피를 쓰고, 이벤트를 열고, 광고를 붙인다. 달리 말하면 할 수 있는 모든 걸 한다. 작가가 독자의 마음을 두드리고자 한다면 마케터는 고객의 마음을 두드려 열고 움직이게 하고 행동까지 유발해야 한다. 그런 마케터에게 무엇보다 필요한 능력은 아무래도 '공감 능력'이다. 고객이 무슨 생각을 하는지, 뭘 원하는지, 뭘 싫어하는지, 어떻게 반응할지, 고객이 안고 있는 문제가 무엇이고 그것을 어떻게 해결해 주면 그들이 기뻐할지. 우리 제품을 바라보게 하고 나아가 사랑하게 만드는 일. 작가가 독자의 마음을 건드릴 때 마케터는 고객의 마음과 몸을 움직여야 한다. 무엇에도 잘 질리는 내가 이제껏 이 일을 지속한 이유는 글쓰기와 마케팅의 심지가 묘하게 비슷해서인지도 모른다.

마케팅을 하면서 가장 즐거울 때는 의도한 시나리오대로 고객의 반응이 딱 들어맞을 때다. 예를 들면 이런 이벤트를 열었을 때가 있다. 고객들이 매장 2층까지 올라오게 하기 위해서, 개구리 캐릭터를 매장 곳곳에 배치해 두고 5개의 개구리를 다 찾아 사진을 찍으면 작은 선물을 주기로 했다. 3개까지는 누구나 찾기 쉽게 1층에 크게 배치하고, 2층으로 연결되는 계단에도 하나 두었다. 그러면 4개의 개구리를 너무나 쉽게 찾은 고객들은 미션을 중도에 포기하지 않게 된다. 그래서 결국 눈에 불을 켜고 2층으로 올라와 구석진 곳에 숨겨진 콩알만 한 개구리까지 찾아내고야 만다. 이 작고 사소해 보이는 이벤트는 오픈하자마자 수백 명의 참여를 이끌어내고 조기 종료했다. 아무도 올라오지 않아 텅텅 비어 있던 장소로 사람들을 찾아오게 하고, 직접 매장 사진을 찍게 하고, 덤으로 하나씩 우리 제품을 손에 들고 나가게끔 만드는 것이다. 여러분은 인터넷이나 매장에서 순전히 자율로 물건을 구매했다고 생각하겠지만, 그 이면에는 이렇게 마케터들의 수많은 수작질이 숨어 있다. 의도한 플롯대로 고객들이 움직일 때 느끼는 쾌감은 다른 지루한 작업들을 견디는 힘이 된다.

하지만 이런 재미에도 불구하고 작가가 된 친구들이 부러울 때도 많다. 자기 내면으로 파고들어 하나의 독창적인 세계를 만들어 내는 일, 사람들을 깊이 관찰하고 이면에 가려진 진실을 밝혀내는 일. 힘껏 자기 자신이 되는 일. 졸업할 때는 건방지게도 글은 내가 원하면 언제든 쓸 수 있으리라 생각했다. 하지만 나는 집에 오면 눕고 싶은 나약한 직장인이었고, 사회라는 파도는 너무나 힘이 세서 많은 걸 쓸어가 버렸다. 핑계일지도 모르지만. 그런 쓸쓸한 기분이 들 때면 한 동료가 해준 말을 떠올린다. 내가 쓴 카피가 웬만한 글보다 훨씬 더 많이 읽힐 거라고. 작가에게 책 판매 부수가 다는 아니지만 마케터에게 조회수는 자존심이고 매출은 인격이니까. 하지만 나를 표현하고 낱낱이 읽히고 싶은 욕심이 언젠가는 글을 다시 쓰게끔 만들지 않을까 싶다. 모든 핑계에도 불구하고, 글은 언제든 다시 시작할 수 있으니까.

07학번. 대학 시절 시를 전공했지만, 졸업 후 해커스와 인터파크를 거쳐 라인프렌즈에서 마케터로 일하고 있습니다. 문창과와는 전혀 상관없는 일을 하고 있는 줄 알았는데, 돌아보니 문창과에서 배운 것들로 먹고 살고 있었습니다. 그래서 고맙습니다.

웹소설이 우리 밥줄을 잡음

채송화 | 스튜디오 일공공구 PD

2008년, 웹소설이 유료로 팔리기 시작했다. 하지만 우리에겐 남의 일이었다. 시대의 흐름을 읽은 학과는 발 빠르게 미디어 콘텐츠 수업을 개설하여 새로운 글에 대해 가르쳤으나, 강의실에 앉은 요즘 것들 같지 않은 젊은 것들의 반응은 미적지근했다.

당시 선생님들은 짓궂은 면이 있어서 한 학기에 시집을 오십 권쯤 읽히거나 장편 소설을 스무 권쯤 읽혔는데(이제야 하는 말이지만 선생님들, 한 수업에 시인 연구 발표자가 두 명이면 그 주에만 평균 네 권의 시집을 읽어야 하고, 이게 모이면 쉰 권이 쉽게 넘습니다. 소설 분석 발표자가 한 수업에 두 명이면 최소 두 권인데 두 분 페어시잖아요. 2주 동안 읽어오라고 하셨는데 집에 가서 검색해 보니 일곱 권이잖아요. 저희 수업 여섯 개 들었잖아요.) 기말 문제로 '문학이란 무엇인가?' 따위를 내곤 했다.

그러면 우리는 시험지와 소주를 양손에 들고 모여 느른한 채 필사적으로 머리를 굴렸다. 입으로는 "우리가 어떻게 벌써 알겠어요." 빈정거렸지만 어떡해서든 있어 보이고 싶어서 알고 있는 모든 한자어와 얄팍한 문학관을 돌돌 소리가 나도록 머릿속을 뒤적였다. 이른 아홉 시 반 수업의 시험 마감이 늦은 다섯 시 반. 마감을 넘기고야 구차하고 긴 글을 내려놓을 수 있었던 우리는 진지한 열정에 비해 한참 떨어지는 실력이 부끄러울 뿐, 진정한 문학도가 될 것을 믿어 의심치 않았다.

그랬기에 웹소설은 남의 일이었다. 학점을 채우기 위해 온라인에서 뭐 어쩐다는 걸 배우면서도 하여간 남의 일이었다.

수업 이후에는 아주 까맣게 잊었다. 남의 일까지 신경 쓰기에는 너무 바쁜 때였다. 나의 대학 생활은 MB의 취임과 함께 시작되었고, 광우병 촛불 집회에 나갔던 선배와 동기 스무여 명이 집시법 위반으로 체포되었다. 그즈음 깐깐하게 출석을 챙기던 선생님이 "너희가 해야 할 몫을 외면하지 않았으면 좋겠다."며 출석부를 덮었다. 선생님의 본뜻은 나는 이제 그만 너희를 포기하니 알아서 하라는 의미였을지 모르나, 가슴이 달아있던 우리는 결연하게 광화문으로 달려가 새벽 내내 물대포를 맞고 바닥을 내려찍는 방패에 쫓겼다.

그러다 2010년이었던가, 웹소설 괴담이 돌았다. 웹소설 시장이 점점 거대해져 문학을 잡아먹을 거라고 했다. 독자를 빼앗고, 사유를 빼앗고, 우리의 밥줄을 끊을 거라고 했다.

우리는 아직 이름도 못 올렸는데 밥줄부터 끊기게 생겼다. 웹소설에 밀린 문학은 누렇게 색이 바래 뒷방에서 먼지나 뒤집어쓰고 있을 것이며, 우리가 문학으로 벼려내야 할 사유는 쓸 곳 없는 한 줌 재가 되어 흩어질 거라고, 저주 같은 예언이 예비 문학도의 가슴을 철렁 내려앉게 했다. 문학을 좇던 우리는 늦은 밤 술자리에서 '우리 다 망했다'고 낄낄거렸지만, 그러지 않기를 바라는 주문이었다. 시작도 못 해본 꿈이 사라질까 두려워 가슴 깊은 곳이 서늘했다.

그리고 뜬금없이, 나는 웹소설 PD가 되었다. 옆자리에서 잔을 부딪치던 친구는 로맨스를 쓰고, 동기 결혼식에서 만난 그 선배는 로판을 쓴다더라. 현판 작품이 대박 나서 외제 차를 산 후배 소문이 들려온다. 눈여겨보던 작품의 담당자 이름이 눈에 익었다. 웹소설이 문학의 파이를 통째로 집어삼키는 일은 일어나지 않았다. 밥줄을 끊을 거라던 웹소설은 우리의 한 갈래 밥줄이 되었다.

지금에야 단일화된 명칭으로 정리할 수 있는 장르지만, 2013년 네이버 웹소설 서비스가 정식 오픈하기 전, 우리가 괴담에 떨던 그 시절에는 온라인에서 작성된 거의 모든 서사를 뭉뚱그려 원하는 대로 불렀다. 학과에서는 '미디어 콘텐츠'라는 이름으로 수업을 개설했고, 항간에서는 웹소설이라고도, 라이트 문예, 좀 더 나이가 있는 독자는 인터넷 소설이라고도 불렀다.

장르 문학도 아니고, 라이트 노벨과도 다르고, 귀여니로 대표되는 인터넷 소설이랑도 어딘가 다른, 익숙한 형식에 애매한 낯선 것이라 이름조차 제대로 없었다. 웹소설이라는 용어가 자리를 잡고도 한동안은 비실비실, 우리의 지나친 우려를 다독이며 소수의 취미로 남을 듯했다. 그런데 2017, 2018년 몇몇 작품이 인기를 끌며 폭발적으로 성장하면서, 2020년 코로나 이후 영상화와 웹툰 등 2차적 저작물로의 발전이 이어지며 하나의 문화로 굳건하게 자리 잡았다.

그 자리가 문학의 틈을 비집고 들어와 문학을 밀어낸 건 아니었다. 그보다는 새로운 스낵컬처의 탄생에 가까웠다.

웹소설은 익숙한 현실을 낯선 시각으로 들여다보는 대신 독특한 세계를 창조하고, 개인을 탐색하기보다는 매력적인 설정의 캐릭터를 움직여 낯선 세계를 탐험한다. 작가의 시선에 집중하지 않고, 가벼운 서사 패턴의 반복에 특화되어 있다. 삶과 사람의 오묘함을 들여다보기보다는 현실을 비틀고 외면하는 데서 시작하는 문화다. 캐릭터와 행위가 강조되어서, 개인적으로는 문학보다 게임에 더 가깝다고 느낀다. 그러니 웹소설이 문학의 파이를 점유할 수는 없었고, 우리의 걱정은 다행히 잠깐의 호들갑으로 남았다.

웹소설 시장은 여전히 과도기다. 우선 눈에 띄기 위해 단순한 자극과 재미를 추구하는 작품이 쏟아지는 중에 새로운 서사 패턴, 독특한 캐릭터를 시도하여 성공한 작품도 있고, 더러는 이세계의 삶을 통해 우리 삶을 진지하게 고찰하는 작품이 나오기도 한다. 로맨스나 현대 판타지 장르의 경우 원천IP 시장으로 주목받고 있어서 2차적 저작물로의 발전을 노리는 집단도 두텁다. 한 달이 무색하게 흐름이 변하고 하루가 다르게 시장 규모가 들썩인다.

현재 웹소설 시장은 여러 사람이 각자 다른 목표를 위해 모여 있다. 지금의 지나친 거품이 꺼지고, 과도기를 차분히 넘어간 후에야 이 문화가 문학의 하위 갈래로 자리 잡을 수 있을지 없을지 판가름 날 것이다.

끝으로 웹소설에 대한 어떤 괴담이 남아 있다면, 혹은 출처 없는 미담이 떠돈다면 현직자로서 잠재울 수 있길 바라며 덧붙인다. 지금 이 길은 크게 척박하지도 비옥하지도 않다. 조금만 잘 쓰면 대박이라던 시절은 지나갔고, 지금은 독자보다 작가가 많다는 우스갯소리가 돈다. 이제는 잘 되려면 아주 잘 써야 한다. 잘 된 작품은 독특한 세계관에 주제 의식과 우리 삶을, 인류애를, 현시대를 담고 있다. 그저 스낵컬처라고 평가 절하 할 수 없는 작품이 점점 늘고 있다.

그러니 너무 얕보지 않았으면 하면서도, 새로운 세계를 창조하는 데 관심 있는 동문이 한 번쯤 이곳을 돌아봐 주길 바란다. 진지하게 접근하여 웹소설을 더욱 양질의 문화로 발전시키고, 재미와 자극을 사유와 담론으로 용해해 주길 기대한다.

08학번. 대학 때는 웹소설이 우리의 밥줄을 끊을까 봐 걱정했는데, 지금은 스튜디오 일공공구(1009 STUDIO)에서 웹소설 담당 기획 프로듀서로 일하고 있다.

그럼에도 불구하고
어린이책 곁에 머물 수 있다면

최아라 | 책읽는곰 편집자

"우리 출판사는 가지 말자."

동화 창작 수업을 마치고 나오는 길이었다. 취업을 걱정하던 동기가 내게 넌지시 졸업 후 계획을 물었다. 나는 동기에게 뭐든지 상황이 닥치면 열심히 하면 되지 않을까란, 조금은 안일한 생각을 건넸다. 당시 주변으로부터 어쭙잖게 들었던 이야기들 탓이었을까, 나는 다시 동기에게 취업하게 된다면 출판사는 가지 않겠노라 약속했다. 만일 출판사를 가게 된다면 끝까지 말려 달라고 안전장치까지 세워뒀다. 지금 생각해 보면 그때의 나는 한 치 앞을 보지 못한 어리석은 아이였다.

학부 졸업 심사가 끝나기도 전, 나는 방송국 구성작가로 일하게 됐다. 구성작가의 '구' 자도 모르면서 덜컥 취업부터 해 버린 것이다. 평소 무엇이든 잘할 수 있다는 자만심이 컸던 나는 구성작가 역시 선배들에게 잘 배우고, 경험이 쌓이면 곧잘 해낼 것이라 생각했다.

하지만 나의 거창하고 헛된 포부는 하루아침에 무너졌다. 입사 첫날, 무엇도 할 수 없는 인간이라고 느꼈기 때문이다. 동기 중에서는 그래도 맷집이 꽤 강한 편이었음에도 불구하고 학교생활과는 너무도 달랐던 사회생활의 매운맛에 좀처럼 정신 차리기가 어려웠다. 자꾸만 겁이 났고, 슬펐다. 어느 순간에는 맡은 일 하나 제대로 해내지 못한다는 좌절감이 나를 무겁게 옥좼다. 해결 방법을 찾기보단 틈만 나면 '망했네. 이제 어떡하지.'라는 푸념만 늘어놓을 뿐이었다. 더욱이 어떤 사람이 되고자 치열하게 고민하지 않았던 지난날 나의 모습에 화가 치밀어 오르기도 했다. 어떤 사람이 되고, 어떻게 살아야겠다는 미래를 설계하지 않았던 내가 조금은 웃기기도 하고, 조금은 어이없기도 하고, 조금은 가엽기도 해서다.

그 무렵 동기가 밥 한 끼 먹자며 방송국으로 찾아왔다.

"요즘 많이 힘들어? 옛날의 너와 지금의 네가 많이 달라진 것 같아."

몇 마디도 채 나누지 못했는데, 마치 나의 비밀을 들킨 기분이었다. 얼굴이 화끈거리고, 마음도 뜨끔했다. 우리를 갉아먹으면서까지 열심히는 살지 말자는 동기의 마지막 말에 눈물이 잠시 터지기도 했다. 그때가 처음으로 내게도 못하는 일이 있다고 인정한 날이기도 했다.

그날 이후 나는 뒤늦게라도 해 보고 싶은 일을 찾겠노라 다짐했다. 좋아하는 일을 찾아서 말이다. 물론 좋아하는 일이 업이 되면 두고두고 후회한다는 말을 익히 들었던 터라 겁이 났지만, 겁먹고 도전하지 않는 건 더더욱 바보 같은 일이라 생각했다.

많은 고민과 많은 반성 끝에 꿈꾼 직업이 바로 어린이책 편집자였다. 떠올려 보면 문예창작학과에 진학한 이유 역시 어린이책이 좋아서였는데, 너무 먼 길을 돌고 돈 건 아닌가란 생각이 그제야 들었다.

돌고 돌아, 나는 어린이책 전문 출판사의 그림책 편집자로 일하고 있다. 수많은 출판사 중에서, 수많은 편집 분야 중에서, 그것도 그림책 편집자란 일을 하게 되기까지 나름의 우여곡절이 있었지만, 이 직업은 지금 나를 가장 설레게 하고, 슬프게 하고, 기쁘게 하는 일이다.

그림책은 글과 그림이 한데 어우러져 실과 바늘이 되어 한 땀 한 땀 매듭지어 가는 어린이문학 장르 중 하나다. 글을 모르는 어린아이도, 백발의 노인도 온몸으로 느낄 수 있는 책이다. 다른 분야도 그러하듯 그림책 편집자 역시 하나의 책이 완성되기까지 여러 일을 한다. 작가를 발굴하고, 작가가 보여주고자 하는 세계가 글과 그림으로 적절히 표현되었는지를 살피고, 독자에게 잘 가닿을 수 있도록 다방면에서 고민하고 확장하는 역할이기도 하다.

현재 나와 함께 일하는 나의 동료이자, 나의 첫 사수, 나의 유일한 사수, 그리고 나의 문창과 선배인 우 선배가 언젠가 내게 들려준 말이 있다. "우린 무대 뒤의 사람이지만, 그만큼 가치 있는 일을 하고 있어. 그건 분명해."라고 말이다. 무대 뒤에 있지만, 그 무대를 만들기 위해 끝없이 고민하고 노력하는 사람. 돋보이진 않아도, 스스로 빛을 만들 수 있는 사람이 바로 어린이책 편집자라고 말이다. 그 말을 듣고 있자니, 꽤 오래전 읽었던 미야자키 하야오의 책 속 한 구절이 떠올랐다.

어린이문학은… 인간 존재에 대해 엄격하고 비판적인 문학과 달리 "태어나길 정말 잘했다."라고 말하는 것입니다. "살아 있어 다행이다, 살아도 된다."라는 응원을 아이들에게 보내려는 마음이 어린이문학이 생겨난 출발점이라고 생각합니다. …"아이들에게 절망을 말하지 마라." 하는 뜻입니다. 아이들 일이라면, 그렇게 하지 않을 수 없으니까요.

_『책으로 가는 문』 본문 155p.

우 선배는 내게 10년 후, 20년 후, 30년 후 우리가 늙어 눈이 멀어져 편집 일을 하기 어려울 때까지 어린이책을 함께 만들어 나가자고 말한다. 나는 그 말이 정말이지 멋있고, 감동적이고, 바보 같아서 매일 출퇴근길에 선배의 다짐과도 같은 말을 곱씹는다.

어릴 적부터 힘들 때마다 내게 버팀목이 되었던 어린이책을 오래도록 만들어, 자라나는 아이들에게도 세상은 꽤 살 만한 곳이란 믿음을 심어주고 싶기도 하고, 더불어 지친 일상을 살아가는 어른들에게도 잠시나마 쉼터와 같은 시간을 선물해 주고 싶기도 해서다.

부디, 10년 후 문예창작학과 80주년 때 역시 어린이책 곁에 머물러 있어 지금처럼 하루하루가 값지고 설렌다고 말할 수 있는 편집자로 남고 싶다. 끝으로 지금 어디선가 어린이책 편집자를 꿈꾸고 있는 문창인이 있다면, 이 재밌고 희망찬 세상을 함께 만들어 보자고 손을 내밀고 싶다.

11학번. 대학에서 어린이문학과 사진을 전공했다. 자라나는 아이들에게 보다 나은 세상을 보여주고, 들려주고자 어린이책 편집자가 되었다. 현재 어린이책 전문 출판사인 책읽는곰에서 그림책 편집자로 일하고 있다.

SSS급 인생 1회 차
문창과 막내딸은 평범하게 살 수 없다

손지민 │ 문피아 웹툰사업팀 PD

　회사 생활에 있어서 경력 4년 차라고 한다면 보통은 파릇파릇한 신입도, 조직을 운영하는 관리자급도 아닌 애매한 중간 위치인 경우가 대부분이다. 그래서 이 시기에 접어든 많은 이들이 현재의 회사에 머무를지, 다른 회사로 이직할지, 아니면 아예 새로운 업계로 옮겨갈지, 그것도 아니면 회사가 아닌 대학으로 돌아가 다시 공부할지 등 여러 선택지를 두고 고민한다. 때문에 커리어에 있어서는 결단의 시기처럼 느껴지기도 한다. 지금까지 해온 것을 토대로 '진짜_진짜_최종.zip'으로 갈지, 아니면 기존 안은 폐기하고 'B안'을 새로 만들지에 대해 결단을 내려야 하는 시기, 그게 바로 4년 차다.

　나 또한 올해로 4년 차에 접어들었다. 직장생활 4년 차이자, 웹툰·웹소설 업계 경력 4년 차다. 입사 직후엔 신인 웹소설 작가를 발굴하는 일을 했고, 지금은 팀을 옮겨 웹소설을 웹툰으로 만드는 일을 한다. 사실 대학을 졸업하던 시기엔 작가로 살 만한 재능이 없다는 자기 연민, 그리고 새롭고 재미있는 일을 하면서 살고 싶다는 꿈과 기대가 합쳐진 결과물로 취업을 선택했다. 다행히도 생각보다 업무가 적성에 잘 맞았고, 업계를 사랑하게 되었고, 동료들도 더할 나위 없이 좋았기 때문에 재미있게 일하고 있다. 최근 이 결단의 시기를 맞아 지난 대학 시절부터 현재까지의 삶을 돌아보는 과정에서 나는 그동안 어렴풋이 느껴왔던 어떤 오묘함에 대해 직시하게 되었는데, 그러던 중 한 가지 가설을 세우게 되었다. 일명 '보이지 않는 문창과의 손' 가설이다.

3년 전만 해도 우리 회사 전체를 통틀어서 문예창작학과 출신은 1~2명에 불과했다. 업무 관련으로 만나는 사람에게 출신 학과를 밝히면 반드시 '왜 작가를 하지 않고 회사를 다니는지', '글을 더 쓰고 싶지는 않은지'에 대한 질문을 듣기 일쑤였다. 그런데 단 3년 만에 모든 상황이 바뀌었다. 지금은 이 업계에서 가장 흔하게 볼 수 있는 출신 학과가 문예창작학과이고, 우리 회사만 하더라도 지난 3년간 중앙 외에도 D대, M대, S대, H대 등 전국의 수많은 문창과 출신들이 입사했다.

재미있게도 문예창작학과 출신들의 대화에는 매번 비슷한 양상이 있다. 서로가 문창과 출신임을 알게 되면 출신학교를 조심스럽게 물어본 후 각 학교에 출강하는 선생님들, 과거 백일장 경험이나 학부생 시절 인기 있었던 작가, 최근의 문단 이슈에 대해 이야기하는 순서로 대화가 이어진다. 마치 헬스가 취미인 사람들이 서로의 어깨 근육과 가슴 근육을 만져보며 이 사람이 어느 정도의 신체 능력을 갖고 있는지를 측정하는 것처럼 문창과 출신들은 문창과만의 방식으로 서로를 더듬어 나가는 것이다.

이 대화를 통해 상대방이 출신학교와 학과에 어느 정도 애정이 있다는 사실이 확인되면 이때부터는 각자의 지인에 관한 이야기를 시작하는데, 약 85%의 확률로 서로 겹치는 지인을 발견하게 된다. 예를 들어 '팀에 새로 입사한 타 대학 문창과 출신의 신입직원이 내가 잘 아는 우리 학과 후배와 고등학생 때부터 친구 사이였다' 정도의 에피소드는 아주 흔한 수준이다. 나의 경우엔 타 대학 문창과 출신 직원의 대학 동기가 내 동기나 후배가 다니던 학원의 선생이었다거나 혹은 타 대학 문창과 출신 직원의 친구, 동기, 선후배가 내 동기와 연인 사이였다거나 하는 일도 종종 있었다.

이러한 대화 방식은 단순히 같은 회사 안에서만 통용되는 것이 아니라, 업무와 관련된 외부인에게도 적용된다. 내가 계약해야 하는 작가나 업무적으로 연락해야 하는 타 회사 직원이 문창과라면 유사한 양상으로 대화가 이어지고, 단 10분 만에 서로의 연결고리를 찾게 된다. 이런 일을 지난 3년간 지속적으로 겪다 보니 나도 모르는 사이에 '문창과'에 의해 만들어진 어떤 세계관 속에 들어와 있는 것이 아닌지 의심하게 되는 것이다. 정리하자면, '보이지 않는 문창과의 손' 가설이란 지금의 세계는 마치 무협 세계관처럼 거대한 '문창과 유니버스'의 일부이며, 문창과 출신들이 지난 몇 십 년간 이어진 문창과에 대한 핍박과 멸시를 양분으로 삼아 깊은 어둠 속에서 아무도 모르게 힘을 키워 '문창과'라는 이름으로 물밑에서 웹툰·웹소설 업계를 움직이는 거대한 세력이 되었다는 내용이다.

이 가설은 당연히 다소 과장된 우스갯소리다. 최근 몇 년간 웹툰·웹소설 업계에 문창과 출신들이 많아졌고, 요직에 올라가는 사람들도 점점 더 많아지고 있다는 얘기다. 이 업계에서 일하면 일할수록 대학 졸업 직전까지 등단을 위해 평생을 투신하지 않고 취업을 결정하는 것이 마치 문창과를 배신하는 것처럼 느꼈던 일이나 사회에 나가면 전공을 살릴 수 없을 것이라 슬퍼했던 일은 모두 머나먼 과거처럼 느껴진다. 누구보다도 전공을 살려 일하고 있는 웹툰·웹소설 업계의 문창과 졸업생들이 서로의 존재를 확인하고 지극히 문창과스러운 대화를 이어나가게 되는 이유는 누구보다도 문학을 사랑했고, 여전히 사랑하는 이들이기 때문이다. 그렇기에 통할 수밖에 없는 주제들이 있다. 문단을 뒤흔들었던 수많은 뉴스와 그 시절의 시인과 소설가들, 학과 사람들과 문학에 대해 얘기하며 지새웠던 수많은 밤, 더 좋은 글을 쓰기 위해 울고, 화내고, 술 마시던 날들까지, 문창과라면 누구나 경험해봤을 기억들이 그렇다.

그 기억은 내면에 녹아들어 현재를 살아가는 원동력이 된다. 나는 여전히 대학 시절 내내 지겹도록 이야기했던 인간, 삶, 선과 악, 사회 정의에 대해 고민하고 있고, 이 업계의 방식으로 대중에게 전달하기 위해 고군분투한다. 내가 기획하는 작품이 단순 오락거리에 그치는 것이 아니라 사회문화적 측면에서 의미를 획득할 수 있는 방법이 무엇일지 생각하며 밤을 새운다. 하루 24시간 내내 웹툰과 웹소설만 보다가도 심신이 지칠 땐 인터넷 서점에 들어가 시집, 소설집만 한 무더기 산 후 휴대폰, 컴퓨터, 아이패드를 저 멀리 두고 하루 종일 책만 읽는다. 경제적 가치가 최우선시 되는 업계에서 그보다 더 큰 의미와 본질을 탐구하는 것, 그 어떤 상황에도 머무르지 않고 나아가고자 노력하는 것, 그럼에도 힘들고 지칠 때엔 결국 문학에서 위안을 찾게 되는 것은 결국 내가 문창과라서 그렇다. 그렇지 않으면 설명할 수 없다.

이 글의 시작에서 거창하게 말한 것과는 달리 경력 4년 차인 나는 아직 결단을 내리지 못했다. 계속해서 발생 가능한 경우의 수를 생각하며 수많은 시뮬레이션을 돌리고 있다. 결정을 내리기까진 꽤 시간이 걸릴 것이라 예상한다. 하지만 내리에서, 이곳 중앙대학교 문예창작학과에서 보낸 모든 시간이 이미 나의 일부가 되었음을 안다. 앞으로도 쉬운 길보다는 어려운 길을 선택하며 복잡한 세상을 더욱 복잡하게 살아가겠지만, 결연하게 받아들일 수 있다. 이 모든 건 내가 문창과라서 그렇다. 문창과니까 그렇다.

14학번. 웹소설 플랫폼인 문피아 웹툰사업팀의 경력 4년 차 PD. 처음에는 신인 웹소설 작가를 발굴하는 일을 하다가 지금은 웹소설을 웹툰으로 만드는 일을 하고 있다.

축구공은 둥글고,
끝날 때까지 끝난 것이 아니다

김용수 | 대한축구협회

당신도 또라인가요?

2016년에 있었던 일이니 벌써 몇 해가 지난 얘기다. 당시 대한축구협회(이하 협회)는 역사상 가장 대대적인 규모로 11명의 신입사원을 공채로 뽑았는데, 6개월 동안 여섯 개 부서에 한 달씩 근무하며 해당 팀장의 평가를 받아 최종 8명을 정규직으로 뽑기로 했다. 그때 내가 근무했던 경기지원팀에도 6개월 동안 한 달씩 여섯 명의 신입사원이 거쳐 갔다. 신입의 입장에선 매달 다른 부서에서 평가를 받아야 하는 피 말리는 시간이었다.

나와 근무했던 여섯 명은 모두 정규직이 되었는데, 세 번째인가 네 번째인가 우리 부서에 왔던 신입이 기억에 남는다. 서울의 유명 사립대를 졸업한 그녀는 전공은 국제관계학인데 학내 여대생 축구동아리를 만들고 각종 대회까지 주도적으로 참여한 전력(?)이 있는 열혈 축구마니아 출신이자 외국계 회사 근무 이력도 있었다. 각설하고, 그녀를 위한 환영회 겸 식사자리에서 있었던 일이다.

"팀장님, 혹시 중대 문창과 나오셨어요?" (부서원들의 시선이 일제히 내게 쏠렸다)

"어. 그런데……. 왜?" (신입이 첫 자리에서 이런 질문을 하다니 무척 당황스러웠다)

"우리 오빠가 거기 나왔거든요." (살짝 반갑긴 했으나 당황스럽긴 마찬가지)

"어. 그래?" (요즘 세대는 출신교와 나이를 묻지 않는 게 예의 아닌가 생각 중)

"우리 오빠 또라인데?" (그래서 나도 또라이라는 건지?)

"……." (갑자기 훅 들어와 어떻게 답해야 할지 난감해하던 차에)

"우리 오빠 (같은 과) 친구들은 더 또라이예요. 하하하……." (어째 내 학적을 파야 하나!)

"……." (수습 불가, 회복 불가)

1995년 삼수 끝에 난 전국에서 '난다 긴다' 하는 '또라이'가 간다는 그 대학 그 학과에 입학했다. 그 당시 난 무슨 대책 없는 자신감이었는지 모르겠지만 중대 문창과에 입학했으니 작가는 '따 놓은 당상'이라고 생각하고 먼저 활동가가 되어야겠다고 생각했다. 작가는 언제든 될 수 있지만 학생운동은 지금 아니면 못한다는 대단한 착각 속에 살았다. 나름 열심히 했다고는 하지만 90년대는 학생운동의 쇠락기여서 심한 좌절감과 열패감만 맛보았다. 졸업을 앞두고 나는 소수화되고 고립된 학내외 운동조직을 보며 점점 '운동권 또라이'가 되어가는 건 아닌지 자괴감이 들어 더 이상 학교에 있으면 안 되겠다는 생각을 갖게 됐다.

"자네는 공부할 인간이 아닌데?"

2001년, 2002년 총학생회선거 선거운동본부장을 끝으로 학생운동을 정리하고 대학원 면접시험을 볼 때 이동하 선생님께서 해주신 말씀이다. 학부 출신은 쓰기만 하면 붙는다는 속설을 여지없이 무너뜨리고 문창과 대학원에 두 번 낙방했다. 대학입시도 삼세판 끝에 됐는데, 대학원 진학도 뜻대로 되지 않으니 크게 낙담했다. 그때라도 '냉혹한 혀'를 쓰신 선생님의 깊은 뜻을 헤아리고 충고를 따랐어야 했는데, 사춘기적인 반항심인지 알량한 자존심인지 그 비슷한 감정으로 기어코 난 집 근처 재벌이 인수한 S대 국문과 대학원에 진학했다. 결국 두 학기도 채 다니지 못했으니 이동하 선생님 말씀을 들었으면 떡이 생기고, 그 비싼 대학원 등록금도 날리지 않았을 텐데 하는 진한 아쉬움이 남는다. 아무튼 그때 그 S대 대학원 면접 때의 일이다.

"자네는 왜 자네 학교 안가고 여기로 지원했나?"

"……." (두 번 떨어져서 지원했다고도, 집과 가까워서 지원했다고도 말할 수 없어 우물쭈물하고 있는데)

"왜 아무 말이 없어. 이동하 교수님께 전화해볼까?" (면접관인 소설가 J교수가 정말로 이동하 교수님께 전화했는지 여부는 모른다)

"……."

우연과 필연 사이

그래서 난 떨어진 줄 알았다 --;; 대학원도 다니는데 집에 손 벌리기까지 그래서 아르바이트 자리를 찾던 중 당시 DAUM '중대문창' 동문회 카페에 91학번 손성삼 형이 대한축구협회 정몽준 회장 녹취록 및 인터뷰 준비문 작성 아르바이트 공고를 낸 것을 보고 연락해 반년 정도 아르바이트를 했다. 알다시피 2002년도는 우리 축구 역사에 있어서 특별한 해가 아닐 수 없다. 월드컵 4강 신화로 쇄도하는 인터뷰 요청 때문에 인터뷰 예상 질문지, 행사 축사 및 연설문, 보도자료 작성을 성삼이형 혼자서는 다 감당할 수가 없어서 운이 좋게 내게 특채 제안을 해왔고, 그 이후 21년째 한 직장에 다니는 행운을 누리게 됐다.

학과를 선택할 때도 그랬다. 결국 작가가 될 텐데 시시한 국문과보다는 우리 사회와 구조를 좀 더 체계적으로 공부하는 사회학과나 세계의 본질을 탐구하는 철학과를 가야 위대한 작가가 되는 데 도움이 될 거라 생각했다. 그러다 대학 원서를 쓰러 가는 길에 우연히 고등학교 때 절친인 94학번 최건규를 만나는 바람에 문창과에 급 흥미가 생겨 문창과에 입학원서를 내고 합격했다.

입사 3년차 때인 2004년 무렵이다. 업무에 자신감이 붙고 나름 인정도 받았지만 뭔가 자본의 노예가 되었다는 공허함을 떨칠 수 없었다. 나보다 더 축구를 좋아하는 사람에게 내 자리를 넘겨야하지 않을까 하는 배부른 생각까지 들 정도였다. 그런 헛헛함을 달래기 위해 나는 퇴근 후 민주노동당 활동에 몰두했다. 무상노동, 무상교육 슬로건에 전율했다. 특히 그해는 민주노동당 열 명의 의원이 의회에 진출하여 10년 안에 진보정당이 집권하는 꿈을 꾸기도 했다. 그래서 내적 공허함, 외적 자극 등에 힘입어 회사 선배 몇 명과 노조결성 준비모임을 꾸리고 내가 실무를 맡았다. 1년여의 준비 끝에 2005년 10월 드디어 민주노조의 깃발을 들어 올렸을 때의 기쁨은 내게 민주노동당이 10석의 의원을 배출한 날 못지않았다. 그 이후로 만드는 것보다 유지하는 게 백배는 더 어렵다는 걸 깨닫는 데 그리 오랜 시간이 걸리지 않았지만, 문학적 창조만이 창조의 전부는 아니라는 것을 알게 됐다. 좀 과장하자면 노동조합이 내가 낳은 자식 같은 느낌이었달까. 문창과에서 배운 창작의 열정, 고뇌(?)를 이렇게 실현시키는 것도 괜찮겠다고 생각했다.

우연은 필연을 낳고, 필연은 작은 우연의 연속이 모여 이루어지는 것이 아닐까? 내가 만약 문창과에 가지 않았더라면, 내가 만약 문창과 대학원에 덜컥 붙었다면, 내가 그때 성삼이형이 올린 축구협회 아르바이트 공고를 보지 못했더라면, 노동조합 결성에 뜻을 보태지 않았었더라면……. 지금의 나는 없었을 것이다. 문창과 입학, 대학원 입학과 자퇴, 축구협회 입사와 노조 결성 모두가 우연과 필연의 절묘한 조합이 아닐 수 없다.

문학은 인간학, 축구도 인간학!

축구협회 일을 하면서 나는 과분한 혜택을 많이 받았다. 출장으로 여러 나라를 다니며 아시아를 넘어 전 세계의 친구를 만나고 교류했다. 이 일을 하지 않았다면 평생 가보지 못했을 아시아의 이란, 사우디, 우즈벡, 투르크메니스탄, 아프리카의 이집트, 북미의 캐나다, 그리고 열 번도 넘게 다녀온 런던, 파리, 마드리드, 암스테르담, 프랑크푸르트 등 유럽의 유서 깊은 도시들을 다니며 축구공은 둥글고 세계는 연결되어 있다는 것을 몸으로 배웠다. 공 하나가 주는 승리와 감동의 현장에서 짜릿함을 맛보았다. 그러나 무엇보다 패했을 때 잘 대처해야 그 다음을 기약할 수 있다는 중요한 사실도 알게 되었다. 승부의 세계가 비정한 것처럼 보이지만 이곳에도 따뜻한 인류애가 살아 숨 쉬는 곳이라는 것도. 20년 이상 축구협회에 있다 보니 축구계도 음지에서는 문단만큼이나 지저분한 소문이 난무한 곳이지만 축구만큼 인간의 본성을 크게 요동치게 하는 스포츠도 없다는 생각이 든다.

그래서 나는 21년 만에 축구가 좋아졌다. 입사 초기에는 일이라는 생각으로만 대했는데, 이젠 주위들은 풍월도 있어 전술도 구분할 줄 알고, 감독의 의도도 조금 볼 줄 알게 되었다. 지난겨울엔 한 달 동안 휴가를 내 '내돈내산'으로 아내와 아들 둘을 데리고 파리 생제르망, 토트넘 홈&어웨이, 나폴리 경기를 보고 오기까지 했다. 막심 고리끼가 '문학은 인간학'이라 말했듯 축구 또한 마찬가지이다. 그의 언어를 흉내 내어 외쳐보면 '축구는 인간학'이다. 인간의 가장 원초적인 본능을 일깨우는 '희로애락'의 공간에 인류가 공을 갖고 노는 공간. 단순해 보이지만 복잡하고, 복잡해 보이지만 단순한!

끝날 때까지 끝난 것이 아니다

이제 정년이 10년 조금 넘게 남았으니 축구로 치면 후반 20분쯤 지난 시간대다. 축구에서는 후반 중반 이후 체력이 급격히 떨어져 득점 및 실점이 빈번한 시간대이다. 그래서 축구계는 격언처럼 '끝날 때까지 끝난 것이 아니다.'는 말을 자주 쓴다. 하지만 지키기만 하는 축구는 재미가 없다. 현대 축구는 공간을 창조적으로 활용하는 팀이 승리를 가져간다. 그래서 이강인 선수의 번뜩이는 공간 패스에 사람들이 환호하는 것이다.

나도 지키려고만 하진 않을 것이다. 7년 전부터 시작한 이내창기념사업회 운영위원도 사실 새로운 공간을 창출하기 위한 나름의 노력이다. 국가폭력으로 희생당한 내창이 형만 생각하면 울컥한다. 그의 희생이 헛되지 않도록 진상을 규명하고 책임자 단죄를 위해 투쟁하는 것이 내 아이들이 조금이라도 더 나은 세상에 살도록 하는 노력임을 알기 때문이다.

그러므로 나의 협회 생활, 노조 및 이내창기념사업회 활동은 끝날 때까지 끝난 것이 아니다.

95학번. 대한축구협회 경기지원팀 팀장과 심판운영팀 팀장을 지냈다. 또 대한축구협회 노동조합 소식지 '그린카드' 편집장과 사무국장, 위원장을 역임했다. 현재도 대한축구협회에서 일하면서 대한축구협회노동조합 지도위원, 이내창기념사업회 운영위원으로 활동하고 있다.

줏대 있게, 삐딱하게

노혜영 | 시나리오·드라마 작가

친정엄마는 나를 닮아 아이들이 유순하다고 했다. 시어머니는 며느리가 너그러워 고맙다고 했다. 20여 년 같이 산 김 모 씨도 조용히 수긍했다. 동기 이상희는 24년 전 그 순한 혜영이를 신촌 길거리에서 자신이 울렸다며 추억을 되새기곤 한다. 아마 양평군 옥현1리 이장 이 모 씨만은 동의하지 않을 것이, 16년간 조용히 살던 아줌마의 분노 대폭발에 호되게 당했기 때문이다. (한 달간 산중 눈길이 방치되어 아이들을 태운 차가 미끄러져 두 번이나 비명횡사할 뻔했는데 어찌 순할 수가 있으랴!) 여하튼 나는 대체로 순한 아이였다. 허나 많은 이들이 모르는 사실은 내가 인생의 변곡점마다 삐딱선을 탔다는 것이다.

첫 번째 반항은 대학입시 때였다. 부모님은 내가 지방에서 국문과를 나와 안정된 교사를 하길 원했는데(그게 얼마나 어려운 건지도 모르시고!), 나는 안성에 있는 중앙대 문예창작학과를 고집했다.

"어디 감히 딸내미가 집을 떠난다카노!"

대로한 아버지보다 내 목소리가 더 컸다.

"아부지가 내 인생 살끼가!"

문학에 뜻이 있어서는 아니고, 진학지도서에 실린 방송작가 선배의 인터뷰를 보고 '저게 나의 길'이라고 꽂혀서였다. 아니, 기숙사 사진에 꽂혔나. 그래놓고 기숙사에서의 첫 2주간은 매일 밤 일기에 엄마 보고 싶다고 끄적이며 울었다.

두 번째 반항은 대학 졸업 후 3년째 되는 해였다. 글로 할 수 있는 일은 닥치는 대로 했지만 직장을 계속 옮겨야 했다. 호기롭게 꿈을 찾아 나섰으나 너무 배고파서, 회사가 문을 닫아서, 혹은 너무 적성에 안 맞아서였다. 문창과에 합격했을 때 만세를 부르던 아버지도 이번엔 강경했다.

"씰데없는 짓 하지 말고 내려오라카이!"

나는 마지막이라는 심정으로 MBC 시트콤 작가 공채 시험을 준비하고 있었고, 떨어지면 미련 없이 내려가겠다고 선언했다.

3차 최종합격 소식을 알리자 아버지는 꿈에서 할머니가 꽃다발을 주더라며, "내는 니가 될 줄 알고 있었뜨아!" 하고 소리 높였다.

전설의 시트콤들을 만든 제작진에 자랑스레 합류했지만, 모두가 코미디에 집중할 때 나만 감정선과 플롯을 생각했다. 또 다른 고민이었다. 그러다 우연한 기회에 시나리오 리뷰를 하게 되었고, 얼결에 시나리오 집필까지 맡게 됐다. 그 영화가 바로 〈싱글즈〉(2003)였다. 메이저 영화사였던 덕에 시나리오 집필 요청이 계속 들어왔다. 선택해야 했다. 방송이라는 안정된 둥지에 남을지, 야생이나 다름없는 영화계로 갈 건지. 자취방 앞의 점집을 찾아갔더니, 빨갛고 긴 손톱을 가진 점쟁이는 동쪽으로 절대 가지 말라고 했다. 동쪽엔 영화사가 있었다.

내가 다시 대학 시절로 돌아간다면, 다시 그렇게 살겠다 할 만큼 열심이었다. 재미있는 일을 찾아 즐겼고, 일상에서 이벤트를 만들었으며(내 엽기사진에 당한 자들이여, 미안), 창작희곡을 쓰고 연극을 상연하는 동아리 〈노리터〉에 청춘을 바쳤다. 또 동기와 선배들에 자극받아 열심히 문학이란 걸 기웃거렸다. 방송작가를 꿈꾸며 입학했다가 연극, 희곡, 소설, 광고, 심지어는 신춘문예까지 관심을 넓혔다. 장학금은 부모님과 나 자신에게 포상이 되었다. 술과 연애 빼고는 열심이었다. (다시 돌아가면 기필코!) 새로운 경험을 할수록 꿈이 커지는 걸 느꼈다. 예전엔 상상조차 못해 본 꿈이 어느새 가슴 속에 들어왔다. 그래, 다치더라도 한번 해보자! 그리하여 점괘와 반대로, 영화를 택했다.

〈싱글즈〉와 〈미녀는 괴로워〉 두 편의 영화가 흥행하자 나는 소위 대세 시나리오 작가로 불렸다. 그 후 내게 생긴 능력은 '하염없이 영감님靈感을 기다릴 수 있는 인내력'과 '마감을 두세 번 넘기고도 밥이 넘어가는 평정심'이었다. 아울러 '프로듀서의 전화를 씹을 수 있는 대담함'도 장착했다. 완벽한 원고를 한방에 내놓겠다는 철없는 작가주의였다. 365일 마감증후군에 시달리며 히키코모리가 될 뻔했으나, 좋은 영화파트너들 덕에 사람 꼴을 갖추기 시작했다.

시나리오 작가와 드라마 작가로 살아온 20년간, 아버지의 별세, 결혼과 출산 말고도 내 인생에 영향을 준 변곡점은 여럿 있었다. 돈 뱉고 포기하고 싶을 만큼 엉망인 팀도 있었고, 제작된 것보다 엎어진 작품이 더 많았다. 다 쓰고도 돈을 받지 못한 건 부지기수, 출산비용이 없어 전전긍긍하던 때도 있었다. 이제 더 내려갈 곳이 없다 느낄 때 간신히 오르막이 시작되었다. 오래 전에 썼으나 편성이 안 되어 포기한 드라마 대본이 극적으로 제작된 행운도 그중 하나였다. 시나리오 작가 시절의 영광은 어느새 뒤안길로 사라지고 드라마에서는 대중의 혹독한 평가를 받았다. 두 번째 드라마마저 참혹한 시청률을 받았을 때, 이제 작가로서 끝이라고 절망했다. 그러나 내게는 계속 기회가 주어졌다. 그것도 내가 원하는 글을 쓸 수 있는. 그저 감사한 일이다.

같이 일해본 사람 중에 나를 순하다고 평하는 사람은 없었다. 외려 냉정하고 어렵다고 했고, 고집도 세다고 했다. 영화와 드라마제작에는 수십, 수백 명이 얽혀 있고, 그들의 시간과 돈, 생계까지 내 원고 하나가 책임진다는 부채감을 항시 등에 지고 있었다. 제작기간이 길어지면 최악의 경우 제작사 직원의 월급까지도 위태해진다. (옛날엔 왜 그걸 몰랐니, 오만한 신인작가야.) 좋은 퀄리티의 글을 제한된 시간 내에 써내는 것은 기본이며, 다수의 의견 중 장점을 수용하면서 작가의 줏대를 지키는 것은 더욱 중요하다. 작가만큼 글을 열심히 고민한 자는 없으며, 이리 저리 휘둘리며 고쳐봤자 일이 어그러지는 책임은 작가만의 몫이다. 한 작품을 7년씩이나 매달려 집필한 역사는 이 땅에 다시는 되풀이되지 말아야 한다.

한때 절필도 고민했으나 20년간 나를 지탱한 자신감은 나 자신을 설득하는 글이 타인과도 소통할 수 있다고 믿는다는 것이다. 그 대책 없는 믿음과 희열 덕에 여전히 작가로 살고 있다. (여전히 믿습니다. 그런데 지금은 왜 안 통하세요, 대중님들아.)

2023년 현재 드라마계는 유례없는 빙하기라고 한다. 남편과 두 번째 공동집필로 최종회까지 다 쓴 작품은 난관을 겪다가 다시 기운을 내고 있다. 노후대책으로 어디 시골에 들어가서 호두 농사나 할까 하는 김 모 씨에게, 지금도 시골인데 어딜 더 들어가느냐며, 우린 배운 풍월이 글 쓰는 것뿐이라고 일갈했다. 어린 아이가 둘인 지금, 그 옛날 영감靈感을 기다리며 날려버린 시간이 아쉽다. 빙하기는 개뿔. 애들 키우려면 우리 영감과 나는 칠순까지 일해야 한다. 그러나 게으르고 안일한 글을 쓰지 않기 위해 삐딱하게 생각하고, 책임감 있는 글을 쓰기 위해 줏대를 지키자고, 임플란트 박은 어금니를 악물어 본다.

95학번. 시나리오 작가, 드라마 작가. MBC 시트콤 <연인들>(2001~2002)로 데뷔했다. 영화 <싱글즈>(2003), <영어완전정복>(2003), <미녀는 괴로워>(2006), <걸프렌즈>(2009), <남자사용설명서>(2013), <별리섬>(2019)을 썼고, SBS 드라마 <돌아와요 아저씨>(2016), tvN 드라마 <악마가 너의 이름을 부를 때>(2019)를 집필했다.

My Favourite Faded Fantasy

조소욱 | JYP ENTERTAINMENT

습관처럼 맥북을 열었다가 아차 싶어 오래된 노트북을 꺼냈다. 얼마 만의 한글 프로그램 사용인가. 학교를 졸업하고 나서야 세상은 워드를 더 많이 쓰고 그보다 메모장을 더 많이 사용하고 그보다도 카톡에 말할 멘트 적는 걸 더 많이 함을 깨달았다. 이전엔 미친 듯이 구상하고 싶은 장면과 문장 하나에 꽂혀 신이 강림하듯 과제에 몰두했다면 이제는 어떤 문맥 하나, 요점을 간단하게 잘 설명하는 방법, 온갖 미사여구를 붙여 어려운 말로 포장하거나 부탁하는 일 등, 이미 답이 정해진 글을 다듬는 일이 어른의 글쓰기임을 알고 있다. 허세 떤다며 오글거려 하던 외국어를 한글로 표기하는 행위가 자연스럽다. 학과 합평 때 무슨 허용이라며 다들 감각적으로 넘어가던 표현이나 실수들이 현실에선 꽤나 크리티컬해질 수 있음을 나는 점점 느낀다. 옛날에 썼던 영화 시놉시스나 우울한 단편소설들을 보자니 이 얼마나 폭력적이면서도 솔직한 두뇌였던가. 문창과는 역시 그런 곳이었다. 눈치 보지 않고 뭐든 쓰게 만드는 곳. 다니는 동안엔 그렇게 불만투성이인 사람들만 모인 조직 같았는데, 그것도 자유로우니까 소리를 내는 거였다. 안정적인 걸 싫어해서 몸부림치는.

다행히 이 성질은 버릇처럼 남았다.

이 노트북은 스무 살 대학 입학 전에 선물 받았던 첫 노트북이다. 지금까지 쓴다. 자주 떨어뜨리고 혹사시켰는데 7년이나 버텨주어서 3년만 더 쓰고 도깨비로 만들어버릴 거다. 그래서 기기의 이름은 도깨비다. 무엇이든 10년 이상 물건을 쓰면 그렇게 된다고 하더라.

정이 많이 들었다. 얘를 들고 학교 앞 카페에 가서 죽치고 앉아있었다. 한때 별명이 셀렉토 지박령이었다. 오후 네 시에 수업 끝나고 들어가서 열한 시 마감을 할 때까지 과제만 하다가 나오는 거다. 물론 음료는 아이스아메리카노, 아이스얼그레이 이렇게 두 잔만 시켰는데 생각해보니 안성 카페 사장들의 인심이 참 좋았던 거 같다. 요새 서울 카페와 비교해보면 난 진짜 무례한 인간이었다.

아무튼 자신 있게 이야기 하자면, 이렇게 과제에 파묻혀 살던 고단함 때문에 얻은 현실적 장점이 두 가지 있다.

첫째로는 아무리 회사에서 물리적으로 일이 많아도 딱히 힘들거나 못해먹겠다고 느낀 적이 없다. 왜냐하면 난 마지막 학기에 졸업 작품을 쓰면서 회사를 다녔기 때문이다. 퇴근하면 집 옆에 새벽 한 시까지 하는 카페에 들어가서 주구장창 대본만 썼다. 그때 당시엔 그마저도 재밌었던 것 같다. 솔직히 죽고 싶은데 은근 즐기는 느낌말이다.

다음으로 두 번째, 작업형 인간이 된 거다. 예대 사람들은 딱히 뭘 안 하고 있어도 입에 달고 사는 단어가 '작업'이라는 단어인데, 이건 특별한 걸 칭하는 게 아니다. 보통 노트북 들고 어딜 들어가서 탐구를 하거나 무엇을 창작할 때 이 말을 쓰는데 나의 학과 생활은 쉼 없는 작업이 전부였기에 이 습관은 졸업 후에도 지금까지, 혼자 카페에 들어가서 노트북을 켜고 무언가를 하는 습관을 만들었다.

이제는 타자를 치며 글을 쓰진 않지만 음악이나 그림 등 다른 방면으로도 그 작업이 풀리고 있다. 하다못해 영화를 보거나 쓸모없는 걸 감상할 때에도 작업 알고리즘은 작동된다. 자꾸 멀티태스킹을 돌린다. 졸업 후 다양한 사람들을 만나면서 느낀 건, 생각보다 대부분의 사람들은 노멀하게 살아 왔다는 거다. 노트북 하나 들고 카페를 전전하며 이걸 즐기고 놀이라고 생각하는 날 보면서 비정상으로 생각할 정도로 말이다.

종종 안성 내리가 심즈 게임 속 빌리지 같다고 말하곤 했다. 빌리지 속 구성인원과 집, 하다못해 돌아다니는 동물과 나무 개수까지 확인 가능한데 바깥세상은 보이지 않는 그들만의 세상. 올해 베를린을 두 번 다녀오고 나서 또 든 생각인데, 내리와 베를린은 꽤나 유사하다. 음침하고 낭만적인 무드. 가난하지만 섹시한 나라. 새벽까지 술 먹고 돌아다니는 좀비들. 학교 고니탕 호수를 중심으로 스멀스멀 올라오는 안개. 그리고 부리또.

학교 졸업 후 서울에 본격적으로 자리 잡으면서 가장 먼저 한 탐험이 무엇인지 아는가? 바로 내리 부리또 집들과 유사한 맛을 지닌 서울의 부리또 가게들을 찾아 나선 일이었다. 1년이 지나서야 연세대 후문에 위치한 밀플랜비가 비슷한 맛을 지닌 것을 발견하고 주에 한 번씩은 꼭 갔지만, 아무튼 난 서울에 위치한 모든 밀플랜비는 다 찾아갔다. 그 맛을 찾기 위해.

그러나 원조가 최고다. 물론 졸업 후 그 동네 음식 맛이 변했다고 들어서 이 글을 읽는 안성 현지인들은 의아할 수도 있겠다. 이건 마치 베를린 페이보릿 푸드가 케밥인데, 이걸 한국에 와서 유사 케밥을 한 입 먹으면 욕부터 나오는 것과 비슷한 부분이다. 이렇게 말하고 보니 내리의 어두움을 참 좋아했다. 예전엔 졸업한 저 선배들이 왜 여기까지 내려와서 저러는지 이해를 못했는데 이젠 알 것 같다. 위험한 걸 알지만 이 학교 특유의 아늑함에 취해서 홀린 듯 그리운 순간들이 있다.

꼭 그럴 때 맡던 새벽공기가 있다. 서울에서도 예상치 못한 밤공기의 온도가 얼굴을 스치는 경우가 있듯이. 생각에 깊이 잠겨 이어폰을 꽂은 채 몇 시간씩 산책하던 일. 그 당시 좋아하던 누군가를 만날까 사람들이 잔뜩 몰린 술집 거리를 배회하며 미어캣 마냥 목을 길게 빼던 나. 셀렉토에서 시원하게 과제를 끝내고 코인노래방이나 가야지 하고 문을 나올 때. 밤샘 과제를 하고 기숙사로 올라가던 길. 축제 공연 리허설을 새벽까지 하고 나올 때. 술집에서 신나게 술 먹다가 얼근하게 취해 중간에 잠깐 나와 쉴 때. 친구 자취방에서 자다가 기숙사 통금 풀리는 이른 새벽에 밖으로 나와 걷던 순간. 그리고 그때 듣던 음악, 오래된 순간을 떠오르게 하는 그런 음악. 냄새를 상기시키는 음악. 내가 사랑한 밤공기의 순간들이 지금의 나를 만들었고 위험하게도 향수에 빠져 있다.

그래서 머릿속 안에 있는 모든 것들을 다 표현하길 원한다. 사람의 뇌 용량은 일정해서 창작할 때도 한쪽이 발달하면 한쪽이 무뎌진다. 예전엔 손톱만 한 기억과 인물도 작품 거리로 만들던 나였는데, 이젠 음악을 들을 때 그런 생각이 든다. 난 몰입하고 있다.

17학번. 2021년 시나리오 드라마 심화전공으로 졸업했다. 현재 JYP ENTERTAINMENT 프로덕션 파트에서 일하고 있다.

낮에 배우고,
밤에 취하다

이시백 | 소설가

    문예창작학과가 70주년이 되었다니 감회가 깊다. 무심히 지나온 문학의 길을 돌아볼 계기를 주어서 감사하다. 나의 문학은 본격적이지 못했다. 어려서 아마추어 화가였던 외삼촌의 영향으로 나는 화가의 꿈을 지니고 자랐다. 유난히 비싸고 많았던 미술 재료들을 제대로 갖추지 못해 복도로 쫓겨나는 일이 잦아지며 그 꿈과 멀어졌다.

    덩치는 큰데 꿈을 잃어버린 사춘기 시절에 할 일은 하늘을 날아다니는 비행밖에 없었다. 그런 일탈은 당시 국가가 묵인하고, 사회와 가정이 장려하던 체벌로 이어졌다. 당시 체벌을 가하던 격투기 수준의 교사들은 신통하게도 스토리텔링의 힘을 맹신하였다. 체벌이 끝나면 의례적으로 반성문이라는 서사창작으로 이어졌다. 작성된 반성문은 검열의 과정을 거쳐 '이걸 반성문이라고 썼느냐'는 질책과 함께 더 큰 체벌이 가해졌다.

    그런데 내가 쓴 반성문은 훈육부의 격투기 교사들을 감동시켰다.

    "자식이, 반성문은 잘 쓰네."

    선생들의 필살기인 어퍼컷이나 훅을 맞고 추풍낙엽처럼 쓰러지는 친구들과 달리 나는 목숨을 부지했다. 그때까지도 사람이 왜 글을 써야 하는지 알지 못했던 나는 비로소 글이 사람의 생명을 좌우한다는 사실을 깨닫게 되었다. 그 후로 나는 강퍅한 훈육부 교사들의 가슴에 감동의 파문이 일 정도로 심혈을 기울여 반성문을 쓰게 되었다. 얼마 지나지 않아 나는 '말썽은 부리지만 글은 잘 쓰는 놈'으로 공인되었다.

어느 날, 문예부 선배가 나를 찾아왔다. 릴케나 하이네의 시를 적은 쪽지를 전해주며 내게 글을 쓰라고 권했다. 그리고 나는 그 선배의 거듭된 권유에 마지못해 문예부라는 곳에 들어갔다. 필경실에서 열린 교지 편집회의에 처음 참석하게 되었는데, 뒤늦게 온 문예부 지도교사가 나를 보고 크게 화를 냈다.

"누가 저런 깡패를 문예부에 들어오게 했어?"

나를 추천한 선배가 손을 들었다. 그 순간 박달나무 몽둥이가 선배의 정강이로 가차 없이 내리 떨어졌다. 선배는 조금의 흐트러짐도 없이 앉은 채 고스란히 매를 맞고 있었다. 선배의 정강이에 몽둥이가 부딪치는 딱, 딱, 소리를 견디지 못한 나는 그곳을 뛰쳐나왔다.

이렇게 문학은 내게 고통스럽게 다가왔다. 대학 입시가 다가오며 여전히 가슴에 품었던 화가의 꿈이 식지 않아 나는 홍대 미대를 가기로 했지만, 담임선생은 코웃음을 쳤다. 미술부도 아니고, 미술학원도 다니지 않은 내게 "아그리빠가 뭔지 아느냐"고 물었다. 나는 그것이 미대 실기시험에 필수적으로 등장하는 석고 데생의 모델이라는 것조차 알지 못했다.

담임선생은 원서를 써 주지 않았다. 그때도 정강이를 맞는 듯한 어떤 아픔이 찌르르 다가왔다. 체벌을 면하게 해주었던 반성문 생각도 났다. 나는 글만 쓰는 대학을 찾았다. 그리고 전국에서 유일하던 문예창작학과를 알게 되었다. 무엇보다 내가 겉장만 보고 덮었던 수학 시험을 보지 않고, 실기시험이 있다는 말에 이끌려 원서를 내게 되었다.

복도에서 만난 문예부 지도교사가 내게 문창과에 원서를 내었느냐고 물었다. 그렇다고 하자, 그는 말로 형용할 수 없는 야릇한 표정을 지었다. 나중에야 그이가 문예창작학과 출신이라는 것을 알게 되었다.

그렇게 입학한 문예창작학과의 분위기는 무섭도록 비장했다. 내로라 하는 문예대회에서 수상한 이력은 기본이고, 문학이 아니면 죽음을 달라는 결사적인 문학도들이 차고도 넘쳤다. 그 비장함은 필경실에서 박달나무 몽둥이가 정강이를 내리치던 문예부의 분위기를 상회하고도 남았다. 다행히 반성문으로 문장을 익히고, 책을 좋아하는 누이동생이 빌려온 시집이나 소설들을 닥치는 대로 읽었던 덕에 그럭저럭 대거리를 하며 문학도들 틈에 끼게 되었다.

1974년은 서라벌예대가 중앙대로 통합된 문예창작학과 첫해였다. 승복을 입거나, 치마를 입은 남자 선배들 중에는 여전히 서라벌예대 배지를 달고 다니며, 이 융복합기의 신입 후배들을 이복동생처럼 여기는 분위기가 없지 않았다. 그런 간극을 좁힐 수 있었던 것은 강의 후에 들르게 된 할머니집이라는 주점 덕분이었다. 식당 안에 파묻은 독에서 유효기간과 순도를 헤아릴 수 없는 막걸리를 찌그러진 주전자에 퍼주던 '할머니집' 주점에서 본격적인 문학의 세례를 받게 되었다.

그곳은 강의실과는 상대가 되지 않을 정도로 진지하고, 파격적이며, 필사적인 동시에 300분 연속강좌는 기본이고 경우에 따라서는 철야로 이어졌다. 동서고금의 온갖 작가와 문학사, 2400년쯤 도래할 문예사조와 예술론까지 설파하고, 돌아가며 부르는 가창과 특강으로 쉴 틈이 없었다. 흡사 무예 경연과도 같은 과목으로 채워진 할머니집 야간 강좌는 비가 오나 눈이 오나 휴강도 없었다. 흡사 폐허가 된 전쟁 직후의 명동 분위기를 방불케 하는 퇴폐적이고, 탐미적이며, 데카당스하며, 무어라 말할 수 없이 경이로운 선배들의 기행과 빛나는 어록들은 고스란히 문학의 교재가 되었다.

그중에서도 신춘문예에서 시와 소설을 동시에 당선하며 재입학한 S 선배는 살아 있는 전설이자, 문학의 전범이며 교주처럼 여겨졌다. 지금 생각하면 그이의 기행과 필사적인 주취사상만 알았지, 모두가 취하여 혼절한 시각에 깨어나 밤을 새워 글을 쓰는 줄은 전혀 알지 못했다.

문창과의 정신적 지주였던 할머니가 노쇠하여 일선에서 물러나자, 개미집이 그 뒤를 이어받았다. 여전히 문창과의 주류는 '흐린 주점에 앉아' 지냈고, 밤새도록 자신이 써야 할 대작과 그것에 대한 격려와 조언들로 차고 넘쳤다. 어찌나 그런 대화와 논의가 치열했는지 막상 그 빛나는 대작을 원고지에 적을 겨를이 없었다. 세상의 온갖 문학과 예술에 대하여 이야기하고, 토론하고, 싸우고, 취하느라 밤을 새우고 나면 글을 쓸 여력이나 시간은 언제나 모자랐다.

이제 쓰기만 하면 되었지만 그것은 구차한 일이었다. 그런 와중에도 어느 후배는 봉다방의 탁자에 엎드려 동시를 써서 신춘문예에 당선이 되고, 승복을 입은 선배는 자신이 구술하는 세계적 명작을 후배에게 타자기를 가져와 치게 했다. 엽차 잔에 따른 소주잔을 벌컥벌컥 들이키며 시를 읽는 선배가 외치던 "행 갈고!"라는 외침이 당당했다.

오리발처럼 붙어 다니던 H선배는 "이제 쓰기만 하면 된다"는 말의 원조였다. 쓰기만 하면 노벨문학상은 당연하다는 소설은 늘 첫줄을 넘기지 못했다.

'그는 십오 년이 지나도록 아직 물리학자가 되지 못했다.'

이렇게 시작한 선배의 소설은 새해가 되면 다시 고쳐졌다.

'그는 십육 년이 지나도록 아직 물리학자가 되지 못했다.'

빛나지도 못하면서도 여전히 문단의 말석에서 소설을 끼적거리는 내게 선배의 그 문장은 하나의 경구로 다가온다. 그것은 언제나 미진하고, 모자라며, 어긋난 삶에 대한 독백이라는 생각이 든다. 마무리하지 않은 선배의 글을 떠올리면, 문학이라는 것이 하다 만 이야기로부터 배태되는 것이라는 생각이 든다. 그런 까닭에 나는 여전히 마무리되지 않은 일에 대한 관심과 그 이후에 벌어질 일에 대한 망상에 사로잡혀 지내고 있다.

70주년을 맞이한 문예창작학과의 시절을 돌아보면 좀 더 많은 책을 보고, 많은 습작에 힘쓰지 못한 것이 후회되지만, 문창과에서 밤낮으로 보낸 시간들이 그리 허망한 것만은 아니었다. 그곳에서 우주의 고민까지 끌어안고 술에 취해 밤새 나누었던 이야기들이야말로 저잣거리 주변과 경계에서 꽃을 피운다는 소설의 본질이라는 생각으로 위로를 삼는다. 세계의 정면보다는 그 언저리를 서성이며, 이면을 기웃거리는 나야말로 "백이십 년이 지나도 아직 소설가가 되지 못할 것이다." 그리하여 여전히 쓰고 있는지도 모르겠다.

74학번. '동양문학' 소설 부문 신인상으로 등단했다. 스물네 해 남짓 중고등학교에서 아이들을 가르쳤다. 산문집 『시골은 즐겁다』, 단편소설집 『890만 번 주사위 던지기』, 연작소설집 『누가 말을 죽였을까』, 장편소설 『용은 없다』, 『메두사의 사슬』, 『종을 훔치다』 등이 있다. 제1회 권정생 창작지원금을 받았다.

네 박자 리듬의 글쓰기

이도우 | 소설가·소설 전문 독립출판사 '수박설탕' 대표

대학 시절 어느 학기, '서양 문학' 과목 기말고사 때였다. 프랑스에서 누보로망으로 학위를 받고 돌아온 선생은 로브 그리예 단편소설 복사본과 8절지 시험지 묶음을 나눠주며 말했다.

"지금부터 한 시간 동안 소설을 읽고 8절지 앞면을 채워 요약해서 쓰거라. 그 후에 다시 얘기하자."

선생은 나가버렸고 남은 학생들은 복사물을 읽고 시험지 앞면에 요약하기 시작했다. 정확히 한 시간 뒤 그는 돌아와서 말했다.

"다음 한 시간 동안은 방금 요약한 텍스트를 시험지 뒷면 절반에 16절지만큼 다시 요약하거라. 그 후에 얘기하자."

강의실은 약간 술렁거렸다. 16절지만큼 요약하고 나니 선생이 돌아왔다.

"이번엔 원래 텍스트와 8절지 요약본과 16절지 요약본의 공통점과 차이점에 관해 남은 16절지 분량만큼 정리해 쓰거라. 한 시간 뒤에 오겠다."

그쯤에서 몇몇 학생은 펜을 던지고 강의실을 나가버렸다. 단편소설

하나를 세 시간 동안 다른 길이로 반복 요약하며 황당했지만, 역시 오래 기억에 남은 건 그 시험이었다.

취재나 인터뷰 기사를 넘기면 번번이 편집 디자이너는 글 분량을 줄여달라고 말하곤 했다. 지난달에 실린 원고 매수를 참작해서 적절히 넘긴 것 같은데 왜 그런가 물으면 이번 호는 사진 박스가 더 크게 잡혔다는 거다. 어째서 편집 디자이너들은 사진 박스를 나날이 크게 잡는 걸까…… 싫어도 사실 잡지는 비주얼이 8할인 매체이니 당연히 카피라이터들은 입을 다문다. "네, 줄이겠습니다!"

고민하며 교정지에 빨갛게 돼지꼬리를 그려나간다. 사람이 대범하지 못해서, 메스로 잘라내듯 한두 문단 움푹 들어내지 못하고 마냥 '쪼잔한' 줄이기 작업을 해나간다. 이를테면 '있는'이나 '을/를' 같은 조사를 미워하기 시작한다.

닫혀 있는 문을 보고 그는 걸음을 멈추었다.
→ 닫힌 문을 보고 그는 멈춰 섰다.

멀어져가는 버스의 뒷모습을 언제까지나 바라보고 있었다.
→ 멀어지는 버스 뒷모습을 오래도록 바라보았다.

이렇게 몇 페이지 분량을 깨알 다루듯 덜어내기를 하다 보면 최종적으로 늘어난 사진 박스만큼 몇 십 줄의 글이 줄어든다. 디자이너가 작업하면서 위로하듯이 웃는다. 내용은 빠진 게 없는데 글은 줄었네요?

은근히 불만이 쌓여가던 어느 날. 영화 〈흐르는 강물처럼〉을 보다가 한 장면에서 뭉클해지고 말았다. 노먼의 어린 시절, 목사인 아버지는 아들에게 작문 숙제를 내주고는 결과물을 차근히 읽어보고 더 줄여오라고 했다. 어린 노먼이 연필로 꼭꼭 눌러쓰며 줄여서 가면 아버지는 또 읽어보고 다시 줄여오라고 한다. 몇 번 반복해서 줄여온 작문을 보고 이제 됐구나 하면 노먼은 작문 공책을 속 시원히 집어 던지고 동생과 함께 강으로 낚싯대를 들고 뛰어갔다.

영문학 교수였던 노먼 매클린은 그의 나이 70세에 이르러 처음으로 이 자전적 소설을 썼는데, 영화가 들어오고도 몇 년이 지나 책이 번역됐기 때문에 기다림 끝에 만났을 때 몹시 반가웠다. 그는 아버지를 회상하며 이렇게 적어놓았다.

우리는 아버지가 아주 뛰어난 플라이 낚시꾼은 아니었다는 사실을 알게 되었다. 하지만 그가 정확하고 자신만의 스타일을 가진 분이라는 사실은 변함이 없었다. 그는 이렇게 말하곤 했다.

"플라이 낚시는 열 시에서 두 시 방향 사이에 네 박자 리듬을 살려서 날리는 예술이다."

노먼 형제는 아버지로부터 플라이 낚시를 배웠다. 낚시를 모르는 사람이 물고기를 잡는 것은 물고기를 조롱하는 것이므로, 강가에 서서 낚싯줄을 날릴 때 '네 박자 리듬'을 신중하게 지켜야 한다고. 열 시와 두 시 방향 사이에 라인을 힘차게 날리되 그 탄성으로 수면에 부드럽게 사뿐히 내려앉게 하라고. 그렇게 조절하는 힘은 아무 데서나 나오지 않고, 그

힘을 어떻게 사용할지 아는 지식에서 나온다고 그들의 아버지는 말했다. 그건 어쩌면 일종의 금욕이나 절제에 관한 이야기였으리라. 넘치지 말라는 것. 한 번 쓴 작문 숙제를 줄이고 또 줄이게 하는 훈련도 그런 뜻이 아니었을까.

글쓰기를 이번 생의 업으로 삼았으니 나 역시 내가 쓰는 글의 보폭과 리듬을 고민하게 된다. 그럴 때는 그 아름답고 푸르던 영화 속 몬태나 숲의 강물과 그들이 나란히 서서 날리던 플라이 낚시의 네 박자 리듬을 생각한다. 그게 무엇인지, 그 박자와 호흡이 무엇을 의미하는지 아직도 잘은 모르겠지만, 글과 더불어 살아갈수록 더 아껴서 말해야 한다는 두려움도 찾아온다.

부드럽게 사뿐히 수면에 내려앉는 라인처럼, 절제하면서도 깊이를 잃지 않고 쓰고 싶다. 은유하자면 네 박자 리듬의 글쓰기이고 그건 어쩔 수 없는 희망이다. 같은 밀도의 이야기를 할 때도 가능한 한 소박하고 간결하게 표현할 수 있기를. 과장하지 않고 진솔할 수 있기를. 부디 첫 마음을 잃지 않기를.

88학번. 라디오 작가, 카피라이터로 일하다 소설가가 되었다. 『사서함 110호의 우편물』, 『날씨가 좋으면 찾아가겠어요』, 『잠옷을 입으렴』 등의 장편소설과 산문집 『밤은 이야기하기 좋은 시간이니까요』를 썼다. 소설 전문 독립출판사 '수박설탕'을 운영하면서 소설을 사랑하는 이들의 다양한 작품과 만나기를 기다리고 있다. mallilee@soobakpub.com

반전의 맛

허수경 | (주)엔쓰컴퍼니 대표

동네 입구에 오래된 철물점이 있다. 집안 수리에 필요한 물품 등은 대부분 인터넷으로 사지만, 가끔 급하게 콘크리트 못이나 사포 따위가 떨어지면 동네 철물점에 가곤 한다. 철물점, 문방구 같은 곳을 갈 때마다 느끼는 것은 이 가게 주인장들은 대체 어떤 인생의 경로를 거쳐 이런 업으로 자리를 잡게 되었는지 궁금증이 인다. 마치 사람들이 내게 느끼는 궁금증처럼 말이다.

나는 ICT회사 대표이다. 좀 더 구체적으로 말하자면, 우리 회사를 업계에서는 스마트시티에 들어가는 스마트솔루션 회사라 통칭한다. 쉽게 모두가 알 만한 것으로 설명하자면 스마트버스정류장이라고 하는 시스템을 구축하는 것이다. 냉난방기가 들어있고, 공기정화기가 돌아가고, CCTV로 버스가 들어오는 정보가 보이고 엉덩이가 따뜻해지는 벤치 등이 장착된 꽤나 첨단의 버스정류장을 만드는 일을 한다. 정보통신, 하드웨어, 소프트웨어 엔지니어들과 디자이너들이 회사 구성원들이다. 나는 내 자리에 있는 컴퓨터에서 프린터 연결도 못하는 컴맹인데 말이다.

관련 업계 사람들과 술자리를 가질 때면 꼭 자신의 기술 전공 분야 이야기가 등장한다. "나는 교통 분야 전공자요, 나는 정보통신 기술사요, 나는 카이스트 영상처리 어쩌구 박사요……"하는데, 업계 사람 대부분이 시쳇말로 공돌이 출신들이다. 이때 내가 나는 컴맹에 내 손으로는 못질 하나 제대로 못하는 문예창작학과 출신이라고 말하면 자리에 있던 사람들의 표정이 일순간 바뀌면서 모임의 분위기는 반전을 맞이한다.

"네, 맞아요. 저는 중앙대 문예창작학과 출신이에요."

그러면 그때부터 술자리 주요 얘기는 온통 중앙대 문창과 출신에게 집중된다. 어떤 이는 자신도 한때는 문청이었다며 반가워하고, 어떤 이는 국문과 가려다 "사내자식이 뭐 먹고 살라꼬!" 하는 부모님 반대에 부딪혀 포기한 얘기를 하기도 한다. 또 어떤 이는 좋아하는 소설가를 얘기하며 최근에 읽은 소설책을 소개하기도 한다. 분위기가 무르익을 때쯤 그들은 이구동성으로 묻는다.

"아니 중대 문창과 출신이 어쩌다 이 바닥에(?) 들어오게 된 거예요?"

"그러게요. 저는 어쩌다가 여기까지 왔을까요?"

유년 시절에는 대구 내당시장에서 옷가게와 노점을 했던 부모님 밑에서 단칸방을 전전하며 가난하게 살았다. 나는 시장통의 아이들을 모아 대포집의 콩 안주 따위를 훔쳐 먹으며 골목대장 노릇을 하곤 했다. 부모님에게는 고달픈 터전이었겠지만 내게 있어 시장은 흥미진진한 놀이터였고, 인생극장이었다. 그래서인지 사람이 마땅히 누려야 할 기본권조차 짓밟힌 시대에 대해 남들보다 일찍 눈을 떴다.

나는 소설책과 사회과학서적을 탐독하고, 교회에서 상영하는 광주민주화운동 비디오 등을 몰래 보러 다니는 불온한 여고생이었다. 그러던 고3 어느 날, 서점에 서서 실천문학을 읽다가 '피어린 산하'라는 제목의 집단창작시를 만나게 되었다. 온몸이 뜨거워지면서 심장이 쿵쾅거렸다. '그래, 중앙대 문창과로 가야겠어!' 그 과에 가면 숨통이 트이고, 즐겁게 살 수 있을 것 같았다.

그러나 인생은 작은 돌부리 하나에 가는 방향을 1도만 틀어도 전혀 다른 길을 걷게 되지 않던가. 기숙사에 입소한 첫날, 설레는 마음으로 캠퍼스 이곳저곳을 기웃거리다 꽹과리와 장구소리에 이끌려 동아리연합회 건물에 있는 '민속학연구회'(이하 민회)라는 곳의 문을 열게 되었는데, 그것이 내게는 살짝 틀어진 그 1도의 시작이었다. 민회에서 날 맞아 준 선배들은 반갑게도 문창과 87학번, 88학번들이었다. 학과의 문을 열기도 전에 동아리에서 과 선배님들을 만났으니 얼마나 반가웠으랴. 선배들로서는 지나가다 문을 두드린 새내기가 『철학에세이』와 『민중의 바다』와 막심 고리끼의 『어머니』를 미리 떼고 들어온, 말하자면 바이엘 상권은 패스한 어린이였으니 웬 복덩이냐 했을 것이다.

삐삐도 없던 시절에 내리의 소문은 어찌나 빠르던지 낯선 선배들이 속속 동아리에 등장하고 그날로 나는 새암이라 적힌 막걸리 포장마차에 끌려가(?) 강제 신입생환영회를 갖게 되었다. 그런데 분위기가 이상했다. 이구동성으로 "문창과의 다른 선배들이 너가 민회에 가입한 것에 대해 이상한 얘기를 하더라도 꿋꿋이 버텨달라"는 말을 반복하는 것이었다. 이건 도대체 무슨 말인가? 나중에야 알게 되었지만 나는 NL그룹 선배들이 쓴 '피어린 산하'에 감화, 감동 받아 입학을 해놓고는 학과 환영회도 하기 전에 당시 학생 운동의 양대 극점에 서 있는 PD계열의 동아리에 덜컥 회원 가입을 해버렸던 것이다.

NL계열 문창과 선배들에게도 소문은 삽시간에 번졌다. 악의 소굴에서 어린 양을 구해야 한다는 심정이었을까? 어느 날, NL계열 84학번 선배의 호출이 있었다. 빈 강의동에 나를 불러 앉힌 선배는 운동가가 가져야 할 품성에 대해 장시간 설명하더니 말끝에 네가 가입한 민회의 모모가 잘 씻지도 않고 더럽게 다니는데, 그런 선배 아래 네가 무엇을 배우겠느냐며 어서 탈퇴를 하라고 종용하는 것이었다.

흐흐흐! 코미디 같지만 그랬다. 그땐 그런 얘기를 들을 만도 했다. 다들 연탄보일러 방에서 자취를 하다 보니 온수라곤 보일러와 연결된 들통밖에 없었다. 그 온수를 한 바가지씩 떠가며 세수도 하고 머리도 감았는데, 형편이 힘든 선배들은 동가식서가숙하며 지냈던 터라 그들에게까지 머리 감을 물이 돌아갈 정도로 넉넉하지 않았다. 특히 더럽다고 타깃이 된 선배는 양말도 며칠씩 신다가 밑바닥이 딱딱해지면 발등과 바닥을 바꾸어 신기까지 했다. 무슨 1960~1970년대 같은 이야기인가 하겠지만 1989년 당시 안성캠퍼스의 내리, 중리에서는 흔한 풍경이었다.(혹 정말 민회 선배들만 그랬던 것이었을까?)

나는 사건 속 두 분과 지금도 가끔 얼굴도 보고 연락을 하며 지낸다. 그런데, 아이러니하게도 전설의 양말 주인공 선배는 하루에 두 번 이상 샤워하지 않으면 온몸에 두드러기가 나는 분이 되어서 현재 미용 관련 업계에 계시고, 내게 품성론을 열변하셨던 선배는 사회의 스탠더드와는 멀리 떨어진 자유로운 영혼으로 살고 계시다. 아! 인생은 이런 반전의 맛이 있다.

대학 3학년 때 PD계열의 중간 관리자쯤 된 나는 총학생회 문화부장이 되었다. 나는 운동은 기본적으로 사람의 마음을 움직이는 일이라고 생각했다. 학생운동이 뭐 별건가? 나 아닌 누군가를 위해 이타적인 마음을 갖고 함께하는 공동체를 만들어 가면 그것이 운동 아닌가?

나는 대동제라는 이름으로 열리는 학교 축제에 서울에서 안성으로 통학하는 학생들이 잘 참여하지 않는다는 것을 알고 하루에 끝나는 대동제가 아니라 전 학교 학과 학생들이 자신의 과를 위해 참여하고 응원하여 대동제 마지막 날 결승전을 펼치는 토너먼트형 야구대회를 기획했다. 이름하여 '중앙대학교 총장배 야구대회'. 내가 야구대회를 준비한다고 하자 일각에서는 미국 자본주의의 상징 다이아몬드 형상의 주루 플레이를 하는 야구를 하다니 하고 반발의 목소리를 높였다. 웃긴다고? 코카콜라도 미제의 똥물이었던 시절이라 나름 진지한 문제 제기였다. 좋게 말하면 책에서만 배운 키스처럼 동작은 어설프고 혀는 굳어있지만 교본대로 살려는 마음은 굴뚝같은 시절이었다고 해야 할까?

하지만 이 야구대회로 인해 학교의 분위기가 바뀌어 갔다. 곳곳에서 학생들이 과에서 맞춘 운동복을 입고 연습을 하고 응원단이 조직되어 캠퍼스 곳곳에서 응원가가 들려왔다. 수업이 끝나면 횅하던 교정에 활력이 넘쳐났다. 그해 대동제는 어느 해보다 많은 학생들이 참여하였다. 듣기로는 이 야구대회 행사가 2000년대 초반까지 매년 지속되었다고 한다.

여기까지 적다 보니 나는 천성이 뭔가 일을 꾸미고 모의하는 것을 좋아하는 인간인 듯하다. 내가 벌인 일로 현실이 조금이라도 나아졌을 거라고, 사람들이 좀 더 행복해졌을 거라고 안위하면서 즐거움을 느끼는 인간이랄까? 그러니 일찌감치 내면 깊은 곳을 향해 끊임없이 눈길을 주는 저자가 아니라 세상을 향한 호기심 가득한 독자의 길로 들어선 것은 당연한 결과이기도 하다. 나는 이후로도 내 삶의 문제를 풀어내는 기로에서 1도씩 시선을 돌려 나아가다 지금은 기술의 세계라는 반대 극점에서 있게 되었다. 앞이 막혔을 때 살짝 고개를 돌려 방향을 틀었을 뿐 나 또한 그 길의 끝을 알진 못했다. 다만 결정의 순간에는 항상 나로 인해 보다 많은 사람들이 행복해지길 바랐던 것 같다. 진짜 그랬다.

지금도 나는 엉뚱한 일을 벌이고 있다. 내 업과 문창과 출신인 내 정체성을 살짝 하이브리드하는 일이다. 일명 '책 읽어주는 벤치' 프로젝트. 야외 벤치에 책이라는 스마트 기술로 콘텐츠를 결합하는 일이다. 극과 극에 있는 것을 이제는 붙여보려 한다.

사업에는 셈 계산이 중요하다. 그런데 나는 아직도 셈보다 스토리가 좋다. 내가 하는 일이 세상에 끼칠 자극과 그것이 일으킬 바람 같은 스토리 말이다. 그래서 아직 생존을 위해 물밑에서 열심히 발을 저어대는 백조인지도 모르겠다. 백조가 기류를 이용하면 10km 상공까지 날아오를 수 있다는데, 내게도 어느 날 비상^{飛上}의 바람이 불었으면 좋겠다. 극과 극이 만나 새로운 것이 잉태되는 그 세계 어디쯤에서 말이다.

비어 있는 시기 전전했던 몇 가지의 직업과 뒷얘기들은 동문들과 술 한 잔 할 때를 위해 남겨두겠다.

89학번. '시인 허수경'에 필적할 만한 '소설가 허수경'이 되고 싶었으나 시대를 잘못 만나 사업의 길로 들어섰다. 가끔 문학연구자료실 앞 복도에서 혼자 헤매는 꿈을 꾼다. 학과 공부를 소홀히 했다는 자책감이 깊숙한 곳에 숨어 있었나 보다. 다시 태어나면 또 문창과에 가고 싶다. 그때는 내 동기 김은석이나 전성태처럼 모범생이 되고 싶다.

두 장의 졸업장

김병호 | 협성대 문예창작학과 교수

　반가운 마음으로 원고청탁을 수락했다. 하지만 그 반가움은 잠시이고 밑도 끝도 없는 오만가지 생각들과 감정이 한참 밀려왔다 쓸려갔다.

　서울은 물론 제주, 부산, 마산, 진해, 광주, 전주, 고창, 의정부, 파주……, 전국 각지에서 입성한 동기들과의 첫 개강총회 풍경. 부산대학교에서 있었던 전대협 출범식에 참가했다가 부산대 인근 당근밭에서 여자 동기 손을 놓고 줄행랑쳤던 이야기. 1·2학년 상견례 뒤풀이 자리에서 2학년 선배인 초등학교 동창에게 반말했다가 술집 뒷담으로 끌려 나갔던 일. 대동제 때 안성캠퍼스에 왔던 국문과 여학생에게 빌려주고 못 받은 데님셔츠. 문창과 7년 최장수 조교 생활. 처음 만난 이가 문창과 후배라는 이야기에 반가워 "나도 중대 문창과 나왔는데"라고 했다가 "아, 네."라는 말로 대화가 끊겨버렸던 수년 전의 쓸쓸한 기억. 나에게 중대 문창과는 '애증'이라는 말 말고는 달리 표현할 도리가 없어 보인다.

　사실 제일 하고 싶은 이야기는, 20여 년간 키워온 문예지를 88학번 동문 선배에게 한순간에 빼앗긴 기막힌 이야기인데, 이 귀한 자리에서 그 슬픈 분노의 이야기를 풀어놓는 건 차마 도리가 아닐 것 같다. 그래

76　　　　　　　　　　　　서라벌예대·중앙대 문예창작학과 70년 기념 앤솔로지

서 궁리궁리하다가 고해성사의 마음으로 지난 반세기 동안 숨겨왔던 비밀을 털어놓는다. 공소시효가 지났으니 굳이 밝히자면 죄명은 공문서위조.

나에게는 중앙대학교 문예창작학과 졸업장이 두 장 있다. 당연히 하나는 가짜이고 하나는 진짜인데, 문제는 이 가짜가 아직도 본가 장롱 속에 들어 있다는 것이다.

공식적으로 1997년 8월에 졸업한 나는, 이보다 한 학기 앞선 그해 2월에 졸업식에 참석했다. 졸업을 한 학기 남겨놓은 상황에서 졸업식에 참석하는 것은 별다른 문제가 되지 않았지만 그날 졸업을 하지 못하는 나의 손에 졸업장이 들려 있었다는 건 문제의 소지가 있었다.

사건의 발단은 2학년 2학기 등록금 횡령(?)이었다. 나는 그때까지 등록금을 정식 납부기한 내에 제대로 내본 적이 없었다. 집안의 경제 사정 때문이 아니었다. 당시는 성적표와 등록금 고지서를 우편으로 동봉하여 보냈기 때문에 성적이 불안한 일부 학생들은 집주소를 친구집으로 돌려놓거나 허위 주소를 적어내는 경우가 종종 있었다. 당연히 나도 그중 한 명이었고, 부모님은 나의 1·2학년 성적표를 지금껏 보신 적이 없다.

군대를 가기 전 나의 성적은 엉망진창이었다. 특히 1학년 1학기 평점 평균은 0.6점. 동기들은 선동렬보다 뛰어난 방어율의 학점이라며 등을 두드려주었다. 학교에 적응을 하지 못했던 것도 아니고, 어떤 확고한 이념으로 무장된 것도 아니었지만, 구차한 변명을 하자면 시절이 수상한 탓에 학교 바깥을 떠돌았기 때문이라고만 해두자. 그나마 동기 사랑은 나라 사랑이라며 동기들이 품앗이하듯 대신 써준 리포트와 대리출석 덕분에 겨우 0.6점이라도 받을 수 있었다.

2학기와 2학년 성적은 이보다 나았지만 상식적 평균에서는 한참 부족했다. 이러니 성적표와 함께 보내는 등록금 고지서를 부모님이 받게 내버려 둘 수는 없었다. 1992년 2학년 여름에도 우편사고를 가장하여, 나의 성적표와 등록금고지서는 미지의 장소를 떠돌았다.

개강을 하고 안성에 올라와 있던 나는 광주 본가에 추가등록을 요청했다. 그런데 추가등록은 교내 은행에서만 가능했다. 어머니는 당연히 이전처럼 나의 은행계좌로 등록금을 보내주셨고, 나는 계획했던 대로 등록을 하지 않고 그 돈을 풍요로운 용돈으로 쓰며 한 학기를 탕진해 버렸다. 부모님 몰래 휴학을 한 것이다.

어차피 다음 학기에는 군대에 갈 거니까 그냥 한 한기 놀자는 심산이었다. 이따금 동기들을 따라 전공 강의를 듣기도 했고, 학생식당 식권 5장에 리포트를 대신 써주기도 하고, 조만간 등단을 확신하며 작품 대신 미리 써놓은 당선 소감을 밤새 매만지기도 하고, 이따금 훌쩍 강원도 탄광촌이나 충청도 어느 절을 여행하면서 말 그대로 무위도식의 삶을 살았다. 무모한 객기에 가까운 시간이었다.

아무튼 그렇게 한 학기를 날리고서 군대에 다녀왔고, 복학해서는 후배들과 학교를 다니게 되었다. 당시 대부분의 동기들은 아직도 군복무 중이었고 낯선 신입생들과 낙제한 교양필수 과목을 서너 개씩 같이 들어야 하니, 반강제적으로 성실한 학교생활을 할 수밖에 없었다. 아침에는 대식당에서 배식 알바를 하였고, 공강 시간에는 예술대학 교학과 근로장학생 생활도 했다. 다행히 성적장학금도 계속 받으면서 내 인생에서 가장 성실한 2년을 보냈다.

그런데 졸업을 앞둔 추석 아침 아버지가 뜬금없이 물으셨다.

"이제 곧 졸업인데, 졸업하면 뭘 할 거니?"

청천벽력이었다. 나에게는 일 년이나 남은 졸업이 부모님께는 채 반년도 남지 않았다니. 당황한 나는 평생 처음 머릿속이 하얘지는 느낌을 경험하였다. 한 학기를 유예할 그럴듯한 핑계가 있어야 했다. 순간 어디서 그런 생각이 떠올랐는지, 나는 그동안 단 한 번도 생각하지 않았던 말을 내뱉고 말았다.

"졸업하고 한 학기 준비해서 대학원을 가려고 해요. 조교를 하면 대학원 등록금이 면제거든요."

집안의 첫 대학 졸업식이라 부모님은 할아버지 할머니까지 모시고 졸업식에 오시겠다 하셨다. 졸업앨범도 있고, 학위복도 있는데, 문제는 졸업장이었다.

졸업장 없는 졸업식은 있을 수 없어서 몇 날을 전전긍긍하는데, 하늘은 스스로 돕는 자를 돕는다(?) 하였던가, 우연히 고등학교 문예부 친구가 청계천 인쇄소에서 일을 한다는 소식을 들었다. 한달음에 청계천으로 가서 간첩 공작을 하듯 어렵게, 어렵게 졸업장을 만들었다. 우여곡절의 졸업식은 기어이, 무사히 마칠 수가 있었다.

언젠가 어머니가 물으셨다.

"네 졸업사진은 왜 그렇게 표정이 어둡니? 그때 무슨 일이 있었니?"

행여 졸업식장에서 아는 사람을 만날까 봐 조마조마하며 흑석동 외진 그늘만 돌며 찍었던 사진 속의 표정이 오죽했을까. 다행히 대학원 졸업식에 부모님을 다시 모실 수 있어서 그 불효의 절반은 갚았다고 애써 위로하지만, 죄송함과 불편함은 아직도 가시지 않았다.

부모님 몰래 쓴 한 학기 등록금에 대한 알리바이로 대학원을 선택했고, 그 선택으로 오늘의 이 자리에 있는 걸 보면 참으로 알 수 없는 게 인생이다.

91학번. 2003년 〈문화일보〉 신춘문예 시부문에 당선됐다. 시집 『달 안을 걷다』, 『밤새 이상을 읽다』, 『백핸드 발리』가 있다.

어쩌다 보니 문창과……

김경애 | 동화작가

가끔 내게 왜 대학을 문창과로 갔냐고 묻는 사람들이 있다. 그들은 꼭 이런 말도 덧붙인다.

"어릴 때부터 글쓰기를 좋아했나 봐요?"

이렇게 물어 주면 그나마 다행이다. 글쓰기를 싫어하지는 않았으니 대충 그렇다고 고개를 끄덕일 수 있으니까.

문제는 "어릴 때부터 글을 잘 썼어요?" 하고 묻는 경우다. 학창 시절 글쓰기로 수상한 이력도 없고 칭찬을 받아 본 적도 없는 나로서는 말문이 턱 막히고 만다.

"그건 아닌데…… 어쩌다 보니……."

그러니 이 글은 글쓰기를 싫어하지는 않았으나 어쩌다 보니 문창과에 입학하여 현재는 동화쓰기를 업으로 삼고 있는 어느 문창과 졸업생의 넋두리쯤이라고 미리 밝히겠다.

중학생 시절, 나는 구기 종목 마니아였다. 직접 플레이를 하거나 시합 구경을 즐기는 게 아니라 선수들 따라다니는 걸 좋아했다. 매 시즌마다 야구, 배구, 농구 선수들을 보러 여기저기 경기장 찾아다니느라 바빴다. 좋아하는 선수 한번 보겠다고 야구장 담을 넘다가 걸려서 혼난 적도 있고, 시합이 끝나고 선수들이 회식하는 식당까지 쫓아가 유리문에 붙어 서서 추접스레 남이 갈비 뜯는 모습을 넋 놓고 구경하기도 했다. 또 좋아하는 농구 선수와 결혼하는 꿈을 꾸며 친구들 사이에서 '누구 마누라'로 불리기도 했다. 중학교를 졸업할 때만 해도 나는 연세대 농구단 훈련소 앞에서 분식집을 차리는 게 장래희망이었다. 제 아무리 날고뛰는 선수라 할지라도 영혼의 단짝 떡볶이를 외면하지는 못할 거라는 이상한 논리를 내세우며 떡볶이로 좋아하는 선수를 유혹하리라 포부를 밝히곤 했다. 농담이 아니라 진짜로 같은 농구단을 좋아하는 친구들과 모여 튀김 담당, 순대 담당을 정하기도 했다.

하지만 고등학생이 되어 밤늦은 시간까지 야간자율학습(자율이라 쓰고 강제라고 읽는다)을 하면서 자연스레 스포츠 선수들을 쫓아다니는 일은 불가능해졌다. 대신 그 빈자리를 음악이 치고 들어왔다. 물론 고급스럽게 음악 감상을 취미로 삼은 것은 아니었다. 늘 제사보다 젯밥에 더 관심이 많았던지라 이 시절에도 음악 자체보다는 가수에 더 열광했다.

나뿐 아니라 많은 친구들이 HOT냐 젝스키스냐 핑클이냐 SES냐 편을 나누어 좋아하는 가수를 응원했다. 당시 내 친구들 사이에서는 라디오에 사연을 보내 좋아하는 가수의 노래를 신청곡으로 나오게 하는 사람이 진정한 팬임을 증명하는 것이 유행이었다. 그로 인해 나의 야자 시간은 라디오 프로그램에 보낼 사연을 쥐어짜거나 한쪽 귀에 몰래 이어폰을 꽂고 혹시라도 내가 보낸 사연이 나오지 않을까 조마조마해 하며 라디오를 듣는 일들로 가득 채워졌다. 여담이지만 만약 야자 시간에 딴짓을 하지 않고 공부를 열심히 했더라면 어쩌면 중대 문창과가 아니라 서울대 국문과에 입학했을지도 모르겠다고 아주 가끔 남편한테 너스레를 떨기도 한다. 그랬다면 하필(!) 중대 문창과에 들어가서 남편을 만나지도 않았을 거라고 말이다.

나는 야자를 하고 집에 돌아와서도 자기 전까지 라디오를 들었다. 새벽 2시에서 3시까지 하는 '배유정의 영화음악'을 듣고 나서야 잠들었다. 그 새벽, 배유정 언니가 중저음의 목소리로 자분자분 들려주는 영화 이야기와 감미로운 음악들은 하루를 마무리하며 쓰는 일기나 친구에게 보내는 편지에 단골 소재가 되었다. 그렇다. 나는 당신이 생각하는 것과는 조금 다른 방식으로 글쓰기를 꽤나 좋아했다.

어쨌거나 나는 라디오 작가가 되겠다는 부푼 꿈을 안고서 1999년도에 중대 문창과에 입학하게 되었다. 그런데 웬걸, 입학식을 하기도 전에 선배들한테 술과 밥을 얻어먹고 가입한 학과 동아리 '새힘'은 시와 소설을 중점적으로 합평하는 곳이었다. 당시 순진했던 나는 라디오 작가는 입 밖으로 꺼내지도 못한 채 무조건 시, 소설 중에서 전공을 택해야 하는 줄 알았다. 그래서 처음에는 시를 써 볼까 하고 기웃대다가 금세 내 길이 아니란 걸 깨닫고 그나마 만만해 보이는 소설로 발길을 돌렸다. 시보다는 그래도 써볼 만하다는 희망을 가졌을 뿐 절대 소설이 만만했을 리 없다.

과제하듯 의무적으로 몇 편의 소설을 쓰긴 했지만 수업 시간에도 동아리 합평 시간에도 잘 썼다고 칭찬을 들은 적이 한 번도 없었다. 지금 생각해 보면 태어나 처음 써 본 소설을 두고 좋은 평을 받기를 갈구했으니 도둑놈 심보와 다름없다. 게다가 소설을 잘 쓰고 싶었더라면 더 열심히 읽고 쓸 일이지 나는 합평보다 뒤풀이에 더 열광했고, 허구한 날 술만 퍼마시면서 아무래도 문창과에 잘못 들어온 것 같다며 한탄하기 바빴다.

그렇게 시간이 흘러 3학년 2학기, 운명처럼 전공 필수 과목인 '아동문학론' 수업을 듣게 되었다. 나는 어린 시절 읽었던 명작동화나 생활동화만 떠올리고 있다가 낯선 판타지 동화들을 만나며 신선한 충격에 휩싸였다.

어쩌면 지금 내가 동화를 쓰고 있는 것은 그 수업 시간에 읽은 마르셀 에메의 『벽을 드나드는 남자』나 톨킨의 『반지의 제왕』 때문인지도 모르겠다. 솔직히 이 작품들은 소설이라고 해야 맞겠지만 어린이들도 재미있게 읽는 작품이니 동화가 아니라고 할 수도 없다. 당시 아동문학론 수업을 맡았던 교수님이 소개해 준 이 작품들을 읽으며 나는 막연하게 동화란 어린이를 대상으로 하는 유치한 글이라고 생각하고 있다가 크게 뒤통수를 한 대 얻어맞은 기분이었다. 그리고 어떤 장르보다 '환상성'을 유연하게 받아들이고 펼칠 수 있는 동화의 매력에 푹 빠져들었다. 그래서 그 뒤로 동화를 열심히 써서 동화작가가 된 거냐고 묻는다면 나는 다시 입을 다물고 숙연해질 수밖에 없다. 이쯤이면 알 만하지 않은가. 사람은 쉽게 바뀌지 않는다는 걸. 나는 또 다른 젯밥을 찾아서 여기저기 헤매고 다녔고, 틈틈이 딴짓하느라 매우 바빴다.

올해로 문창과를 졸업한 지 딱 20년이 되었다. 강산이 두 번 바뀔 동안 출판사에서 편집자로 일하기도 했고, 결혼을 하고 아이를 둘 낳아 키우며, 이제는 희끗희끗해진 흰머리를 감추려고 주기적으로 염색을 하는 나이가 되었다. 여전히 글을 잘 쓴다고는 말할 수 없지만 다행히 이제는 젯밥도 덜 찾아다니고 딴짓도 하지 않으며 제법 오랫동안 의자에 엉덩이를 붙이고 앉아 글을 쓴다고 말할 수 있게 되었다. 그 덕분인지 올해 나는 첫 창작동화책을 출간했다. 운 좋게 작년에 문학상을 수상하며 상금과 함께 얻은 성과물이다. 그동안 기획 동화책이나 어린이 교양서 몇 권을 출간한 적은 있지만 정식으로 창작동화책을 출간한 것은 처음이라 이제야 비로소 아동문학 작가 타이틀을 온전하게 얻게 된 셈이다.

문창과 70주년을 맞이하여 에세이를 써 달라고 부탁을 받았을 때, 내 입에서 튀어나온 첫 마디는 "굳이 왜 내가?"였다. 앞서 말했듯이 나는 어쩌다 보니 문창과에 들어왔고, 이제 겨우 창작동화책 한 권을 출간한 새내기 작가일 뿐이니까 말이다. 쟁쟁한 동문들 틈에서 선뜻 내가 쓰겠다는 말이 나오지 않았다. 그럼에도 불구하고 지금 이 글을 쓰고 있는 이유는 딱 한 가지, 글쓰기에 뛰어난 재능이 없어도, 어쩌다 보니 문창과에 들어와 여기저기 기웃거리며 딴짓을 더 많이 했더라도, 놀랍게도 언젠가는 글쓰기를 업으로 삼는 작가가 될 수도 있다는 사실을 말해 주고 싶어서다.

혹시라도 후배들 중에서 '나는 누구? 여기는 어디?' 하며 자신이 왜 문창과에 들어왔는지 후회하거나 또는 글쓰기에 재능이 없다고 괴로워하는 친구가 있다면 놀라지 마시라. 십 년, 이십 년 후에 당신은 어쩌면 작가가 되어 있을지도 모르니까 말이다.

99학번. 대학 졸업 이후 여러 출판사에서 편집자로 일하며 틈틈이 딴짓을 즐겼다. 2020년 KB창작동화제에서 『똥손 탈출기』로 최우수상을 수상하고, 2022년 대교눈높이아동문학대전에서 『라곰 패밀리』로 동화책 부문 우수상을 수상했다. 현재 필명 '김다해'로 동화 및 청소년 소설을 쓰고 있다.

X

방지혜 | 경기도의회 사무처

공무원. '무사안일'無事安逸의 대명사. 한자를 들여다본다. '일 없이 편안하게 지낸다.' 훌륭하다. 좋게 쓰이는 말은 아니다. '노력 없이 편안하게만 지낸다'는 의미를 담고 있다. 복지부동伏地不動과 잘 어울리는 한 쌍. 문득 심사가 뒤틀린다. 일 없이 편안하게 지내든, 노력 없이 편안하게만 지내든, 그거 우리 모두의 소원 아니었나? 공무원 생활 9년 차. 국민 여러분이 뒤로 넘어갈 발언인지 모르지만, 딱 하루만이라도 무사안일하게 지내 봤으면…….

내 직업에 대해 나는 대체로 혼란스럽다. 풍문과 나 개인의 삶에 괴리감이 커서다. 공무원의 특징을 말하는 단어 앞에는 주로 '무'無가 붙는다. 무능력, 무책임, 무개념, 무례함, 무색무취……. 혹은 '없다'는 말도 많이 붙는다. 창의력 없음. 융통성 없음. 효율성 없음. 이 모든 '없음'을 아우르는 문학적(?) 표현도 있다.

"공무원은 영혼이 없다."

이쯤 되면 공'무'務원이 아니라 공'무'無원인 건가 싶다. 어쨌든 자꾸만 너는 아무것도 아니라는 말씀에, 내 고군분투는 원혼이 되어 눈물로 시

서라벌예대·중앙대 문예창작학과 70년 기념 엔솔로지

를 쓰며 구천을 떠도는 중이다.

2014년. 대한민국에서 인구가 가장 많은 기초자치단체에 일반행정직으로 들어갔다. 공무원이 인기 많던 시절이었다. 나라에 망조가 들었다고 혀를 차는 사람도 그만큼 많았다. 그러거나 말거나 대한민국보다 내 미래가 걱정이었다. 수험 생활 6개월 만에 꽤 높은 경쟁률을 뚫고 공채 시험에 합격했다. 나라 운운하던 이들조차 붕붕 띄웠다. 평생직장에서 일 없이 편안하게 지내라며 '덕담'을 했다.

"공무원이 그러라고 있는 거예요?"

대꾸는 그렇게 했지만, 그러기를 기대하지 않은 바는 아니었다. 굳이 가시밭길 걸어가려고 시간과 돈과 에너지를 쓸 만큼 헌신적인 인물은 아니니까. 다만, 국기 앞에 맹세하건대, 나는 내 직업에서 지켜야 할 의무라든지 윤리 같은 것을 내 몫으로 마땅히 받아들이고 있었다.

어떤 직업인은 그 일에 종사한다는 이유만으로 일종의 덩어리가 된다는 사실을 피부로 느낀 건 동 행정복지센터에서 근무할 때였다. 인구 5만 명이 넘는 곳–공무원에게 관할 지역의 인구란 상당히 중요한 문제임을 덧붙인다.–에서 민원 전반을 처리하는 업무를 맡았다. 나를 포함해 통합 민원을 보는 직원 4명은 '민원대'로 불렸다. 민원대란 무슨 군대처럼 집단을 뜻하는 게 아니라, 말 그대로 민원 보는 선반이랄까 받침대였다. 우리 선반들은 화장실에 갈 시간이 없어 돌아가면서 방광염에 걸렸다. 호출 버튼을 아무리 '땡겨' 봤자 대기 인원 숫자가 25 이하로 좀체 떨어지지 않았다. 그러나 우리를 가장 힘들게 한 점은 업무량이 아니었다. 처음 보는 사람이 아무렇게나 퍼붓는 비난과 욕설이었다.

"이완용이라고 알아요?"

남자가 서류를 정리하며 뚫어지게 쳐다본다. 증명서 수수료가 800원이라고 말한 후다.

"법에 정해진 대로 움직이는 당신 같은 사람이 나라 팔아먹은 거예요. 법 바꿀 생각을 못하는 머리죠?"

점심을 교대로 30분씩 먹고 들어온다. 대기석에 앉아 있던 남자가 달아오른 얼굴로 삿대질한다.

"바쁜 시간 쪼개 왔는데 어디 밥을 처먹으러 가? 민원인이 기다리면 굶어야지."

서식을 신경질적으로 넘기는 여자에게 작성법을 안내한다.

"뭘 이따위로 만들었어. 하여튼 지들이 엄청 대단한 일 하는 줄 알아."

제 화를 못 이겨 함부로 던진 신분증을 포수처럼 정확히 받아낸 후 눈이 마주친 순간 흐르던 기묘한 정적. 법을 어겨서라도 자신이 원하는 일을 해내라며 고함치다 윗사람 찾는 이들이나, '내 다리 내놔'의 자매품 "내 세금 내놔!" 귀신들에게 느끼는 환멸과 지리멸렬함. 민원인이 때려도 맞대응하면 안 된다고 동에 먼저 온 주무관이 알려줬다. 여러 대의 CCTV가 민원실을 24시간 비추고 있었다. 와중에 조직은 친절도를 직원 평가의 중요 척도로 삼았다. 민원인이 어떤 공무원 불친절하다고 홈페이지에 올리면 감사팀에서 불러 조사했다. 일선 공무원들이 마음에 병을 얻고 스스로 목숨을 포기하기까지 한다는 말에 가족이나 지인들마저 공감하지 못했다. 하기는 이 길을 선택한 우리 자신조차 믿기 어려운 일이었다.

손으로 입을 틀어막을 의지라도 있어야 겨우 무표정할 수 있었다. 강한 분노와 무력감에 수시로 사로잡혔고, 일을 빠르고 정확하게 처리하려는 내 근면 성실이 얼마나 쓸모없는지 자주 회의감에 빠졌다. 영혼은 어디 안 가고 꼭 붙어 있어 거추장스러웠다.

숨을 점점 더 고르게 쉬지 못하던 어느 날이었다. 허덕이며 호출 번호를 눌렀다. 단정한 옷차림의 중년 남녀가 내 앞으로 조용히 다가왔다.

"어떤 업무를 도와 드릴까요?"

사망 신고를 하겠다고 했다. 나는 책상 오른편에 놓인 서식함에서 사망신고서를 한 장 찢어 내밀었다.

"사망진단서는 갖고 오셨을까요?"

그렇다고 했다. 여자에게 주민등록증과 사망진단서를 건네받았다. 가족관계를 조회해보니 사망자는 여자의 어린 자녀였다. 신고서 칸을 채울 때 도움이 될 만한 자료를 출력해 건넸다. 순번을 기다리며 민원대를 노려보는 이들의 심기를 거스르지 않으려면 따로 마련된 서식 작성대로 안내한 후 다음 번호를 호출해야 했지만, 왠지 그러고 싶지 않았다.

"여기서 적으시면 돼요."

여자는 몹시 느린 속도로 신고서를 적기 시작했다. 손글씨 교재에 나올 법한 한 치의 흐트러짐도 없는 글씨체로. 남자는 여자가 쓰는 모습을 가만히 지켜봤다. 다만 느리게 신고서를 작성할 뿐인 그들 앞에서 내 눈시울이 붉어지기 시작했다. 탕비실로 자리를 피했다. 느림의 의미가 함부로 짐작되어 울음이 터졌다. 민원대 저편의 일일 뿐인데, 이편과 저편이 나뉘지 않았다. 몇 분이 흘렀다. 나는 할 수 있는 한 표정 없이 자리에 돌아와 할 수 있는 한 더디게 아이의 주민등록을 말소했다. 그 느림은 누군가에게는 어쩌면 무능이었을까.

한 개인을 그 직업의 부정적인 전형으로 치부하는 온갖 말들의 폭력이, 그 감수성과 상상력의 부재가 나는 불편하다. 부모가 지어 온 아기 이름 밑에 내가 입력한 주민등록번호를 적어 건넬 때, 내 일에는 행정을 넘어선 의미가 있다고 느꼈다. 그러나 그런 건 중요하지 않다고, 너는 공무원이지 않냐고 말씀하시는 선생님들께는, 이 지독한 프레임을 끊어내기 위해 제 업무가 아니어서 관련 부서로 전화 돌려 드리겠다는 답변밖에 드릴 수 없을 것 같다.

00학번. 사기업 9년 근무 후 2014년 수원시 일반행정직 공무원으로 임용되어 시청과 사업소, 구청과 동 행정복지센터에서 두루 일했다. 2021년 경기도로 적을 옮겨 현재 경기도의회 사무처에서 교섭단체 정당 운영 지원 업무를 하고 있다.

교정의 힘

송승언 | 시인·편집자

졸업 후 잡스럽게 살아온 지도 어느덧 십수 넌째. 글을 쓰며 살아간다는 건 대체로 들어오는 일은 다 하며 잡스럽게 살아간다는 뜻이다. 운 좋은 극소수를 제외한다면 말이다. 구체적인 인생 계획도 없이 적당히 글이나 쓰며 되는 대로 살다 보니 언젠가부터 교정^{校正}을 하고, 책을 만들고, 가끔씩 들어오는 강의 따위나 하며 살아가게 됐다.

졸업 후 다시는 갈 일이 없을 것 같던 안성캠퍼스(현재 다빈치캠퍼스)를 얼마 전부터 매주 하루씩 찾고 있는 것도 그 잡스러운 삶의 연장이다. 난데없이 강의 하나를 떠맡게 된 것이다. 아니, 가르치는 일을 하지 않으려고 대학원도 안 간 사람에게 강의를 준다고요? 정말로 이게 최선일까요? 덕분에 목요일만 되면 출근하는 날보다 일찍 일어나 셔틀버스를 타고 안성으로 내려간다. 4시간짜리 강의를 한 뒤(2시간쯤 떠들고 있으면 조는 학생들이 보인다. 진심으로 미안하다.) 다시 셔틀버스를 타고 서울로 돌아오면 하루가 다 간다. 내가 이걸 왜 한다고 그랬을까? 꼭 보면 거절해야 할 때 단호하게 거절하지 못하고 뒤에서 혼자 구시렁거리는 인간들이 있는데, 나도 그런 인간이다.

뭔가 손해 보고 있는 듯한 기분이지만 그래도 좋은 순간이 아주 없는 것은 아니다. 셔틀버스를 타고 안성에 도착하면 11시가 조금 넘는다. 수업은 1시 30분부터 시작이라 점심을 먹고도 시간이 어중간하게 남는다. 그래서 교정校庭을 조금 걷는다. 익숙한 나무들과 길을 따라서 적당히 빠른 속도로. 예전보다 훨씬 횅한 듯하지만, 그래도 여전히 배울 것을 찾으러 다니는 사람들이 오가는 공간을 구경하며. 그러다 보면 놀랍게도…… 시상이 떠오른다.

학교 다닐 때, 졸업한 뒤 자연스레 글과 멀어진 선배들의 이야기를 숱하게 듣곤 했다. 졸업한 지 한참이 지난 지금, 주위를 둘러보면 예전에 들었던 이야기들처럼 대부분 글과 멀어져 있다. 거기에는 상식적인 여러 이유들이 있을 것이다. 먹고사는 게 바빠서, 의지가 꺾여서, 흥미가 떨어져서, 더 집중할 게 생겨서……. 나 또한 언젠가부터 글이 잘 안 된다. 눈은 자꾸만 활자를 밀어내고, 뇌는 텅 빈 것 같다. 글을 다뤄야 하는 직업을 갖고 있으면서도 계속해서 글과 멀어지고 있는 꼴이다.

그러나 교정을 걸으며 잠들어 있던 시상이라는 것이 새싹이 트듯 깨어나려는 것을 어렴풋이나마 느끼고 나니, 우리가 학교를 떠난 뒤에 점점 글과 멀어진 것이 그저 상술한 문제들 때문만은 아니었다는 생각이 든다. 어쩌면 가장 큰 문제는 지금 우리가 글감을 떠올리기에 적합한 공간에 있지 않았던 것 아닐까? 공간의 힘이라는 게 생각보다 대단했구나 하는 범박한 생각의 재확인이다. 그렇다면 여러 교수 분들이 그렇게나 바쁜데도 불구하고 그토록 꾸준하게 시집을 펴내는 일도 이해가 된다. 그들은 교정의 힘을 끌어다 쓰고 있었던 것이다. 그들을 주술사로 몰아가려는 건 아니지만, 어쩌면 그들은 자신도 모르게 교정이 주는 힘을 당연하게 받아들이며 그 공간에 지박되어 있는 것인지도 모른다. 나조차도 이 기운에 다시 물들까 걱정이 된다!

도대체 교정이라는 공간에는 어떠한 힘이 있기에 평소에는 전혀 떠오르지 않던 생각을 던져주는 것일까. 내가 재학 중일 때 많은 선생들은 이런 이야기를 했다. 학교가 도시에 있지 않아서 너희가 글을 쓰지 못하는 거라고, 좋은 글을 쓰려면 우리 과가 서울로 올라가야 한다고. 그때는 분위기에 찬물 끼얹는 느낌이 들어 별말 안 했지만 속으로는 이렇게 생각했다. '안성이 왜? 자연이 가까이에 있잖아. 사람도 없고.' 이후 여러 동문들의 성취로 인해 '도시 서울-좋은 글의 원천설'은 그다지 설득력이 없는 가설로 판명되었다. 물론 지금은 나도 그들이 왜 그런 소리를 했는지 이해된다. 학교가 서울에 있으면 내가 셔틀버스를 타고 안성까지 내려갈 일이 없을 테니까.

하여튼 그 당시에 '도시 서울-좋은 글의 원천설'을 펼치던 이들도 교정이 자연과 가까워야 한다는 것 자체를 완전히 부정하진 못할 것이다. 서울에 있는 여러 대학들도 산 근처에 있는 경우가 많다. 단순히 중심지의 지가가 높기 때문에 그런 것일까? 아니면 동양의 유사과학 중 하나인 풍수지리적 요소들을 고려했기 때문일까? 둘 다일 수도 있지만, 동양만 그런 것은 아니며 땅이 부족하고 땅값이 비싼 오늘날에만 그러한 것도 아님은 분명하다. 고대부터 현대까지를 관통하는 시간과 역사를 다루는 전략시뮬레이션 게임 〈문명〉 또한 산 옆에 대학을 짓는 것을 시스템적으로 권장한다. 산 옆에 대학을 지으면 인접 보너스로 과학력이 증가하기 때문이다. 무언가를 익히고 떠올리기 좋은 공간은 시끄럽고 번잡한 곳들과 거리를 둔 곳일 터이고, 그러한 곳이 되려면 상대적으로 접근성이 떨어지고 아름다워야 한다. 결국 산은 학교를 세우기에 최적의 장소다.

좋은 글을 못 쓴다면 웃기는 글이라도 쓰겠다고 바보 같은 소리를 하고 있다. 바보 같은 소리를 하는 나는 바보다. 바보는 내일 또 학교에 가야 한다. 교정에 들어간 바보는 자신이 바보라는 것을 알게 된다. 그리고 교정을 나서면서 자신이 바보라는 사실을 알았던 일마저 까먹는다. 내게 교정의 힘이란 이런 것이다. 내가 바보라는 사실을 잠시나마 알게 하는 것.

05학번. 2011년 〈현대문학〉 신인추천을 통해 작품 활동 시작. 시집 『철과 오크』, 『사랑과 교육』, 작품집 『직업 전선』, 에세이 『덕후 일기』 등이 있다.

마감을 앞둔
드라마 작가의 마음

전영신 | 드라마 작가

영화 〈비트〉의 정우성은 꿈이 없었다고 말했지만, 나의 유년과 청춘은 언제나 꿈으로 가득했다. 되돌아보면, 자신이 무엇을 하고 싶은지를 일찍 안다는 것 역시 누구에게나 주어지지 않는 행운이란 생각이 든다. 내가 원하는 것, 선택과 미래에 대해서 불안이나 망설임을 느낀 순간은 많지 않았다. '글을 쓰고 싶다, 이야기를 쓰고 싶다'라는 강렬한 갈망은 자연스럽게 이곳, 중앙대 문창과로 나를 이끌었다.

일찍부터 드라마 작가를 꿈꿨던 나로서는 처음엔 솔직히 좀 당황스러웠다. 당시엔 드라마 수업은 단 하나도 없었고, 태어나서 한 번도 써본 적 없는 시와 소설을 밥 먹듯이 써야만 했다. 순수문학은 나에게 다른 세계였는데, 그 세계에 발을 디디면서 깨달은 의외의 사실은 내가 '쓴다'라는 행위 자체를 사랑하고 좋아한다는 것이었다. 무슨 글이든. 그래서 쉬지 않고 글쓰기를 시키는 이곳이 나쁘지 않았다. 아니, 사실 꽤 좋았다.

재능, 노력, 환경…… 원하는 목적지에 닿지 못하게 하는 수많은 이유들 중에는 '게으름'도 한몫하지 않을까 싶은데, 이곳은 나에게 언제나 책상 앞에 앉을 수밖에 없는 '명분'을 주었다. 많이들 공감하겠지만 자고로 작가들이란, 마감이 없다면 이 세상 어떤 글에도 마침표를 찍지 못하는 존재들이다. 미숙하고 어설프기 짝이 없었지만, 그래도 마침표를 찍어낸 수많은 경험들은 지금까지도 사라지지 않고 내 기억에, 몸에, 마음에 새겨져 있다.

그래서일까. 흔히들 돌아가고 싶은 시절을 물어보면 십대 학창 시절을 많이들 떠올리곤 하는데, 난 그런 질문을 받을 때면 살짝 어색하게 안성의 푸른 잔디밭이 눈앞에 떠오른다. 딱히 학과 생활을 열심히 한 것도 아니고, 드라마틱한 추억이 있는 것도 아니지만 너나 나나 아무 곳에나 누워 책을 읽고, 과제라는 명분으로 밤새 글을 쓰고 의견을 나누던 그 시절이 내 머릿속엔 사진처럼 남아 이따금 향수를 불러일으킨다.

오로지 글을 더 잘 쓰고 싶다는 마음으로, 내 자신을 온전히 사랑하고 응원하던 시간들. 좋아하는 일이 직업이 되었을 때 겪어야만 하는 현실의 발자국들이 침범할 수 없었던 세계. 그곳에서 난 꽤나 행복했던 건지도 모른다.

오랫동안 염원하던 기회를 잡고, 마침내 내 이름이 올라가는 드라마가 방송되던 날 내가 느낀 건 행복보다 불안이었다. 찰나의 수치로 환산되어 평가받을 나의 오랜 노력들. 내가 좋아하는 지점을 사람들이 좋아하지 않을 수도 있다는 사실, 그리고 과연 다음이 있을까…… 하는 공포에 가까운 염려. 미처 각오하지 못한 꿈의 실체는 생각보다 아팠고, 아마 앞으로도 계속 나를 아프게 하겠지.

하지만 글을 욕망하기보다 사랑했던 잔디밭의 그 시절, 내 작은 노스탤지어는 드문드문 나를 위로하고, 속삭인다. 뜻밖의 기회로 모교의 강단에 잠시나마 서게 된 지금은 그 속삭임이 부디 후배들에게도 전해지길 바라는 마음이다.

그래도 넌 계속 쓸 거잖아, 그러니까 걱정 마.

06학번. 드라마 <아르곤>, <모두의 거짓말> 작가이다.

작가는 못 되더라도
다시 문창과를 선택하는 이유

권세연 | 편집자

　요새 한 웹툰 작가가 예능에 자주 보인다. 덥수룩한 머리에 뭐든 크게 개의치 않는 태도, 그저 태어난 김에 산다며 평범하지 않은 일상을 보여준다. 엉뚱하고 웃기고 그러면서도 어딘지 순수하기도 하고 짠한 모습도 있다. 그런가 보다 하고 보는데 옆에서 남편이 미간을 찌푸렸다. 정말 이상한 인간 같아. 그런가? 난 잘 모르겠는데. 당시에는 남편이 한 말도 별 생각 없이 넘겼더랬다.

　왜 나는 그 웹툰 작가를 특별히 이상하게 느끼지 않았을까. 어느 날 과 동기랑 전화를 하면서 대학 시절 추억팔이를 하다가 문득 깨달았다. 이유는 그 웹툰 작가가 지난날 우리 과 사람 같았기 때문이었다. 겉치레 인사 같은 건 염두에 두지 않고 매우 솔직하다든지, 사회성이 필요한 자리에서 겸연쩍어서 공연히 헛소리를 한다든지, 속마음은 그렇지 않으면서 위악 비슷한 엉뚱한 행동을 하는 그런 모습은 학교를 다니던 내내 숱하게 봐온 우리 과 사람의 모습이었다.

　그런데 또 깊이 들여다보면, 그러니까 작품을 보면 이상한 명청이가 전혀 아니다. 그 웹툰 작가가 방송에서는 짐짓 아무것도 모르는 양 굴어

　　　　　　　　서라벌예대·중앙대 문예창작학과 70년 기념 엔솔로지

도 작품에서는 관찰력과 기발함이 번쩍번쩍 빛나는 것처럼(나는 이 이유로 그 작가의 웹툰을 챙겨 보던 팬이다) 우리 과 사람들도 어수룩한 겉모습과는 별개로 저마다의 예리한 시각과 독특한 상상이 담긴 작품을 내놓고는 했다. 나는 그 작품들을 보면서 2학년 때 깨달았다. 아무래도 나한테는 작가가 될 싹수가 보이지 않는구나.

문예창작학과에 입학했는데 작가가 못 된다니, 목표를 너무 빨리 포기한 게 아닌가 싶은데 그때는 철딱서니가 없어서 우울하거나 좌절하지도 않았다. 오히려 진짜 멍청이처럼 아무 생각 없이 당장 코앞만 보고 살았다.

과 생활은 불투명한 미래에 대한 걱정을 잊게 할 만큼 재미있었다. 일반적인 사람이 보기에 이상한 사람이 한 명도 아니고 한 다발로 있는데 재미가 없다면 오히려 더 이상하지 않은가. 앞니에 선크림을 바르는 사람, 시위 중 연행된 철창 안에서 짜장면 한 그릇에 본인 이름을 냅다 파는 사람, 자작 소설을 학교 건물 앞에 서서 몇 시간씩 낭독하는 사람, 그걸 또 지지하고 들어주는 사람 등등. 희한한 건 그 어린 나이에도 기특하게 아무도 서로를 이상하다고 배척하지 않고 존중하며 보듬어주었다는 점이다.

아무튼 이런 사람들과 지내느라 사 년이란 시간을 보내고 등록금을 삼천만 원 썼지만 전혀 후회하지 않는다. 몇 번이고 돌이켜봐도 내 인생의 황금기는 대학 시절이라고 말할 수 있다. 내 마음에 구심점이 되어준 건 책도 아니고 이상도 아니고 그때와 그 사람들이다. 그 사람들과 함께한 시절은 사회생활에 지쳐 쓰러진 나를 토닥여주고 다시 힘차게 쳇바퀴를 돌리도록 일으켜 세운다.

지금 나는 사회에서 책 만드는 일을 한다. 작가가 될 싹수는 없지만 굶어 죽으라는 법 또한 없어서 다행히 다른 재능을 발견했으니 바로 맞춤법에 예민하게 반응하는 것이었다. 그래서 사회 초년생 때는 교육출판 회사에서 국어 교재 만드는 일을 했다. 글도 아니고 글자를 보는 게 지겨울 만큼 한없이 교정을 보았다. 오죽하면 시력도 안 좋으면서 근무 시간 외에는 안경도 끼지 않았다. 시야에 글자가 들어오는 것 자체가 싫었다. 다른 것도 아니고 하필 맞춤법 나부랭이에 예민한 내 자신에게 속상해서 반항 심리로 일상에서는 일부러 맞춤법을 틀리게 쓰기도 했다.

누구나 본인이 종사하는 업에 대해서는 부정적으로 말하기 마련이겠지만 과로로 인한 스트레스가 컸던 나는 그 수위가 아주 높은 편이었다. 복지 좋은 출판 회사란 유니콘 같은 상상 속 개념일 뿐이다. 전반적인 출판 회사의 환경은 여간해서는 좋은 말이 나오지 않는다. 내가 다닌 회사는 규모가 꽤 있는 편인데도 그랬다. 그래도 참 이게 적성인지라 몸은 힘들어도 어렵지는 않았고 재미와 보람도 있었다. 말로는 싫어 죽겠다며 몸서리를 서리서리 치지만 속으로는 너 아니면 내가 어떻게 살겠니, 같은 애증의 관계였다.

작가 싹수가 없어서인지 교재 원고 역시 애석하게도 잘 쓰는 편이 아니었다. 하지만 출제를 했을 때는 어디서 베껴온 게 아니냐는 말을 첫날부터 들었다. 우리 교재로 수업하는 선생님이 출제자를 굳이 궁금해 했으니 그런대로 1인분은 했던 것 같다.

출판 전반에 익숙해질 무렵에는 이직하여 국책 연구원에서 보고서를 출판하는 일을 했다. 경제 관련 보고서는 재미있는 내용은 결코 아니었지만 업무 환경이 좋아져서인지 교정 보는 일에 조금 더 재미를 느꼈다.

그래프와 본문을 대조하여 읽으면서 틀린 부분을 잡아낼 때는 짜릿하기까지 했다.

이 같은 경험을 토대로 하여 지금은 그동안 일했던 곳들과 프리랜서로 일하고 있다. 모의고사 출제를 하기도 하고 연구원 보고서를 교정 및 교열하기도 한다. 육아를 해야 하는 시기이고, 또 극단적인 올빼미형 인간이기에 시간을 자유롭게 쓸 수 있는 프리랜서가 잘 맞는다.

이야기 하나만 더 하고 이 횡설수설을 마치려 한다. 이 글을 쓰기 불과 며칠 전 카페에서 겪었던 일이다. 혼자 노트북을 켜놓고 일을 하고 있는데 옆 테이블에서 나누는 이야기가 들려왔다. 아주머니 두 분이 문예창작학과 입시에 대해 열띤 토론을 하는 중이었다. 딸이 곧 실기를 치를 예정이라서 실기 주제를 예상해보는 것 같았다. 두 분 태도가 자못 진지하기에 실기를 앞두고 긴장하던 예전 내 모습이 떠올랐다.

그래서 이 이야기를 진군나팔 동기 단체 카톡방에 올렸다. 그랬더니 한 동기가, 학생증으로 따귀 한 대 때리고 정신 차리라고 하란다. 그 말에 동기들과 한참을 웃었다. 그런데 웃다가 생각해보니 웃을 때가 아니다. 그렇게 한다고 해서 과연 정신을 차릴까? 지금의 나라도 뺨을 손으로 감싸고 비틀거리며 실기장으로 꾸역꾸역 걸어들어갈 것만 같은데.

말은 그래도 실은 우리 과 이렇게 많이 사랑한다. 그런고로 창과 70주년 축하드려요. 우리 과 사람들 모두 행복하게 잘 살면 좋겠습니다.

▌ 08학번. 교육출판 회사에서 일했으며, 지금은 프리랜서 편집자로 책 만드는 일을 하고 있다.

웹툰 PD가 된 썰

김태완 | 카카오페이지 웹툰 PD

　석사 수료를 앞둔 2019년도 가을, 내가 가진 건 운전면허증 달랑 한 장이었다. 입안이 바짝바짝 마르는 기분이었다. 이쯤 했으면 소설가 명함은 당연할 줄 알았는데 적당히 노력하는 습관이 불러온 결말이었다. 그래서 돈이라도 열심히 벌어보기로 마음먹었다.

　하지만 선배들이 많이 가는 출판사나 잡지사는 영 내키지 않았다. 박봉도 문제였지만 글에 대한 자격지심 탓이었다. 나의 글이 아닌 누군가의 글만 보고, 있는 힘껏 사회성을 발휘해 칭찬을 해야 한다는 게 도무지 내키지 않았던 것이다. 게다가 펜만 잡으면 어떤 세계에서도 주연이던 내가 조연으로, 다시 단역으로 희미해지는 것을 참을 수 없을 것 같았다.

　그렇다고 평생 소설과 시만 보고 살다가 특별한 장기도 없는 내게 주어진 선택지는 몇 안 되었다. 글과는 거리가 있되, 아주 멀지도 않고, 운전면허증만으로도 취업이 가능한 곳. 하지만 적어도 날 단역처럼 보이지 않게 할 자리. 그렇게 나는 웹툰 PD가 되었다.

　웹툰, 이름 그대로 웹상에서 서비스되는 만화를 뜻한다. 소설 다음으로 영화와 그림을 좋아했기에 썩 만족스러운 직업 같았다. 게다가 PD라는 이름이 주는 힘이란 모름지기 편집자라는 단어보단 좀 더 있어 보였다. 굳이 따지자면 영문 직업명이 돈도 더 잘 벌 것 같았고. 주요 업무로는 웹툰 산업의 미래를 고민하는, 제법 있어 보이는 일을 할 거란 기대로 가득했다.

그런데 웬걸? 스토리 구상부터 콘티, 선을 긋고 색을 붓는 것까지 모든 공정을 확인하고 의견을 주는 것에 그치지 않고 작가들 개개인의 모자란 부분을 일일이 찾아 가르치기까지 해야 했다. 글뿐만 아니라 그림까지도 다룬다는 것만 빼면 편집자와 하는 일이 똑같았다. 게다가 웹툰 판의 작가들은 대체로 나이가 어렸다. 과거 출판만화 시절엔 만화가 아니면 안 되는, 이른바 진짜 작가들만이 살아남았다. 반면 당시엔 갑자기 불어난 업계의 몸집을 작가 수가 따라가지 못하는 실정이었다. 때문에 궁여지책으로 콘티든 선이든 채색이든 뭐 하나라도 잘하면 작가님, 작가님, 하며 모셔가기 일쑤였다. 작가란 이름엔 반드시 책임이 뒤따른다고 배웠는데……, 그 책임마저도 PD가 짊어져야하는 형국이었다.

진한 자괴감이 밀려왔다. 이따위로 사는 게 맞는 건지, 아니면 인생은 원래 시궁창인 건지, 그렇다면 어째서 난 더 잘 살아내지 못하는지 자존감도 뚝뚝 떨어졌다. 그렇게 녹초가 된 몸을 지하철 막차에 실은 어느 날이었다. 하필이면 만차, 덜컹거리는 진동에 몸도 가누지 못하던 중 내 앞에 선 누군가의 휴대전화 화면이 시야에 들어왔다.

익숙한 대사와 수백 번은 더 본 그림. 그 누군가는 내 작품을 감상하고 있었다. 정확히는 내가 PD로서 담당한 작품이었다. 그것은 소설을 웹툰화한 작품이었다. 이미 원작이 있는 만큼 작업이 수월하다고 생각할 법도 하지만, 오히려 난이도가 훨씬 높았다. 원작의 이야기와 감성은 잘 살리되, 웹툰의 흐름에 맞게 흐름을 재구성하고 보다 직관적으로 보이도록 여러 번의 각색을 거쳐야만 했다. 이처럼 공정이 많기에 연재 스케줄을 맞추려면 하루도 허투루 보내선 안 되었는데 이런 마음을 아는지 모르는지 담당 작가는 연재 부담감에 맨날 울기 바빴다. 낮이고 밤이고 작가를 지극정성으로 달래며 처음부터 끝까지 내 의견을 담아 만든 탓이었을까? 무명 독자의 손가락을 따라 컷이 하나둘 넘어갈 적마다 침이 꼴딱꼴딱 넘어갔다. 이내 독자는 댓글창에 감상을 적기 시작했다.

'ㅋㅋㅋ졸라 재밌네요. 작가님이랑 담당 편집자 개쩌는 듯.'

토독토독 떠오르는 활자들을 따라 기운이 쑥쑥 솟아나는 것 같았다. 내가 쓰고, 그린 작품도 아닌데, 내 이름이 알려진 것도 아닌데, 심지어 독자가 그 작품에 결제한 금액이 내 통장에 꽂히는 것도 아닌데! 종착지까지 3회분을 더 결제해 감상하는 독자의 뒷모습을 보며 나는 오래도록 잊고 지낸 기억들을 떠올렸다.

문예창작과에 입학해 처음 시와 소설을 썼을 때, 동기와 선후배들의 호의적인 감상을 한껏 받았을 때, 선생님들의 정성 어린 합평에 감사함을 느끼던 때, 한 글자라도 써질까 싶어 술을 마구 들이키던 때, 그 모든 기억의 파편이 내 몸 구석구석에 자리하고 있었다.

결국 누군가의 응원이 그리웠구나 싶었다. 학부도 모자라 대학원까지 아등바등 진학한 것도 결국은 그 관심과 응원이 좋았던 거라고 인정할 수밖에 없었다. 사회에선 일은 일일 뿐, 그것에 연연하지 않는 것이 멋진 어른이자 프로라고 생각했는데 나는 참으로 구질구질하고 못난 사람이었다. 넌 지금 잘하고 있다는 응원과 관심이 너무나도 절실한 사람이었다.

이 일을 계기로 글에 대한 자격지심이 거짓말처럼 사라졌다. 글이 더 이상 밉지 않았다. 물론 그렇다고 펜을 다시 잡은 건 아니지만, 내가 소설가가 되었더라도 느꼈을 창작의 고통을 매일 겪으며 살고 있다. PD는 원고를 있는 그대로 편집만 하는 직업이 아니라, 매우 많은 부분에 관여하는 이름 없는 작가와 마찬가지이니까. 지금, 이 에세이를 쓴 뒤로도 원고 마무리를 위해 야근을 해야 하지만 동시에 수많은 사람들이 내 작품을 기다리고 있다는 것을 잘 알고 있다. 그러니 더는 부끄럽지 않다. '편집자'라는 이름이.

11학번. 졸업 후 바로 대학원에 진학해 석사를 수료한 후 2019년부터 현재까지 카카오페이지에서 웹툰 PD로 재직 중이다.

책과 글이 열어준 길

문혜진 | 독서지도사

전공을 살려서 먹고 살 수 있을 줄은 몰랐다. 그건 등단을 하거나 출판사에 입사해야만 가능한 일이라고 생각했다. 등단할 깜냥도 안 되고, 출판사 일도 적성에 맞지 않는 내가 전공을 살릴 길은 막막했다. 적당히 할 수 있는 일을 하되 책과 글, 내가 세상에서 가장 사랑하는 이것들을 생계와 생활의 여집합에 그나마 남겨두는 것만이 내게 남은 선택지 같았다.

졸업을 한 지 7년이 흐른 지금, 나는 책과 글로 먹고 산다. 사실 아직 온전히 이 일만으로 먹고 산다고 말할 수는 없지만 책과 글이 취미를 넘어 커리어가 된 지금의 현실에 나는 꽤 만족하고 있다.

인구 5만이 채 되지 않는 충북 영동군에서 나는 독서지도사로 일한다. 용어조차 생소한 이 직업을 어떻게 해서 하게 되었는지에 관해서는 영영 덮어두기로 하자. 그건 정말인지 운이 좋았다고밖에 말할 수 없다. 연고 없는 시골에서 어떻게든 살아보려는 나에게 기꺼이 기회를 준 어른들 덕분이라고 하겠다.

간단히 말하자면 나의 일은 유치원생부터 어르신들까지 다양한 연령

대의 사람들에게 책을 추천하고, 책과 관련된 질문들을 준비해 토론을 주도하며, 개개인이 더욱 폭넓은 독서를 경험할 수 있도록 돕는 일이다. 말하자면 혼자 읽을 때와는 또 다른, 함께 읽기의 즐거움과 가치를 창출하는 일이라고 할 수 있다.

특정 연령을 가려 수업을 하지는 않지만 최근 교육현장에서 독서와 문해력의 중요성이 강조되다 보니 내가 가장 많이 만나는 이들은 초등학생과 중학생이다. 학교나 도서관 등의 공공기관에서 특정 주제로 책을 선정하고 그에 맞는 독후활동으로 수업을 꾸린다.

내가 가장 좋아하는 책과 글로 아이들을 만나는 일은 대체로 즐겁고 적성에도 꽤 잘 맞다. 하지만 세상 모든 직업에 각기 다른 애환이 있듯 내가 사랑해마지않는 이 일도 마냥 꽃길은 아니다. 책을 읽고 느낀 점을 써보라고 하면 "모르겠어요, 그냥 말로 하면 안 돼요?"라고 하는 아이들에게 다섯 문장을 쓰면 초콜릿 하나를 주겠다고 회유하는 일도, 책을 읽고 토론하는 수업에 책을 읽어오기는커녕 책을 들고 오지도 않는 아이들을 붙들고 한 줄이라도 읽게끔 독려하는 일도, 이제는 조금 익숙해졌지만 피곤한 건 어쩔 수 없다.

"혐오표현을 쓰면 왜 안 돼요?", "페미니즘은 나쁜 거 아니에요?" 깜빡이 없이 불쑥불쑥 들어오는 질문들도 그렇다. 나에게는 너무도 당연한 것들을 정말 몰라서 묻는 아이들 앞에서 여전히 머릿속 생각의 반의반도 조리 있게 설명하지 못한다. 마음만 잔뜩 앞서서 횡설수설하기 일쑤다. 어쩌다 '선생님'이라고 불리게 된 내가 그 말에 부끄럽지 않게 무언가 가치 있는 것을 가르치고 있는지, 내가 무심코 하는 말들이 외려 편견을 더하고 있지는 않은지, 고민이 반복될수록 말수는 점점 줄어든다.

잔뜩 쪼그라든 마음으로 내 일을 생각할 무렵, 길을 걷다가 아이들이 나를 부른 일이 있었다. 아줌마라고 불린 충격도 잠시, 아이들이 모인 곳으로 가보니 한 아이가 코피를 흘리고 있었다. 다른 아이와 장난을 치다가 넘어져 코피가 난 모양이었다. 급한 대로 근처 카페에서 휴지를 빌려와 흐르는 코피를 닦아주었다. 휴지로 피가 나는 쪽 콧구멍을 막아주려고 했는데, 아이의 콧구멍은 내가 막연히 생각한 것보다 훨씬 작아서 몇 번이고 휴지를 다시 말았다. 간신히 적당한 사이즈로 휴지를 말아 코를 막아주니 그제야 아이의 울음도 멎었다.

그때 나는 내가 아이들이 길에서 언제든 도움을 요청할 수 있는 사람, 그러니까 진짜 '어른'처럼 보이는 나이가 되었다는 것을 알았다. 그런 요청을 받았을 때 물러설 수 없는 책임이라는 게 생겼다는 것도. 동시에 그날 나는 내가 어떤 순간에 어떤 장소에 다만 존재하는 것만으로도 누군가에게 도움이 될 수 있다는 것을 알았다. 대단한 사람이 아니라도, 그저 그 순간 그곳에 있으면서 내가 할 수 있는 일을 하면 되었다.

경력 5년을 갓 넘긴 지금, 독서지도사라는 일도 그런 것이라고 생각한다. 그저 삶의 한순간 서로의 곁에 있는 일. 책과 글이라는 근사한 명분을 가지고.

내향적이고 낯을 가리는 내가 어째서 여러 사람 앞에서 말을 하는 일을 하게 되었을까 싶지만 마냥 장난기 가득하던 아이가 자신을 '숨바꼭질을 하며 주인을 한참 찾다가 자신이 술래가 아니라는 걸 알아버린 강아지'라고 쓸 때, 줄곧 수줍던 아이가 깨알 같은 글씨로 '나에 관한 가장 중요한 사실은 군인인 아빠랑 같이 살지 못한다는 거야.'라고 쓸 때, 나는 나의 일이 말하는 일이 아니라 듣는 일임을, 삶의 정답을 찾는 일이 아니라 무수한 오답 속에서 함께 헤매는 일임을 깨닫는다.

이 일을 시작하기 전에 같은 일을 하는 선배에게 물었다.

"제가 아이들에게 영향을, 그러니까 나쁜 쪽으로 끼치게 되지는 않을까요?"

그때 선배는 이렇게 말했다.

"네가 아이들에게 영향을 미치는 것 이상으로 아이들이 너에게 더 큰 영향을 미칠 거야."

과연 그 말대로 나는 아이들을 만나기 전과는 다른 사람이 되었다. 아이를 낳지 않을 거니까 미래에 대해서는 걱정하지 않아도 된다고 생각했던 내가, 세상이 이 지경인 것은 내 잘못이 아니라고 생각했던 내가 이제는 그게 아니라는 것을 안다.

지금 내가 마주한 이 아이들이 살아갈 미래는 오늘보다 조금 더 다정하기를, 그렇게 바라며 이 순간 이곳에서 내가 할 수 있는 일을 한다. 부지런히 책을 읽고 세상의 다양한 목소리를 듣고 더 나은 세상을 위한 질문을 던지는 일을. 그러니까 기꺼이 서로의 곁에 있는 일을.

11학번. 대학 졸업 후 충북 영동에서 다양한 사람들과 함께 책을 읽고 그와 관련된 이야기를 나누며 더 많은 사람들이 글쓰기에 다가갈 수 있도록 돕고 있다.

자주 생각한다

강동욱 | 출판편집자

　나는 졸업한 뒤 편집자가 되었고 최근에는 명지대학교 문예창작과에서 강연자로 서기도 했다. 출판 실습 강의 마지막 시간에 학생들의 기말과제물 발표를 모두 들은 뒤, 출판사 취업 노하우와 편집자 초년생으로서 느낀 바를 들려주는 시간이었다. 졸업을 앞둔 4학년 수업이었고, 최근에 우리 출판사의 팀장님이 편집한 책이 한 발표의 레퍼런스로 쓰여서 조금 웃겼다. 친구들의 발표를 들으며 꾸벅꾸벅 조는 학생, 발표 날임에도 지각해서 헐레벌떡 닫힌 강의실 문을 노크하고 들어오는 학생, 처음부터 끝까지 집중하는 학생들을 보며 이런 말을 해주고 싶었다. 언젠가 이 시절의 친구들, 교수님과 같은 공간에 모여 앉은 풍경을 소중히 간직하게 될 거라고. 풍경 속에서 건져 올린 것들에 대해 생각하게 될 거라고.

　학과에서 (말 그대로) 수많은 과제들을 처리하면서 생긴 확신이 있다면, 앉아서 쓰기 시작하면 뭐든 나온다는 것이다. 물론 이 작업은 시작하기가 왜 이렇게 힘든 건지, 왜 하나하나가 모두 처음 쓰는 것처럼 낯선 건지는 잘 모르겠다. 아무튼 덕분에 나는 꽤 직업훈련이 잘 된 상태로 편집 일을 하게 됐다. 자의로든 타의로든 출판된 텍스트를 꾸준히 읽어왔기에 문법적으로, 논리적으로 정리되지 않은 문장을 골라내는 교열 연습을 따로 할 필요가 없었다. 한 책을 마감한 뒤 꼭 뒤따르는, 편집자들 대부분이 제일 괴로워한다는 보도자료 작성도 내겐 그다지 힘들지 않다. 학부 내내 해왔던 과제들과 대동소이하니. 세간의 인식과는 별개로 이제 와서 보니 문창과는 꽤 괜찮은 직업양성소였던 것 같다.

1학년 첫 소설 창작 강의에서는 주마다 정해진 합평자가 단편을 제출했는데 내 순번은 꽤 뒤에 있었다. 쓰는 연습은커녕 읽은 것조차 부족하지만 문창과에 들어왔다는 자의식이 넘치는 1학년 학생들이 쓴 합평작에 교수님은 번번이 쓴소리를 하셨다. 제발 제대로 된 단편이라도 좀 보고 싶다며, 이런 작품을 낼 거면 차라리 소주나 들고 오라며. 역시 내 단편도 크게 다르지 않았으니, 나는 미친 척 수강생 수만큼 소주를 준비했다. 피식 웃더니 카드를 건네면서 안주 거리나 좀 사오라고 하시던, 붙여놓은 책상에 소주와 순대를 펼쳐놓고 자신에게 뭐 궁금한 게 없냐하시던 교수님. 내가 그때 무슨 질문을 했는지 전혀 기억나지 않지만 교수님은 그런 하느니 마느니 한 질문을 하냐며 크게 웃으셨다. 하느니 마느니 한 질문, 하느니 마느니 한 질문……. 오랫동안 합평작을 못 쓴 일보다 내 질문에 대한 부끄러움이 잊히지 않았다. 그날 이후로 열심히 읽었다.

졸업하고도 선생님들과 종종 통화를 한다. 만나서 밥을 먹거나 술을 마시기도 한다. 학교 얘기, 근황 얘기를 주고받으면 즐겁고 웃기고, 취한 걸음으로 나란히 찬바람을 맞는 순간은 아늑하다. 선생님도 그럴까? 그랬으면 좋겠는데. 그러고 보니 좋은 제자가 되는 방법은 어디서도 읽어본 기억이 없다. 청출어람 같은 건 너무 어려운데. 언젠가 눈이 비와 섞여 내리던 밤에 술에 취해서, 저는 서른이 넘었는데 아직도 선생님한테 배우고 싶고 선생님을 따라 하고 싶고 선생님이 필요하고 선생님이 보고 싶어요, 고백했을 때 선생님은, 나는 이제 쉰이야, 아우 쉰 돼봐, 쉰 되면 외로워, 하고 말씀하셨다. 그렇게 말씀해주셔서, 감사하고 좋아서 헤헤 웃었다.

지금 시를 같이 쓰는 승열, 재성, 재영, 준하, 태형, 형욱은 졸업하고 나서야 친분을 쌓기 시작했다. 누구보다도 시라는 형식에 대한 고민을 진지하게 나누고, 서로의 시를 충실히 들여다봐준다. 모임에 다녀오면 친구들이 던진 시에 대한 좋은 질문이 내 내면에서 또 다른 질문의 파문을 만들어내는 모습을 본다. 나는 이런 저런 사정으로 졸업하고 나서야 시를 함께 읽고 쓰는 모임에 들어갔다. 학교에 다니면서 함께 진즉 밟고 넘어가야 했을 돌다리를 뒤늦게 따라 건너고 있는 나를, 건너편에서 기꺼이 기다리며 환대해주는 동료들에게 마음 깊이 고맙다. 어쩌면 지금 내가 제일 크게 의지하고 있는 선생님은 당신들일지도 모르겠다.

"시인들이란 모름지기 환영들과 나직한 대화를 나누며, 한 걸음 한 걸음 시를 써나가는 것 같다. 환상이란 저 너머에서 이곳으로 던지는 낚싯바늘과 같은 것이라 아직 살아 있는 자들은 모두 그 미끼를 덜컥 물 수밖에 없다. 피를 물지 않고 어떻게 인간의 삶을 이야기할 수 있겠는가."[1]

요즘은 이 말에 대해 자주 생각한다. 따로 용기 따위는 필요도 없을 정도로, 미끼를 덥석 물고 다가오는 것들을 온전히 받아들이도록 자신

---

1)   이근화, 「한 걸음의 시」, 『2021 현대문학상 수상시집: 이미지 사진 외』, 현대문학, 2020, p. 228.

를 추동하려면 제대로 "살아 있"어야 한다는 얘기로 들린다. 제대로 살려면 어떻게 해야 하나. 죽음을 생각하기, 의심하기, 질문하기, 함께하기……. 규칙적으로 운동하고 잘 자기?

그런 생각을 하며 졸업한 지 이제 3년이 다 되어간다. 학교 밖에서의 일상은 생각보다 빠르게 흐른다. 커피는 아침, 점심 하루에 두 잔만 마시고, 매일 사무실에서 여러 가지 글을 읽고 고치고 또 쓴다. 퇴근하고 별일이 없으면 알리오 에 올리오 혹은 밥에 스크램블에그와 케첩을 비벼 먹고 책을 읽는다. 조금 머리를 식혔다가 아홉시가 되면 연인과 통화하며 루틴대로 운동한 뒤 씻고, 다시 책을 읽거나 시를 쓴다. 쓴 시는 격주로 동료들에게 보여주는데, 주로 모임 전날 헐레벌떡 몰아서 쓴 시들은 형편이 없고 동료들에게 그런 걸 들고 가는 몰염치에 늘 민망해진다. 써놓고 보니 내 생활이 학교 다닐 때와 크게 달라진 점이 없구나 싶고, 앞으로도 이랬으면 좋겠네, 자주 생각한다.

14학번. 2021년 2월에 시 전공으로 졸업하였다. 출판사에서 편집자로 일하며 책을 만든다. 열심히 책을 읽고, 틈틈이 시를 쓴다.

작지만 명확한
전진이라고 부르자

오해찬 | 북팔 PD

    오전 여덟 시 이십 분에 5012번 버스를 타고 여의도환승센터 역에서 내립니다. 정거장 기둥 앞에서 김밥을 파시는 장성균 씨에게 계좌이체로 오천 원을 송금하고 저당 김밥 한 줄을 건네받습니다. 계좌주의 이름일 뿐, 그분이 장성균 씨가 아니라는 사실은 알고 있습니다. 매일 다른 사람이 그 자리에 서 있기 때문입니다. 씻은 묵은지와 맛살, 우엉과 당이 낮은 쌀로 밥을 지어 쌌다는 그 김밥을 살 때마다 저는 열두 살 때 즈음이 떠오릅니다. 딱 절반 가격으로 비슷한 구성의 야채 김밥 한 줄을 살 수 있던 때라서, 충청남도 작은 고장의 시내 김밥집에서 그 한 줄을 챙겨 먹고 엄마 직장으로 돌아가 종일 책을 읽던 감각이 되살아나기 때문입니다. 감상에 젖기보다도 그때로부터 지금 물가가 두 배나 올랐다는 사실에 생활인다운 충격을 받고 빠르게 사람들 사이로 섞여듭니다. 아무리 공상하는 게 일상이었던 열두 살 때도 제가 여의도로 출근하는 회사원이 될 줄은 생각도 못 해봤습니다. 집중력을 위해 아침밥을 필수로 챙겨 먹되 혈당은 줄여야 한다거나, 정장처럼 보이면서 허리는 고무줄로 된 편한 바지들이나, 비교적 버스에 사람이 적은 출근시간대가 언제인가 같은 세속의 일은 외계보다 더 먼일이었습니다.

중앙대 문예창작학과에 입학한 2015년 스무 살 때의 저 역시 2023년의 어느 아침 어두운 얼굴로 정장맨들 사이를 샥샥 피해 전진하는 샐러리맨인 저를 상상할 수 있었던 건 아닙니다. 대학 시절의 저는 더더욱 문학으로 밥 벌어 먹고사는 것이 유일한 장래 목표였던 '문청'이었기 때문입니다.

수업에 나가면 제가 사랑한 작가들이 교수님으로 서서 제 삶의 문제들이 어떻게 문학적으로 해석될 수 있는지 조언해주시고, 학우들과는 밤새 문학으로 세상을 바꿀 수 있느냐 없느냐 설전하면서 울고, 위로하고, 위로받던 나날을 보냈기에, 아, 삶이란 단순히 먹고 사는 일의 반복만은 아니구나, 그때 중대 문창이라는 세계 안에서 저는 깨달았던 것 같습니다.

그럼에도 졸업 후엔 지난날의 꿈이 실전의 사회를 충분히 겪어보지 않아 가능한 공상에 불과했었다는 사실을 깨닫는 때가 오는 것 같습니다. 문창과 졸업생으로 취업 시장 속에서 눈에 띄려면 까다로운 자기객관화 과정을 거쳐야만 하는 때가 오듯이 말입니다.

저 같은 경우는 학내 진군나팔 동아리에서 활동했던 시절을 '정기적으로 문예집을 기획하여 발간했던 출판 대외활동'으로, 진흙과 통나무에서 예술 노동의 가치를 주장한 무크지를 발간한 일은 '창업 동아리 사업에 선정되어 크라우드 펀딩을 성공시켰던 대외활동'으로, 소수자인권위원회 대변인으로 활동했던 일은 '교내 인권센터를 운영한 대외활동'으로 탈바꿈시켜 포트폴리오에 기록했습니다. 학과를 유독 사랑해서 여기저기 안 끼던 곳이 없었던 만큼 대외활동 부자가 된 것은 좋았으나, 이력서를 쓰는 내내 못내 슬펐던 기억이 있습니다. 거짓말을 한다는 느낌 때문이라기보다, 저보다 먼저 사회인이 되었고 이제 곧 저처럼 한 시기를 지나올 선후배 동기 문청들이 떠올라서였습니다.

지원한 사업체에 합격하고 불합격하는 과정은 저를 거쳐간 여러 가지 정체성이 '쓸모'라는 단순한 기준으로 잘려나간다는 면에서 씁쓸한 경험일 수밖에 없었습니다. 사업체의 기준에서 쓸모란, 재생산이 가능한지에 대한 증명일 텐데 저는 이미 제 일부를 감추면서 시작했으니 언젠간 쓸모없다는 사실이 들통나거나 반대로 끝까지 완벽하게 감추다가 '진짜 나'를 잃어버릴지도 모른다는 공포마저 있었습니다. 유난스럽게 비칠지 모르지만, 제 삶을 문학 외의 다른 일에 제공한다는 사실이 그맘때는 일종의 포기처럼 느껴졌던 것 같습니다. 그 외로움을 유달리 저만 느끼진 않았을 테고, 저는 온 세상 문청들을 끌어안고 싶었습니다. 서울시 한복판에 높은 건물을 한 채 사서 피츠제럴드가 자주 가던 살롱처럼 꾸며놓고 일 층은 술집, 이 층은 작업실, 삼 층은 '문연자'로 만들어 모든 문청의 숙식을 해결해주고 취업 걱정일랑 일절 할 필요도 없게끔 해주고 싶었습니다.

그랬다면 참 좋았을 뻔했지만. 저는 곧 연봉 2400만 원을 받고 강남의 한 마천루로 출근을 시작했습니다. 코로나 시국과 맞물려 한창 성장하던 각종 콘텐츠 업계 중 웹 소설 업계에 PD로 발을 들인 후, 처음 일 년 동안은 눈코 뜰 새 없이 바빴습니다. 관용적 표현만이 아니라, 밤에는 작가와 아침에 올라갈 신규 원고의 내용을 의논하다 잠들었고 아침에는 눈뜨자마자 실시간으로 올라간 회차의 독자 반응을 살피며 출근했습니다. 종이 지면이 아니라 스마트폰 플랫폼으로 감상하는 짧은 연재물인 웹 소설은 접근성 덕에 많은 독자를 포섭하고 있습니다. 오 분 전에 올린 글에 대한 독자의 감상을 곧바로 확인할 수 있다는 사실이 저로선 유독 낯설고, 두렵고, 정신없이 바쁘지만 즐거운 장르였습니다. 말이 되도록 글을 정돈하고 스토리를 짜는 일이야 문창과에서 밥 먹듯이 하던 일이기 때문에 별로 힘들 것도 없었습니다.

저는 작가들에게 평균 오천 자 분량의 한 회차 안에서 적어도 한 가지의 '후킹^hooking 포인트'를 만들어 달라고 주문하고 있습니다. 소설 수업에서 배웠던 표현으로 치환하자면 그 글의 메시지 내지, 의미입니다. 오늘 회차로 작가님이 독자들에게 전하고 싶은 것이 뭔가요, 그렇게만 물어도 척하면 척하고 재미있게 만들어오는 고마운 때가 있는가 하면 아쉬운 때도 물론 있습니다. 제가 가장 잔소리가 심해지는 상황은 주인공이 실패만 하다가 끝나는 한 회차를 마주할 때입니다. 대부분 웹 소설 독자들은 등하교 시간, 출퇴근 시간, 쉬는 시간, 점심시간, 일과를 마치고 잠들기 전 잠깐 짬을 내서 작품을 감상합니다. 지쳐서 다 때려치우고 싶을 때 잠깐의 기분 전환을 위해 어플을 켰을 그 사람은 기쁨이든, 연민이든, 쾌감이든, 대리만족이든 온종일 눌러온 감정을 해소하고 싶은 상태입니다. 가능한 긍정적으로요. 지엽적인 문제들로만 가득 찬 내 삶이 어떻게 문학으로 쓰일 수 있을지 자조하고 우울할 때의 저와 다를 바가 없습니다. 그때 저에게 헤르타 밀러의 책을 빌려주고, 제 소설의 못난 점에 대해 통렬하게 지적해주는가 하면 밤새 함께 술잔을 기울여준 문청들의 얼굴이 기억납니다. 그 기억들이 아직도 저를 쓰게 하고, 살게 하고 있습니다. 각자의 일상에 지친 불특정 독자들이 자신을 대입할 수 있는 캐릭터를 통해 그 정도의 위로를 얻거나, 작지만 명확한 전진을 해내는 주인공을 보고 '오늘도 잘 읽었습니다.' 정도의 댓글을 남긴다면 그 회차는 더할 나위 없는 것입니다.

저는 일 년 반 동안 강남 인근에서 치열하게 첫 회사생활을 경험하고 지금의 회사가 있는 여의도로 넘어와 여전히 PD 일을 하고 있습니다. 삼 년 차 회사원이 된 지금도 제가 회사원이라는 자각을 크게 하진 못하지만, 문학이 존재하는 자리를 찾아내는 눈은 어쩐지 지난날보다 넓어졌다고 생각합니다. 만약 정말 피츠제럴드 살롱을 지어서 문청들과 전과 같은 시간을 보냈다면 영영 발견하지 못했을 삶의 중요한 의미들이 있기 때문에요.

그런 면에서 중대 문창에서 제가 배운 것 중 무엇보다 소중한 건 자긍심입니다. 좋은 소설이 무엇인지를 넘어 좋은 인간이란, 좋은 삶이란 무엇인지 양보 없이 고민하던 시절이 있었다는 긍지는 매일 같은 버스를 타고 비슷한 옷을 입고 환승센터에 내리는 아침에도 제 안에 계속 살아 있기에. 두려운 일이 더 많은 하루에도 끝내 기대를 품고 삶에 더 다가가게 만들기에.

❚ 15학번. 웹소설, 웹툰 서비스 콘텐츠 기업 ㈜북팔 재직 중이다

다시, 학생

김수진 | 소설가

밤이 늦어 어둡고 쓸쓸했다.

회사 다니며 문학의 꿈을 담금질하는 사람들을 위한 문학아카데미 저녁반을 마치고 돌아오는 길이 그랬다. 50을 넘긴 나이였고 다닐 회사 또한 없어서 더 그렇게 느꼈다. 코로나 시국에도 강의실을 꽉 채운 열기는 나를 어찌나 주눅 들게 하는지……. 아카데미에선 시, 소설, 출판 등 등 수강과목을 마칠 때마다 고객 만족 설문지를 돌렸고 첫 줄에 이름과 직업을 써야 했다. 주부라고 적었다. 그러곤 잠시 망설이다 볼펜 글씨 위에 두 줄을 긋고 (전)카피라이터라고 썼다.

2022년, 코로나 기세가 한풀 꺾였다.

대학생인 아이가 교정으로 돌아갔다. 남편도 재택근무를 마치고 회사로 복귀했다.

나도 돌아가고 싶었다. 쉰넷의 나이에 흑석동 대학원생이 되었다. 내 리를 떠난 지 31년 만이었다.

크게 달라질 건 없을 것 같았다. 늘 읽고 쓰는 삶이었으니까.

하지만 대학원 생활 두 해 동안 세상이 뒤집혀 보일 정도로 변화가 일어났다. 첫째로 여러 명의 동지가 생겼다. 합평 후 화장실에서 눈물을 쏟아내게도(?) 했지만 분명 내 글을 읽어주는 독자이자 동지다. MZ세대와 X세대의 수평적 관계이고 교실에서 우리는 동등하다.(이름 뒤에 붙는 낭랑한 '샘' 호칭이라니.) 두 번째, 가르침을 받고 뒤따를 스승을 만났다. 지면을 통해서나 뵐 수 있던 빛나는 북극성이고 전설의 일각수인 선배 문인들이 스승이 되어 곁을 내주고 매주 이름을 불러주었다.(출석 체크는 대학원 학점에 중요하다.) 세 번째, 스승과 동지의 격려 속에 응모한 단편 소설이 『한국소설』 문예지에 신인상으로 당선되었다. 하늘이 도운 재학 중 등단이었다.

　인생 총량의 법칙이 있다.

　행복의 기쁨이든 불행의 고통이든 사람마다 평생에 걸쳐 경험할 수 있는 총량이 정해져 있다는 말이다. 나의 경우 못다 한 경험 총량을 채워야 할 '무언가'는 대학원 과제를 통해 나타났다. 산더미 같은 리포트와 졸업 논문 자료들은 부정과 환멸을 거쳐 자아분열을 조장하더니 급기야 '깜박깜박 건망증 신'을 매일 접신케 하고 그마저 '다 내려놓는' 해탈의 경지에 다다르게 했다. 만약 실컷 노는 자제분들이 걱정되어 그들에게 경종을 울리고 싶다면 언제든지 나를 모델로 보여줘도 된다.

　해야 할 때 학교 공부 안 하면 늙어서라도 외계인보다 못한 이계인異界人이 되어 침침한 눈으로 작디작은 수강 신청 안내문을 읽어야 하고 필요한 파일만 날려버리는 노트북을 종일 상대해야 하며 단체 카톡방에서는 묵묵부답 유령이 되어 다들 나간 뒤에야 방가방가 이모티콘을 날리기도 한다는 걸 실시간으로 증명해 보일 수 있다.

스토리텔링 콘텐츠워크숍 게시판에 매주 업로드해야 하는 장편 소설이 풀리지 않아 끙끙대던 날이었다. 대학원 열람실을 나와 하염없이 걸었다. 흑석동 후문에서 전철역까지의 길은 좁고 가팔랐다. 늦은 시간이라 도로변 가게들은 거지반 문을 닫았지만 몇 번 들렀던 작은 밥집은 영업 중이었다. 프랜차이즈가 아닌 주인 손맛이 있는 곳이라 더욱 반가웠다.

식사를 마치고 계산을 하는데 주인아주머니 표정이 지치고 슬퍼보였다. "정말 맛있게 먹었어요. 국물이 끝내줘요." 엄지손가락까지 치켜세우며 내 딴엔 진심을 다해 칭찬을 했다. "맞아요. 새벽마다 농수산물 시장에 가 싱싱한 재료를 골라오지, 또 정성껏 만드니까." 잠깐 화색이 돌았을 뿐 아주머니 표정은 금세 어두워졌다. "무슨 일이 있나요?" 지나치지 못하고 물었다. 아주머니는 그런 나를 흘깃 보더니 쓸쓸하게 말했다. "날마다 밥하는 게 지겨워서. 돈 때문에 하는 게지."

며칠 후 또다시 그 길로 들어섰다. 가게들을 지나쳤고 손님 맞느라 분주한 밥집 아주머니를 봤다. 기운차게 주문받는 주인아주머니 눈빛이 반짝거렸고 두 볼은 상기되어 있었다. "오늘은 기분 좋으신가 봐요." 아주머니는 나를 기억했다. 주문한 비빔밥에 계란후라이가 두 개나 올려져 있었다. 방금 나간 손님 밥상을 치우며 아주머니가 겸연쩍게 덧붙였다. "유일한 낙이었던 드라마가 끝나서 기분이 처졌는데 각본 쓴 사람이 책도 썼다지 뭐야. 배송시켰어. 곧 온대요."

누가 뭐래도 우리를 위로하고 다시 살게 하는 것은 결국은 이야기다.

내 인생 총량을 채울 '무언가' 역시 이야기를 제대로 쓰는 거라고 믿는다. 이 글을 읽는 당신은 이야기를 쓰는 사람인가요? 아니면 이야기를 기다리는 사람인가요? 대답이 뭐든 이야기는 당신을 찬란한 조증과 울증의 세계로 초대할 겁니다.

87학번. 중앙대학교 문예창작학과 졸업. 동대학원 문예창작학과 석사과정 재학 중. 2023년 제75회 한국소설 신인상 수상.

너무 목숨 걸지 않기

정형수 | 드라마 작가

지난 5월, 오랜만에 안성캠퍼스에 다녀온 적이 있다. KBS 미니드라마 〈오아시스〉의 방영이 끝나고 문예창작학과에서 특강 요청이 있었기 때문인데, 나는 캠퍼스 내 버스정류장에서 내려 한동안 당황한 얼굴로 주변을 두리번거렸다. 분명 문창과 사무실과 강의실이 있어야 할 건물은 다른 학과가 사용하고 있었고, 조교가 일러준 건물을 찾아갔지만 실패했다. 결국 조교가 직접 나를 안내해주었다. 많이 변했다.

모교 특강이 이번이 처음은 아니었다. 서너 번은 했을 것이다. 하지만 이번 특강은 거의 십여 년 만이었다. 강의실 분위기는 화사했다. 봄이라 그런지, 학생들의 복장은 밝고 세련되었으며, 표정은 밝고 진지했다. '라떼'만 해도, 남학생들은 물론 가끔 여학생까지도 군인들의 야전점퍼, 일명 '야상'을 입고 다녔다. 정말 많이 변했다.

또 크게 달라진 점은, 학생들이 전공하려는 장르의 변화였다. 또다시 '라떼'만 해도 시와 소설 전공자로 양분되어 있었고, 간혹 소수의 학생들이 희곡이나 평론을 공부했다. 그것이 문창과에서 허용되는 문학의 영토였다. 그 영토 밖으로 나가 드라마 극본이나 영화 시나리오를 공부한다고 하면, 일단 가르치는 교수나 선배가 없기도 했거니와 당시 분위기로는 이방인 취급을 받았다. 한마디로 문학과는 거리가 먼 것으로 치부되었던 것이다. 그런데 지금은 꽤 많은 학생들이 영상 극본을 공부하고자 하고, 전담교수도 있다. 상전벽해라 할 만큼 많이 변했다. 이방인이 시민권을 받은 것이다.

나 역시 처음부터 드라마를 공부한 것은 아니다. 시를 전공했었다. 나름 좀 썼고, 문예지나 신춘문예 최종심에서 아깝게 떨어지기도 했다. 졸업 후에도 가을이 시작되면, 무슨 고시공부라도 하듯이 골방에 처박혀 신춘문예를 준비하곤 했다. 결국 시인으로 승천하지 못한 이무기 신세가 되었다. 해가 거듭될수록 스스로에 대한 재능부족과 게으름을 한탄하며, 취업도 하지 않고 어두운 나날을 보내던 시절이 계속되었다.

몇 년 후 엉뚱하게도 나는 당시 이방인 장르로 취급받던 드라마 작가로 승천하게 되었다. 시작은 불교방송 BBS였다. 한 선배가 불교방송에서 클래식음악 구성작가로 일하고 있었는데, 그만두게 되었다며 후속 구성작가를 구할 동안 일주일만 작가 자리를 지켜달라는 것이었다. 일주일, 한 달, 두 달……. 결국 후속 작가는 구하지 못했고, 나는 그곳에서 일 년 넘게 주저앉게 되었다. 생각해보라. '바하'와 '아바'ABBA도 헷갈릴 정도로 클래식에 문외한이었던 내가, 얼마나 개고생을 했겠는가.

그렇게 조금씩 방송을 알게 되었고, 방송의 꽃이라는 드라마를 공부하게 되었다. 헌데, 늘 좌절감만을 안겨주던 시와는 달리 드라마는 너무도 즐겁고 유쾌했다. 나에게 딱 맞는 옷을 입은 것 같았다. 교육원 학생 시절, 승승장구하며 낙오 한 번 없이 최상위반까지 올랐고, 졸업할 무렵에는 당시 드라마 왕국이라 불렸던 MBC 드라마 극본공모에도 당선되었다. 무려 3,000편이 넘는 작품이 응모한 공모전이었다. 그중 6편을 뽑는 치열한 경쟁이었으니, 당시의 기쁨은 너무도 컸고, 나도 이제 고생 끝, 행복 시작이라고 생각했다. 하지만 또다시 긴 터널이 기다리고 있었다. 1년 6개월의 인턴 생활 동안, 한 달에 한 편 꼴로 제출한 내 작품은 한 번도 방영되지 못했다. 다른 동기들은 많게는 5~6편 적게는 2~3편이 방송되었을 때였다. 드라마 PD들 사이에서 소문이 났다. 작가 잘못 뽑았다고……. 어느 젊은 피디는 작가실 앞을 지나다가 나와 시선이 마주치면 혀를 차기도 했다.

"사람은 좋은데 참……."

당시 드라마 왕국 MBC는 젊고 트렌디한 작품들로 드라마계를 이끌었는데, 나는 여전히 문학적이고 서정적이고 고루하고 따분한 작가였다. 경제적 어려움과 또 모멸감에 조금만 더 버텨보다가 안되면 출판계로 진로를 바꿀 생각까지 하고 있던 차에, 〈다모〉 극본집필 의뢰가 들어왔다. 이미 이름 좀 있는 서너 명의 작가가 달려들었다가 모두 손을 든 작품이었다. 밑져야 본전이라 생각하고 마지막으로 잘못 뽑은 작가에게 맡겼을 것이다. 그런데 그 잘못 뽑은 작가가 대박 사고를 쳐버린 것이다. 연달아 〈주몽〉까지 대박을 치고, 나는 일약 드라마계에서 몸값 비싼 작가 중 한 명이 되었다.

어느 날 저녁, 지인을 만나기 위해 불교방송 앞을 지나는데, 그 지인이 퇴근하는 누군가를 붙잡으며 불교방송 PD라며 소개해줬다.

"안녕하세요. 정형수입니다."

그 PD의 눈이 둥그레졌다.

"아, 안녕하세요, 문태준입니다."

내 눈도 휘둥그레졌다. 시인 문태준. 나와 어느 문예지 최종심에서 겨뤘던, 그 시 참 잘 쓴다는 문태준 시인이라니. 문태준 시인도 심사평에서 거론되었던 내 이름을 기억했다.

"부럽습니다."

우리는 똑같은 말을 동시에 내뱉었다. 나는 분명 훌륭한 시인이 된 그를 부러워한 것이 맞는데, 문 시인은 뭐가 부럽다는 것이었을까, 아마도 박봉의 종교방송 PD에 비해 몸값 비싼 작가라서?

그리고 또 십여 년이 흐른 뒤에 나는 한 저녁 모임에서 문학박사 도정일 교수님과 함께 식사를 하게 되었다. 내가 도정일 교수님께 인사드렸다.

"제가 교수님 덕분에 드라마로 밥벌이하고 삽니다. 고맙습니다."

도정일 교수님이 무슨 소리냐고 물었다.

"예전에 제가 OO문예지에 시를 응모했는데, 교수님이 저를 떨어트리고 문태준 시인을 뽑으신 바람에, 제가 이 길로 들어서게 된 겁니다."

그랬더니, 도정일 교수님은 바로 나를 기억해내시고는 호탕하게 웃으시며 반겨주셨다.

이렇게 많이 바뀌었다. 또 언제 바뀔지 모른다. 세상도, 인생도. 나는 우리 후배들이 너무 간절하게 목숨 걸고 꿈꾸지 않았으면 좋겠다. 너무 간절하게 꿈꾸다 실패하면 절망도 그만큼 깊어진다. 그런 날이 반복되면 다른 기회가 왔을 때, 일어설 힘이나 남아 있겠는가. 지금 걷는 한 치 앞 발걸음만 살피자. 넘어지지 않게. 크게 보되 눈앞을 자세히 살피며 걷자. 대관소찰大觀小察! 자기에게 맞는 옷이란 반드시 있다.

89학번. <상도>, <다모>, <주몽>, <드림>, <계백>, <징비록>, <오아시스> 등의 드라마를 집필했다.

"문창과가 우리에게 해준 게 뭐냐?"

김대영 | 메가존 펜타클 캠페인 부문장·전무

며칠 전 93년생 직원의 나이가 올해 서른이라는 말을 듣고는 적잖게 놀랐다.

93학번이 입학을 한 지 30년이 되었다. 직장생활 24년 차. 회사에는 이제 나보나 나이 많은 사람이 단 한 명뿐이다. 물론 직원이 100명 남짓한 작고 젊은 광고 회사라 그럴 수도 있다.

사회생활을 하며 바람처럼 흘러오는 동문들의 소식을 듣는다. 하지만 내가 걸어온 길에서 만난 동문들은 드물었다.

한겨레신문사 사옥에서 90학번 구혜영 선배를 오다가다 만난 것, LG텔레콤 재직 시절 우연히 90학번 최은주 선배와 조우한 것을 빼면 LG유플러스를 지나 라이나생명에 몸담는 동안 같은 회사나 분야에서 동문을 만난 적은 손에 꼽을 정도다.

내 업이 글로 먹고 사는 일과는 다소 거리가 있는 탓일 터다. 문예창작학과를 졸업하고 마케터로 일하는 사람이 과연 얼마나 있으랴.

그렇게 직장 생활 대부분을 나는 대기업의 마케터로 살아왔다. 지금은 광고대행사에서 일한다. 겨우 8년 차. 명함에는 캠페인 부문장, ECD

라는 직함이 함께 찍혀 있다. 주로 기업들의 마케팅 전략을 짜고 광고를 만든다.

최근 2~3년 사이 KG모빌리티(구 쌍용자동차), 부라보콘, 비타500, 한게임, 한샘, 티맵 등등의 기업과 브랜드의 TV, 디지털 광고를 만들었다. 운 좋게 좋은 브랜드를 만나 좋은 캠페인을 할 수 있었고 회사는 입사 당시보다 조금 더 유명해졌다.

사실 광고대행사의 꿈은 대학 시절부터 있었다. 당시 적지 않은 선배들이 광고공모전을 준비했고 그런 모습이 자연스레 내 진로에 영향을 주었다. 운 좋게 산업디자인학과 친구들과 몇 개의 공모전에서 수상하기도 했다. 하지만 졸업을 앞둔 1999년, 지원한 여러 광고 회사에서 모두 보기 좋게 떨어지고 말았다.

지푸라기라도 잡고 싶었을까? 당시 잘 나가는 광고대행사에 다니던 한 선배를 만나러 이태원에 간 적이 있다. 친하지 않은 선배를 만나러 가는 데는 나름 용기가 필요했다. 기억이 힘을 잃어 대화 내용은 이미 삭제되었지만 그 만남 후로 더 이상 광고대행사에 지원하지 않았다. 그렇게 카피라이터의 삶이 아니라 마케터의 삶이 시작되었다.

그렇다고 마케터의 삶도 쉽지는 않았다. '조정래'는 알지만 '필립 코틀러'는 몰랐으니까.

오래된 일이지만 신혼집에 놀러 온 후배들은 마케팅 책만 가득한 책장을 보며 혀를 찼다.

대기업에서 마케터로 일할 때 '문예창작학과'라는 출신 성분은 이성적이며 논리의 허울을 좋아하는 윗분들에게 장점으로 어필되지 않았다.

마케터로 일하는 내내 좋아하던 소설책들과 멀리하게 된 이유다.

지금은 그때보다 소설책을 더 자주 읽지만 광고대행사인 지금의 회사에선 내가 가장 이성과 논리로 무장한 사람이다. 모든 건 상대적이다.

지금 내가 하는 주된 일은 상품이나 서비스의 마케팅 전략을 짜는 일이다. 경쟁 PT에서 이기기 위해, 더 나은 크리에이티브를 끌어내기 위해 커뮤니케이션 전략을 짠다.

전공과 무관한 줄 알았지만 지나고 보니 상품이나 서비스의 마케팅 전략을 짜는 일은 소설과 닮아 있었다. 늘 150페이지를 넘어가는 경쟁 PT 장표는 독자인 광고주의 마음을 헤아리고 완벽한 기승전결로 감동을 끌어내야 한다. 감동의 여부는 마치 베스트셀러의 인세처럼 수십억의 매출을 좌우한다.

나에겐 이 일이 소설 쓰는 일과 같다. 그러니 나는 한 달에 한두 번씩 소설을 쓰는 셈이다. 독자들에게 감동을 주기도 하지만 외면 받는 일도 허다하다. 아직은 독자인 광고주에게 외면을 받기보다 감동을 주는 일이 더 많으니 다행이다.

대학 시절, 문예창작학과를 졸업하면 글로 먹고 살 거라는 막연한 생각을 했다. 하지만 모두 글로 먹고 살 만큼의 실력이 있는 건 아니었다. 내가 그랬다.

돌아보니 나의 재주는 글 쓰는 능력이 아니었다.

남들과는 조금 다르게 생각해 보려는 시도. 내가 잘하는 영역은 그것이었다. 그 재주를 글이 받쳐줬다면 나도 자랑스러운 작가 동문에 이름을 올렸을까?

어쨌거나 다행히도 남들과 다르게 생각해 보려는 그 지점이 마케터로 살아온 나에겐 큰 도움이 되었다.

마케팅의 필수 요소는 늘 경쟁사와의 '차별'이기 때문이다. 그 유명한 애플도 'Think different'를 브랜드 슬로건으로 내세우지 않았나.

문창과를 졸업하고 맨땅에 헤딩하듯 사회로 나왔지만 나름 잘 살아왔다고 생각한다. 아내의 말에 따르면 오십 줄에 들어서도 광고 아이디어 이야기를 할 때면 눈빛이 반짝인다고 한다.

좋아하는 일을 업으로 삼을 수 있으니 큰 복이다.

대기업에서 나를 포장하는 데 전혀 도움이 되지 못했던 전공은 지금 꽤나 유용하다. 소설 쓰듯 마케팅 전략 장표를 만들 때가 그렇고 후배들의 카피에 훈수를 둘 때도 그렇다.

광고도 영상인지라 영화학과 부전공도 그럴듯하게 써먹는다.

돌고 돌아 마흔을 훌쩍 넘기고 들어온 광고대행사에서 전공을 써먹고 있으니 인생 참 재미있다.

만약 이십여 년 전 광고대행사에 다니고 있던 선배가 나에게 광고에 대해 따뜻한 조언을 해줬다면 어떻게 되었을까? 인생에서 가정은 세상 부질없는 것이지만 가끔 상상해 본다.

그때 이후, 나에게 찾아오는 후배에겐 온기 담은 조언을 건네리라 다짐했지만 다짐은 실천되지 못했다. 혹여 이 글을 보고 과 후배가 찾아오면 그 부담을 털어낼 수 있지 않을까? 글 쓰는 일이 업도 아닌 내가 95학번 김용수의 원고 청탁 부탁을 뿌리치지 못한 건 그 이유가 컸다.

등단하는 방법은 알려줄 수 없어도, 경쟁 PT에서 이기는 법은 제대로 알려줄 수 있으니까.

"문창과가 우리에게 해준 게 뭐냐?"
"역시 덕을 보려면 서울대 법대를 갔어야 했어!"

집에서 종종 아내와의 술자리 안주가 되는 문예창작학과 무용론.

근데 곰곰이 생각해 보면 사춘기 아들이 저 혼자 큰 것처럼 대드는 것과 다름없다.

아내는 글로 돈을 벌고, 나도 가짜 소설을 쓰며 돈을 벌고 있으니까 말이다.

93학번. 엘지유플러스 브랜드커뮤니케이션 팀장과 라이나생명 마케팅이노베이션부 이사를 거쳐 현재 메가존 펜타클 캠페인 부문장 겸 전무이다. 대한민국광고대상 대상, 소비자가 뽑은 좋은 광고상 대상, 문체부장관상, 뉴욕페스티벌, 스파이크스아시아, 에피어워드 등을 수상했다. 저서로 『테크피리언스』와 『좋아요를 삽니다』가 있다.

극과 글, 그 사이 어딘가

최민아 | 백석예술대학교 극작과 교수

"꼭 저런 애들이 과 물을 흐려놔."

선배들이 우리 뒤통수에 대고 그랬다. 사실 앞에서도 그랬던 것 같다.

하지만 선배들을 탓할 수는 없었다. 당시 학과를 지배하던 생각과 분위기란 게 있었다. 문학이라는 한 길을 파온 선배들에게 진지함이라고는 좀처럼 없었던, 학과의 깊은 전통과 상관없는 짓이나 하는 새내기들이 좋아 보일 리가 있으랴. 학과 동아리방에는 선배들의 온갖 총애를 받으며 열심히 철학책을 읽고, 글 쓰는 멋진 동기들이 있었다. 그에 반해 나를 포함한 동기 몇은 탐탁지 않은 눈길에도 아랑곳하지 않고 서울과 안성을 오가며 딴짓에 몰두하며 엉뚱한 작당을 하곤 했다. 어떤 연극이었는지 지금은 잘 기억도 나지 않는, 엉성하기 짝이 없는 연극 공연을 했고, 영화 시나리오를 쓴답시고 몰려다니기도 했다.

지금에야 고백하지만 나는 학과에 잘 적응하지 못했다. 요샛말로 아싸라고나 할까. 스스로 글을 제법 쓴다고 생각했고, 대학에 가면 뭔가 새로운 것을 쓸 수 있을 것 같은 막연한 희망으로 입학을 했건만 학과

시리벌예대·중앙대 문예창작학과 70년 기념 엔솔로지

분위기는 내가 예상했던 것과 달랐다. 엄밀히 말하면 내가 나를 몰랐던 거였다. 학생 운동으로 감옥에 있던 선배들은 내가 다가갈 수 없이 거룩해 보였고, 사회문제와 이념에 투철한 학과 사람들에게 나는 도무지 공감할 수 없었다. 합평 수업에서 글을 내놓고 깨지는 것도 무서웠고, 혼자 글을 쓴다는 것이 외롭고 처량하기까지 했다. 내가 원했던 것이 이런 것이었을까? 그리고 선배들은 왜 매일 술을 그렇게도 마셔대는 것인지……. 사람이 고팠고 나와 비슷한 생각을 가진 사람을 만나고 싶었다.

그러던 차에 옆 건물의 연극영화과의 수업을 하나 듣기 시작하면서 숨통이 트이는 것 같았다. 연극하는 사람들의 터질 듯한 에너지 수준과 내가 딱히 맞는 건 아니었지만 그들 사이에서 묘한 편안함을 느꼈다. 다시 내 속에서 꿈틀거리는 의욕을 느꼈고, 내가 이상한 게 아니라는 안도감, 뭔가 신나는 것을 찾은 반가운 느낌이었다. 어느 학기는 모조리 연극영화과 수업만 들은 적도 있었다. 그러다 잘 이해도 못했던 학교 연극 〈마라/사드〉를 보고 정식으로 연극이란 걸 공부해야겠다 결심을 하였다. 혼자 외롭게 글을 쓰지 않아도 되고, 누군가와 함께 뭔가를 만들어갈 수 있다는 것이 가장 매력적으로 다가왔다.

돌아보면 그때가 나름 문화적 격변기였다. 방탕하게 소비를 일삼고 건방지다던 X세대, 오렌지족 등이 등장했고, 정치적 상황에 따라 학생 운동도 새로운 변화를 맞이하던 때였다. 격변의 시기에 나는 학과에서 혼종이었고, 그 속에서 느끼는 외로움과 결핍이 미화하자면 새로운 것에 대한 도전을 할 수 있게 하는 힘이 되었던 듯싶다. 하지만 극과 글을 공부하면서, 또 외국 유학 생활을 하면서 어디에도 확실히 속하지 못하는 어정쩡한 사이에 위치한 고립감은 꽤 오랫동안 안고 가야 할 내 숙명같이 여겨지기도 하였다.

한국으로 돌아와서 문창과 출신으로는 드물게 유학했다며 감사하게도 교수님께서 모교에서 서너 해 동안 강의할 수 있는 기회를 주셨다. 그 시간들이 물론 교육자로서 나에게 좋은 경험이었지만 잊고 있었던 기억 속, 과거의 나와 조우하는 시간이 되었다. 공간이 주는 위로와 회복력이랄까. 묘하게도 그때의 스물로 돌아가 까맣게 잊고 있던 그 옛날의 기억들이 고스란히 떠올랐다. 크게 변하지 않은 교정과 학과 강의실 곳곳에 그 시절 어설프기 짝이 없던 나의 모습이 다 묻어 있는 것 같았다. 대담한 듯했지만 소심했고, 밝은 듯했지만 우울했고, 자연스러운 듯했으나 사실 모든 것이 서툴러 나를 제대로 표현할 수 없었던 그 시절의 나. 이렇게 긴 세월이 지나고 보니 그럴 수 있다고, 종종 떠오르던 패배 의식도 그 시절을 지냈던 나의 모습이라고, 쓸데없는 것에 더 열심이었고 마음을 두었던, 어린 나를 이해하고 받아들일 수 있었다. 그리고 그때 선배들에게 욕먹으며 만들었던 동아리 '노리터'가 지금은 제법 잘 나가는 학과 동아리가 되었다는 것도, 후배들이 대단한 활약을 하고 있다는 것도 알게 되었다.

지금은 순수하게 한 길을 가는 것보다 장르를 넘나드는 유연성이 미덕인 시대가 되었다. 희곡도 쓸 줄 알고, 영화 시나리오도 쓸 줄 알고, 매체의 특성에 맞춰 각색도 할 줄 아는 작가. 갈수록 적응하기 힘든 세상에서 눈치 빠르게 새로운 이야기꾼이 되어야 하는데 참 쉽지가 않다. 그래도 글 쓰겠다고 극작과 들어온 학생들을 가르치다 보면 세상 어디에도 속하지 못하는 두려움과 외로움으로 방황하는 눈동자를 가진 학생을 종종 마주할 때가 있다. 하지만 주변의 기대에 부응하지 못하면 어떤가. 그

학생들이 글을 써나가며, 자신의 모습을 찾아나가며 부디 혼자 단단히 설 수 있도록 성장하면 좋겠다는 생각을 한다.

나는 이제 와서야 내가 성장한 곳, 문예창작학과가 편해졌다. 내게 문창과 선배들이 대대로 가지고 있었던 그런 DNA가 뒤늦게나마 발현된 것인지, 나이가 들어가면서 이해의 폭이 나름 확장된 것인지, 나도 알 수가 없다. 어쩌면 철이 늦게 든 것인지도 모르겠다. 그래, 분명한 건 나도 문창과 출신이란 것이다.

93학번. 문창과 졸업 후 뉴욕 주립대학교에서 연극학과 석사학위를, 오하이오 주립대학교에서 연극학과 박사학위를 받았다. 현재는 백석예술대학교 공연예술학부 극작과에서 학생들을 가르치고 있다.

그 서슬 퍼런 것

김한녕 | 게임기획자

술을 별로 좋아하지 않았습니다. 취하는 건 더 싫어했습니다. 적당한 시점에 얼굴이라도 빨개졌다면 나았을 텐데 그렇지도 않았습니다. 다 신입의 열정이니 뭐니 하는 것 때문이었습니다.

제 얘기는 아닙니다. 그냥 제 간이 그랬습니다. 알콜 해독 부서, 신입. 눈치 없이 열정만 넘치니 윗대가리인 저만 죽어났습니다. 겨우 술자리를 버티면 뭐 합니까. 머리가 깨질 것 같아도 티가 안 나니 다들 엄살이라고 그랬습니다. 겨우 버틴 다음 날이면 숙취 때문에 죽어났습니다. 그때 깨달았습니다. 간은 술자리 때만 열정을 발휘하는 보여주기식 열정 신입이었다는 걸요.

이러니 제가 어떻게 술을 좋아했겠습니까. 당시도 괴롭고 나중에도 괴로운데 좋을 게 뭐가 있다고. 저는 평생 그렇게 살 줄 알았습니다. 몸에도 안 좋고, 무엇 하나 좋은 게 없는 해로운 것인데.

세상일 한 치 앞도 모른다고 그런 제 생각은 한 번의 술자리로 바뀌었습니다. 딱 반대의 술이 있었습니다. 맛있고, 숙취도 없는 넥타르 같은 술. 어쩌면 평생 접하지 못했을지도 모르는 술입니다. 저로서는 괴상망

측한 자리에서 처음 접한 술이었기 때문입니다.

왜 제가 여기 있는지도 모르는 자리. 내리 삼거리에서 우연히 교수님께 불려간 자리. 제겐 그런 자리였습니다. 그것도 서울까지 가서 1차, 2차, 3차까지 간 자리. 막차는 끊겼고, 저는 첫 차 시간만 보고 있었습니다. 그때 그 서슬 퍼런 것이 나왔습니다.

그것의 첫인상은 무겁고 독한 술이었습니다. 무슨 술이 40도라는 얘기를 듣자마자 저는 그냥 어째서 에탄올 희석액이 여기 있는가, 머금자마자 뱉고 싶었던 참이슬 오리지널보다 훨씬 높은 도수면 절대 마시고 싶지 않았습니다. 저걸 어째서 인간이 마셔야 하는가 고민도 했습니다.

물론 내색하지 않고 그 자리 막내의 본분에 충실히 하고자 병을 들었습니다. 그 병은 마우스와 키보드나 잡던 제게 너무 무거웠습니다. 첫 의무를 다하고, 다음 의무를 다하기 위해 저는 그 퍼런 것을 마셨습니다. 네, 맛있었습니다. 굉장했습니다. 처음으로 술자리에서 다른 아무것도 고려하지 않고, 그저 맛있어서 감탄했습니다.

네. 머지않아 그 퍼런 것을 또 마셨습니다. 내리 삼거리에서 마주쳤던 교수님께서 사주셔서 아주 원 없이 마셨습니다. 제대로 취했습니다. 그리고 세상에는 바닥까지 솔직해지고 얘기해도 괜찮은, 오히려 더 좋은 사람들이 있다는 것을 알게 되었습니다. 그래서 더 마셨습니다. 집에는 아주 기어갔습니다. 넥타르도 숙취가 있다는 걸 배웠지만, 그래도 좋았습니다.

세상에 있을 리 없다 싶었던 장소가 한국에 있었습니다. 전라남도 구례에는 물 대신 그 퍼런 것이 흘러나오는 땅이 있었습니다. 수도세가 얼마인진 몰라도 전과는 비교도 할 수 없을 정도로 그 퍼런 것을 마셨습니다. 마시다 남길 정도로 그 퍼런 것이 많았기에 그 가치를 몰랐습니다.

너무 좋아서 그 퍼런 것이 뭔지 찾아보았습니다. 혼자라도 마시고 싶을 정도였기 때문입니다. 찾아보니 그 퍼런 것은 그냥 퍼런 게 아니라 가격이 서슬 퍼런 놈이었습니다. 늘 마시던 소주는 이제 맛이 없고 먹고 싶지도 않았습니다. 오히려 더 괴로워졌습니다. 겨우 20살, 1학년이었던 저는 어쩌할 방법이 없었고, 교수님께 진지하게 고민을 토로했습니다. 하지만 답변은 제 예상 밖이었습니다.

그럴 줄 알았다. 너무 무책임한 답변 아닙니까? 그래서 저는 복수하기로 마음먹었습니다. 저 서슬 퍼런 것을 살 수 있는 사람이 되어서 이때까지 마셔 없애버린 걸 다 되갚기로. 네, 복수 아닙니다. 보은입니다. 그래도 제겐 복수입니다. 왜냐면 그녀는 제게 리턴을 기대하지 않았으니까요. 되돌려 받을 생각 없는 사람에게 되갚는 것만큼 통쾌한 복수가 있을까요? 그래서 더 열심히 일했습니다. 사설이지만, 일이 좋아서 열심히 했지만, 아무튼 복수입니다. 아무것도 하고 싶은 게 없던 게임 폐인이 열심히 일했으니까요. 그때 처음으로 내가 돈을 벌고 싶다는 욕망이 생겼으니까요.

뭐, 결론부터 말씀드리면 아직 못 갚았습니다. 게임업계에 뛰어든 지 5년이나 지났는데 아직 막막합니다. 은퇴할 때까지는 계속 갚아야 하지 않나 싶습니다. 돈이 부족해서. 네, 그것도 맞습니다. 갚을 만하면 차이를 더 벌리는 그녀 때문입니다. 갚으려 하면 더 베풀어버리셔서 뭐 답이 없습니다. 그래도 그 술값은 결국 다 갚아낼 것입니다. 하지만 그 뒤엔 더 큰 빚이 남아있습니다.

아무것도 하고 싶지 않고, 무엇도 원하지 않았던 제게 목표가 생긴,

버티고 나아갈 이유가 생긴 그 순간에 대한 빚은 가늠조차 못 하고 있습니다. 이 빚은 어쩌면 평생 갚지 못할지도 모르기에 지금도 노력하고 있습니다.

글에서 술 냄새가 난다면 죄송합니다. 네, 그때 서슬 퍼런 것을 배워버려서 덜한 것들을 찾아 마시고 씁니다. 그래도 어쩔 수 없습니다.

마시지 않을 수 없는 밤이니까요.

참으로 그리운
뒷번호 아이들

정지아 | 소설가

나는 문예창작학과 84학번이다. 그러니까 내년이면 대학에 입학한 해로부터 꼭 40년이다. 40년? 우와! 이렇게나 순식간에 그 긴 세월이 지났다고? 한 번만 더 눈을 깜빡이고 나면 이 세상 사람이 아니겠군.

46명의 동기들이 작가가 되고 싶다는 열망을 안고 문창과에 입학했다. 재학 시절, 누구와도 어울리지 않고 죽어라 글만 쓴 친구들도 있고, 단 한 편의 글도 내지 않은 친구들도 있었다(그때는 쓰지 않았다고 생각했지만 지금 돌이켜보니 부끄러워 수업 시간에 제출만 하지 않았을 수도 있겠다는 생각이 든다). 부어라 마셔라, 내리에 더 자주 출몰한 나 같은 아이들도 꽤 많았다. 그중 누군가는 꿈꾸던 작가가 되었고, 누군가는 편집자나 기자가 되었다. 글과는 거리가 먼 길을 걷는 친구들도 많다. 나는 꿈을 이룬 쪽이다. 그러니 성공한 것인가? 혹은 행복한 것인가?

대학에 다니던 무렵에는 소설이 곧 알파요, 오메가였다. 글을 잘 쓰는 친구가 제일 대단해 보였고, 쓰지도 않을 거면서 문창과는 왜 왔나, 솔직히 고백하자면 글을 쓰지 않는 친구들을 한심하게 여긴 적도 있다. 그런 아이들을 뒷번호라고 불렀다. 누가 제일 먼저 뒷번호 애들이라는 말을 시작했는지는 모르겠다. 뒷번호 애들은 강의실에는 잘 나타나지 않았고(나도 뭐 비슷하긴 했다), 내리에 자주 출몰했다.

비슷한 시기 내리에서 수많은 시간을 보냈음에도 그 친구들과 술 한잔 제대로 나눈 적이 없는 것 같다. 당시의 내 뇌 지도를 그려보자면 소설 60퍼센트, 독재 타도 30퍼센트, 연애 10퍼센트쯤이지 않았을까 싶다. 글과 무관한 사람살이 같은 건 아예 관심 밖이었다. 독재 타도에 앞장……까지는 아니고 뒤따른 것도 엄밀하게 따지자면 문학이 시대를 외면해서는 안 된다는 생각의 발로였으니, 그 또한 소설의 영역에 포함시켜야 할 것 같고, 그렇다면 10퍼센트의 연애 생각 외에는 오로지 소설 생각뿐이었다고 보는 편이 정확하겠다.

이렇게 말하니 대단히 열심히 소설을 쓴 것 같은데 천만의 말씀, 만만의 콩떡이다. 고민만 치열하게 했다. 쓰지는…… 않았다. 대학 시절 내내 단편소설 세 편 쓴 게 전부다. 그러고도 졸업을 했다. 한 편의 소설로 부지런히 돌려막기 하면서. 나보다 더 노력한 친구들도 있었을 것이다, 이제 와 생각하니. 그럼 무엇이 달랐을까? 그것도 모르겠다. 각자 처한 상황과 각자 넘어야 할 한계가 있었을 거라 짐작할 따름이다.

간혹 그리웠다. 뒷번호 친구들이. 문창과에 들어왔으면서 글을 쓰지 않았던 그 친구들의 마음은 어떤 것이었을까? 소설가로 사는 나를 보는 그 친구들의 마음은 어떨까? 이제야 알겠다. 소설가로 사는 것과 소설가를 꿈꾸었으나 소설가로 살지 못하는 것이 거기서 거기임을. 그러고 나니 그리운 것이다.

사는 것은 누구나 어렵다. 소설가든 아니든. 소설가가 되어 상처를 뛰어넘고 싶었던 친구들아. 소설가로 사는 것도 별것 아니다. 거기서 거기다. 작가가 되고 싶었던, 그 아팠던 마음을 몰라 미안하다. 다시 친구들을 만나면 아무 말 없이 술만 들이킬 것 같다.

친구들아. 나는 소설가로 산다. 그렇다고 슬프지 않은 것 아니고 아프지 않은 것 아니다. 네가 살 듯 나도 산다. 거기서 거기다. 소설이 인생보다 우위에 있다고 믿었던, 그래서 글로 표현하지 못한 너희들의 마음을 알지 못했던, 젊은 날의 나를 용서해라. 이제야 너희들이 그립다. 너희들과 한잔 하고 싶다. 나보다 일찌감치 인생을 알았던 뒷번호 친구들아! 잘살고 있지? 그러리라 믿는다. 너희들은 스무 살에도 인생을 알았으니. 나보다 어른이었으니. 철없고 오만했던 내가 이제야 인생의 바짓가랑이쯤을 붙잡고 너희를 그리워한다. 내리를 배회하던, 불안하고 쓸쓸한 눈빛의 뒷번호 친구들……

84학번. 중앙대학교 문예창작학과 박사과정을 수료했다. 1990년 장편소설 『빨치산의 딸』을 발표하며 작품활동을 시작했다. 1996년 조선일보 신춘문예에 단편소설 「고욤나무」가 당선됐고, 소설집 『행복』과 『봄빛』을 출간했다. 단편소설 「풍경」으로 2006년 이효석문학상을, 소설집 『봄빛』으로 2008년 올해의 소설상과 2009년 한무숙문학상을 수상했다. 2023년 장편 『아버지의 해방일지』로 제38회 만해문학상을 수상했다.

문창과와 웹소설과 나

착한소 | 웹소설가

•

1.

내가 이 이야기를 하면 아무도 믿지 않지만, 처음 안성에 왔을 때만 해도 나는 이렇게 생각했다. '와 좋은데? 도시다. 뭐가 엄청 많네. 역시 대학은 다르구나.'

문창과 건물을 나오면 후문 아래로 펼쳐지는 대학가 내리에는 편의점도 많고 피씨방도 많고 술집도 많았다. 심지어 오백 원을 넣으면 야구공이 나오는 배팅 센터(나는 이것을 실물로 처음 보았다)도 있었다. 게다가 커다란? 카페들, 수많은 식당까지 한 골목에 모두 모여 있는 게 아닌가. 세상에 이게 바로 대학가구나. 역시 중앙대학교야.

그래서 어떤 선배가 첫 등교 날에 차도를 질주하는 트랙터를 보고 울었다는 말을 듣고는 못내 당황했고 (나는 오히려 와, 이게 여기도 있냐고 반가워했다), 안성이 얼마나 낙후되고 외진 곳에 있으며 재미없는 곳인지를 성토하는 술자리의 떠들썩함에도 입을 다물고 고개를 끄덕이며 내심 생각했던 것이다. '그래도 이 정도면 괜찮지 않나?'

물론 그 같은 생각은 서울을 자주 오가기 시작하면서, 그리고 이내 서울에 눌러 앉아 살게 되면서 점차 바뀌었다. 그래도 스무 살의 내가 내리를 보고 이만하면 도시라고 생각한 것은 별로 이상한 일이 아니었다. 나는 대부분의 한국 사람들이 평생 가볼 일도 없는 지방 소도시, 그리고 그 도시에서도 시골 취급을 받는 어느 변두리의 농촌 마을에서 스무 살이 될 때까지 살았기 때문이다.

우리 집 마당 앞에는 지금도 소 축사와 (지붕에 태양광 패널을 깔았다) 비닐하우스가 있으며 우리 부모님의 직업은 농부이다. 태어나기는 서울이었으나 네 살이 되던 해에 귀농했으며, 그 배경에는 각각 농부의 아들과 어부의 딸로 태어나 어린 나이에 상경했다가 나와 두 동생을 낳은 후 다시 고향으로 돌아가야 했던 부모님의 긴 사연이 있다는 것까지는 아마 자세히 설명할 필요가 없으리라.

이 대목에서 사람들은 전원일기에 나올 법한 극한의 시골을 생각하겠지만 그곳에도 편의점, 카페, PC방, 치킨집과 피자집은 있었다. 단지 우리 집에서 읍내로 나가려면 차로 10분 걸어서 50분 남짓을 가야했을 뿐이다. 가까운 시내까지는 30분이 걸렸다.

여하간 그런 시골에서 자라 스무 살 때까지 맥도날드도 먹어본 적이 없고, 광고에 나오는 베스킨라빈스 아이스크림 케이크가 너무 궁금했지만 그림의 떡이었던 (시내에 나가면 볼 수는 있었지만 왜인지 사먹을 생각은 해보지 못했었다) 시골 소년이 지금으로부터 10년 전에 안성시 대덕면에 위치한 중앙대학교 문예창작과로 부푼 꿈을 안고 상경했던 것이다. 끝맺음이 조금 거창하지만 아무튼 그랬다.

2.

처음으로 집을 떠나 시작한 자취, 대학교라는 환경 모두가 영 어색했으나 낯선 것은 그것만이 아니었다. 당시 나는 예술고등학교나 문창 학원 혹은 과외 따위의 교육 기관을 통해 제대로 된 문학 교육을 받을 기회가 전무했던 시골 사람이었다. 아무튼 소설가가 되고 싶다는 막연한 바람만으로 내신과 최저등급을 맞춰 수시로 합격한 촌뜨기 지망생에 지나지 않았다. 그러나 결과적으로 그 시골에서 학교를 다니지 않았다면 중앙대 문창과에 오기는 어려웠으리라는 점에서 아이러니하게도 나는 행운이었던 셈이다.

여하간 제대로 읽어본 문학은 세계문학전집이 전부였고, 영화와 만화와 판타지 소설과 웹툰 같은 대중적인 스토리텔링에 훨씬 익숙했으며, 따라서 순문학과 장르문학의 차이에도 무지한 편이었던 나에게 아직은 순문학이 중심이던 2013년 당시의 학과 분위기는 여러모로 혼란스러운 것이었다.

그곳에서 앞으로의 내 미래는 어떻게 될지를, 내가 쓰려던 소설은 순문학이 아닌데 지금이라도 순문학을 읽고 공부해야 하는지를, 판타지 소설 같은 걸 감히 문창과에서 써도 되는 것일까를 고민하면서 서툴게 적응 아닌 적응을 해나갔다. 두 번의 학기가 빠르게 지났고 어느덧 군대에 가야 할 나이가 되었다. 이제는 오래 전의 과거처럼 느껴지는 2014년과 2015년을 사회로부터 단절된 최전방에서 보낸 뒤 복학한 2016년. 나를 둘러싼 환경은 서서히 바뀌기 시작했다.

여전히 학과에서는 조용히 수업만 듣고 살았지만, 23세가 된 나는 김동환 교수님을 따라 독립영화 제작에 작게 참여하기도 했고 몇 년 간 영화 시나리오 회의에 참가하기도 했다. 그곳에서 나는 다양한 장르의 이야기를 뜯어보고, 구조를 세워보며, 다시 파헤친 뒤 재조립하는 경험들을 천천히 쌓아나갔다. 그 와중에도 슬슬 취업을 생각해야 했으므로 광고홍보학과에 복수전공을 신청해 서울과 안성을 오가며 바쁜 나날을 보냈다. 이즈음에도 여전히 내가 그리던 계획이란 것은 두루뭉술하고 뭉개진 어떤 추상화에 가까웠던 기억이 있다.

그 속에서 나는 줄곧 내가 하고 싶은 이야기의 실체에 대해 고민하고 있었다. 필연적으로 순문학과 장르 문학의 차이에 대해서도 고민하지 않을 수 없었는데 돌이켜보면 나는 제법 오랫동안 정체성의 혼란을 겪고 있었다. 이 무렵의 내 화두는 언제나 이런 것이었다. 재미있는 이야기란 대체 뭘까? 플롯이란 무엇일까? 좋은 이야기는 어떻게 만들어지는 것일까? 화두란 언제나 쉽게 해답을 찾기 어려운 질문이기에 나는 가실 일 없는 갈증을 품은 채 한 살 더 나이를 먹었다.

24살이 된 2017년 2학기에 나는 우연찮게 한 수업을 듣게 되었다. 우선 학점을 채우고 시간표에 맞추기 위해서였고 둘째로는 장르 문학이라는 주제가 신기해서 신청했던 수업이다. 이 수업에서 가르친 것이 바로 웹소설이었다. 수업을 진행했던 이훈영 교수님은 오랫동안 장르문학계에 작가로서 몸담았고 웹소설 매니지먼트 회사를 설립했으며 우리 과의 선배이기도 한 분이다. 이 때 비로소 나는 장르문학의 현재가 어디에 있는지 내가 하고자 하는 이야기가 무엇이었는지를 깨달았다. 무엇보다도 글을 쓰는 것으로 돈을 벌며 생업으로 삼을 수 있겠다는 사실을 알게 되었다. 웹소설은 이미 하나의 산업으로 성장해 있었다. 마침내 눈이 트이며 안개가 걷히는 순간이었다.

그로부터 반년이 지난 2018년의 가을, 나는 한 번의 습작을 갈아엎은 뒤 데뷔에 성공했다. 돌이켜보면 2018년은 멀지 않은 미래에 저 유명한 전지적 독자 시점과 재벌집 막내아들, 소설 속 엑스트라라는 대작들이 등장해 산업을 또 한 번 키우게 될 전성기의 초입이기도 했다. 다행히 일찍 길을 발견하고 뛰어들 결심을 할 수 있었다는 점에서 나는 상당히 운이 좋았다고 생각한다. 남들보다 조금 더 이른 시기에 질 좋은 수업을 통해 웹소설을 어떻게 써야 할지도 빨리 감을 잡을 수 있었다. 그 과정에서 전해들은 실전적인 지침과 이론도 큰 도움이 되었음은 물론이다.

돌이켜보건대 내가 신입생이던 2013년 당시의 문창과 분위기를 생각해보면 그것은 상당히 진보적인 시도였다고 생각한다.

중앙대학교 문창과 70주년 에세이라는 목적에 걸맞게 너무 노골적인 헌사를 쓰는 것 같지만 사실이 그렇다.

3.

데뷔작은 지금 생각해도 어느 정도 운이 따랐다. 초심자의 행운이라는 오래된 말이 틀리지 않았다. 본래 좋아하던 야구라는 종목에 대한 직간접적인 경험과 재미있게 읽었던 야구 웹소설들, 스포츠 만화들, 그리고 우연히 유튜브를 보다 접한 블리츠볼이라는 장난감에서 시작한 아이디어 등이 시너지가 되어 부족한 실력에 비해 좋은 성과를 얻었다.

그 대가는 1년 뒤 혹독하게 치르게 되었는데, 긴 슬럼프 끝에 연재한 두 번째 작품이 부진하면서 크게 마음고생을 해야 했다. 나로서는 첫

작의 성공 때 치르지 않은 수업료를 이자를 붙여 내는 기분이었다. 그러나 멘탈이 흔들릴 일이 계속되더라도 어떻게든 항상심과 향상심을 유지하는 것은 나의 많지 않은 장점 중 하나였다. 나는 다시 세 번째 작품을 준비하고 묵묵히 연재했다. 코로나가 한창 기승을 부리던 2021년 가을이었다.

문제는 코로나만이 아니었다. 데뷔와 함께 시작한 휴학이 3년째가 되었고 어느새 신입생과는 여덟 학번의 차이가 나게 되었으나 나는 아직도 졸업을 하지 못했던 것이다. 괜히 복수 전공을 신청하는 바람에 꼬이게 된 일정도 문제였다. 이대로는 영영 졸업을 못 하겠다는 위기감이 들었다.

그런데 중앙대학교 문예창작학과 졸업도 멋있지만 중퇴도 나름 괜찮지 않나? 에이, 그래도 그동안 다닌 게 너무 아깝지……. 고민은 길었지만 살다 보면 하기 싫은 선택지가 옳은 길일 때도 있기 마련이었다. 나는 결국 복학을 신청했다. 첫 학기는 비대면이라 줌 수업으로 진행했고, 다음 학기는 대면으로 진행되었다. 그리하여 입학한 지 9년이 되던 2022년의 봄, 나는 실로 오랜만에 내리의 땅을 밟았다. 이제 캠퍼스를 다니는 학우들의 과잠에는 20, 21, 22가 적혀있었고 나는 13학번이었다. 눈물이 앞을 가렸다.

내리의 풍경은 크게 바뀌지 않았지만 문창과의 분위기는 내 기억과 많이 달라져 있었다. 가장 인상적이었던 것은 김민정 교수님의 스토리콘텐츠 수업이었다. 스콘 전공이 뭐야? 시, 소설, 평론, 시나리오 말고 뭐가 또 있어? 아……. JYP도 가고 공연 기획도 하고 아무튼 다 한다고? 4년 동안 포트폴리오를 준비해서 취업문을 두드려?

대화를 나눌 사람이 교수님들과 바보삼거리의 GS 점장님뿐인 고독한 시간이었지만 나는 그 모든 변화 앞에서 조용히 놀라고 있었다. 문창과도 변하고 있구나. 치열하게 미래를 모색하고 있구나라는 생각에 상당한 감명을 받았다. 거창하게 말하자면 내게는 이 또한 인식의 지평선이 넓어지는 경험이었고, 그냥 편하게 말하자면 옛날 사람의 문화적 충격이었다.

4.

작년 여름을 끝으로 나는 모든 학점을 채워 졸업 요건을 충족했다. 20살의 시골 청년이던 나는 이후 크고 작은 부침을 맛보면서도 어느덧 네 번째 작품을 성공적으로 연재하며 5년 차의 웹소설 작가가 되었고, 좋은 기회가 생겨 1년 간 웹소설 강의도 진행하는 경험을 해보며 주 7일 근무의 나날을 바쁘게 보내고 있다. 입학으로부터는 10년이고 데뷔로부터는 5년. 길다면 길고 짧다면 찰나 같았던 시간 속에서 나름대로 정진해온 보답이라며 나름의 의미 부여를 하고 싶어지는 꼴을 보아하니 나도 나이를 조금 먹었다는 것이 실감난다. 이왕 그런 김에 이 자리를 빌어 나름대로 정립한 지론을 가볍게 적어보고자 한다.

웹소설, 보다 엄밀히 말해 소설이 갖는 콘텐츠로서의 강점은 명확하다. 조금 딱딱하게 표현하자면 인간은 유희를 즐기는 본성을 가지고 있다. 더구나 인간의 유희란 음악이나 스포츠, 게임, 미술, 그리고 형태를 막론한 모든 이야기에 이르기까지 너무나 다양하다. 유튜브와 틱톡이 그러하듯. 영화가 산업이 되고 웹툰이 산업이 되고 드라마가 산업이 되듯 모든 인간은 이야기를 선호하기 마련이다. 그리고 소설은 문자로 이루어진 가장 원초적인 이야기다. 여기에는 카메라가, 인건비가, 복잡한 장비가 필요하지 않다. 그저 한 사람의 두뇌와 손, 필기도구와 시간만 있으면 충분하다.

그중에서도 웹소설은 가장 상업적인 소설 시장이기 때문에 수익이 곧 재미이자 상업성의 객관적인 지표로 환산된다는 특성을 가진다. 웹소설을 원작으로 한 웹툰과 드라마가 쏟아지고 있는 것은 결코 우연이 아니며 앞으로도 지속될 현상이다. 이미 객관적으로 검증된 스토리를 사용해 다른 매체로 만드는 것은 제작자의 입장에서도 대단히 매력적이고 안정적인 방법이기 때문이다.

사실 이것은 새삼스러운 이야기조차 아니다. 이미 우리의 기억 속에 남은 불멸의 명작 영화와 드라마 가운데 원작 소설을 토대로 만들어낸 것들이 대체 몇이었던가. 애당초 시나리오 없이 영화란 만들어질 수 없고, 이 시나리오가 활자로 쓰인 이야기인 이상 소설은 본질적으로 모든 이야기의 원형이 될 수밖에 없다. 태초의 이야기를 활자로 기록한 것이 곧 소설이기에 그렇다.

따라서 일리아드와 삼국지연의와 햄릿이 불멸하듯 활자 예술은 언제까지나 영원하리라 믿어 의심치 않는다. 사실 예술이라는 말보다는 이야기라는 표현을 좋아하지만 어쨌든 그렇다. 그러므로 지금 서로 다른 길을 걷고 있더라도, 한때는 이야기를 읽고 이야기를 즐기는 애독자이자 한 사람의 어엿한 작가였던 우리의 동문들께서도 가슴 혹은 머리 어딘가에서 샘솟는 이야기와 감상과 생각들을 엮어 하나의 세계로 만들어내는 이 불멸의 유희를 언제까지나 계속 즐겨주시기 바라는 마음이다.

기라성 같은 선배님들의 문장과 회고와 화두들 속에서 아직 풋내기인 나의 짧은 줄글이 조금이나마 즐거운 읽을거리가 되었기를 희망하며 이만 줄인다. 중앙대학교 문예창작과의 70주년을 깊이 축하드린다.

　　·

12학번. 본명은 최선우. 필명 착한소는 '선우'라는 이름을 가지고 지은 말장난이다. 서울에서 태어나 정읍시 태인면의 시골 마을에서 자랐다. 2018년에 웹소설 『나 혼자 블리츠볼 피쳐』로 데뷔했다. 이후 『그라운드의 독재자』, 『망겜 속 아카데미에 입학했다』, 『북부 대공의 천재 사생아』를 연재했다.

재능을 아껴라

류연웅 | 소설가·극작가

2016년. 1학년 1학기. '문장과 문체' 수업. 첫 과제는 에세이 쓰기였다. 나는 청소년기에 겪었던 일을 토대로 자기고백 식의 글을 써갔다.

수업에서 낭독 발표를 하면서 희열을 느꼈다.

기초생활수급자로 겪었던 디테일한 일화들은 학우들의 반응을 이끌어냈고, 나는 지옥 같다고 느끼던 시기를 비로소 긍정할 수 있었다. 무엇보다 교수님께 칭찬을 들어서 기뻤다. 교수님은 "너는 글을 써야 할 애였네."라고 말씀하시며, 이런 말을 덧붙였다.

"재능을 아껴라."

처음에는 칭찬에 포함된 말이라고 느꼈으나, 집에 와서 곰곰이 생각하니 마냥 칭찬 같지는 않았다. 타고난 재능에도 불구하고 성장하지 못한 스포츠 스타들이 떠올랐다. 자기 관리를 게을리하거나, 지나친 자만심으로 전성기를 놓친 이들 말이다.

그들의 재능은 명확하게 노화되고, 소진되는 종류의 것이었다. 스포츠에는 평균적인 전성기 연령도 존재한다. 하지만 문학은 그렇지 않았다. 실력을 가늠할 수 있는 객관적인 기준 혹은 지표도 없었다. 글쓰기에 있어 재능은 어떤 의미인가. 무엇을 아껴야 하나.

나의 대학 시절은 그 의미를 찾아가던 시간들이었다.

처음에는 교수님을 향한 인정욕구였다. 결국 스무 살의 나는 다시금 칭찬을 받고 싶었던 거였다. 교수님에게 나의 여전한 재능을 보여주고 싶다는 마음으로 과제를 했다. 재능을 발휘하면서 '재능을 아껴라'라는 말에 부응하려는 아이러니였다.

그러니 그 마음이 온전히 채워졌을 리 없다. 집안 사정이 좋아지면서 기초생활수급자의 자격에서 벗어났을 때, 나는 도리어 불안했다. 더는 가난의 처지를 표방할 수 없는 걸, 마치 내 재능의 정체성 자체가 흔들리는 것으로 느꼈다.

새롭게 쓰는 얘기들은 전과 같은 칭찬을 받지 못했고, 나는 차츰 글쓰기 의지를 잃었다. 그것은 문예 공모전에 낼 열정을 상실하는 걸 의미했다. 반대로 생각해 보면 문예 공모전 없이는 글을 쓸 이유를 찾지 못하는 거였다.

그렇게 학기가 하나, 둘씩 지났고, 스물한 살의 어느 날. 나는 어떤 얘기를 떠올렸다. 문학 특기자로 입학한 학생들이 이상하게 졸업할 때가 되면 글을 안 쓰고 있다는 얘기. 처음으로 나 역시 그중 한 명이 돼 버릴 것 같다고 느꼈다.

어느새 나는 아무것도 쓰지 않고 있었다.

휴학을 하고, 아르바이트를 하며, 게임에 빠져 살기 시작했다. 게임이 재밌어서 하는 게 아니었다. 빨리 잠이 올 수 있도록 피곤해지기 위해 게임을 했다. 그렇게 몇 달을 살다가 문득, 컴퓨터에서 발견한 '에세이 과제'를 보며⋯⋯ 글을 써야겠다는 생각이 들었다.

한 장짜리 에세이를 한 권의 책으로 만들기 시작했다.

목적은 없었다. 공모전에 낼 생각도, 누군가에게 보여줄 의도도 없이 썼다. 내 인생 처음으로 하는 경험이었다. 그 과정에 어색함을 느끼던 나는, 내가 이제껏 스포츠적인 글쓰기를 해왔다는 걸 깨달았다. 경쟁에서 승리한 자가 재능 있는 것처럼 여겨지는 식의 글쓰기 말이다.

애초에 그것을 통해서 학교에 들어온 나였다. 수백 명이 참여한 고등학생 문예 대회에서 1등을 하여 특기자 자격을 얻은 나는 상대적인 비교를 기준으로 나의 재능을 들여다보는 걸 즐겼다.

그렇기에 대학교 문예 공모전에서 탈락했을 때의 상실감은 엄청났다.

재능이 소진됐다고 느꼈다. 어딘가에서 당선이 되면 다시금 재능을 확인했다고 느낄 수 있겠지만, 거기에 쏟아 부어야 할 노력을 생각하면 막막하게 느껴졌다. 레벨을 올려놓은 게임 캐릭터를 처음부터 다시 키워야 하는 느낌.

감히 문학 특기자로 입학한 다른 학생들도 비슷한 기분이 아니었을까 추측한다.

　나 역시 스포츠적인 글쓰기 속에 잠식될 뻔했다. 예술적인 글쓰기로 넘어오는 데에 너무나도 오랜 시간이 걸렸다. 한 권의 책을 목적 없이 쓰는 경험을 하고 나서야 나는 내 재능을 다르게 들여다보는 방법을 알았다. 그 책은 나에게 독립출판의 경험과 함께 예상치 못한 수입, 결과적으로 지금까지 줄곧 작가 활동을 할 수 있게 해주었으나, 무엇보다 교수님께서 말씀하셨던 '재능을 아껴라'라는 의미를 해석하는 열쇠가 돼 주었다.

　이 글을 쓰고 있는 나는 그것을 아래와 같은 의미로 해석한다.

　'계속 너를 위해 써라.'

　앞서 말한 스물한 살 시절의 경험, 써야만 할 것 같던 순간은 지금도 생생하다. 그것을 표현할 문장이나 장면을 써볼까 고민했지만, '문득'이라는 단어가 제일 완벽했다. 내 마음속에 끓어오르던 글쓰기에 대한 욕망에는 그 어떤 사건이나 개연성도 없었다. 말 그대로 '문득'이었고, 그것이 나의 재능이라고 생각한다.

　아무나 '문득' 글을 쓰고 싶어 하지는 않으니까.

　나는 이제야 교수님의 말씀을 이해한다. 진정한 칭찬은 "너는 글을 써야 할 애였네."라는 믿음이었다. 내가 중앙대학교에서 배운 건 나는 써야 하는 사람이라는 것을 알게 된 것이다. 문장, 문체 등의 기술은 부수적인 문제다. 나는 살면서 어떤 문제가 일어나더라도 결국 내가 다시 글을 쓰게 될 거라는 믿음을 갖고 있다. 그 재능은 만개하지 않는다. 드러나지 않게 깊이 뿌리내리고 있을 뿐.

▌ 16학번. 소설가이자 극작가. 소설 『근본 없는 월드클래스』, 『한국에서 태어나서』 등을 펴냈다.

문창과 나왔다고 하니
들었던 질문들

윤성학 | 시인·농심 언론홍보팀장

대방동 약사略史

오늘은 2023년 10월 15일. 1990년에 입학해서 1997년 2월에 졸업했고, 그해 그달에 입사해서 26년째 일하고 있습니다. 신라면을 만드는 농심의 홍보실로 들어와서 줄곧 홍보실에서 근무했고, 지금은 언론홍보팀장입니다. 기업에 다니고 한 직장에 20년 넘게 있다는 건 내세울 일도 아니고 다른 경우에 비해 더 좋다고 생각하지도 않습니다. 기업 홍보실에서 일하는 게 나의 꿈도 아니었으니 더더욱 그러하겠죠.

스물 몇 살 시절에 내 꿈이 뭐였는지 기억이 나지도 않네요 이젠. 왜 나는 기업에 들어왔을까, 되짚어 생각해 보면 1994년 여름, 병장 만기전역하고 복학하기 전 대략 7개월의 그 시간에 답이 있는 것 같긴 합니다. 제대하고 열흘도 안 되어서 우리 과 80학번 선배가 하는 1인 편집대행사에서 아르바이트를 했습니다. 그 당시 K건설회사 홍보 브로셔를 제작해 주는 일을 맡았는데 그때 그 회사 홍보실 직원 형님들과 만나 업무도 하고 저녁에 술자리를 갖기도 하면서 자연스럽게 사회란 어떤 모습인가를 짐작해 보았을 테죠.

시간이 한참 흐른 후 저는 그 당시의 일들이 2개의 장면으로 나의 앞날에 관여했다는 걸 알았습니다. 첫 번째는 '창'窓입니다. 사람은 누구나 자신만의 창을 통해서 자신 외부의 풍경을 바라봅니다. 스물 네다섯 시절의 내 눈에는 그 형님들, 그 회사라는 창을 통해 세상과 사회를 보았던 것이고, 졸업을 앞두고 진로를 고민하던 때에 자연스럽게 기업에 들어가야겠다고 마음을 먹었을 것입니다. 두번째는 '느슨한 연대의 힘'Strength of weak ties입니다. 별로 친하지 않은 사람들에게서 오히려 더 큰 영향을 받는다는 이론이죠. 미국으로 이민을 가는 사람이 있는데 피치 못할 사정으로 친척이 공항에 픽업을 못 나오고 대신 친척의 지인, 즉 별 인연이 없는 사람이 픽업을 나왔습니다. 도심에서 몇 시간은 떨어진 공항에서부터 거처로 가는 차 안, 그와 대화를 나누게 되겠죠. 그런데 그 지인이 세탁소를 하고 있다면 차 안에서 세탁소 일에 대해 얘기를 나누게 될 것입니다. 먼저 이민 간 사람들은 세탁소를 하게 되는 경우가 많았다고 합니다. 내가 건설회사 홍보실 형님들과 일을 했던 느슨했던 인연이 바로 그런 경우가 아닌가 싶습니다.

시를 전공했습니다. 복학하고 3학년 시절이던 1995년에 학과에서 주는 창작문학상을 받았는데 3, 4학년 그 당시가 시인이 되어야겠다는 열망이 가장 뜨거웠던 때인 것 같습니다. 매번 낙선소감을 쓰며 술잔을 기울여야 했던 날들. 학교를 떠나 뿔뿔이 제 갈 길로 흩어져 걸어가기 시작하면서 신춘문예에 대한 열정도 사그라들고 학과 동기들을 만나도 문학 이야기를 별로 하지 않게 되었죠. 그래도 매년 늦가을이 되면 응모 일정에 맞춰 원고를 담은 봉투를 신문사에 보냈습니다. 또 한 번 낙선의 술잔을 들고 봄에는 잡지 신인상을 노크했죠. 그해에는 그마저도 잊어버리고 연말 사업계획을 짜느라 정신이 없었는데, 동기생 C군에게서 전화가 왔습니다.

-원고 냈냐?

-무슨 원고?

-내일 마감인 신문이 하나 있다, 봉투 만들어놓으면 내일 지나가는 길에 들러서 가져다 내주마.

그렇게 문화일보에 시 4편을 보냈습니다. 잊어버리고 또 몇 주가 흘렀습니다. 그날 점심은 손님이 찾아와서 홍보실장과 함께 만두전골을 먹고 있었는데, 핸드폰으로 전화가 왔습니다.

-윤성학 씨인가요? 문화일보 문학담당 배○○ 기자입니다. 응모작 「감성돔을 찾아서」 본문에 '영등철'이라는 단어가 있는데, 무슨 뜻인가요?

나는 무어라무어라 답을 했습니다. 통화를 마치고 식당 밖에서 우두망찰 서 있자니 곧 다시 전화가 왔습니다.

-축하드립니다, 윤성학 씨. 당선되셨습니다.

식당으로 다시 들어가 앉아서 만두를 뜨는데 손이 덜덜 떨려서 국물이 숟가락 밖으로 줄줄 흘러내리던 기억이 나네요. 1992년 일병 시절부터 응모한 이래 10년 만에 받은 당선 소식이었습니다.

대리 때 당선돼서 과장 때 첫 시집 『당랑권 전성시대』를, 차장 때에 두 번째 시집 『쌍칼이라 불러다오』를 냈습니다. 사무원인 시인이자 시인인 사무원. 두 개의 가면. 어떤 게 본디 얼굴인지, 어떤 게 가면인지 한동안 생각했으나 여전히 모르겠고 둘 다 가면일 수도, 둘 다 본디 얼굴일 수도 있겠다 싶어 더는 그 문제를 풀지 않고 살고 있습니다.

언론홍보 업무를 하다 보니 기자들을 만나는 게 일의 큰 부분입니다. 기자를 만나 수없이 밥을 먹었고 수없이 많은 이야기를 나눴습니다. 이런저런 이야기를 하다가 무슨 전공을 했는가 하는 질문을 서로 하기도 합니다. 아, 문창과 나오셨어요? 라는 반응이 대부분이지만 몇 가지 공통된 반응이 있는데 그 질문에 대해 나의 학창 시절을 복기^{復棋}해 본 적이 있습니다.

문창과 나오셨으니까 글 잘 쓰시겠네요

이 질문을 한 기자는 아마도 보도자료를 잘 쓰겠다는 뜻으로 물었던 것 같습니다. 물론 보도자료 잘 썼습니다. 그런데 보도자료는 문창과를 나와야만 잘 쓰는 건 아니죠. 보도자료는 글을 잘 쓰는 게 중요한 게 아니고 기자들이 자료를 받았을 때 기사를 쓸 수 있는 요소들이 정확한 문장으로 적절히 구성돼 있느냐가 훨씬 중요하죠. 대리 시절 내가 처음 신제품 보도자료를 쓸 때 그 제품의 맛과 모양을 설명하기 위한 수식어를 하도 많이 써서, 수식어가 반 페이지다 하여 '수사 반 장'이라는 별명이 붙기도 했습니다. 경제학과를 나와도 공대를 나와도 보도자료를 잘 쓸 수 있습니다. 보도자료는 예술이 아니라 기능에 가까우니까요.

나는 보도자료도 많이 썼지만 대표이사 연설문, 임직원에게 보내는 레터를 아주 많이 썼습니다. 어르신들의 글을 써드리면서 글을 잘 쓴다는 것이 무엇인가를 어느 정도는 알게 된 것 같습니다. 글을 읽는 대상이 누구인지 명확히 정하고 쓰는 이의 옷을 입어야 한다는 것을 알았습니다. 보도자료는 소비자가 이해할 수 있는 수준이어야 하고 연설문은 말하는 사람의 속에 들어갔다가 나와야 한다는 것이죠.

문창과 나오면 직장생활에서 어떤 점이 좋은가요

어려운 질문인데 답을 구해봤습니다. 인간 군상群像을 이해하는 힘입니다. 합평 시간에 서로의 작품을 비판하면서도 서로를 이해하려 했던 마음의 풍경. 그의 비판이 비난처럼 들려서 술을 마시다가 다투기도 했지만 다시 그의 글을 읽어주던 화해의 에너지. 내 작품을 놓고 학우들이 합평할 때 솟구쳐 오르는 말들을 참아내고 토론의 끝에 도달하는 인내. 그리고 기성 작가의 소설과 시를 읽으며 등장인물과 화자의 처지와 태도를 이해했던 수많은 밤들.

회사에서 회의를 하다보면 의견이 맞지 않는다고 화를 내거나 토론 자체가 안 되는 사람이 더러 있습니다. 특히 후배들이 자기 견해를 들이밀 때 합리적으로 그를 이해시키는 게 사실 심정적으로 쉬운 일은 아니죠. 그런데 화를 내고 언성을 높이는 건 훈련이 안되어 있기 때문이라고 봅니다. 대학 시절에 그런 훈련을 한 번도 해본 적이 없는 상태로 군대 다녀오고 졸업하고 입사해서 선배들이 시키는 대로 하다보면 이해의 훈련을 할 겨를이 없는 거죠. 문창과 나왔다고 모두가 그렇다고 단언할 수는 없지만 나는 문창과가 직장생활에서 이 점이 가장 도움이 된다고 생각하고 있습니다.

회사 다니시면서 시는 언제 써요

식구들이 잠들고 난 후 부엌등 켜놓고 식탁에 앉아서 쓸 때 좋은 글이 나온다는 말을 하곤 했습니다. 언제 시를 쓰는지 정하지도, 정할 수도, 정할 필요도 없다는 걸 알죠, 이젠. 되는대로 씁니다. 버스에서 핸드폰에다 쓰고 아무 종이에나 한 두 줄 적어서 메모통에 넣어놓기도 합니다. 두 번째 시집을 낸 게 2013년이니까 벌써 10년. 세 번째 시집 준비를 해야 하는데 정리할 여유가 없군요.

털어놓자면, 예전에는 업무 시간에 시를 쓰기도 했습니다. 딱 그 시간이 아니면 안돼서 참지 못하고 업무 시간에 후다닥 시를 썼습니다. 선배들은 그런 나를 못 본 척했을 텐데, 어느 날 후배가 지나가다가 내 컴퓨터 화면을 보고는

-차장님, 시 쓰세요? 저도 좀 보여주세요.

하는데 너무 창피했습니다. 몇 명 안 되는 후배들에게 나는 업무할 때 일에 집중하라고 강조했거든요. 그런 내가 업무시간에 시를 쓰는 것을 후배에게 들켰으니. 컴퓨터의 문서창에 시를 쓰면 화면으로 보이는 실루엣이 누가 봐도 시였던 거죠. 그런데도 시를 쓰고 싶은 격정을 이기지 못해 한동안 파워포인트 프로그램을 열고 시를 썼습니다. 파워포인트에 시를 쓰면 시로 보이지는 않습니다.

그 후로 부장이 되고 팀장을 맡으면서는 내가 시를 쓴다는 것 자체가 눈치가 보이기 시작하더군요. 왠지 딴일 할 시간이 있는 사람으로 보일 수 있으니 말입니다. 게다가 머릿속에 일 주머니가 점점 커져서 시의 주머니가 작아져만 갑니다. 강변북로로 출퇴근하면서 좀 더 젊었던 때에

는 왜 이리 차가 막히나 안달을 냈지만, 이제는 멈추지 말고 흘러만 가자, 합니다. 앞으로 언제 시집을 묶을지 모르겠습니다만 누가 뭐라고 하든지 멈추지 말고 흘러만 가자. 그래서 노시인이 되자, 이게 지금 나의 꿈입니다.

26년 동안 한강 다리를 건너 식권을 받고 다시 다리를 건너 집으로 돌아왔습니다. 내가 가장 시를 많이 썼던 공간은 밤의 식탁이 아니라 아침의 강변북로입니다. 저녁의 전철입니다. 포항에 사는 동기생 K군과 아직도 카카오톡으로 시를 주고받고 있습니다. 내가 보낸 시들에서는 여전히 출퇴근길이 보입니다. 나는 그렇게 살아왔나 봅니다.

10월 16일, 식구들이 잠들고 난 후 식탁에서 이 시를 썼습니다. 허락하신다면 시 한 편을 남겨 놓을까 합니다.

선셋 라이더

해가 진다

원효대교 남단 끝자락

퀵서비스 라이더

배달 물건이 잔뜩 실린 오토바이를 세워 놓고

우두커니 서 있다가

휴대폰 카메라로 서쪽 하늘을 찍는다

강 건너 누가 배달시켰나 저 풍경을

집 위에 덧었고 다시 출발

라이더는 알지 못 하네

짐 끈을 단단히 묶지 않았나

강으로 하늘로 차들 사이로

석양이 전단지처럼 날린다는 것을

90학번. 1997년 2월 농심 홍보실 입사, 현재 언론홍보팀장이다. 2002년 문화일보 신춘문예에 당선됐으며, 시집 『당랑권 전성시대』(창비, 2006년), 『쌍칼이라 불러다오』(문학동네, 2013년)가 있다.

엉덩이로 이름 쓰기

이소정 | 소설가

오래전 동기들이 모인 자리에서 어떤 사람이 소설을 쓰는가에 대해 얘기한 적이 있었다. 운이라고 말하는 사람도 있었고 성격이라고 말한 사람도 있었다. 습작 중이었던 우리는 등단이라는 것이 운이 작용해야 가능한 일이라고, 온 우주가 도와야 하는 일이라고 서로를 위로했다. 어찌할 수 없는 운을 빼면 성격이 남았는데 지금 같으면 MBTI를 얘기했겠지만 그때는 아니었다. 쉽게 좌절하지 않는 성격, 그러니까 합평회에서 상처받지 않는 성격, 너무 예민하지 않고 무던한 성격, 긍정적인 성격, 결국에는 포기하지 않는 성격이 이긴다고 말했다.

그렇게 시간이 흘렀다. 누군가는 취업하고 누군가는 대학원에 가고 누군가는 아무것도 안 했다. 누군가는 계속 글을 썼고 누군가는 다른 걸 썼다. 이를테면 태어날 아이의 이름을 대학 생활의 모든 필력을 모아 지었다. 누군가 작명비로 너무 많은 수업료를 낸 것이 아니냐고 너스레를 떨었다. 그렇게 생업과 생활에 시달리는 동안 나는 포기도 용기라고 생각했고 어느 순간에는 아무 말도 안 했다.

그리고 이십 년이 흘렀다. 운이 좋아서 나는 소설가가 됐다. 그리고 그때 우리가 나누었던 얘기를 떠올렸다. 등단한 사람의 평균적인 습작 기간은 보통 5년에서 7년이라고 한다. 물론 그보다 먼저 작가가 되는 사람도 한참 늦는 사람도 있지만 평균은 평균이었다. 어떤 소설가는 원고지 천 매를 쓰면 등단과 상관없이 작가가 된다고도 한다. 소설가 김연수는 작가는 하루에 세 시간을 매일 쓰는 사람이라고 했다. 그렇게 생각하니 문창과 사 년은 짧은 시간이었다.

매일 세 시간을 쓰는 일은 쉽지 않다. 원고지 천 매의 두께가 어느 정도인지 나는 아직도 잘 모른다. 그때는 그것보다 바쁜 일이, 더 중요한 일이 많았다. 누군가를 사랑하고 미워하기에도 턱없이 부족한 시간이었다.

다시 뭔가를 쓰기 시작했을 때 뭔가가 되겠다는 생각을 갖고 한 것이 아니었다. 그 일이 얼마나 지난한 일인지 충분히 알았다. 졸업 후 동기들을 자주 못 봤다. 내가 지방에 살아서 더 그랬다. 그래도 우리는 결혼식장과 장례식장에서 종종 마주쳤다. 그게 너무 반가웠다. 동기들의 일신상의 변화와 선후배들의 안부가 그 자리에서 모두 오갔다. 내가 서른 중반을 훌쩍 넘겨 다시 소설을 쓰고 있다고, 누구에게도 말하지 못한 얘기를 한 것도 한 장례식장에서였다. 갑작스러운 부고에 밥 대신 마신 술이 올라왔다.

나, 다시, 쓴다.

왜 불쑥 그런 말이 나왔는지 몰랐다. 소설가가 되면 꼭 얼굴 보자, 농담 반 진담 반인 그 말에 흰머리가 눈에 띄기 시작한 남자 동기는 그럼 이번 생에서는 우리 다시 못 보는 거네, 라고 했다. 테이블에 있던 모두가 웃었다. 그리고 뒤늦게 누군가 나도, 나도 써, 라고 말했다. 다들 조금씩 뭔가를 쓰고 있었다. 나는 그날 우리 모두가 쓰는 사람이었다는 것을 다시 깨달았다. 빛나는 문장과 누구나 탐을 내는 재능과 순수해서 오히려 더 오만해 보였던 젊음이 우리에게 있었다는 것도.

가끔 내가 문창과를 나왔다고 하면 글을 쓰는 다른 사람들이 뭘 배웠냐고 묻는다. 호기심과 기대에 찬 그들의 질문에 사실 난 잘 기억나지 않는다고 말한다. 시간이 너무 흘러서이기도 했고 뭐라고 딱 집어 말하기가 어렵기도 했다. 좀 편한 사람들에게 나는 문창과에서 문틀창틀(이 말은 그때도 엄청 진부했다) 만드는 법을 배웠다고 말한다. 숟가락으로 술병 따는 법을 가르쳐줬다고 말한다. 예술대 잔디밭에 막걸리를 주면 죽는다는 것을 배웠다고 말한다. 구름다리 난간에서 술을 마시면 만취해도 안 떨어진다는 것을, 떨어져도 하나도 안 아프다는 것을 배웠다고 말한다.

다시 글을 쓰면서 나는 자주, 많이 그 시간을 소환했다. 소설을 쓰면서 내가 가장 많이 하는 것은 썼다 지우는 일이다. 이 문장이 여기에 들어가는 게 맞는지. 쉼표를 넣었다, 뺐다 반복한다. 문장을 지워서 말해야 하는 것과 문장을 남겨서 말해야 하는 선택에서 나는 자주 문창과 수업 시간을 떠올린다. 말하지 않고 목소리를 내는 법. 그들이라면 어떻게 했을까? 그러면 나는 지금도 배우고 있는 것 같다. 그리고 그건 소설을 쓰는 데 무척 도움이 된다. 나는 부끄럽지 않은 글을 쓰려고 애쓰고 있다. 우리가 매일 얘기했던 좋은 글을 쓰려고 애쓰고 있다.

대학교 2학년 때의 문창과 전체 엠티가 기억난다. 아주 큰 방이 있는 민박집이었고 다음 날 아침 마당에 있는 수도꼭지 앞에 길게 줄을 서서 한 명씩 이를 닦았던 게 생각한다. 전날 우리는 한국의 작가와 작품에 대한 퀴즈 게임을 했고 내 기억으론 신상웅 선생님이 벌칙을 받으셨다. 벌칙은 엉덩이로 이름 쓰기였다. 우리는 계속해서 키득거렸다. 바지 벗고? 라고 물으셨던 것 같은데 그건 아무래도 내 기억의 조작일 가능성이 높다. 하지만 정확하게 기억하는 건 선생님이 무심히 일어나 마당 가운데 모깃불을 피워 놓은 환한 자리로 가서 뒤로 돌아 엉덩이로 이름을 아주 천천히 정성스럽게 쓰셨다는 거였다.

내가 한글만 오십 년인데 내 이름 하나 못 쓰겠냐.

그렇게 말씀하셨다. 오십 년은 정확하지 않다. 나는 이제 와 소설은 엉덩이로 쓰는 일이라는 것을 깨닫는다.

나는 이제 누가 쓰는가라고 묻는다면 운명과 습관을 말한다. 대학에 들어가기 전 일기도 제대로 쓴 적 없고 흔한 백일장 수상 경력 하나 없는 내가 쓰는 사람이 되었다는 건 모두 그들을 만난 운명이었다는 생각이 든다. 그리고 묵묵히 오십 년을 써온 글쓰기의 습관을 온몸으로 보여주신 선생님들이 있었다. 사랑에 빠지는 순간이 그렇듯 모르는 것을 만나는 일은 언제나 운명적이다. 그리고 운명은 습관으로 이어질 때 빛을 발하는 것 같다.

좋은 글보다 좋은 삶이 더 중요하다, 나의 삶처럼 우리의 삶도 중요하다. 문창과 시절 내내 귀에 딱지가 앉게 들었던 그 말을 떠올리면 나는 우리가 틀리지 않았음을 알게 된다. 우리가 배웠던 것은 읽고 쓰는 법이었다. 세상을 읽고 쓰는 법. 그래서 우리가 여전히 읽고 쓰는 사람들이라는 것을 나는 의심하지 않는다.

97학번, 소설가. 2020년 부산일보 신춘문예, 2021년 동아일보 신춘문예에 소설이 당선되어 문단 활동을 시작했다.

선생님 전상서

강철수 | 만화가

　내가 중학교를 다닐 때는 흑백 TV시대였다. 그나마 고가사치품이라 권투중계라도 있는 날은 TV 있는 부잣집 마당에 동네사람들이 와글바글 했다. 권투도 시청률이 높았지만 최고인기는 프로레슬링이었다. 특히 한일전이 벌어진 다음날 학교에 가면 선생님 첫인사가 '느그들 어제 박치기 봤나?'였다.

　프로레슬링은 장차 내 꿈이기도 했다. 나는 부모허락도 안 받고 동네 체육관을 기웃거리며 야망을 불태웠는데, 얼마 못 가 눈물을 삼키며 꿈을 접었다. 주위사람 모두가 내 앙상한 체구를 보고 박장대소했기 때문이다. 거울을 보니 레슬러와 너무 인연이 없어 보이는 시골꼬맹이가 그 안에 서 있었다. 나중에 알았지만 몸집이 작다고 레슬링을 할 수 없는 게 아니었다. 노력만 하면 얼마든지 근육을 키울 수 있고 테크닉도 마찬가지였다. 쓸데없이 여론에 민감해 너무 빨리 꿈을 포기한 것이다.

　내가 두 번째 야망을 불태운 것은 음악이었다. 고향을 떠나 소년티를 벗으면서 나는 선배를 따라 선술집을 갔는데, 앗! 웬 낭만의 가을나그네!? 허름한 양복의 노신사가 바이올린 연주를 시작했다. 듣기 나쁘지 않았고 짜릿짜릿한 선율에 나는 괜히 슬퍼져 눈물이 났다. 술집 전속연주자도 아니고 손님도 아니었다. 이 집 저 집을 찾아다니는 거리의 악사. 약간의 사례에 애달픈 음률로 보답하는 아르바이트 뮤지션. 그때는 그런 이들이 종로에 꽤 많았다. 바이올린만이 아니고 색소폰, 플롯연주도 있었고 통기타는 한참 나중에 등장했다. 나는 그들의 현란한 연주에 그만 뼉이 갔다. 소주를 마시며 오늘은 왜 음악쟁이가 안 오나 연신 출입구를 살폈다. 허름한 막걸릿집 혹은 참새구이집에 울려 퍼지는 색소폰 소리는 비싼 안주보다 훨씬 술맛을 나게 했고, 술꾼들을 애수의 골짜기로 몰아넣었다. 나는 그때 퍼뜩 생각했다. 아, 나도 악기 하나쯤 다룰 수 있다면! 실제로 낙원상가 중고 악기점을 열심히 기웃거리기도 했다. 그런데 얼마 못 갔다. 술꾼들은 내가 존경하는 거리의 악사를 너무 함부로 대했다. 앙코르를 연거푸 주문하면서 사례금은 참새 눈물만큼이었다. 어떤 손님은 연주료 대신 술을 억지로 권했다. 호프집 웨이터를 부르듯 이리 와봐라, 앉아라, 하루 얼마나 버냐, 반말을 했다. 나는 너무 화가 나 선술집을 뛰쳐나와 버렸다. 내가 악기를 배워 거리의 악사가 되면 저런 꼴을 당하겠구나. 온갖 수모를 당하면서 기생처럼 비위를 맞추란 말인가. 나는 그날로 음악계를 떠났다. 그게 또 경솔한 판단이었다. 선술집만이 음악세계가 아니었다. TV, 라디오, 미 8군도 있고, 성악, 판소리, 재즈, 트로트, 발라드…… 음악의 세계는 우주보다 크고 넓은데 나는 술집 몇 군데서 환멸을 느껴 음악을 포기한 것이다.

나는 왜 그리 때려치우기를 잘할까. 내 DNA 속에는 빨리 포기하고 잽싸게 퇴각하는 물질로 가득한가.

내가 다시 심취한 것은 글쓰기였다. 나도 시를 써보자. 시인이 되자.

수많은 독자를 거느린, 특히 여성팬이 사인 좀 해 달라고 줄을 서는 국민시인. 나는 서점으로 달려가 김소월, 박목월, 릴케, 하이네를 한아름 안고 와 베끼는 작업부터 시작했다. 그런데 여기에서도 웬 복병인가. 몇 줄 끄적거리기도 전에 사방에 훼방꾼이 출몰했다. "미쳤냐? 하필이면 시냐!", "소크라테스가 뭐랬냐? 제발 이성을 되찾아라!" 그 가운데 인생의 쓴맛 단맛 다 봤다는 노선배가 이런 뼈 때리는 충고를 했다.

"딸 가진 부모가 절대로 사위 삼지 말아야 할 인간 셋이 있다. 정치하겠다는 놈, 광산개발 하겠다는 놈, 영화제작 하겠다는 놈. 나는 거기다 하나 더 추가하고 싶네. 시 쓰는 놈."

나는 결사항변했다. 그건 케케묵은 옛날 일본노인네들이나 하던 소리지, 세상이 변한 것도 모르십니까! 그런데 그 선배 말고도 열에 아홉이 토씨 하나 안 틀리게 이런 악담을 했다.

"시인은 결국 굶어 죽는다."

나는 깊은 고뇌에 빠졌다. 오늘날 흔해 빠진 게 다이어트, 단식, 절식인데 이상하지? 굶어 죽는다는 소리에 왜 뜨악 겁이 날까. 그래 맞다. 난 다 긴다 하는 정치거물도 밥 굶으니까 쓰러지고 병원 실려가더라. 나는 결국 또 퇴각의 나팔을 불었다. 입문도 하기 전에 문단을 떠나기로 한 것이다.

나이가 들면서 지난날을 돌아보면 참 부끄럽다. 추상같던 군부독재시절도 아련한 추억이 되어 그리워질 때가 있다는데. 나는 어째서 그리도 많은 후회가 외상술값 같은 뒤끝을 남기나.

TV를 보다가 운동선수가 화면에 뜨면 왜 나는 뜨끔할까. 음악프로를 보다가 악기연주자가 클로즈업되면 왜 쥐구멍을 찾나. 책방에 갔다가 빼곡히 꽂힌 시집들을 보면 현상수배범이 형사를 만난 듯 얼른 고개를 돌리는 나.

그러나 바보 멍청이도 잘한 게 일생에 하나쯤은 있다던가? 중도포기로 얼룩진 내 젊은 날. 그 길만은 안 가길 잘했다고 가슴을 쓸어내린 게 있다. 학교 선생님이다.

지금 시대는 어떤지 몰라도 우리 어릴 때는 장래희망을 물으면, 여자애들은 간호사, 남자들은 '존경받는 선생님'이라고 답하는 때가 있었다. 나도 그랬다. 이제 와 생각하니 큰일 날 일이었다. 존경은커녕 수업시간에 자는 아이 깨웠다고 교단에서 쫓겨나고 벌청소 시켰다고 날벼락. 툭하면 고소 고발에 공갈 협박까지. 나는 학생이 선생을 때렸다고 해서 아직도 아이를 때리는 선생이 있나 했는데, 잘못된 기사가 전혀 아니었다. 더 기절초풍할 일은 열심히 가르친 죄로 몰매 맞듯 시달리던 선생님들이 스스로 목숨을 끊었단다. 선생님이 아니고 선생님들이.

우리 어릴 때는 아버지들이 회초리를 한 다발씩 만들어 학교에 가져갔다. 내 자식 사람 만들어 달라고. 요즘 그랬다가는 변호사부터 달려오고 아빠들은 줄줄이 수갑 차고 감옥에 갈지 모른다.

나도 아이를 키워봐서 안다. 아이는 강아지하고 똑같다. 예쁘고 귀엽고 호기심 많고 떼쓰고 말 안 듣고, 삐쭉빼쭉거리고……. 강아지는 구두만 물어뜯지만 아이는 동영상을 찍을 줄 알고 맛집을 검색하고 별점테러까지 한다. 어깨너머로 자동차 운전을 익혀 엄마 차를 몰고 고속도로를 달린다. 우리 강아지가 이렇게 똑똑하다고 칭찬한다면 그 집안은 이미 큰일 났다. 아이가 아무리 떼를 써도 안 되는 것은 안 된다고 하고 혼을 낼 때는 제대로 혼을 내야 한다. 부모 대신 혼을 내 달라고 아이를 학교에 보내는 것이다. 그런데도 일부 철없는 부모들이 아이 몸에 맞지도 않는 인권이라는 갑옷을 입혀 학교로 보낸다. 제발 훌륭한 양아치로 키워주십사 기를 쓰고 있다. 어떤 이가 '내 새끼 지상주의'라는 문학적 표현을 썼지만 이것은 이념이나 사상이 아닌 질병이다. 사회를 좀먹고 끝내 국가를 무너뜨리는 '오냐오냐 병'이다. 스승의 은혜는 하늘같아서 서둘러 스승을 하늘로 떠나 보내는 야만의 세상. 선생님이 학교머슴, 음식점 종업원, 수레를 끄는 짐꾼대접조차 못 받는 이 풍진 사회. 까딱 잘못해 이 길로 갔으면 나도 죽었을까? 숨어서 안도하는 나 자신이 부끄럽다 못해 참담해진다.

그러나 곧 지나가리라. 폭설 광풍도 언젠가는 멎고, 켜켜이 쌓인 교단의 빙벽도 녹아내릴 것이다.

전국의 선생님들, 더는 기죽지 말고 다시 힘을 내세요. 세상의 어떤 자리보다 소중하고 존귀한 스승의 자리를 떠나서는 안 됩니다. 목숨을 끊다니요. 천부당만부당합니다. 선생님들을 조롱하고 트집 잡고 음해하는 철부지세력보다 선생님들을 믿고 걱정하는 우군이 열 배, 백 배 많다는 사실을 절대로 잊지 마세요.

선생님을 존경하고 사랑하는,

강아지 할아버지 올림

65학번. 어린이 만화 『명탐정』으로 만화계에 데뷔했으며, 주요 작품으로 『청년만세』, 『사랑의 낙서』, 『新 바둑스토리』 등이 있다. 대표작이기도 한 만화 『발바리의 추억』이 엄청난 인기를 얻자 원작, 각본, 감독이라는 1인 3역을 하면서 영화감독으로도 활동했다.

소설동인 '설'

김종광 | 소설가

필자는 1990~1997년 동안 학교 다니던 얘기를 무려 한 권의 장편소설(『첫 경험』, 열림원, 2008, 334쪽)로 출간한 적이 있다. 학교와 안성 인근에서 뛰었던 각종 알바체험을 주저리주저리 엮었다. 제목을 19금으로 지은 보람도 없이 처절하도록 안 팔렸기에 읽어본 동문도 없었을 거다. 다행이다.

만약 읽었다면 이거 나잖아, 하고 깜짝 놀라고 어쩌면 화를 낼 동문도 계실 테다. 문창과와 직접 연관된 이야기는 거의 하지 않으려고 노력했다지만, 주인공인 곰탱이가 선후배의 사랑을 하도 받다보니, 어쩔 수 없이 문창과 얘기가 이래저래 나온다. 아무튼 선후배와 동기들이 긴가민가하도록 최대한 허구화했는데, 일부러 대놓고 있었던 그대로를 쓴 얘기가 하나 있다.

그 소설에 썼던 거의 모든 얘기가 창피하다. 어떻게 그 얘기들을 소설로 쓸 생각을 했으며 실제로 써서 책까지 냈는지 어처구니가 없다. 참으로 뻔뻔했다. 하지만 소설동인에 몸담았던 얘기만큼은 지금도 자랑스럽다. 우리가 함께했던 것은 고작 8개월이었지만, 지금의 후배들에게까지 내세울 만한 성과도 냈다고 자부한다.

　어느 때에나 '소설공장' 소리를 듣는 학우들이 있다. 96년 봄에는 90학번인 나, 렬, 91학번인 곤, 흔이 소설공장 소리를 들었다. 소설공장 소리를 들으려면 일단 티가 나야 한다. 자취방이나 도서관에서 쓰면 아무도 몰라준다. 우리처럼 문연자에 낮밤 가리지 않고 죽치고 있어야 한다. 문연자 PC를 자기 컴퓨터인 양 쓰는 뻔뻔함도 갖춰야 한다. 96년 당시 문연자에는 6~8대 정도의 PC가 있었는데 의외로 사용자가 적었다. 지금 생각해보니 후배들은 우리 같은 예비역 선배가 무서워서 감히 문연자 PC를 쓸 엄두를 못 냈던 것 같다. 아니, 문연자 근처엔 얼씬도 안 했나 보다.

　우리 넷은 워낙 문연자에서 어울려 지내나보니, 누가 소설을 하나 쓰면 자연스럽게 합평이 이루어지고는 했다. 이럴 바에야 정기적인 합평모임을 가져보자. 누가 먼저 운을 뗐는지는 모르겠지만 금방 의기투합했다. 동인 이름은 소설의 '설'자를 땄다. 어차피 소설이 썰 푸는 거 아닌가, '썰을 표방하는 리얼리스트'라는 중의도 있었다.

　첫날, 한 작품에만 네 시간이 걸렸다. 그렇게 오래 걸릴 줄은 몰랐다. 확실히 강의 때의 합평과는 달랐다. 강의, 동아리 합평 때는 열 명 이상이 제한된 시간에 한 작품을 다루다 보니 크고 거창하고 두루뭉술한 얘기밖에 할 수 없었다. 그런 제약 없이 한 사람의 소설을 충분한 시간을 갖고 시작하니 작고 세세하고 지엽적인 부분까지 다 다루게 되었다.

　옛날이나 지금이나 문창과는 한 달만 다니면 쓰지는 못하더라도 비평가 뺨치는 수준의 비판력을 갖춘다. 3년 동안 남의 소설 까는 데는 이골이 난 우리가 아닌가. 우리는 벗의 소설을 거의 난도질했다. 문장을 조각조각 내서는 토씨 하나 때문에 싸우고 비유 하나 때문에 격론을 벌였다. 문장의 개연성, 핍진성 따위를 집요하게 물고 늘어졌다. 작자는 열심히 방어했지만 셋의 공세를 이겨내지 못하고 만신창이가 되었다.

이후에 91학번 류와, 95학번 여학우 랑이 추가되었다. 랑의 가입에는 반대가 있을 리 없었다. 칙칙한 예비역 남선배들과 함께하겠다는 여후배가 신기하고 감사할 따름이었다. 그런데 2학년 때 한 문예지에 시가 당선되어 시인으로 불렸던 류는 마땅치 않았다. "소설은 우리 같은 천민족이나 쓰는 거거든요. 너는 시나 계속 열심히 쓰세요."라고 거부했지만, 시인께서 자존심까지 굽혀가며 하도 부탁하시니 받아들일 수밖에 없었다. 정작 류는 소설을 한 편도 안 내고 까기만 했다. 그럴 거면 나가라고 겁박하자 9월 첫째 주에야 한 편을 써 가지고 왔다. 대림동산에서 오리배 밀며 아르바이트하던 일을 썼다. 우리는 그간 당했던 한을 분풀이하듯 융단폭격을 가해주었다.

남의 문장을 비판하려면, 또 나의 문장을 방어하려면 문장 공부를 열심히 하는 수밖에 없었다. 처음에는 우리가 뭘 잘못하고 있는 게 아닐까. 시시콜콜하게 사소한 것에만 골몰하는 게 아닐까 불안하기도 했다. 시나브로 알게 되었다. 우리가 소설 합평이 아니라 소설 문장강화 공부를 하고 있다는 걸. 우리의 문장강화는 뒤풀이에도 이어졌고 문연자의 여러 밤에도 계속되었다. 그해 봄, 여름, 가을 우리는 문장에 죽자 살자까지는 아니더라도 한껏 매달렸다.

만약 아무런 성과가 없었다면 군이 자랑할 수 없을 터다. 렬이 당시만 해도 대학문학상의 최고봉으로 불리던 5월문학상에 당선되었다. 이어서 7월에 내가 대받문학상을 받았다. 깊어가는 가을에 문창과 창작문학상 소설 부분을 흔이 받았고, 시 부분을 랑이 받았다. 우리랑 소설 공부 해놓고 시로 상을 받은 랑이 지금도 신기방기하다. 대학문학상 받은 것 가지고 성과는 무슨, 이라고 할 수도 있겠지만, 우리는 자랑스러웠다. 이 만한 성과를 낸 동인 있으면 나와 보라고 해! 그래도 문창과 동인 역사 에 남으려면 1급 등단자 하나쯤은 나와야 하지 않아? 그 바람을 듣기라 도 한 듯 조선일보 신춘문예에 류가 당선됐다. 우리가 박살냈던 9월의 그 소설을 3개월 동안 살뜰히 고친 듯했다. 이어 봄에 렬이, 여름에 내가 계간 〈문학동네〉로 데뷔했는데 그 역시 동인활동 덕분이었음을 부정할 수 없다.

'설' 동인 활동이 다른 건 몰라도 내 문장의 기본을 세워주었다. 소설 을 쓸 때 너무 막 쓰지 않고 '사개핌진'을 따져가며 쓰게 되는 자세가 길 러졌고, 쓴 다음에 철저한 퇴고를 하는 습관도 자리 잡게 되었다. 꾸준 히 읽고, 내 나름 퇴고하고, 편집자들의 지도편달을 받으며 기본을 유지 한 것도 있겠지만, 동인활동 할 때 기본을 습득하지 못했다면 지금과 같 은, 미미하나마 명색이 전업작가인 삶은 불가능했을 거라 믿는다.

세월이 흘러, 나는 어쭙잖게도 후배들에게 소설을 가르치고 있다. 나 는 학교 다닐 때 얘기를 전혀 하지 않으려고 노력한다. 후배들한테 귀감 이 될 만한 행동을 하지 않았으니 할 얘기가 없는 게 당연하다. 그러나 소설동인했던 얘기만큼은 꼭 한다. 문장 공부하고 싶으면 동인을 해보라 고 권유도 한다.

90학번. 1998년 〈문학동네〉 여름호로 등단. 『경찰서여, 안녕』, 『조선통신사』, 『산 사람은 살 지』 등을 냈음.

문창과에도
일러스트레이터가 있다

쩡찌 | 일러스트레이터

〈서라벌 예대·중앙대학교
문예창작학과 창과
70주년 기념 엔솔러지〉
청탁을 받은 때에 쩡찌는

누워서
개구리의 엉덩이를
보고 있었다…….

개구리가 엉덩이가 있네…….
아니 이건 너무 엉덩이 아닌가.
아니 엉덩이니까 어쩔 수 없지.
엉덩이…….
있겠지, 개구리도…….

그리고 문예창작학과에도
일러스트레이터가 있습니다…….

서라벌예대·중앙대 문예창작학과 70년 기념 엔솔로지

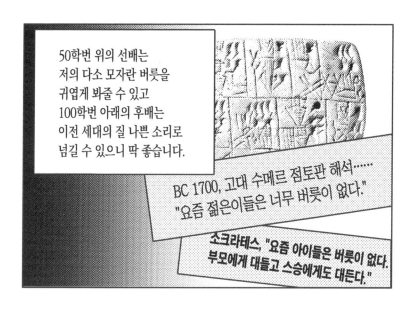

50학번 위의 선배는
저의 다소 모자란 버릇을
귀엽게 봐줄 수 있고
100학번 아래의 후배는
이전 세대의 질 나쁜 소리로
넘길 수 있으니 딱 좋습니다.

BC 1700, 고대 수메르 점토판 해석……
"요즘 젊은이들은 너무 버릇이 없다."

소크라테스, "요즘 아이들은 버릇이 없다.
부모에게 대들고 스승에게도 대든다."

일러스트레이터 핫데뷔 이후
학과와는 큰 인연이
없을 줄 알았지만

얼마 전
몹시 놀라운 소식을
들었습니다.

그러나 기쁨과 동시에
대학시절의 주마등이 몹시 스쳤기 때문에
(차마 그릴 수도 없음 거의 사탄이었음)

인성 논란 아이돌 JJ씨…데뷔 무산

혹시 이 만화를 보는 재학생이 있다면
생활 정돈에 힘쓰면 좋겠습니다.

그래도 사실 여러분의
악행에는 한계가 있죠.

여러분은 학생이기 때문입니다.

교수님들이
조심해 주셔야겠습니다.

엔솔러지 분위기 잘 망치죠? 하지만 저는 타 업계이므로 조금 괜찮습니다.

다른 업계로 가는 것은 좋아요.

저처럼 이렇게 문창과 당사자성은 가지면서 또 조금 비껴 있기 때문에 마구 지껄일 수 있습니다.

문예창작학은 쓰임이 많더군요.

아무래도 인간 집단이라면 글은 어디에든 사용해서요.

동시에 같은 이유로 굳이 어느 인간이 필요하지 않은 듯 보이지만 살아간다면 어느 인간은 어디서든 필요로 하는 때가 있기 때문에. 미래에 대한 자조는 굳이 안 해도 될 듯해요.

그것이 단지 나의 필요임에도요.

쓰는

당신이 아름답습니다……☆♪

변기에 휴지 넣지 마세요!

지금 일러스트 일에는
텍스트를 해석해서 그림을 그릴 일도 많고요,

일러스트 외의 만화 작업을 하게 되는 때도 있어
꽤 문예창작학 전공을 사용하고 있습니다.

게다가 저는 재학시절에 글도 잘썼고
텍스트 해석도 잘하기 때문에
일러스트레이터 필요하신
현업 선·후배님들 연락 주세요들~

저 쩡찌의 만화 에세이
『땅콩일기』
구매 후 읽어주시고요.

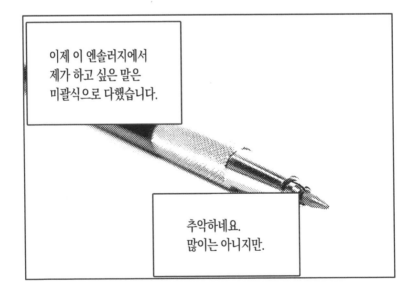

이제 이 엔솔러지에서
제가 하고 싶은 말은
미괄식으로 다했습니다.

추악하네요.
많이는 아니지만.

언제나 중앙대 문예창작학과 출신
일러스트레이터 쩡찌가
가까이 있다는 것을
잊지 마시기 바랍니다.

마치 너무 가까이에
엉덩이가 있는
사막비 개구리처럼
…….

ZZOZZI

06학번. 작가이자 일러스트레이터다. 저서로 『땅콩일기』가 있다.

배려

류근 | 시인

지구를 가볍게 해주려고
새는 자주 지상을 비웠다
집안을 가볍게 해주려고
아버지는 자주 가족을 비웠다

어느 날 새도 아버지도
제가 비운 것에 돌아와 죽었다
새는 지상을 베고서
아버지는 가족을 베고서

86학번. 1992년 문화일보 신춘문예에 시가 당선되어 등단했다. 등단 후 18년간 공식적인 작품 발표를 하지 않다가 2010년 첫 시집 『상처적 체질』을, 2016년 두 번째 시집 『어떻게든 이별』을 출간했으며, 서정시선집 『당신에게 시가 있다면 당신은 혼자가 아닙니다』를 공동으로 엮었다. 산문집 『함부로 사랑에 속아주는 버릇』, 『사랑이 다시 내게 말을 거네』, 『진지하면 반칙이다』가 있다.

2부

꿈결에도 스미는
그리운 이름

남으로 띄우는 편지

한광현 | 세종학당재단

안녕하세요. 기억하실지 모르겠지만, 01학번 한광현입니다.

잘 지내고 계시죠? 오래 묵묵히 쌓아둔 안부를 꺼내 묻습니다.

문창인답게 언제 어디서든 삶의 고뇌와 번민에 맞서며 지내고 계시리라 믿어 의심치 않습니다.

저는 지금 아프리카 '보츠와나'에 왔습니다. 출장 때문에 처음 알게 된 이곳은 남아프리카공화국 바로 옆에 위치해 있으며, 한국 면적의 5배 이상 되는 큰 나라입니다. 한국에서의 직항 편은 당연히 없고, 28시간 동안 쉼 없이 3번의 비행기를 갈아타고 도착했습니다.

지친 몸을 이끌고 공항에서 숙소로 오는 차 안에서 바라본 풍경은 말 그대로 야생 그 자체였습니다. 곧게 뻗은 2차선 도로 양쪽으로 끝없이 펼쳐진 초원에 동물원에서나 보던 가젤, 기린, 물소, 코끼리들이 여유롭게 돌아다니고 있었습니다. 초원 끝에서 지는 석양, 바람결에 섞인 짙은 풀내음은 제 머릿속에서 오랫동안 기억될 것 같습니다.

이곳의 수도 '가보로네'는 모든 게 참 단정하고 조용합니다. 건물도,

길도 모두 바르고 단정합니다. 그리고 여기는 집이 참 예쁩니다. 동화책에 나오는 그런 예쁜 문에 갖가지 꽃들이 피어 있는 정원, 낡은 아이들 장난감이 널려 있고, 직접 만든 나무 그네가 놓여 있습니다.

저녁 먹기 전에 아이는 뒤뜰에서 흙장난을 하다가 엄마의 저녁 준비가 다 됐다는 소리에 얼룩진 손으로 집으로 뛰어 들어갑니다. 이렇게 늘 조용하고 넉넉한 자연이 있는 곳에서 살 수 있다면 어떨까, 제 모습은 어땠을까 상상해 봅니다.

이 먼 곳에 와서야 조용한 여기와는 달리 이전의 제 마음은 늘 조급했음을 알아차립니다. 여기 온 지 고작 사흘이 지났을 뿐인데요.

아, 참! 저는 지금 문화체육관광부 산하 공공기관 세종학당재단에서 일하고 있습니다. 한국어를 보급하고 한국문화를 확산시키기 위해 해외에 세종학당을 설립하고, 인적·물적 자원과 다양한 콘텐츠를 지원하는 총괄 기관입니다. 어느덧 공공기관에서 일한 지도 15년 가까이 되었네요.

듣지도 보지도 못했던 나라에서 한국어를 배우고 싶다며 주남아공 대사관을 통해 세종학당을 열어 달라는 요청에 현장 실사를 왔습니다. 한국어 교육 수요가 있기는 할까 의심하기도 했지만, 세종학당이 세워질 보츠와나국립대학교 관계자들을 만나보니 한류의 열풍이 아프리카의 땅에서도 맹렬하게 불고 있었습니다.

동양인이라고는 저밖에 안 보이는 대학 캠퍼스에서 한 여학생이 한국 사람이냐며 한국어로 말을 걸어왔습니다. 한국 드라마를 보며 혼자서 한국어를 공부했다는 그는 저와의 대화에 전혀 문제가 없을 정도로 한국어가 유창했습니다. 캠퍼스 내 100여 명의 학생들이 한국음악, 한국

영화와 드라마 등을 보며 함께 한국어를 공부하고 있다고 한국어 수업이 개설될 수 있도록 꼭 도와달라고 부탁했습니다.

자신의 꿈이 한국어 번역가가 되는 것이라고 수줍게 말하는 여학생의 새까만 눈동자를 통해서 그 삶의 이야기를 그려봅니다. 그렇게 제가 있었던 캠퍼스가 그리워지는 건 당연한 수순일지 모르겠습니다.

중앙대학교 문예창작학과 시절, 그리고 그 안의 계절, 그 무수한 사연들로 가득했던 시간들……. 이렇게 편지를 쓰며, 잠시지만 사람에 대해, 또 '인연'에 대해 생각해 봅니다. 서로 인연을 맺고, 그 인연을 이어가는 것, 새삼 인생에서 가장 중요한 일인 것 같습니다.

오늘 이 편지를 쓰면서 저는 또 착한 마음이 되어서 제가 맺은 인연들이 언제고 온전하게 그 자리이길 바랍니다. 선배님, 동기들, 그리고 후배들, 저 또한 그러하기를. 잊을 수 없는, 잊히지 않은 우리들의 훈훈한 이야기들 또한 언제까지고 오래오래 온전하기를. 그것들이 우리들이 서로 맺었던 시간들에 대한 책임이자 그 증거일 테니 말입니다.

10월, 지금 바라보면 시간은 그 순간은 참 지리하고 막막한데 한 시절, 한 계절 그 확연함만큼은 늘 바쁘게 다가옵니다. 저희가 함께했던 그 시간, 서로 무슨 생각을 했을까 새삼 궁금해집니다.

제가 무슨 생각을 했었는지 우리가 어떤 말을 했었는지 그런 것들 대신에 저는 조금 다른 것들을 기억합니다. 그 시간, 그 계절, 그 시절 함께했던 우리의 눈빛과 따스했던 우리의 손길을 오래오래 기억합니다.

어느 쪽이든 지금에 와선 다행이고 기특한 것투성이입니다. 지난 일을 생각하며 슬그머니 웃음이 나오는 걸 보면 그 시절 지나온 시간들이 제법 묵직한 것 같습니다.

지금 쓰는 편지의 답장은 받지 못하겠지요. 이곳을 언제 다시 올수 있을까……. 한참 동안 그리워하겠지……. 생각하면 슬프다가도 그래도 조금씩 시간이 지나면 여기에 있던 것이 가물가물 잊히겠지……. 금세 다른 사람과 새로운 삶에 적응하겠지……, 생각하게 됩니다.

이제 저도 제법 나이가 들었나 봅니다. 저희가 다시 만나면 그때처럼 잘 살고 있다고, 잘 버티고 있다고 토닥토닥 어깨를 두드려 주시길 바랍니다.

풀내음 가득한 10월 보츠와나에서

광현 올림

01학번. 문화체육관광부 산하 공공기관인 세종학당재단에서 한국어를 보급하고 한국문화를 확산하기 위해 해외에 세종학당을 설립하고, 인적·물적 자원과 다양한 콘텐츠를 지원하는 일을 하고 있다.

내 운명은 내가 선택한다

초명 | 명리학자

    중앙대 문예창작학과를 거쳐 간 기라성 같은 문인들은 많지만, 명리학자는 얼마나 있을지 모르겠다. 바라건대, 명리학자가 나 한 사람뿐이면 좋겠다. 나름 틈새시장을 잘 공략했다고 볼 수도 있을 테니 말이다. 첫 졸저 『명리, 나를 지키는 무기』에 실린 내 소개 글은 '작가의 꿈을 안고 중앙대 문예창작학과에 들어갔지만, 시인이나 소설가는커녕 엉뚱하게도 명리학자가 되었다.'로 시작한다. 나는 어쩌다 이 길로 빠지게 된 걸까?

    신혼 때 갓난아이를 키우면서 아내와 크게 다투었다. 투자 실패로 힘들게 저축한 돈을 고스란히 날리기도 했다. 집안이 매일 전쟁터가 되다 보니, 누가 먼저랄 것도 없이 이혼 이야기를 꺼냈다. 고민하다 한 철학관을 찾았는데 마치 '너는 모르는 네 운명을 나는 다 알고 있도다!' 같은 얼굴로 앞으로도 두세 번은 더 이혼할 거라 했다. 운명은 다 정해져 있으니 절대 벗어날 수 없다던 술사의 자신만만한 말에 갑자기 화가 났다. 공감이나 위로를 원했지만, 다른 곳에서도 모두 비슷한 소리를 해대는 게 잘 이해가 되질 않았다. 문득 20대 때 배낭을 짊어지고 홍콩으로 여행을 떠났던 어느 날, 어느 사주 카페 거리에서도 비슷한 소릴 들었다는 게 떠올랐다.

'두세 번은 이혼할 운명이라면 나는 왜 결혼을 한 걸까, 책임지지도 못할 거면서 아이는 왜 낳았을까, 다음에 다른 사람을 만나도 또 이혼을 한다는 걸까?'

혼란스러움 속에서, 내 운명을 직접 알아보고 싶어졌다. 듣고 싶은 말을 들을 때까지 점쟁이를 찾아가 묻는 대신, 공부를 통해 내 미래에 대해 직접 알아보기로 마음먹었다. 조선시대에는 명리학이 풍수, 한의학과 함께 과거시험 과목이기도 했다지만, 결국 미신 나부랭이는 아닌지 확인해보고 싶은 치기도 있었다. 그때 내가 고른 명리학 책이, 지금은 스승이신 대중음악 평론가이자 명리학자 강헌의 책이었다.

아내와 힘든 시기를 보내는 동안, 틈날 때마다 명리 책을 뒤적였다. 몇 년간 끈질기게 파고든 끝에, 내 사주를 어느 정도 이해할 수 있게 되자 운명運命을 대하는 태도가 달라졌다. 명은 정해져 있지만, 운은 내가 속해있는 상황과 내 노력, 의지, 행동에 따라 얼마든지 다르게 끌고 갈 수 있다는 확신이 생겼다. 하늘에 연을 날리고 있다고 가정해보자. 연 줄을 내가 원하는 곳으로 당길 수는 있지만, 바람이 반대로 불 때 줄을 세게 당기다가는 자칫 줄이 끊어질 수도 있다. 명리학을 공부하고 나서 얻은 가장 큰 소득은, 언제 어느 방향으로 바람이 불지, 내가 원치 않는 곳으로 바람이 불 때 어떻게 해야 하는지를 알게 되었다는 것이다.

부부 사이에 가장 갈등의 골이 깊던 2018년 무술년戊戌年은, 아내와 나 모두에게 처음으로 운이 가장 불리하게 흐르는 시기였다. 비유하자면 태풍이 부는 줄도 모르고, 어리석게도 연 줄을 각자가 원하는 방향으로 끌어당기고 있었다. 이걸 알게 되자, 내게 몇 번은 이혼하겠다고 말한 사람들 모두에게 화가 났다. 적어도 그 사람들이 내 아내의 사주도 함께 살폈다면, 화가 덜 났을지도 모른다. 마음이 흔들리더라도, 그 시기에는 절대 해서는 안 되는 일이 무엇인지 내게 차분히 조언해줬다면 어땠을까. 불리한 운에는 최대한 방어하며 지혜롭게 보낼 수 있는 길이 얼마든지 있으니 말이다. 그들 모두는 명리학을 도구로 더 나은 선택을 할 수 있도록 돕기보다, 마치 결정된 운명이 있는 것처럼 내 앞에서 점쟁이 흉내를 냈다.

명리학은 음과 양의 끊임없는 변화에 뿌리를 둔 학문이다. 선인들께서 우주 질서의 핵심을 고정이 아닌 변화로 인식한 만큼, 운명이 결정되어 있다는 태도는 명리학에 대한 거대한 사기나 오해와 다름없었다. 고전의 해석에만 갇혀 성별의 역할을 고정시키고, 사주를 품평하며 개인이 가진 가능성을 제한하는 그간의 사주 상담이 명리학을 혹세무민의 도구로 전락시켰다고 생각한다.

나는 다가올 운을 어떻게 활용하면 좋을지 고민했다. 회사를 다니는 동안 바람의 방향이 바뀔 때를 기다렸다가 유튜브(초코명리)를 시작했다. 내 사주상 도구를 더욱 쓰임새 있게 활용하기 위해 노력했고, 40대, 50대, 60대 대운에 맞추어 어떻게 살아야할지 큰 그림을 그렸다. 직장인이었을 당시 운의 상승세를 타고 방송 프로그램에 출연하게 됐고, 여러 곳에서 강의를 했다. 올해는 책을 출간했으니, 내년부터는 수강생들을 모집하여 긴 호흡으로 나만의 명리학 수업을 진행해보려 한다.

대학 졸업 후 줄곧 대기업에서 언론 홍보, 미디어 담당자로만 일했다. 명리를 공부한 후 더욱 주체적으로 살아가기 위해, 올해 10년 간 다니던 회사를 미련 없이 그만두었다. 앞으로는 기존의 사주 상담 방식에 염증을 느낀 도반들과 함께, 명리학의 이론과 체계를 바탕으로 삶의 여러 문제를 개선해나가는 데 평생을 바칠 계획이다. 그렇게 해서, 언젠가 명리학이 중·고등학교 교과서에도 실리는 세상을 만들고 싶다.

아, 그런데 그 당시 심각하게 이혼을 고민하던 아내와는 어떻게 됐냐고? 오붓하게 딸아이를 키우며 행복한 인생을 보내고 있다. 서로가 힘들었던 시기에 대해 이야기할 때마다, 왜 그때는 그렇게 서로 어리석게 행동했는지를 두고 웃음 지을 뿐이다. 현재 아내는 공무원 생활을 그만 두고, 동네에서 작은 카페를 하고 있다. 명리학을 알지 못했다면, 직장생활을 그만 둔다고 했을 때 기를 쓰고 말렸을 것이다. 명리학을 공부한 아내 역시, 내가 직장을 그만둔다고 했을 때 축하한다고 크게 기뻐해주었다.

추운 겨울을 견디면 따스한 봄이 오는 것처럼, 힘든 시기를 이겨내니 자연스럽게 평화가 찾아왔다. 명리학을 공부하다 보면 자연스레 알게 된다. 절대적이며 영원한 것은 없다는 것, 모든 것은 변화한다는 것을 말이다. 중고등학교 시절부터 시인이나 소설가가 되겠다던 꿈은 희미해졌지만, 적어도 문창과를 나왔다는 자부심과 함께 문학과의 연은 평생 이어가려 한다. 기존의 명리학자들과 내게 다른 지점이 있다면, 부족하나마 명리학을 현대적인 시선으로 재해석할 수 있는 힘에 있다고 생각한다. 학부 시절 문학과 인생에 대해 치열하게 고민한 시간이 없었다면, 나름 인문학적 소양이란 것들을 기르기 힘들었을 것이다.

첫 책이 나오기 몇 달 전, 빛고을 광주에서 안성까지 올라가 학창 시절 추억이 깃든 곳들을 찬찬히 둘러보았다. 수능이 끝난 후, 글 써서 어떻게 먹고 사느냐는 주변의 반대에도 불구하고 문창과를 지망했다. 학교를 졸업하며, 평생 내 이름으로 된 책 한 권은 내야겠다고 마음먹었다. 그 책이 명리학 책이 될 거라곤 상상도 못했지만 말이다. 안성 교정을 걷는 동안, 내 인생에서 가장 잘한 첫 번째 선택이 있었기에 명리학자로서 새 출발을 할 수 있게 된 게 아닐까 싶었다.

04학번. 본명은 나승완. 명리학자이자 철공소 수석연구원·강사. 명리커뮤니케이터 '초명'으로 널리 알려져 있으며, 유튜브 '초코명리' 채널도 함께 운영하고 있다.

'데'보다는 '대'

표상아 | 뮤지컬 연출가

공연을 업으로 삼고 산 지 8년. 내가 본격적으로 공연 일을 시작한 건 뮤지컬 '빨래'의 추민주 연출님의 조연출이 그 시작이었다. 잠시 국립극단에 있기도 했지만 질문이 많았던 나는, 질문이 '심하게' 많았던 나는, 쫓겨났다. 질문 좀 했기로서니 쫓아내다니. 공연계의 수평적이지 못한 권력구조의 폐해라고 나는 늘 주장하지만 내 성토를 들은 대부분의 배우들은 질문이 좀, 너무, 과히, 심하게 많았던 것 같다며 늘 국립극단 모 연출의 편을 든다. 심지어 모 연출을 동정하는 사람마저 있었다. 역시 팔은 안으로 굽는다고. 연극이 발전이 없는 건 연극영화과의 수직적 문화 때문이라고 외치고 싶지만 정체가 드러날까 싶어 입을 다물었다. 의심 많고 질문 많은, 소위 따지길 좋아하는 문예창작학과. 학교 다닐 때 나는 이 말에 별로 어울리는 사람이 아니었음에도 밖에서는 괜히 신경이 쓰인다.

추민주 연출님과 일을 하면서 나는 한예종을 졸업한 친구들과 자연스럽게 몰려다녔다. 그래서 조연출 시절에는 나를 연출과라고 넘겨짚는 사람들이 많았다. 심지어 추민주 연출님을 만나느라 한예종 석관동 캠퍼

서라벌예대·중앙대 문예창작학과 70년 기념 앤솔로지

스에 자주 드나들었으니 나를 중앙대, 그것도 문예창작학과라고 생각하는 사람은 없었다. 이 완벽한 위장 덕분에 어떤 제작사 대표는 날 앉혀놓고, 좋은 연출이 되려면 소설을 읽어야 한다며, 연출적인 것 외에 소설도 읽고 글도 한번 써보라고 조언까지 해주었다. 나는 이 깊은 뜻을 받아들였다. 대학 시절 내가 소설을 열심히 읽고, 글도 많이 썼다면 이런 은근한 위장을 하며 살 필요가 없었을 테니까. 그러니까 내가 문창과로 알려지는 게 두려웠던 첫 번째 이유는, 누군가 문학에 대해 혹은 작가에 대해 내게 물었을 때 내가 답하지 못할 것을 나는 잘 알고 있기 때문이었다. 그리고 그런 순간을 상상만 해도 미치도록 부끄러웠기 때문이다. 나는 조지 오웰을 시작으로 민음사 세계문학전집을 손에 잡히는 대로 읽었다. 대학 때도 읽기 싫어 내던져 둔 이름만 아는 소설들도 이때 읽었다. 학창 시절 선·후배들이 읽은 책에 비하면 현저히 적은 양이지만 그래도 무식은 면할 수 있었다.

대본을 쓰게 된 것은 아무도 조연출인 나에게 연출을 맡기지 않는다는 사실을 깨닫고 나서였다. 특히 여자 조연출에게 그런 제안은 극히 드물었다. 입봉하기 위해선 내 대본을 써야 했다. 난감한 일이었다. 나는 읽는 것도 싫어했지만 쓰는 건 더 싫어했다. 그럼에도 운이 좋았던 나는 대본을 간신히 완성할 수 있었고, 공연도 성공적으로 올렸다. 문제는 이때부터였는데, 운 좋은 결과들 덕분에 나는 여기저기 경력과 학력을 제출할 일이 많아진 것이다. 그러니 내가 중앙대 문창과 출신이라는 사실을 알게 된 사람이 급속도로 늘어났다. 이때부터 사람들은 자연스럽게 내게 묻기 시작했다. "맞춤법 이게 맞아?" 난 얼굴이 새빨개졌다. 나는 문학뿐만 아니라 맞춤법에 대해서도 답할 능력이 현저히 부족했다. 학과에 누가 되는 일이었고, 나 개인에게는 비극적인 일이었다.

카카오톡의 생활화 이후 나에게는 몇 개의 나쁜 버릇이 생겼다. 그중하나가 '데' 보다는 '대'를 선호하는 버릇이다. 선호라는 말도 웃기다. 틀린 맞춤법을 선호하다니. 어쨌든 '아닌데?'보다는 '아닌대?', '뭔데?'보다는 '뭔대?' 이런 식이다. 이건 'ㅔ'보다 'ㅐ'가 더 귀엽게 보인다는 나의 이상한취향 때문에 생긴 버릇이다. 게다가 지난 몇 년간 카카오톡 사용이 유일한 글쓰기였던 나는 틀린 맞춤법에 완전히 익숙해져 있었다. 그리고 응당 터질 사건이 터졌다. 전 스태프들에게 나가는 마지막 최종 대본. '공연용 대본'에 온갖 '대'가 인쇄된 것이다. 이 사실을 뒤늦게 알고 나는 정말부들부들 떨었는데, 적반하장으로 조연출과 몇몇 가까운 스태프들에게항의까지 했다. 진작 대본을 여러 번 받아 본 당신들은 왜 나에게 이 사실을 말해주지 않았느냐고. 그때 모두가 입을 모아 내게 말하길,

"문창과니까 네가 맞는 줄 알았지. 바뀐 맞춤법인 줄 알았어."

나는 그날 밤 침대에 누워 몇 번을 벌떡벌떡 일어났는지 모른다. 그리고 그날 새벽 네이버 인물정보에서 학과명을 남몰래 지웠다. 지금도 그대본이 어떤 스태프나 배우의 집에 놓여 있으리라 생각하면 머리가 지끈지끈하다. 이 사건은 두고두고 놀림거리가 됐다. 문창과가 아니었으면 아무도 날 놀리지 않았을 것이다. 슬쩍 알려주고 상대의 체면을 위해 서로쉬쉬해 주었을 것이다. 하지만 나는 문창과고, 나는 '데'를 '대'로 쓴 문창과 졸업생이 되었다.

바쁘지만 그래도 틈틈이 소설도 읽고, 부족한 맞춤법도 채우려고 노력한다. 얼마나 더 공부해야 나는 중앙대 문예창작학과를 졸업했다고 편하게 말할 수 있을까. 공연 프로그램 북 첫 페이지에 당연하게 들어가야

하는 작가의 글에도 비문이 있을까 봐, 맞춤법을 틀릴까 봐 고사하는 나에게 이런 글을 쓰게 하는 건 너무 가혹한 것 같다. 많은 분들이 그러하겠지만 나도 이런 저런 이유로 이 글을 쓰고 있는데, 정말 너무한 처사이지 않은가!

07학번. 2017년 연극 〈페이퍼〉 작·연출 데뷔, 2018년 연극 〈트레인스포팅〉 각색, 2020년 뮤지컬 〈더모먼트〉 작·연출, 2021년 뮤지컬 〈쿠로이 저택엔 누가 살고 있을까?〉 작·협력연출, 2023년 뮤지컬 〈신이 나를 만들 때〉와 〈구텐버그〉 연출. 2020년 충무아트센터 뮤지컬 하우스 B&B 당선, 2021년 공연예술창작산실 올해의 신작, 2022년 한국 뮤지컬 어워즈 극본상 수상.

춘천에 살고 있습니다

최수현 | 춘천문화재단

춘천 톨게이트를 빠져나와 가장 처음 마주하는 표지판에는 이렇게 쓰여 있다. '춘천, 속도를 줄이시오.' 시내로 들어가는 길이라 응당 설치된 당연한 표지판인데, 이상하게 조금 마음이 풀어진다. 빠르게 지나가는 시간 속에서, 이 도시에서만큼은 나만의 속도를 유지하며 살아가도 된다는 안도감이 드는 것이다. 연고라고는 친구 하나뿐인 춘천에 잠깐 살아 볼 요량으로 문화재단에 원서를 넣었다가 취직과 함께 이주한 지 어느새 5년째다.

누군가는 춘천을 조용하고 심심한 도시라고 하지만, 나에게는 오히려 흥미로운 도시. 왕복 출퇴근 시간 20분, 야근하고 소양강댐 정상에 올라가 별을 본다거나, 강가에서 불 피우고 고기를 구워 먹거나, 아무도 없는 길로 드라이브하다 고라니를 만나기도 한다. 한동안은 춘천과 화천 인근, 도시를 둘러싸고 있는 산을 주말마다 정복하러 다녔다. 여름엔 탕비실에 옥수수가 끊이지 않는다. 나는 춘천에 와서 갓 딴 옥수수 껍질을 처음 벗겨 보았다. 겨울엔 꽁꽁 언 강 위에서 스케이트를 타기도 하고 빙어 낚시를 하러 온 알록달록 빙박 텐트를 구경하기도 한다. 무엇보다 계절의 변화가 크게 느껴지는 점이 제법 마음에 든다.

안개가 짙은 도시에 살면서 안성을 자주 떠올린다. 동아리방에서 시간을 보내다 자취방으로 가는 길이면 어김없이 만나던 안개. 긴긴 산책을 끝내고 돌아오면 과잠에 축축하게 스며든 안개. 나는 왜인지 화가 나 있었고, 발길 닿는 대로 논길을 걷다 소 축사를 만났다. 친구들에게 연락이 왔다. 혼자서는 위험하니 돌아오라고. 그 순간 마주하고 있던 소의 얼굴이 염소로 변했다. 너무 무서워 가로등 불빛이 있는 곳까지 최선을 다해 도망쳤던 기억이 난다. 봄철에는 맹꽁이들이 엄청난 기세로 어둠을 채우며 울어 댔다. 칠흑 같은 어둠과 널따란 논과 그 사이를 가득 메우는 맹꽁이 소리를 들으며 둑방을 걸으면 가슴이 터질 것 같았다. 환장할 것 같았다. 우리는 그만 지쳐 할 말이 다 떨어질 때까지, 안개와 함께 어스름한 새벽 기운이 느껴질 때까지 산책을 했다. 그리고 어설픈 외로움만이 웅크리고 있는, 잠옷이 아무렇게나 널려있는 각자의 작은 방으로 돌아오곤 했다. 유독 안개가 짙게 깔린 날이면 그때의 내가 그렇게 종종 겹쳐 보인다.

시 출자출연기관에서 일하며 '시'라는 말을 자주 쓴다. 팀장님 어디 가셨니? 시에 가셨어요. 시에서 전화 왔어요. 시랑 협의 먼저 해야 한대요. 시에서 자료 요청 왔어요. 나는 시 전공인데. 시청을 일컫는 이 말이 종종 웃기다. 시라는 단어 앞에만 서면 영원한 빚쟁이가 된 것 같다. 내가 애써 외면해 왔던 세계, 하지만 지독하게 그리워하고 서러워하던 그 세계를 전혀 예상치 못한 곳에서 맞닥뜨렸을 때 느끼는 당혹감이다. 익숙해질 만도 한데, 아직도 '시에서 연락이 왔다'거나 '시에 다녀와야 한다'고 말할 때마다, 오래된 짝사랑을 예상치 못한 곳에서 마주친 것처럼 마음 한구석에서 찌릿 하는 자극을 느끼곤 한다. 보고 싶은 시, 바라는 시는 외면한 지가 너무 오래 되어, 이제는 나에게 별다른 연락을 주지 않는다.

지난 연말 '시'와 함께했던 술자리에서 나보다 어린 주무관이 건배사를 준비해 왔다며, 갑자기 윤동주의 '서시'를 읊기 시작했다. 우리 재단에서도 질 수 없다고, 시 전공생 일어나라고, 주변에서 하도 부추겨 엉거주춤 일어나 다음 건배사를 맡게 됐다. 머릿속이 새까매졌다. 여러 시 구절들이 스쳐지나갔다. 좋아해서 짬짬이 필사를 하곤 했던 기형도의 '조치원'과 '밤눈', '위험한 가게', 그리고 이승하 선생님의 '화가 뭉크와 함께'였다. 어, 어디서 우 울음소리가 들려……. 내가 말을 고르던 그 짧은 몇 초간 대학 4년의 시간, 내가 낭비한 수많은 A4용지가 팔락팔락 넘어가며 만감이 교차했다. 결국 내가 건배사로 고른 시는 정현종의 '섬'이었다. 사람들 사이에 섬이 있다. 그 섬에 가고 싶다. (제발) 그 후로 다시는 나에게 시로 건배사를 시키는 사람은 없다.

공공의 일을 하며 공공의 문법에 익숙해진다. 기본계획과 성과관리, 목적 및 목표, 문서 상신과 요청자료 제출 사이에서 길을 잃을 때면 시집을 펼쳐 본다. 사업의 추진경과 및 기대효과는 없지만, 슬픔 및 죽음 및 지옥은 있다. 그러면 마음이 호탕해진다. 동료들은 가끔씩 내가 좀 이상하다고 말한다. 하지만 나는 내가 정상이라고 말한다. 특히 우리 과 사람들 중에서 이 글을 읽고, 공감하고 있는 당신이라면 아마 내가 얼마나 억울한지 잘 알 것이다.

09학번. 춘천문화재단 도시문화브랜딩팀 팀장으로, 일단은 춘천에 와서 살고 있다. 어느새 아웃도어outdoor를 동경하는 인도어indoor 피플이 되었다.

내가 중앙대 문창과를
사랑하는 이유

유범상 | 스튜디오드래곤 PD

　문창과생이라면 누구든 어김없이 거쳐야 하는 합평 수업. 멋모르고 문창과생이 되었던 나에겐 신세계이자 지옥도나 다름없었다. 난생처음 긴 분량의 글을 써야 하는 건 둘째 치고, 학우들의 글을 뜯어보며 평가해야 한다는 현실이 만만치 않았다. 합평 수업의 분위기는 또 어떠했던 가. 내 수준을 훨씬 웃도는 글조차 학우들에 의해 신랄하게 비판받고 낱낱이 파헤쳐졌다. 때로는 글 한 편을 두고 여러 가지 해석이 나오기도 했고, 때로는 공통된 의견으로 일치할 때도 있었다. 자기 작품이 지적받으면 종종 눈물을 보이던 몇몇 학우들이 생생하게 기억난다. 글을 쓴 당사자가 울까 봐 걱정하면서도 있는 그대로 조언해야 하는 그 긴장된 순간이, 사실 지금도 이어지고 있다.

　난 작가를 울려선 안 되는 착한 프로듀서 겸 연출이다. 글쓰기에 재능이 없다는 걸 일찌감치 깨달은 덕분에 작가의 세계가 아닌 드라마 피디의 세계에 발을 들였다. 현재 몸담고 있는 스튜디오드래곤에는 한 달에 30편 이상의 대본이 들어온다. 각 팀별로 들어온 대본들 중 10여 편이 매달 심사에 오르는데, 일부 선출된 프로듀서들이 1차적으로 드라마 제작 가능 여부를 판단한다. 소재, 구성과 전개, 캐릭터 등 여러 방면으로 검토한 결과가 긍정적이면 2차 회의를 거친다. 최종 편성 회의를 통과하고 나서야 비로소 연출부 및 주요 스텝들을 꾸릴 수 있다. 이처럼 모든 드라마의 시작은 대본이라 할 수 있다.

CJ ENM에서 주관하는 오펜의 심사위원으로 일한 적도 있는데, 오펜에 응모되는 단편 수는 일 년에 대략 수백 편에 달한다. 이 중 최종 선정되는 건 30여 편, 드라마 스테이지로 제작되는 건 단 10편뿐이다. 프로듀서가 마음에 드는 작품을 지정하여, 작가 동의하에 새로운 작품을 기획 개발하는 경우도 있다. 단편으로 시작한 작가의 작품이기 때문에 미니 드라마로 개발하는 과정은 수개월에서 수년이 걸리기도 한다. 주기적으로 회의를 하고 작가에게 집필 시간을 주는 과정이 반복되면서, 한 작가를 많게는 2주에 한 번, 적게는 한 달에 한 번이라도 만나 기획 방향을 논의한다.

보통 작가들과 회의를 하면, 셋 중 하나의 높은 비율로 자기 작품에 빠져 있는 경우가 많다. 때문에 작가가 작품을 보는 시선을 객관적으로 돌리기 위해 많은 공력이 필요하다. 우선적으로 작가의 입장을 이해해야 하고, 왜 그렇게 생각했는지를 충분히 공감한 뒤에 차근차근 설득해야 한다. 대본 수정을 위해 프로듀서로서의 의견을 피력하는 순간은 긴장의 연속이다. 합평 시간에 심심찮게 보았던, 방어하는 학우와 공격하는 학우의 고급 버전이라고 생각하면 된다. 작가의 입장을 헤아려야 한다고 늘 다짐하고 있지만, 긴긴 회의 끝에 가끔 문을 세차게 닫고 떠나는 작가들이 있다. 물론 대부분의 작가들이 다시 그 문으로 돌아온다. 그러면 우리는 진정한 하나가 되어 대본 회의를 마칠 수 있다.

그렇게 대본을 고치고 다듬는 와중에, 비슷한 작품이 먼저 런칭해 기획을 처음부터 다시 시작해야 하는 때가 있는가 하면, 트렌드가 변화하여 장르를 바꿔야 하는 경우도 부지기수다. 또 기획 개발 중에 캐스팅을 진행하는 경우가 있는데, 배우의 성향에 따라 주연 캐릭터 설정이 대폭 수정되기도 한다. 이는 배우의 요구보다는 작가와 연출, 프로듀서들이 의논을 하면서 진행되는 편이다. 즉 드라마와 배우의 합을 더 잘 이끌어 내기 위해 맞춰 가는 당연한 과정 중 하나인 셈이다. 글을 쓰고 캐스팅을 하고 제작을 하는 과정이 분리되어 있는 것처럼 보이지만 실상은 동시다발적으로 이뤄져야 하는 작업이다.

좀 더 깊이 들어가자면, 캐스팅 작업 단계에서 해당 캐릭터를 돋보이도록 하기 위해 별도의 기획안을 만들기도 한다. 최근 들어 배우들이 본인의 캐릭터와 맞는 대본을 찾는 경우가 있기 때문에, 캐릭터 설명에도 공을 들여야 한다. 과거엔 주인공이라고 하면 무조건 승낙했다면, 그런 시대는 이제 끝났다고 보면 된다.

드라마 제작에 들어가기까지도 수많은 난관이 남아있다. 작품의 배경에 속하는 시대, 지역, 계절을 모두 염두에 두고, 세트를 제작하는 기간도 고려해야 한다. 제작을 하면서 작품 속 계절을 바꾸기도 하고, 있던 인물을 없애거나 새로운 인물을 만들어 내기도 한다. 그러는 과정에서 바뀌는 설정들은 또 하나의 숙제로 다가온다. 뿐만 아니라 배우의 스케줄 역시 제작 시기에 영향을 주는 주요 요인이다. 이처럼 여러 조건을 조율하면서 드라마 제작을 진행해 나가기 때문에 수많은 이들과의 협의 과정이 필요하다.

드라마 제작 및 방영 환경의 지각 변동은 최근 들어 더욱 심해지고 있다. 시즌제 드라마, 막대한 제작비용 투자, 국내가 아닌 글로벌을 타깃으로 하는 OTT 중심의 드라마 활성화. 아직은 드물지만 곳곳에서 생겨나는 작가들로 구성된 회사 등. 이러한 변화는 10년 전 드라마 수업에서 들었던 것이기도 하다. 수업 시간에 들려주었던 미국 드라마 제작 환경과 상당히 흡사하기 때문이다.

생각해 보면, 이 외에도 문창과를 다니며 체득한 것들이 많다. 소설 수업을 통해 서사의 원형부터 스토리텔링의 기본기를 익혔고, 영상매체 실습을 통해 영상 제작의 흐름을 이해하고 기초를 다졌다. 이 모든 게 내재화되어 방송계에서 일하는 원동력이 되었다. 내가 중앙대 문창과를 사랑할 수밖에 없는 이유이기도 하고 말이다. 앞으로 70주년을 넘어 700주년까지 영원하길.

10학번. 2014년 MBC 입사 〈운명처럼 널 사랑해〉, 〈화정〉, 〈결혼계약〉, 〈역적〉, 〈저녁 같이 드실래요〉 조연출. 〈20세기 소년소녀〉, 〈배드파파〉, 〈슬플 때 사랑한다〉 공동 연출. 2020년 스튜디오드래곤 입사. tvN 드라마 스테이지 〈더 페어〉 및 〈대리인간〉, 〈멜랑꼴리아〉, 〈우월한 하루〉 프로듀서. 〈반짝이는 워터멜론〉 프로듀서 및 공동 연출.

광고 수업 B+ 받았는데
광고 기획자가 되다

김지후 | HS애드 AE

나는 어쩌다가 여기에 오게 되었을까? 생각해보면 (누구나 어느 정도 그렇듯이) 저는 늘 지는 걸 가장 싫어했다는 게 떠오릅니다. 이를 테면, 학교에 다니면서 제가 가장 좋아하는 J 선생님을 만났을 때, 선생님께 인정받고 칭찬 받는 일 이상으로 제 목표는 선생님이 가장 아끼고 특별하게 생각하는 제자가 되는 것이었어요. 합평을 할 때에도 (사실 그런 건 없다고 지금은 생각하지만) 기준이 뭐가 되었든 1등을 하고 싶었습니다. 겉으로 드러낸 적은 없지만, 늘 내가 더 잘 할 거야. 내가 이길 거야. 이런 생각을 하며 글을 쓰고는 했습니다. 그러니까 저는 반드시 이기는 사람, 그러니까 경쟁을 좋아할 수밖에 없는 사람, 그래서 지금처럼 하는 일의 이름도 '경쟁PT'인 사람이 되었다는 생각이 듭니다.

저는 LG그룹의 광고 계열사 HS애드에서 막내 AE로 일하고 있습니다. AE는 광고기획 직무로, 제가 소속된 부서는 전통적으로는 TVC를 기획하는 ATL 사업 영역을 담당합니다. (그냥 '광고'했을 때 떠오르는 TV 속 15초, 30초의 CF 맞습니다!) 이에 더해 브랜드와 상품에 맞는 매체라면 디지털 광고, 옥외광고, 팝업스토어 등 영역을 가리지 않고 다양한 방식으로 광고

활동을 전개하고 있습니다. 이런 일의 가장 매력적인 점은 직접적으로, 그리고 일상적으로 세상에 영향을 주는 일이라는 점입니다. 일부러 찾으려 하지 않아도 출퇴근길 전광판에서, 핸드폰 스크롤을 오르락내리락 하다가, 유튜브나 TV를 보다가, 자연스럽게 저의 메시지를 많은 사람들에게 보여줄 수 있다는 건 정말 매력적인 일입니다. 제 전공은 소설이었는데, 선생님께서 '소설을 쓴다는 건 세상에 할 말이 있다는 것'이라고 말씀해주신 기억이 납니다. 하고 싶은 말을 찾지 못해서 글 쓰는 걸 그만두었는데, 어쩌면 저는 소설이 아닌 다른 방식으로 제 할 말을 계속 하고 있다는 생각이 듭니다.

얼마 전에 사내에서 전략 기획과 관련된 교육을 듣다가 정말 공감한 말은 "우리는 세상을 묘사하는 사람이 아니라 세상을 변화시키는 사람"이라는 것이었습니다. 광고 기획자는 있는 그대로의, 클라이언트가 원하는 대로의 묘사가 아닌, 브랜드가 가진 문제점이나 지향점에 대해 전략적으로 해결점을 찾고, 이를 담아낸 크리에이티브한 광고로 세상에 영향을 주고 변화를 주는 사람이라는 의미입니다. 그리고 제가 느끼기에 그 과정은 정말 논리성과 의외성의 싸움입니다. 우리 회사를 포함한 여러 광고대행사가 기획 아이디어와 제작물에 대한 프레젠테이션을 하고, 그중 하나의 회사가 브랜드와 함께 광고를 만들게 되는데요, 이 프레젠테이션을 경쟁PT라고 부릅니다. 경쟁PT에 들고 가는 기획서는 논리정연하게 플로우를 정리하는 동시에 '와우!' 포인트를 보여줘야 하고, 이러한 작업은 문예창작학과에서 소설을 쓰며 배운 부분들과 닮아 있습니다. 입사 당시 공채 전형에 6주간의 인턴십 기간이 있었습니다. 그때 제작팀에 미팅을 가면 스몰토크로 "문창과면 우리 카피로 와야지"하는 말을 듣곤 했는데, 직접 일을 하다 보니 카피라이터만큼 기획자에게 요구되는 능력도 글을 잘 쓰는 능력이라는 생각이 듭니다.

현재 우리 팀에서 담당하고 있는 주요 클라이언트는 넷플릭스입니다. 넷플릭스 오리지널 작품이 공개되기 몇 개월 전에 작품을 볼 수 있다는 게 담당자로서의 큰 메리트인데, 시청하고 나면 문창과에서 합평을 준비하듯이 리뷰를 가장 먼저 적습니다. 이 콘텐츠의 장단점뿐만 아니라, 어떤 포인트를 마케팅 셀링 포인트로 잡을지 고민합니다. 그리고 그 포인트를 광고로 어떻게 풀어낼지 아이디어를 쥐어짭니다. 그런 점에서 넷플릭스는 일을 할 때 문예창작이라는 전공이 특히나 많은 도움이 되는 브랜드입니다. 정말 논리적인 동시에 크리에이티브한 일을 찾는 사람에게 광고업계는 최적의 분야인 것 같습니다.

반대로, 문예창작학과에서 배울 때와 광고대행사에서 일할 때의 가장 큰 차이점은 팀플 유무였습니다. 혼자 글을 쓰고, 대학원을 다니며 혼자 논문을 쓰던 저에게 처음 접한 팀플은 어렵고 생소한 일이었습니다. 특히나 AE는 외부적으로는 클라이언트와 직접 소통하는 유일한 직무이고, 내부적으로는 여러 협업팀과의 업무를 리딩해야하는 역할이 있어 팀플 중에 최강보스입니다. 커뮤니케이션에 미스가 나거나, 커뮤니케이션이 지체될까 봐 핸드폰을 손에서 내려놓기 불안한 기분이 들기도 합니다. 그래도 막내로서 여러 선배들의 장점을 빨리 체득하고 배울 수 있다는 건 팀으로 일하는 직무의 장점입니다.

또 하나 다른 점은 학부 때의 저는 창작자로서 나만의 분명한 취향, 나만의 입맛을 발굴하는 데에 집중했던 것 같은데, 광고회사에서는 대중적인 트렌드를 누구보다 열심히 분석해야 한다는 것입니다. 덕분에 나이가 들어도 트렌드를 놓치지 않고 젊게 살 수 있을 것 같습니다.

AE의 원래 뜻은 Account Executive. 네이버에 검색해보니 '광고대행사와 광고주 사이의 연락 및 기획 업무를 담당하는 대행사의 책임자', 'AE는 광고주에게 광고회사 그 자체다' 등의 지식백과 결과가 나옵니다. 모두 맞는 말이지만 업계에서 가장 정석인 AE의 뜻은 'A······E] 것도 제가 해야 해요······?' 입니다. 아, 이것도 제가 해야 해요······?

내가 이런 것까지 해야 하는구나, 선배들은 저런 거까지 하는구나, 라는 생각을 하며 하루하루 배워가는 요즘입니다. PT에 들어가면 몇 주간 새벽 퇴근, 주말 출근을 자연스럽게 하게 되고, 광고 촬영장에 가면 22시간 현장에 있어야 할 때도 있고, 가끔은 전화를 받지 않아도 되는 곳으로 잠적해 버리는 상상을 합니다. 하지만 프로젝트 하나를 끝낼 때마다 합평작을 완성하고 인쇄할 때의 기분이 드는 걸 보면, 지금 하는 일도, 문창과에서 소설을 쓰던 기억도, 저의 행복에 많은 기여를 하고 있는 것 같습니다. 오래 가는 행복한 기억들을 안겨준 문예창작학과의 70주년을 축하드립니다. 모두 여러 영역에서 또 다른 행복을 발굴해나가시기를 기원드립니다.

❙ 14학번. LG그룹 계열 종합광고대행사 HS애드에서 광고 기획자로 재직 중이다.

농권운동가가 된
문학청년

신건호 | 전남 고흥군의회 의원

살아온 과정을 적어달라는 제안을 받고 사실 적잖이 당황스러웠습니다. 생각해보면 저 또한 함께 문학을 공부하고 문학에 일생을 바치겠다고 했던 입장에서 이렇다 할 작품집 하나 갖지 못한 걸 생각하면 내보일 게 없는 삶이라고 할 수 있습니다.

그런데도 저에게 굳이 귀한 지면을 할애하는 이유가 궁금하지 않을 수 없었습니다. 어쩌면 문학의 언저리를 맴돌면서 문학과는 동떨어진 길을 걸어왔다는 것도 이유가 되겠구나 싶었습니다. 다시 말하지만 내보일 것 없는 변변찮은 이야기가 될 것입니다.

저는 1959년 전남 고흥군 동강면의 시골마을에서 태어나서 1970년대 새마을운동으로 농촌과 우리 사회가 개혁되던 시기에 청소년기를 지내온 세대입니다. 그 시대적 분위기의 영향을 유독 많이 받은 탓인지 저는 농촌에서 살고 싶다는 열망이 강했습니다.

제가 다니던 동강중학교는 저희 집에서 빠른 걸음으로 30분쯤 거리에 있었습니다. 학교수업이 끝나고 집에 돌아올 때면 일부러 친구들을 피해 혼자서 논둑길을 걸어오면서 생각을 다듬는 시간을 갖고는 했습니다. 그리고 농촌에 살면서 작물이며 가축을 기르면서 그 속에서 행복하게 살아가는 제 모습을 그려보았습니다.

씨앗을 뿌리고 물을 주면 싹이 돋아 작물이 자라는 모습을 보고, 병아리에게 좁쌀을 주고 물을 떠다 주면 탈 없이 커가는 모습을 보면서 너무 행복했습니다. 무엇보다도 노력한 만큼 되돌려 주는 흙의 진실함이 좋았습니다.

농업고등학교를 가겠다는 말에 아버님께서는 "내가 뼈 빠지게 일하면서 평생 농촌에 산 것도 억울한데……." 하시면서 제가 원하는 농업고등학교를 가려면 차라리 진학을 포기하라고 노발대발하셨습니다.

그럼에도 불구하고 저는 일찍 농촌에 뛰어들어 제 꿈을 펼치는 것이 좋겠다고 생각하고 고등학교 진학을 포기한 채 농사를 지었습니다. 아침 5시면 일어나 소죽을 쑤는 것부터 시작해 온종일 농사일을 하다가 저녁이면 독서를 하고 글쓰기를 했습니다. 자정이 되면 일기를 쓰고 잠드는 생활이 이어지면서 3년이 지나고 보니 제 친구들은 고등학교를 마치고 대학에 진학할 때가 되어 있었습니다. 그런데 저는 그동안 이루어 놓은 게 아무것도 없었습니다.

아버님께서는 자식(아들) 하나 있는 게 농촌에서 살겠다고 그러고 있는 게 못마땅하신 입장이니 제가 구상하는 일들을 허락하실 리 없고, 어린 나이에 경제력도 없는 저로서는 아무것도 실천에 옮길 수가 없었습니다. 그리고 틈틈이 글쓰기를 하다 보니 문학에 대한 열망도 커졌습니다. 다시 공부를 시작하자는 생각을 하고 어렵사리 방송통신고등학교가 있다는 걸 알게 되어 독학을 시작했습니다. 공부를 시작하면서 제 목표는 오로지 중앙대학교 문예창작학과였습니다.

어렵사리 1983년에 중앙대학교 문예창작학과에 입학하였습니다. 저는 문창과 4년을 다니는 동안 무엇보다도 문학을 좋아하고 창작을 고민하는 사람들과 함께할 수 있다는 것이 가장 좋았습니다.

대학을 마치고는 곧바로 농촌으로 돌아와 결혼을 하고 다시 농사를 지었습니다. 가축을 키우고 작물을 재배하는 일은 자식을 키우는 것과 같아서 제가 쏟은 정성만큼 잘 자라주는 것이 고맙고 행복했습니다. 그러나 그것들을 시장에 팔 때는 허탈하고 실망이 컸습니다. 애써 키운 작물이나 가축이 헐값에 팔려나갈 때는 '농사만 열심히 짓는다고 되는 것이 아니구나.' 하는 생각을 하게 되었습니다.

2002년에는 하우스 시설 300평에 수박을 심었는데 양손에 수박 한 덩이씩을 들면 걸어가기도 힘들 만큼 잘 자라 주었지만, 시중에서 당시 가격으로도 15,000~20,000원은 받을 수 있는 수박을 순천농산물공판장에서 750~1,250원을 받고 넘긴 적도 있습니다. 농사를 열심히 짓는 동시에 유통과 농업정책이 중요하다는 것을 깨닫고 농권운동을 더욱 열심히 하게 되었습니다.

그동안 농민단체의 군회장, 도회장, 중앙의 이사, 감사를 역임하면서 때로는 삭발도 하고, 2005년에는 홍콩농민집회에 참여하기도 했습니다. 이처럼 농권운동을 하면서 행정이나 정치권에 개선도 요구하고 제안도 해보았지만 항상 '건의'나 '제안'으로만 끝나기 일쑤였습니다.

그때마다 '우리가 저 자리에 나가서 우리 농민들이 느끼는 현장에서의 생각이 농업정책이 되게 할 수는 없을까?' 하는 생각을 하게 되었습니다. 그러나 저보다 훨씬 능력 있고 훌륭한 사람들도 그런 일을 하려고 나서지 않았습니다. 소위 정치판에서 배겨낼 자신도, 그런 환경이 체질에 맞지도 않기 때문일 겁니다. 돌아보니 30년간 농권운동을 해왔지만 결국 한계에 부딪혔습니다. '이제 농사만 열심히 짓고 그동안 못했던 걸 하자.'는 생각을 하고 직책을 벗어나서 생활을 해보니 일상이 편하고 여유로워 좋았습니다.

그런데 선거철이 가까워오니 마음속 깊은 곳에서 쿡쿡 찔러오는 양심의 소리가 들렸습니다. '왜 정작 너는 나서지 않느냐? 네가 그 일을 할 수도 있지 않느냐? 그래도 너는 그들 중 사회의 빚을 더 많이 진 사람이 아니냐? 아직도 농업, 농촌, 우리 고흥군은 이렇게 어려운데 공동체 속에서의 네 책임을 다했다고 들어앉아 있는 것이 옳은 것이냐? 네가 수십 번 수백 번 그려본 고흥 발전의 그림을 한번 현실로 이루어보지도 못하고 죽어도 괜찮겠느냐?' 하는 양심의 소리가 들려왔습니다.

주위에서는 "지금 당신 나이가 64세인데, 이번이 아니면 다음에는 기회가 없다."는 사람들도 많았습니다. 반면에 저를 아끼는 사람들 중에는 "그 판에서 견뎌내겠느냐?"고 우려 섞인 시선으로 걱정해주는 분들도 많았습니다.

고민 끝에 결국 무소속으로 후보등록을 하게 되었고, 지난해 6월 1일 전국동시지방선거에서 고흥군의회 의원으로 당선되었습니다. 비록 기초의회 의원에 불과하지만 그동안 그려오던 그림을 조금씩 펼쳐가고 있습니다.

선출직이 아니었을 때는 그 누가 뭐라고 하든 제가 옳다고 생각하는 것은 무소의 뿔처럼 일관되게 실행해가면 그만이었습니다. 그러나 선출직이 되고 보니 내가 추구하는 것을 추진해 가는 데 있어서 남들이 어떻게 생각하느냐 하는 것도 못지않게 중요하다는 것을 깨달아가고 있습니다. 그것이 가장 힘든 것 같습니다.

공적인 자리에 내놓고 할 만큼 특별하지도 재미있지도 않은 얘기를 적고 보니 생각보다 부끄러움이 더욱 큽니다. 하지만 누구든 진실하게 열심히 살아온 삶의 족적은 그만큼 가치 있는 것이라는 말에 기대어 이만 마칠까 합니다. 감사합니다.

83학번. 대학을 졸업하고 농촌으로 돌아가서 작물을 기르고 한우를 키우면서 농권운동을 했다. 고흥군 동강면 사서마을 이장과 동강면 청년회장을 역임했고, 한국농업경영인협회 고흥군지회 회장, 전국한우협회 광주·전남도지부 회장, 한우자조금관리위원회 감사를 지냈다. 2022년 전국동시지방선거에서 무소속으로 고흥군 의원에 당선됐다.

17년 전

문미니 | 문예창작단 '들꽃' 창단 멤버·단원

페이스북을 보다가 비정규직 해고 투쟁을 하고 있는 아빠에게 큰 딸이 동지들하고 같이 밥 사먹으라며 돈 봉투를 줬다는 글을 읽었다. 얼굴은 기억나지 않지만 아마도 예전에 〈소모품 가게〉 공연을 할 때 지방에서 공연을 보러와 준, 아빠와 손을 꼭 잡고 있던 그 아이 같다.

2006년에 〈소모품 가게〉라는 복합장르 공연을 했다.

해고투쟁을 하던 아버지가 투쟁에서 이겨 복직판결을 받고 딸아이에게 기쁜 소식을 전해주러 회사에서 나오다가 정문에서 사고를 당해 사망했다는 실제 이야기에 해고자 아빠와 비정규직 딸의 얘기를 덧붙인 줄거리로 만들어진 공연이다.

공연 내용은 '들꽃'이 몸짓 공연을 했던 파업사업장의 얘기다.

아무런 사전 통보 없이 하루아침에 해고가 된 후 막막할 때 사람들과 모여서 있으니 힘이 난다는 그 말을, 공연 뒤풀이로 사람들과 마신 막걸리 한잔을 하고 '와줘서 고맙다'고 내 손을 꼭 잡아준 그 거칠고 두

껍지만 따뜻한 손을 기억한다. 이때의 기억은 아주 오랫동안 '들꽃' 생활에 든든한 버팀목이 되어주었다.

이제 와 생각해 보면 20년 가까이 나를 움직여왔던 건 화려하고 멋진 이론이나 사상보다는 사람들의 말 한마디, 악수, 밥 한 끼, 뒤풀이에서 나눴던 얘기들처럼 작고 소박한 일상이 아니었나 하는 생각이 든다. 이건 나의 한계이기도 하지만 나는 여전히 이런 일상이 더없이 소중하다. 몸짓 공연 후에도 타지방 공연을 가는 중에 예전 공연했던 지역을 지나갈 때면 그 공장은 어디쯤일까 한 번씩 두리번거리며 찾았다. 머리 희끗희끗하셨던 어르신들은 복직은 잘하셨는지 잘들 지내시는지 여전히 트로트 한 소절씩은 잘 부르시는지 그 지역 사람들한테 안부를 묻곤 했었다. 한번은 지나가는 중에 박카스 한 박스를 아무도 없는 노조사무실 문 앞에다가 두고 온 적도 있었다. 그렇게 그때의 사람들과의 경험은 소중하고 귀했다.

그러나 얼마 뒤에 사망 소식과 그 공장이 폐업했다는 소식을 전해 들었다.

그 소식은 나에게도 들꽃 다른 멤버들에게도 큰 충격이었다.

나는 이 공장의 내용으로 대본을 썼고 공연 제작비를 지원받아 여러 사람들과 함께 〈소모품 가게〉 공연을 만들었다.

공연을 마친 후에 스텝들에게 전해 들었다.

좌석 맨 뒷자리에 앉아서 계속 울고 계시던 분이 계셨다고.

17년이 지났다.

많은 것이 변했다.

들꽃의 막내는 하늘나라로 갔고 학생이었던 들꽃 객원들은 졸업을 하고 취업을 했다. 하지만 모두의 예상을 깨고 나는 개구쟁이 두 아이의 엄마가 된 채로 들꽃을 지키고 있다. 예전처럼 몸짓 공연을 많이 하지는 않는다. 공연 인원도 줄었고, 한 번 공연을 갔다 오면 무릎이 부어올라서 1, 2주는 삐걱거리고, 아직 초등생인 아이들을 챙기기도 해야 하고, 등등 무수히 많은 핑계거리들이 우르르 줄을 선다.

그럼에도 불구하고 나는 여전히 공연을 하고 있다. 좀 더 다양한 매체, 다양한 장르, 다양한 방식, 새로운 전달방식 등에 대한 고민과 늘 함께 말이다.

2023년, 8년째 비정규직 부당해고투쟁을 하고 있는 아빠를 딸이 응원하는 소식을 SNS를 통해 보고 있자면 뭔가 안에서 자꾸 꿈틀거린다.

17년 전, 아빠 손을 잡고 〈소모품 가게〉를 보러 왔던 꼬마가 17년이 지난 뒤 그 공연 내용에 있던 주인공 은수처럼 비정규직 딸이 되었다.

몇 년 뒤에 나의 딸도 비정규직 직장인이 될 것이다.

〈소모품가게 2〉의 대본과 기획을 다시 시작해본다.

95학번. 2003년 창단한 문예창작단 '들꽃' 창단 멤버이자 단원이다. 〈소모품가게〉와 〈4420〉 대본을 집필하고 출연했다. MBC 마당놀이 〈토정비결〉 창작·조연출을 했다. 그 외 파업현장, 비정규직, 장애인 집회 등 각종 집회 및 문화제 공연 및 강습 진행 중이다.

문학에 맞지 않은 사람이
문학을 꿈꾸면 생기는 일

최승필 | 독서교육전문가·청소년도서 작가

지금에 와 생각해보면 제가 문학가를 꿈꾼 것은 얼토당토않은 일이 었습니다. 저는 문학보다 천체물리학이나 생물학, 역사 책 읽는 것을 훨씬 좋아하는 아이였습니다. 그런 제가 문학도가 되어야겠다고 마음먹은 것은 순전히 제 내성적인 성격 때문이었습니다. 어릴 때부터 남들과 어울리는 것보다 혼자 있는 걸 좋아했고, 무엇을 하든 혼자서 하는 게 마음 편했습니다. 성격이 이렇다 보니 장래를 고민하는 가장 중요한 기준도 '사람을 가장 안 만나고 할 수 있는 일이 무엇인가'였고, 어느 모로 보나 작가가 안성맞춤이라는 결론에 도달해버렸습니다. 문학에 미쳐서 해도 될까 말까인데 이런 말 같지도 않은 이유로 문학의 길로 접어들었으니 앞날이 평탄할 리가 없었지요.

일단 작가가 되기로 결심을 하고 나니 어디 숨어 있었는지 알 수 없는 공명심이 마구 솟아올랐습니다. 최연소 등단, 혜성같이 등장한 초대형 신인, 유수의 문학상을 휩쓴 한국 대표 작가……. 저는 절대반지에 마음을 빼앗긴 골룸처럼 문학이 안겨줄 잿밥에 영혼을 빼앗겨버렸습니다. 그리고 특유의 '닥치고 돌격!' 정신으로 문학 학습에 돌입했습니다. 신춘문예 당선집 몇 년 치를 사서 읽고, 평이 가장 좋은 당선작을 필사하고, 심사위원의 평론을 읽으면서 '이런 특징을 가진 작품을 좋아한단 말이지' 당선 기준을 분석했지요. 이렇게 고시 보듯 문학 공부를 했으니 제가 쓰는 소설이라는 게 어설픈 흉내 내기에 불과할 수밖에 없었습니다. 당연히 장원급제를 꿈꾸듯 도전했던 신춘문예에서 예선도 통과하지 못하고 시원하게 떨어졌지요. 턱도 없는 낙선에도 저는 정신을 차리기는커녕 '이렇게 노력했는데도 안 돼? 그럼 문예창작학과에 가주지'라며 문예창작학과에 입학을 했습니다.

저는 적잖이 충격을 받았습니다. 문예창작학과 생활이라는 것이 제가 알던, 제가 꿈꾸던 대학생활과는 완전히 딴판이었거든요. 신입생 환영회 술자리를 시작으로 동아리 선배들이 신입생 유치를 위해 마련한 술자리가 이어지나 싶더니 동기들과의 술자리가 이어지고, 그 뒤로는 그냥 여기저기서 이유를 알 수 없는 술자리가 계속 되었습니다. 글을 쓰러 온 것인지 술을 마시러 온 것인지 알 수가 없을 정도였습니다.

더 희한한 것은 이 술고래들 중에 저 따위는 명함도 못 내밀 정도로 글을 잘 쓰는 인간들이 꽤 있다는 사실이었습니다. 그중 저를 가장 놀라게 한 사람은 지금은 소설가로 활동 중인 93학번 이재웅이었습니다. 저의 자취방 룸메이트이기도 했던 재웅이 형은 어마무시한 실력도 실력이지만 '이렇게 날카로울 수가!' 입이 떡 벌어지게 만들 정도로 지적인 사람이었습니다. 그의 유일한 약점은 센스라고는 1도 없는 냉동고급 유머 감각이었지요.

술을 저렇게 퍼마시는데 글을 왜 잘 쓰는지 알 수 없는 선배들 사이에 끼여서 이리 깨지고 저리 깨지면서 문예창작학과 생활을 했습니다.

세월이 흐르니 저렇게 놀아재끼는데 글을 왜 잘 쓰는지 알 수 없는 후배들이 또 줄줄이 들어오더군요. 그 정도면 눈치 챌 만도 하련만 그럼에도 저는 지치지도 않고 문학의 수렁, 아니 문학이 가져다줄 젯밥의 수렁으로 더 깊이 빠져들었습니다. 무려 서른셋이 되도록 생계를 내팽개치고 문학의 꿈을 불태웠던 겁니다.

저에게 재능이 없음을, 애초에 문학을 대하는 태도에 문제가 있었음을 뼈저리게 깨달은 것은 저의 첫아이가 네 살이 되던 해의 일이었습니다. 아무도 안 만나고도 할 수 있는 일이라고 생각해서 문학을 시작했던 저의 삽질 대장정은 그렇게 막을 내렸습니다. 저는 목 놓아 울었습니다. 그 긴 세월을 되지도 않을 꿈에 허비한 제 어리석음이 밉고 아내와 아이가 불쌍해서요.

그렇게 저는 가슴이 뻥 뚫린 채로 논술학원 강사 생활을 시작했습니다. 그리 넉넉한 벌이는 아니었지만 매순간 최선을 다했습니다. 먹고 살아야 했으니까요. 당연히 큰 꿈도 없었습니다. 젯밥에 정신 팔려봐야 아무것도 안 된다는 것을 삶으로 배웠는데 무슨 큰 꿈을 또 꾸겠습니까. 그저 논술 강사 일을 충실히 하자는 마음이었지요.

그런데 참 희한한 일입니다. 그렇게 모든 것을 포기하고 지금 하는 일이나 잘하자고 마음을 먹고 나니 오랫동안 잊고 있었던 진짜 제 모습을 조금씩 되찾을 수 있었거든요. 무엇보다 좋았던 긴 조급함 없이 책을 읽을 수 있게 된 점이었습니다. 제가 좋아하는 지식도서를 마음 편히 읽을 수 있게 되었고, 어린이 청소년 문학의 재미도 만끽할 수 있었습니다. 작가가 되겠다는 꿈을 내려놓고 독자로 돌아온 데 대한 보상 같은 것이었지요. 그동안 했던 글 공부도 영 맹탕은 아니었습니다. 제 나름 갈고 닦은 글 실력은 독서 논술 강사 생활을 하는 데 큰 도움이 되었을 뿐 아니라 어린이 청소년 지식도서 작가로 활동하는 데도 유용했으니까요.

그렇게 10년 넘게 독서논술 강사 생활을 하고 난 후, 저는 강사 경험을 바탕으로 한 독서지도 지침서 한 권을 썼습니다. 그리고 아내에게 우리가 출판사를 만들어 이 책을 내자고 했습니다. 이유는 간단했습니다. 책으로 먹고 살고 싶었거든요. 대단한 베스트셀러를 쓸 능력은 없으니 작가로 먹고 살기는 글렀고, 그간에 쓴 책의 판매량을 보아 하니 출판사를 하면 그래도 굶지는 않겠구나 생각했던 거지요. 망한다 하더라도 큰 돈을 날리는 것은 아니니 밑져야 본전이라는 생각도 있었습니다. 우여곡절 끝에 출판사를 만들어 책을 출간했습니다. 그리고 무슨 만화책에나 나올 법한 일이 벌어졌습니다. 인터넷상에서 입소문이 슬금슬금 나나 싶더니 출간 반년 만에 그 책이 종합 베스트셀러 1위가 된 것입니다.

저는 지금 남양주에서 아내이자 책구루 출판사의 대표님인 96학번 이유정 님과 그녀가 낳은 세 아이와 함께 '공독서가'라는 서점을 운영하며 살고 있습니다. 책으로 먹고 살고 있는 셈이지요. 첫 단추를 잘못 끼워 먼 길을 돌아왔습니다만 다른 한편으로 생각하면 첫 단추를 잘 끼웠더라면, 그래서 문예창작학과에 가지 않았더라면 여기까지 오지도 못했을 거라는 생각도 듭니다. 문예창작학과여서 가능한 일이 아니었나 싶습니다. 문예창작학과는 문학을 배우는 곳이고, 문학은 배우는 사람이 문학에 적합하지 않다 하더라도 많은 것을 내어주는 예술이니까요.

95학번. 독서교육전문가이자 어린이, 청소년 지식도서 작가. 쓴 책으로는 『공부머리 독서법』(책구루), 『아빠가 들려주는 진화 이야기, 사람이 뭐야?』(창비), 『에밀 졸라 씨, 진실이란 무엇인가요?』(책마루), 『여기는 함께섬, 정치를 배웁니다』(천개의바람) 등이 있다.

인생의 가을,
중년의 진입로에 서서

김현영 | 방송작가

학교 캠퍼스 진입로 은행나무는 가을이면 노란 융단을 깔아놓은 모습이었다. 여전히 1번 버스는 진입로를 거쳐 기숙사 예지1동, 외국어대학을 지나 예술대 앞에 서는지 문득 궁금해진다. 가을이면 가끔 떠오르는 풍경 중 하나가 학교 진입로 은행나무들이다. 그 진입로는 나에게는 '창작의 세계'로 들어가는 길로도 이어진다.

4학년이던 2000년 가을부터 방송작가 일을 시작했으니 첫 사회생활을 시작한 지도 23년이 넘었다. MBC 라디오국에서 면접을 보고 나오던 길도 은행나무와 벚나무가 물들던 때다. 은행나무 잎이 노오랗게 형광등 켜지듯 물들어가던 가을에 나는 방송작가의 세계로 진입했고, 그 길을 떠올리면 대학교 캠퍼스의 진입로와도 겹친다.

1990년대에서 2000년대로 들어선 2000년. 밀레니엄 시대가 온다고 세상이 크게 달라지지는 않았다. 한 광고의 장면이다. 장 보던 남편이 아내에게 핸드폰으로 생선을 보여주면서 생선을 고르면 가게 할머니가 묻는다. "그게 뭐야?" "디지털 세상이잖아요." "뭔 돼지털?" 그런 광고가 나와 "돼지털?"이란 말이 우스개로 유행하던 때긴 했다. 디지털 세상이 많은 변화를 가져올 거라고.

방송국 라디오 주조정실은 릴 테이프에 제작한 프로그램이 담겨 있다가 오디오 파일로 옮겨지고 있었다. 피디들은 디지털 오디오 파일을 클릭하며 편집하고 최종 입력하는 것을 활용하며 더 이상 테이프를 잘라 붙이는 일은 하지 않았다. 이탈리아 영화 〈시네마 천국〉 마지막 부분에는 알프레도 할아버지가 토토가 좋아하는 영화의 키스 장면을 이어 붙여 보여주던 마지막 키스 모음 장면이 나온다. 그런 식으로 필름을 이어 붙여 릴 테이프로 프로그램을 제작하던 시대 끝 무렵이었다. PC통신 천리안, 나우누리 등에 있던 담당 방송 게시판 속 청취자와 시청자들 사연은 당시 프로그램 홈페이지로 옮겨졌다. 크리스마스 시즌이면 DJ에게 한 박스 가득 오던 엽서나 사연과 신청곡은 이제 프로그램 홈페이지와 문자 참여로 대체되었다. 당시 영화음악 프로그램 작가로 일하던 내가 기자 시사회로 본 영화가 일본 영화 〈웰컴 미스터 맥도날드〉다. 그 영화 속에서는 옛날 아날로그 방식으로 라디오 드라마를 제작하는 제작진이 나온다. 기관총 소리를 표현하기 위해 스태프들이 모두 발을 쿵쿵 굴리고, 폭죽 소리를 만들기 위해 두꺼운 책에 머리를 박는 성우들의 노고는 아날로그가 가진 수고로움과 진심을 보여주었다. 지금은 다양한 음향효과들을 디지털 음원으로 복사해서 붙이기만 하면 끝인데.

얼마 전 자료조사 친구를 뽑는데 2002년생이 지원했다. 아, 2002년 월드컵 시즌에 '월드컵베이비'들이 있다 했는데 그중 하나가 이 아이구나 싶었다. 2002년 월드컵 시즌에는 KBS에서 구성작가로 일하고 있었다. 그해 여름엔 붉은악마의 빨간 티셔츠를 가방에 여벌로 준비해서 출근하는 게 일이었다. 방송국에서 일이 끝나면 월드컵 응원을 같이 하기

서라벌예내·숭앙대 문예창작학과 70년 기념 엔솔로지

위해 친구들은 모였다. 졸업한 지 얼마 되지 않아 주로 문창과 선후배들과 모여서 봤던 기억이다. 응원을 하고 밤샘 술자리를 가지고도 아침에 방송국에 거뜬히 출근할 정도로 강철 체력이었다니. 그 청춘이 딱히 그립거나 돌아가고 싶지는 않지만 그렇게 밤을 새고도 팔팔했던 체력으로는 돌아가고 싶다.

2002년 대선 방송을 준비하는 방송사의 풍경 또한 지금 생각하면 아날로그의 마지막 풍경이다. 대통령 선거일을 즈음해서 이회창 후보의 자료화면과 노무현 후보의 자료화면이 담긴 테이프가 방송국 복도에 빌딩처럼 쌓여 있었다. 당선 대통령이 확정되면 그를 중심으로 한 방송을 1안, 2안으로 구성해서 제작진은 준비하고 있었다. 그만큼 박빙이었던 대통령 선거였던 기억이 또렷하고 기억 속의 테이프 무더기가 또렷하다. 테이프라니! 어쩌다 '이 달의 좋은 방송상'이라도 받은 회차의 방송은 그때만 해도 비디오테이프로 복사해서 간직했다. 출연진들이 출연분 방송 소장을 희망하면 비디오테이프로 복사해 드리기도 했다. 이제는 모든 게 스트리밍으로 가능해진 시대가 되었지만.

2010년대에 방송가는 상암동 시절로 진입했다. 방송 제작진은 여의도 시절 사람과 상암 시절 사람으로 세대가 갈린다. 여의도 시절을 기억하는 방송인은 어느덧 중견 방송 제작진인 것. 이제는 모든 것이 융합되는 시대가 왔다. 라디오는 '보이는 라디오'를 통해 유튜브로 실시간 생중계를 하기도 했다. KBS '콩', MBC '미니', SBS '고릴라' 같은 인터넷 라디오가 활성화되면서 청취자들은 사무실에서도 라디오와 함께했다.

그 시절에 나는 드라마 제작사 기획팀장과 보조작가 일을 했다. 한 제작사에 들어갔을 때 드라마 〈성균관 스캔들〉이 기획 단계에 있었다,

사극은 정통 사극에서 퓨전 사극을 기획하면서 젊은 시청자들을 흡입했고, 많은 드라마 제작사에서는 웹소설과 웹툰 원작 판권을 확보하는 게 일이었다. 그리고 넷플릭스 등 OTT로 플랫폼이 발 빠르게 전환되고 있었다.

2020년대에 이르러서는 TV를 보던 사람들의 유튜브와 OTT를 시청하는 시간이 훨씬 늘었다. 2020년 통계에 따르면 국민의 83%는 한 달에 약 30시간 유튜브를 시청한다고 한다. 반면 지상파 TV의 연간 가구별 시청률은 2000년대에 10%대를 기록하다 요즘은 모두 한 자릿수로 하락했다.

1인 미디어 시대가 더욱 급물살을 타면서 유명 연예인들이 자신의 유튜브 채널을 만들어 오픈한다. 유재석의 유튜브 채널 '뜬뜬', 가수 성시경의 '먹을텐데', 이어서 신동엽과 이경규까지 연달아 유튜브에 진출해 좋은 성적을 내고 있다. 사람들은 방송사 편성표에 맞춰 방송을 시청하지 않는다. 자신이 보고 싶은 프로그램을 찾아 클릭하면서 자신만의 편성표를 가지고 있다. 드라마 작가들은 챗GPT로 자료 조사를 하기도 하고, 웹툰 작가들은 미드저니로 밑그림을 그리기도 한다는 AI시대. 플랫폼이나 환경이 또 어떻게 달라질지 도무지 예측할 수 없다.

하지만 환경은 달라졌어도 여전히 건재하고 있는 화두는 크게 달라지지 않았다. 밀레니엄이 시작되었을 때도, 그 후 20년이 지난 지금도 방송은 사람과 사람 사이의 '공생'과 '공감'을 늘 고민하는 콘텐츠다.

얼마 전, 2002년에 KBS 클래식 프로그램에서 뵈었던 피아니스트 백혜선 선생님을 2023년에 다시 방송 초대 손님으로 뵈었다. 20년 전에는 서울대 최연소 교수이자 세계적인 피아니스트로 가정을 꾸렸던 그녀. 그 사이 싱글맘으로 미국에서 아이들을 키우고 수많은 좌절을 겪으면서도 피아노 앞에 매일 앉았고, 미국에서 교수로 활동하며 우리 아티스트의 길을 열어주는 이가 되었다. "종착역에 머무르듯 안온하게 살 것인가. 불안에 몸을 던져가며 성실히 내 삶을 실험할 것인가?"라는 문구가 새겨진 그녀의 신간을 보면서 인생을 만들어가는 일도 이와 같은 맥락이 아닐까 생각했다.

내가 문창과에서 배운 '창작'이라는 것이 방송을 만들 때도, 인생을 설계할 때도 적용될 때가 있는데 어떤 큰 기술이 아니라 이런 마인드에 가깝다. 안주하는 삶이 아닌 실험의 길을 찾아가는 모습. 끊임없이 새로운 진입로가 나타나는 시대에 불안을 페달 삼을 줄 아는 마음을 배웠기에 어떤 시대가 와도 변주해갈 수 있는 힘이 있다고 믿고 있다.

요즘은 한 대학에서 〈방송구성작법〉과 〈드라마작법〉 수업을 병행하고 있다. 간혹 '내가 가르치는 방송작가 일이 몇 년 후에도 유용할까?'라는 의구심이 들 때가 있다. 하지만 제자들에게 가르치는 게 '창작의 자세'일 수도 있겠다는 생각은 든다. 창작에 대한 마인드는 우리가 인생을 대하는 마음과도 맞닿아 있기에. 그건 또 충분히 배웠으니.

돌아보니 인생의 가을인 시기로 진입하는 생의 주기가 왔다. 때때로 불안하고 때때로 막막하다. 하지만 돌아보면 그것이 내가 일한 원동력이다. 중년의 진입로를 지나 펼쳐질 시대의 풍경은 예측할 수 없다. 하지만 어떤 마음으로 그 길을 가야할지 알게 된 때라 조금은 다행이다.

97학번. MBC 〈이주연의 영화음악〉, KBS 〈클래식 오디세이〉, 한국경제TV 〈기업가정신을 말하다〉 등 구성작가와 드라마 기획을 했고, 서강대학교 방송작가아카데미, 명지전문대학교, 협성대학교에 출강을 하기도 했다.

헤어지지 않을 결심

한현주 | 희곡작가

대학로 마로니에 공원에는 랜드마크와도 같은 붉은 벽돌 건물들이 있다. 아르코예술극장과 미술관이다. 지방 소도시 출신인 나는 대학에 입학한 후에야 이 공간을 경험할 수 있었다. 하지만 안성에서 자취 생활을 했으므로 자주 찾지는 못했다.

그러다 3학년 때부터 그 횟수가 조금씩 늘기 시작했다. 정부의 관객 지원 정책인 '사랑 티켓'이라는 것이 있었는데, 일종의 할인 티켓으로 하루에 판매되는 양이 정해져 있었다. 그러니 공원에 도착하면 직행하는 곳이 바로 사랑 티켓을 판매하는 부스였다. 그 앞에는 공연 중인 작품들의 간략한 소개를 담은 신문이 놓여 있어서 정보를 얻기 위해서도 반드시 들러야 했다. 주말에는 낮 공연과 저녁 공연을 연이어 볼 수 있었으므로 두 장의 표를 사고 신문 한 부를 집어 공원 벤치로 향했다. 좋아하는 작가나 연출가의 새로운 작품이 나와 있으면 반가웠다. 선택한 작품을 표시하고 극장의 위치를 확인해가며 김밥을 먹었다.

그럴 때 종종 눈에 들어오는 것이 신발에 묻은 흙이었다. 안성에서 묻혀 온 것이다. 내리의 비포장 길들은 비나 눈이 오면 질퍽거리기 일쑤였고 그 때문에 나는 워커를 즐겨 신었다. 학교에 있을 때는 그러려니 하며 잘 닦지도 않았는데 새삼 그 흙이 부끄러웠던 걸까. 나는 붉은 벽돌 건물로 들어갔다. 당시에는 문예회관이라는 이름을 달고 있었다. 총총총 로비를 가로질러 화장실에 들어가 휴지에 물을 적셔 흙을 닦아내는 것이 습관이 되었다.

데뷔 후 이 극장에서 내 작품을 올렸을 때, 리허설이 끝나고 화장실로 향하면서 문득 그 흙을 떠올렸다. 오랜 시간 대학로에서 활동하며 때로는 관객이기도 한 내게, 극장은 이렇게 소소한 서사를 품은 공간이 되어갔다.

물론 극장은 그 자체로도 하나의 역사다. 붉은 벽돌이 노출된 양식은 그 유명한 김수근 건축가의 것이다. 1981년에 지어졌는데 그 안에는 무서운 이야기가 숨어 있다. 흔히 김수근의 과오로 일컬어지는 건축물 중의 하나가 바로 남영동 대공 분실이다. 고문 공장이라 불렸던 그곳 내부에는 매우 가파른 나선형 계단이 있다. 그냥 놓고 보면 하나의 오브제 같다. 하지만 눈을 가린 채 그곳을 오르내려야 했던 사람들에게는 공포 그 자체였을 것이다. 실제로 방향 감각을 상실할 수 있다고 한다.

그런데 아르코극장 건물 안에도 이 계단이 있다. 스태프나 배우들이 무대 작업을 하거나 리허설을 하다가 휴식 시간에 담배를 피우러 나가기 위해 그 계단을 주로 이용했다. 나도 호기심에 두어 번 오르내린 적이 있었는데 고소공포증이 있어 더는 가까이 가지 않았던 기억이 있다. 극장이 가진 서사는 이렇게 극장 밖의 세계와도 맞닿는다. 자본의 힘에 밀려 사라지는 극장도, 주인이 바뀌어 철저하게 상업성을 견지하게 된 극장도 모두 마찬가지다.

남산으로 향하는 오르막길에는 내가 좋아하는 극장이 또 하나 있다. 아니, 있었다. 과거형인 이유는 이렇다. 근대 연극의 선구자인 유치진 선생이 1962년에 드라마센터를 설립했는데, 이는 우리나라 최초의 현대식 민간 극장이었다. 곧 한국 연극의 메카로 자리매김했다. 그러다 80년대에는 서울예대의 실습 공간으로 활용되었는데 2009년에 서울시가 임대를 하면서 남산예술센터로 거듭났다.

이곳에서 제작된 많은 작품이 관객과 만났다. 나도 이곳에서 두 작품을 올렸다. 이 극장의 무대 구조는 연출가에게 매우 매력적이면서 몹시 어려운 것이기도 했다. 보기 드물게 고대 그리스 야외극장의 반원형 무대를 본뜬 것이어서 독특하기 때문이다. 튀어나온 무대를 둥글게 감싸는 객석에서 내려다보는 관극의 경험은 여타의 극장에서와는 다른 분위기였다.

그런데 2012년, 이곳에서 두 번째 작품을 올렸을 때 나는 이 극장을 잃었다. 첫 공연을 마치고 내 작품이 철저히 실패했음을 알았기 때문이다. 아니, 어쩌면 그 이전부터 느꼈는지도 모르겠다. 연습 때부터 연출가와의 소통에 실패했기 때문이다.

마지막 공연이 끝난 뒤 나는 무대 해체 작업을 멍하니 바라보며 실의에 젖어 있었다. 그런데 일주일 뒤 이곳에서 올라가는 다음 작품을 예매해둔 것이 생각났다. 왜 쓸데없이 부지런을 떨었을까. 작년 봄에 상연하고 작품성과 대중성을 인정받아 재공연을 하는 작품이었다. 작년에 보지 못한 것이 아쉬워 일찌감치 예매를 해둔 것이다. 취소할지 며칠을 고민하다가 결국 극장을 다시 찾았다. 그리고 연극을 보는 내내 후회했다.

내가 처음 연극을 봤을 때부터 지금까지 극장에서 가장 좋은 순간을 말해보라고 한다면 작품이 시작되기 직전의 암전 상태다. 이제야 비로소 극장에 있다는 평온함과 앞으로 펼쳐질 세계에 대한 기대가 뒤섞여 입가에 절로 미소를 띠게 된다. 그런데 그날은 암전이 시작된 순간부터 공연 내내 마음이 시끄러웠다. 일주일 전 올랐던 내 작품의 무대가 계속 겹쳐졌기 때문이다. 결국 나는 제대로 집중을 하지도 못한 채 박수 소리가 가득한 극장을 빠져 나왔다. 질투와 질척거림으로 얼굴이 화끈거렸다. 순간 알았다. 내가 이 극장을 또 잃었음을. 물론 그 후로도 그곳에서 여러 작품을 관람했다. 하지만 나는 예전처럼 그 극장을 사랑할 수 없었다.

그리고 2020년, 나는 한 통의 메일을 받았다. 극장의 소유와 임대를 둘러싼 논쟁은 익히 알고 있었지만, 남산예술센터로서의 막을 완전히 내린다는 소식에 잠시 울컥했다. 그곳에서 올린 두 작품의 아카이빙에 동의해달라는 서울문화재단의 요청에 따라 서명을 했는데, 마치 남산에서 명동역으로 향하는 내리막길을 위태롭게 뛰어 내려오는 기분이었다. 나는 그 순간 결심했다. 극장과 헤어지지 않을 결심. 그 극장뿐 아니라 어떤 극장과도 헤어지지 않을 결심. 촌스럽대도 상관없을 혼자만의 굳은 결심으로 연극을 버틴다. 글쓰기를 버틴다.

97학번. 희곡작가. <집집 : 하우스 소나타>, <괴물B>, <소년이 그랬다>, <878미터의 봄> 등을 발표하였으며, 동아연극상 희곡상과 벽산 희곡상을 수상했다.

'구럼비' 불방이 내게 남긴 것

이선우 | 방송작가

2010년 가을, 서울살이를 접고 고향인 당진으로 거처를 옮겼다. 돌쟁이 아이를 혼자 키우는 주말부부 생활을 더는 이어가기 힘들었다. 지방으로의 이주를 결심하면서 포기해야 할 것들이 줄줄이 사탕처럼 따라붙었다.

그중 제일 아쉬운 건 '일'이었다. 십 년 차를 목전에 두고 엉뚱한 목적지에 떠밀려 내린 기분이랄까. 버스는 떠났고 아이는 사랑스러웠다. 지금 다시 결정하라고 해도 같은 선택을 하겠지만 그때의 나는 매일 밤 이름 모를 아기들을 이고 지고 떠도는 악몽에 시달렸다.

그렇게 추운 겨울을 보내고 다가온 개편 시기, 나는 뜻밖의 연락을 받았다. 평소 열렬히 갈망하던 프로그램에서 함께 일해보자는 제안이었다. 아이를 어떻게 돌봐야 할지 막막했던 가운데, 촌구석에 처박힐 운명 앞에 구원의 동아줄이라도 되는 양 나를 달뜨게 했던 프로그램은 EBS의 지식채널e였다.

2년째 당진에서 서울로, 서울에서 당진으로 버스출퇴근을 하며 열정 만수르로 살고 있던 2012년 2월 어느 날, 나는 방송 일을 하면서 처음으로 불방 사태라는 걸 겪었다. 더 험한 압박과 핍박의 사연들이 넘쳐났지만 그 사연 중 하나가 내 차지라니. 팽팽하게 당겨졌던 활시위가 툭 끊어지듯 허무했고, 불쾌하고 억울했다.

문제의 주인공은 '구럼비' 편이었다. 전파를 탄 적 없으니 내부자 몇몇 외에 누구도 알지 못하고 그러니 기억하는 이도 없는 미완의 허물. 홈페이지에 방송예고 안내가 올라간 상태였다.

해군기지 건설로 국방부와 주민 사이에 갈등이 벌어지던 제주 강정마을의 구럼비 바위가 아이템으로 정해지고 긴 회의가 시작됐다. 자연물인 구럼비 바위에 집중하는 것으로 가닥을 잡고 매일 밤 머리를 싸맸다. 멘트 하나 쓸 때마다, 그림 한 컷을 고를 때마다 왜 이 아이템을 다루려고 했는지를 복기했다.

그러니 주요 내용이라면, 해안가에 자리 잡은 구럼비 바위의 지질학적 특징, 사람들의 삶 속에서 만들어져 온 역사적인 의미와 가치 같은 것들이다. 우리가 관심 갖지 않으면 귀하고 소중한 자연유산 하나가 또 사라져버릴지도 모른다는 뻔한 이야기. 제발 한 번만 봐달라고, 기억해달라고, 눈여겨 봐 달라고, 방송을 빌어 읍소하고 싶었던 게 작가인 내가 채우고 싶었던 사심이다.

하지만 사측은 그걸 용인하지 않았다. 해군기지 건설을 반대하는 쪽의 의견에 치우쳐 있다는, 그러니 "방송심의에 관한 규정 중 공정성에 위배"된다는 결론. EBS 심의실이 방송 한 시간을 앞두고 최종 불방 처분을 내린 이유다. 아! 소리도 못하고 봉인되어 버린 구럼비를 나는 마음에 품었다.

그리고 그즈음부터였던 것 같다. 별 고민 없이 살던 내 일상에 작은 균열이 생기기 시작한 건.

글쓰기 동아리에서 가볍게 읽기 시작한 몽실 언니를 무겁게 내려놓으며 그 모든 부조리와 비극이 어디서부터 시작됐는지, 그래서 지금 우리가 어떤 시대를 살고 있는지 짚어나가다 불방 사태를 겪었던 구럼비가 떠올랐다. 멀게는 밀양과 성주가, 가깝게는 세월호와 이태원이 다르지 않다. 끝나도 끝난 게 아닌 비극이 우리 곁에 차고 넘친다.

몽실이가 새아버지 때문에 혹은 더 나은 삶을 찾아 나선 엄마 때문에 다리를 다치는 장면에서 욱하는 마음이 올라온다. 미소 두 강대국의 패권 싸움에 휘말려버린 한반도는 제대로 해방의 기쁨을 누리지도 못하고 몽실이처럼 절름발이가 되어버렸다. 국군도, 인민군도 '다 나쁘고 다 착하다'는 인민군 여자의 말은 그래서 더 아프다. 몽실이가 들었지만 우리도 안다. 아니, 제발 알아야 한다. 최 선생의 말처럼 '남북이' '제 스스로의 생각을 주장하고 있는지 알아봐야' 했다. '우리는 모르면 언제든지 속게 마련'이다. 우리 역사가 그걸 말해준다.

몽실이의 삶이 그걸 보여준다. '빨갱이라도 아버지와 아들은 원수가 될 수 없'고 남과 북은 서로 적이 될 수 없다. '미국에 믿지 말고 소련에 속지 마라. 일본이 일어난다'라니. 혹시 금서가 되는 건 아닐까 걱정이 될 정도로 지금과 맞물려 있다. 역행하는 시대 앞에 이미 사십여 년 전에 이데올로기의 금기를 들춘 권정생은 어떤 마음이었을까. 몽실이가 살았던 그 시대의 망령은 강정의 구럼비에도 있었고, 지금 우리들의 곁에도 있다.

문창과를 졸업하고 현재 하는 일에 대해 쓰겠다고 마음먹었지만 사실 어디서부터 써야 할지 막막했다. 김정은도 무서워한다는 중학생들과 토론 수업을 하며 참을 인㊑을 수없이 새기는 이야기를 쓸까. 마음을 다스린답시고 한 땀 한 땀 프랑스 자수를 놓고 뜨개질 하는 이야기는 너무 평범한가? 하루하루 아이들을 키우고 늙어가는 부모님 일손을 거드는 시골 생활을 늘어놓아야 할까. 그것도 아니면 가물에 콩 나듯 노트북에 코 박고 자연다큐멘터리 원고 쓰는 이야기를 써야 할까. 그렇게 긴 고민 끝에 찾은 답이 구럼비에 있었다.

최근 폐암 등 건강문제와 열악한 조리실 시설 문제가 부각되면서 주목받고 있는 급식노동자들을 위한 시민실천 운동에 함께한 적이 있다. 급식노동자들을 지지하는 발언문을 써서 기자회견장에서 낭독한 날 무척이나 떨었던 기억이 난다.

조리실 공기청정기 설치를 요구하는 시민 서명 전단지를 돌리고, 가판을 펴놓고 직접 서명을 받으러 다녔다. 사돈에 팔촌까지 정보를 모아다 서명지를 가득 채우는 이들이 있는가 하면 차가운 눈빛으로 쏘아보거나 조소를 날리며 스쳐가는 이들도 있다. 그럴 수 있다. 머리로는 이해하지만 그렇지 못한 마음으로는 멀어져가는 뒤통수에 대고 소심한 주문을 걸었다. '당신은 평, 생, 도시락을 싸라'고.

방송이 있는 어느 계절을 제외하고는 딱히 호명할 길 없는 사소한 일들에 발을 담그고 여기저기 기웃거리며 시간을 쟁인다. 나와 내 가족과 이웃의 인간다운 삶을 지켜주는 보이지 않는 노동에 감사하며 살기 위해 노력하고 얼굴도 본 적 없는 누군가의 아픔에 귀 기울이기 위해 때로 용기를 낸다.

시로, 소설로 감동시키는 재주는 타고나질 못했고, 방송을 빌어 사심을 표출하기엔 너무 멀리 와버렸다. 그러니 앞으로 내가 살아가야 할 삶이란 길 위에 있는지도 모르겠다. 소심한 주문을 남발할지언정 말이다. 나를, 오늘의 나로 있게 한 건 그날의 구럼비였음을, 그때의 치기였음을, 이 글을 쓰는 지금에서야 깨닫고 있다.

98학번. 2001년 방송작가로 사회에 발을 들여놓았다. EBS 지식채널e 제작 이후로 수많은 물음표를 발견하며 살고 있다.

쓰는 사람은 못 되었지만

김민정 | 건강책방 일일호일 책방지기

　이른 아침 호젓한 서촌 골목을 총총 걷는다. 통인시장 맞은편 아담하게 서 있는 단정한 한옥. 이곳이 나의 일터 일일호일 책방이다. 스물세 살 감나무와 대나무, 배롱나무가 있는 마당을 쓸고 툇마루를 닦는다. 그리고 포스기를 켜고 커피를 내리고 서가를 정리하고 입고할 책들을 찾고, 회계 업무 등의 문서 작업을 하면 손님들이 들어오기 시작한다. 동네 책방인 일일호일에선 공부를 하거나 책모임, 글모임, 뜨개모임, 가드닝, 근처 회사들의 워크숍 등 다양한 모임이 이루어진다. 한 달에 두 세 번은 북토크도 진행된다.

　책방을 운영하는 것은 문창과 출신들에게는 늘 언젠가 이루고 싶은 마음속의 꿈이며, 실제 책방을 운영하는 동문들도 많은 것으로 알고 있다. 하지만 나와는 두 가지 면에서 차이가 있다. 이곳은 주제가 문학이 아닌, 건강인 책방이라는 것. 그리고 주 5일 근무를 하는 월급쟁이 책방지기라는 점이다. 건강책방 일일호일은 '일상 속 건강에 대한 생각을 발견하고 교류하는 공간'을 모토로 내가 근무하는 헬스커뮤니케이션회사 '엔자임헬스'에서 운영하는 책방이다.

나는 이 회사에서 18년째 일하고 있다.

"너 나중에 그쪽 일 하게 될 줄 알았다."

학부 때부터 건강과 음식에 유난히 관심이 많았던 날 잘 아는 선배들에게 자주 듣는 말이다. 하지만 그렇게 말하는 선배들도 대부분 이쪽 일이 무엇인지는 잘 모른다. 나도 마찬가지였다. 헬스케어 PR이라 불리는 분야를 알 턱이 없었다. 정의를 하자면, 헬스커뮤니케이션은 건강과 질병, 예방 및 치료에 관련된 정보를 공유하고 이해해 개인이나 집단이 더욱 건강한 삶을 영위할 수 있도록 하는 일련의 모든 커뮤니케이션 활동을 말한다. 쉽게 줄이면 '건강과 관련된 소통 활동'이고 개인적인 지향을 더하면 '건강을 위한 건강한 소통'이라 말할 수 있겠다.

알고 시작한 분야는 아니지만, 헬스 커뮤니케이션은 문예창작학과 출신인 나와 묘하게 궁합이 맞았다.

공중의 건강을 증진시키는 활동이 사명감을 갖게 하였고, 사회의 약한 고리, 아픈 몸들의 이야기에 주목하고, 의사처럼 이들을 위한 솔루션을 고민한다는 점이 이 일을 오랫동안 지속하게 하였다. 전문적인 의학 논문부터 정책자료 등 어려운 내용을 이해해야 한다는 점도 깊이읽기에 비교적 강한 우리 과 출신들과 잘 맞았다. 전문용어를 대중이 이해할 수 있는 쉬운 메시지로 정리하는 과정도 매력적이었다. 신입 시절에는 맥락을 이해한 정교한 메시지 전략을 세우고, 미디어부터 의사 등 다양한 이해관계자들과 소통하는 과정에서 소설창작 수업의 경험을 복기하기도 하였다.

문예창작학 전공자들에게 적합하다 생각해 후배들에게 추천도 많이 하였고, 나와 관계없이 제법 많은 동문들이 일하고 있어 업계 사람들로부터 도대체 중대 문창과에서는 뭘 배우느냐는 질문을 받기도 했다. (실제 몰라서 물어본 질문이다. 내가 만나는 사람들의 70%는 이과생들이다) 15년간 헬스케어 PR일을 하며 중대 문창과라는 타이틀은 약점보다는 차별점, 그리고 나를 각인시키는 요소였다.

그리고 그 전공 덕분에 회사에서 야심차게 준비한 건강책방의 초대 책방지기가 되었다. 책방이라는 공간이 가진 고즈넉한(실은 한량 같은) 매력 덕분인지 책방지기에 지원한 직원들이 제법 있었지만, 책을 잘 아는 문창과 출신이라는 이유로 내가 낙점되었다.

졸업 후 근 20년이 되어서야 드디어 전공과 어울리는 일을 시작하게 되었는데, 기대보다는 두려움이 컸다. 문창과를 잘 모르는 사람들에게는 신나게 이야기했던 '문창과 출신'이라는 고백도 쏙 들어갔다. 책방을 찾은 저자나 출판사 편집자들이 반가운 얼굴로 "중대 문창과 나오셨어요?"라고 물을 땐 "네, 나오기만 했습니다."라며 시선을 피했다.

20여 년 전 그때도 비슷한 마음이었던 듯싶다. 드러내고 이야기하고 싶은 것보다는 감추고 싶은 게 더 많았던 시절이었다. 문학에도 인생에도 깊은 고민이 없었고, 사는 건 대체로 즐거웠다. 동기들은 하고 싶은 말이 많아 죽겠다는데, 나는 딱히 세상에 하고 싶은 말이 없어 괴로웠다. 그런 나에게 글을 쓴다는 건 얄팍한 내 바닥을 보여주는 것과 같았다. 그 바닥을 찍고 넘어섰어야 하는데, 마주할 용기도 견뎌낼 인내도 없었다. 자연히 학과 수업보다는 학과 생활이 중심이 되었다. 하지만 그곳에도 배움은 있었다.

최근 화제가 된 연애 프로그램 '나는 솔로'를 문화인류학도감에 비유하는데, 개인적으로 문창과 생활이야말로 살아있는 인류학도감, 21세기

인류학교재가 아닌가 싶다.

"도대체 머릿속에 뭐가 들었나?' 싶을 만큼 기행을 일삼는 사람들부터 '어떻게 저런 말을!' 하고 감탄이 나올 정도로 본인의 감정을 감추지 않고 날것 그대로 드러내는 사람들이 있었다. 손바닥처럼 쉽게 뒤집히는 진실에 죽어라 달려들고 '너도 모르고 나도 모르는 말'들을 밤새 되풀이하는 그 요지경의 세계는 바라보는 것만으로도 흥미로울 뿐 아니라 자연스레 '인간이란 무엇인가?'를 질문하게 했다.

무엇보다 이 세계는 모두에게 마이크가 허락되는 사회였다. 작품 앞에선 날이 선 동료, 선배들이었지만 개인적으로는 정말 시답잖은 고민에도 귀 기울여 주고 공감하고 마음을 내어주던 사람들이었다. 그들을 보며 나도 자연스레 듣는 사람이 되어갔고 인간에 대한 이해도 깊어졌다.

그 '듣는 마음'으로 지난 3년간 책방을 운영했다. 해박한 큐레이션과 깊이 있는 책방지기 추천사가 있는 책방이라고는 자신할 수 없다. 하지만, 환자단체, 의료진, 연구자, NGO, 환경단체, 협동조합원, 지역주민 등 건강과 관련된 다양한 주체들이 모여 그 어느 책방보다 다양하고 활발한 이야기를 주고받았던 '건강 사랑방'정도는 된 듯하다. 때론 너무 어렵고 또 때론 너무 사소한 이야기들에 진땀을 빼기도 하지만, 그럼에도 누군가의 고통에 귀 기울이고 공명하는 이 연결들이 좀 더 건강한 사회로 나아가는 길임을 믿고 있다.

유난히 문창과 지인들의 등단과 수상 소식을 많이 접한 한 해였다. 포기하지 않고 기어이 꿈을 이루는 동기들의 모습을 보며 이제는 자극보다는 감동과 울림을 더 크게 느낀다. '내가 그때 시시껄렁한 이야기들로 붙잡고 술 먹이지만 않았어도 더 빨리 잘 됐을 친구인데.' 하고 반성하는

염치도 생겼다.

이제 무언가 겸연쩍은 과거가 되어버렸지만, 그럼에도 중대문창과에서 배운 4년이 지금의 나를 만든 중요한 축임을 부인하지는 못하겠다. 그 배움이 지금도 이어지고 있다고 하면 겸연쩍음이 조금은 나아질까?

나의 오늘을 만든 소중한 동문들에게 말해 본다.

"서촌을 방문한다면 '건강책방 일일호일'을 찾아주세요.

글은 잘 못 내렸지만 커피는 잘 내린답니다."

99학번. 헬스커뮤니케이션회사 '엔자임헬스'에서 운영하는 건강책방 '일일호일' 책방지기다. 엔자임헬스 헬스콘텐츠 사업부 본부장으로 일했으며, 한국 PR 대상을 수상하기도 했다. 한양대학교 보건대학원 보건정책관리학 석사다.

사라진 공

임정민 | 시인

    누군가는 이런 이야기를 한 번쯤 남겨야 할 것 같다는 생각에 이 글을 쓴다. 나는 고등학생 시절 거의 하루도 빠지지 않고 축구를 했다. 체육시간에도 점심시간에도 석식 후 쉬는 시간에도 언제나 운동장으로 나갔고, 반에서 잘하는 축에 속하지는 않았지만 나름 최선을 다해 매일매일 공을 차고 뛰었다. 그러다 대학에 입학했고, 우리 과에도 'FC 문창'이라는 축구 모임이 있다는 것을 알게 되었다. 그래서 나는 자연스럽게 주말이 되면 다시 운동장으로 향했다.

    FC 문창과의 첫 만남이 어땠는지 정확하게 기억나지는 않지만 대체로 굉장히…… 어설퍼 보였다는 느낌은 남아 있다. 그렇게 계속 어설픈 채로 우리는 주말마다 모여 운동장 한구석에서 공을 찼는데, 당연하게도 여러 가지 난항을 겪었다. 그중 가장 큰 문제는 인원을 모으기 어렵다는 것이었다. 학과 내에서 축구를 즐기는 사람들이 많지 않아, 참여 인원을 최소한으로도 모으기가 어려웠다. 물론 숨은 축구인들도 있었겠지만……, 보통 6명에서 10명 정도가 참여해 그때그때 상황에 맞춰 팀을 나누고 3 대 3이나 5 대 5로 운동을 했다.

우리는 언제나 소수의 인원이었고, 그로 인한 문제는 대동제 시합에서 여실히 드러나곤 했다. 대동제는 매년 5월쯤 열리는 교내 체육대회였는데, 각 단과대 단위로 갖가지 스포츠 종목의 시합이 있었다. 여성 학우들이 주축이 되는 발야구 경기는 우리 과가 선전하는 종목으로 자주 우승도 했었기 때문에 재미가 있었고 나름 주목받는 종목이었지만…… 축구는 거의 대부분 1차전 탈락이었다. 특히 평소 11 대 11 정식 경기를 연습하지 않았기 때문에 갑자기 큰 규모의 경기를 치르자면 당황하기 마련이었다. 높이 뜬 공을 놓치기 일쑤고, 달리다가 지치고, 대형이 흐트러지고, 공간을 내주고…… 쉽게 골을 먹었다.

　　1학년 때 처음으로 참가한 대동제에서 상대 팀이었던 조소과의 골키퍼가 유유히 우리 팀 골대까지 넘어와 슈팅을 하던 그 장면은 아직도 쉽게 잊히지 않는다. 실력의 문제 같은 건 논하고 싶지 않다. 다만 지금에 와서 떠올려보면 우리가 어떻게 해서든 정식 규모의 경기를 좀 더 연습했었더라면…… 하는 아쉬움이 남는다는 것이다.

　　또 늘 어쩔 수 없이 대동제만을 위한 임시 인원을 몇 명 더 모아 시합을 치렀기 때문에 팀워크의 강점도 찾기 힘들었다. 가끔은 평소 연습에는 오지 않고 대회 때만 나오는 학우들도 있었는데 대회에서 학과가 성과를 얻는 데 도움을 주기 위해 나서준 것은 고마웠지만 때로는 항상 성실하게 훈련했던 인원이 정식 시합의 멤버에서 제외되는 경우도 있었다. 조금 더 체계가 있었다면 주전 선정이나 포메이션, 전술 전략의 측면을 연구하고, 승패를 떠나 서로의 역할을 유기적으로 수행해볼 수 있었을 텐데 하는 생각이 들고, 그러지 못해 지금에 와서는 후회가 되는 게 사실이다. 물론 어려움이 이것뿐이었겠느냐마는…….

개인적으로 기억에 묻어두게 된 의미 있는 순간들도 많았다. 잔뜩 땀을 흘리고 기숙사나 자취방으로 돌아올 때 노을이 지고 있던 저녁 시간의 캠퍼스, 운동을 마치고 몸에 묻은 모래를 닦지도 않고 사람들과 함께 컵라면을 나누어 먹던 시간, 시합을 지고 나서 내게 다가와 미안하다고 속삭이던 한 선배의 목소리, 이러한 평범하고 아름다운 것들.

그리고 어떤 날은 쉬고 싶다는 동기 K를 졸라 함께 축구를 했는데, 결국 그날 그 친구가 큰 부상을 입었다. 소리를 지르며 쓰러진 친구를 보며 얼마나 안쓰럽고 미안하던지. 빠르게 상태를 체크해보니 발목을 접질려서 제대로 일어나 걷기도 힘든 상황이었는데 그때 선배 하나가 K를 들썩 등에 업고 병원 이송을 도왔다. 다친 K의 덩치가 그 선배보다 훨씬 컸는데도……. 그들이 언덕을 오를 때의 뒷모습이 내게는 FC 문창에서의 가장 상징적인 순간으로 남아 있다. 나중에 안성의료원에서 치료를 받은 후 목발을 짚고 돌아온 K는 아마도 그때부터 FC 문창 활동을 하지 않았던 것 같고, 나도 졸업을 앞두고 있었기 때문에 그즈음부터는 축구를 그만두었다.

일부 미화되었다고 말한다면 반박할 만한 대답이 없기도 하고, 나도 FC 문창의 모든 시간을 알고 있는 것은 아니어서 나의 작은 체험이 그에 대한 전부는 아닐 것이다. 하지만 문학의 본연을 좇고 새로움을 탐구하며 개인적인 작업에 몰두하는 것에 익숙한 우리가 하나의 팀으로 언제나 운동장에 있었다는 사실이 기억될 수 있기를 바란다.

한 기업에서 프로축구팀의 후원을 시작하면서 일반 시민들을 대상으로 행사를 진행한 적이 있다. 축구에 관련된 일화나 사연을 제보하면 그중 일부를 선정해 축구 용품 선물을 제공하는 행사였는데, 나도 그 이벤트에 사연을 보낸 적이 있다. '우리는 FC 문창이라는 축구 클럽이고, 우리는 축구를 사랑하고, 우리는 이긴 적이 한 번도 없지만 이기고 싶었고, 나는 이들이 좋았다…….' 아마 그런 내용이었던 것 같은데 픽션의 성격이 아주 많이 가미되었다는 것을 부인할 수는 없겠다. 그 당시 사연을 쓰면서도 문창과를 다니며 글쓰기를 배운 보람이 있구나! 하고 생각했으니까.

아무튼 주최 측에서도 우리의 이야기에서 가엾음과 어떤 울림을 느꼈는지 그 사연은 결국 선정되었고 우리는 축구공 선물을 받게 되었다. 늘 낡고 딱딱하고 오래된 공을 사용했었기 때문에 나는 우리가 새 공을 갖게 되어 무척 기뻤다. 하지만 학과 휴게실에 가져다 놓았던 그 공은 금세 사라져버렸다. 학과의 모든 물건들이 가진 숙명이겠지만 그 축구공의 행방 또한 알 수 없게 되었다. 한 번이라도 새 축구공을 가지고 운동장으로 나갔던 적이 있었던가? 기억이 나지 않는다. 우리는 다음 주에도 그다음 주에도 계속 처음의 그 낡은 공과 함께였던 것 같다.

그렇다면 사라진 공은 어디로 갔을까? 그리고 사라진 나와 사라진 멤버들은 지금 어디에 있을까? 가끔씩 이런 게 궁금해진다. 사실 모든 게 다 사라진 것은 아니겠지……, 어딘가에 있겠지 하는 당연한 생각이 들기도 하고, 아직도 학과에 FC 문창이 남아 있는지도 궁금하다. 돌아보면 FC 문창은 내 리 생활의 큰 즐거움 중 하나였다.

09학번. 시인. 2015년 〈세계의문학〉 시 부문 신인상을 수상하며 등단했다. 시집으로 『좋아하는 것들을 죽여 가면서』(민음사)가 있다.

생의 파도를 타고

신다다 | 작가

어릴 때 뭐가 되고 싶었더라. 아무튼 건물주나 인스타스타는 아니었던 건 분명하다. 다섯 살부터 스무 살까지, 장래희망은 자주 바뀌어 전부 기억할 수는 없지만. 어느 날에는 그림 그리는 게 좋으니까 화가가, 영화가 좋으니까 영화감독이, 읽고 쓰는 게 좋으니까 소설가가 되고 싶었지.

어려서 동생은 돌고래가 장래희망이라고 말했다. 똑 부러지는 어린이였던 나는 인간이 돌고래가 될 수 없는 이유를 논리적으로 설명했다. 하지만 동생은 돌고래가 좋으니까 돌고래가 되고 싶었을 것이다. 생각해보면 푸른 바다를 가르며 헤엄치는 돌고래로 사는 건 꽤 좋은 일일지도 모른다. 비린 냄새가 풍기든, 살갗에 짠맛이 배든 신경 쓰지 않으며. 그는 돌고래가 되는 것에는 아쉽게도 실패했으나, 다른 꿈을 가지고 어찌어찌 잘 살고 있다.

얼마 전, 학창 시절의 생활기록부를 조회해보았다. 초등학교 삼학년 때부터 십 년 간 제출했던 장래희망을 확인할 수 있었는데, 전부 작가

혹은 소설가라고 적혀있었다. 원래 글쓰기를 좋아하기는 했지만, 우연히 문창과에 진학했고 그것이 생각보다 적성에 잘 맞아 운이 좋다고만 여기고 있었다. 그런데 기억조차 까마득한 어린 날부터 작가가 되고 싶었던 거다. 그러니 어쩌면 내 삶은 이렇게 흘러가리라고 예정되어 있었는지도 모른다.

글을 써서 좋은 점은 버리는 경험이 없다는 것이다. 살아가며 서럽거나 쪽팔린 일은 늘 있으나, 이것을 이야기로 써먹으면 된다고 생각하면 기분이 퍽 나아진다. 수치와 슬픔과 증오와 죄의식과 모든 불쾌한 감정들은 글로 씀으로써 비로소 나의 힘이 된다.

청소년소설을 쓰면서 어린 날의 아픔을 되돌아보게 된다. 지금보단 좀 뾰족한 애였던 것 같다. 심지어는 생활기록부에 '다소 냉소적인 면도 없지 않다'고 적은 선생님도 있다. 그러나 어린 사람이 그러하면 좀 어떤가. 나는 그것이 막연히 완벽할 꿈을 꾸었다가 낙담하는 대신, 많은 괴로움과 불편함을 예상하면서도 기꺼이 사랑에 뛰어들 힘을 준다고 생각한다. 이제는 그렇게 뻣뻣하게 굴 필요는 없다는 것을 알고 있다. 그럼에도 뾰족한 젊은이들에게 너그러이 나이 들어가야지, 마음먹는다. 나는 여전히 종종 염세적으로 굴긴 하지만,

사실은 삶을 사랑하고 있다. 늘 그것이 지난하다 투덜대면서도 그러하다. 방금까지도 이 모든 것이 너무나 번거롭다고 투정하였으나.

아무튼 세상은 나아진다. 살기 팍팍해도 그러하다 믿는다. 자꾸만 슬픈 일이 벌어지고, 어른들이 원망스럽기도, 스스로 무력하다 느끼기도 한다. 그러나 언제 인류사에 슬픔이 없던 적 있었던가. 암만 요즘 청소년

들이 인터넷에서 끔찍한 말을 배운대도, 구두 닦으며 굶주리다 맞고 다니는 것보다 낫다. 학생인권조례가 생겨서 나는 회초리 맞고 자란, 귀밑 몇 센티미터라는 말을 아는 마지막 세대가 됐다.

삶을 사랑하지 않고 글을 쓸 수는 없다. 글쓰기를 배우고서야 그게 아름다운 줄 비로소 깨우쳤다. 내가 겪은 모든 순간을 고운 체에 거르고 불순물을 흘려보내 맑은 물만 남기듯이 한다. 글로 엮어내고자 자꾸만 곱씹다가 문득 알아차린다. 이 모든 것은 걸러내지 않더라도 반짝거리며 빛난다는 사실을, 나는 언어로 담아내고자 한 이후에야 깨닫는다.

삶이 아름다움을 실감하는 것은 누구나 쉬이 할 수 있는 일이다. 반드시 문학을 거칠 필요도 없다. 나 역시 그저 어른이 되어가는 도중이었는지도 모른다. 다만 더 나은 문장과 이야기를 뽑아보겠다고 생을 들여다보는 훈련을 하다 보니, 어느새 그걸 마음으로 느끼는 사람이 되었다.

그 빛이 예뻐서 한참을 들여다본다. 덜 마른 물 냄새가 난다······.

문학이 우리의 삶을 구원하지는 않으나, 생의 감각을 조금 더 선명하게 느끼도록, 그리하여 기꺼이 또 한 걸음 내딛도록 한다.

우리는 알고 있다. 어느 때는 소설, 평점이 그다지 좋지 않은 영화의 한 대사일 때도 있고, 아주 유명한 노랫말일 때도 있다. 심지어는 짧은 문장 하나에 설레어 잠들지 못하는 어느 밤의 기분을 안다. 맘이 벅차서 뱃속이 끓는 것 같다. 뜨끈한 피가 빠르게 도는 것을 느낀다. 어떤 날은 생각할 것이다. 아, 이런 걸 읽을 수 있다니. 살아 있어서 좋아.

우리가 글을 쓰기에 누군가에게 잠깐이라도 감동을 줄 수 있다면 얼마나 기쁜 일인지. 스쳐가는 찰나의 웃음이라도, 그래서 그 글을 읽었다는 기억조차 곧 잊힌대도 괜찮다.

이십대 초반의 어떤 때는 물에 빠져있는 것마냥 숨쉬기조차 버거울 때가 있었다. 균형이 잡히지 않아 멀미가 나기도 했다. 이제는 물살의 흐름을 따라 유영하는 법을 좀 배운 듯싶다. 매끈한 물고기처럼 거친 바다를 가른다. 여전히 가끔 설렘과 사랑으로 벅차게 어지럽다. 물에 둥실둥실 떠있는 것만 같다. 그럼에도 서핑보드 하나에 몸을 맡기고 파도를 타듯이 기쁘다.

어느 날은 뭍에 닿을 거다. 그때엔 단단한 두 발로 곧게 서서 발가락 사이에 감기는 모래를 느껴야지. 또 걸어 나가야지. 부디 어른을 미워하는 십대였던 내게 부끄럽지 않은 어른이 되고 싶다.

요즘은 친구들과 학교에 다니던 순간들을 한 번씩 떠올린다. 합평작 마감이 있는 날에는 동아리방에서 날을 새면서 치킨도 시켜 먹고 칠판에 낙서도 하고 책상 위에서 좀 자다가 깨워주길 부탁했다. 과제 때문에 급히 읽었던 작품들이나, 지나고 나서야 얼마나 옳은지 깨달을 수 있는 선생님들의 말씀. 버거웠던 아침 수업과 날아갈 것처럼 많이 웃었던 술자리들. 졸업한 지 얼마나 되었다고 이 모든 것이 벌써 그리워진다.

아마 우리는 일평생 그 시절을 그리워할 것이라 어림짐작한다. 아직 덜 자란 몸이 너무 자그마해서 얕은 소용돌이에도 이리저리 휩쓸리던 시기. 그럼에도 산호초나 돌에 부딪히고 풍랑이 일면 경외심에 두근거렸던 기분을 기억한다. 그리고 그 성장통을 같이 겪어낸 친구들이 있다.

나의 문우들, 선배님들과 동기들과 후배님들이 어떤 일을 하더라도 각자의 자리에서 잘 살아갈 것을 믿는다. 글 안 쓴다고 죽는 사람은 없고 그래서도 안 된다. 그러나 가끔은 펜을 쥐었으면 좋겠다. 한참을 바쁘게 살아가다가, 아주 오랜만에 문득 노트북 앞에 앉아서 어떤 글이라도 써주었으면 좋겠다. 작은 바람이다. 어쨌거나 쓰는 일이 좋아서 우리는 이곳에 모였으니까.

……파도가 목까지 찰랑거린다. 생의 기운이 반짝거리며 흐른다.

암튼 그리하여 다들 건필하시길 바라고. 나도 글 쓰러 간다. 딱 오 분만 쉬고!

17학번. 본명은 김영우. 2021년 청소년소설 「거짓말이 너무해」로 제13회 창비어린이 신인문학상을 수상한 이후 계속 작품 활동을 하고 있다.

애틋하고 서늘한 눈빛

전동균 | 동의대학교 국문학과 교수

얼마 전 일이다. 저녁을 먹고 나서 여느 때처럼 창가에 나와 담배를 피우는데, 나는 왜 시를 쓰게 되었을까, 만약 내가 시를 안 썼으면 무엇을 했을까, 하는 생각이 갑자기 떠올랐다.

십수 년째 계속되는 객지 생활이 지겨워서 그랬는지도 모르겠다. 아무튼 갑자기 던져진 생뚱맞은 의문이었다.

대학 4학년 때 등단을 하고 머리가 희끗해진 지금까지 시를 쓰면서 몇 권의 시집을 얻긴 했지만, 나는 뛰어난 재능이 있는 것도 아니고, 재능이 없으면 꼭 지녀야할 뜨거운 열정을 지닌 사람도 아니다. 그런데 어떻게, 어쩌자고……

경주, 보수적인 소도시에서 장손으로 태어난 나는 시나 문학과는 상관없는 환경 속에서 자랐다. 내가 문예창작학과로 진학하겠다고 했을 때 아버지는 극구 반대하셨고, 내 가방 속에 있던 시집과 소설책들을 불태우셨다. 대학을 다니는 동안에 단 한 번도 아들이 문예창작학과에 다닌다는 얘기를 남들에게 하지 않으셨다.

만약 내가 시를 안 썼으면 무엇을 했을까, 하는 의문에는 그리 어렵지 않게 답이 나온다. 방학만 되면 대구 학원으로 보내 공부를 시켰던 아버지의 기대처럼 법대에 가서 고시 패스는 못했겠지만, 고향의 다른 친구들처럼 울산의 현대자동차나 포항의 포스코에 다녔겠지. 아니면 시골학교 교사가 되어 방학 때면 좋아하는 낚시나 다녔으리라.

대학 졸업 후 취직한 회사는 광화문 한복판의 번듯한 정부기관이었다. 월급도 좋았고 환경도 괜찮았다. 여느 직장처럼 이런저런 스트레스를 받긴 했으나, 사보와 월간지를 만들거나 공익광고를 기획, 관리하는 일도 재미있었다. 남들처럼 주말이면 가족들과 피크닉을 다니는 생활을 하기에 좋았다. 그러니까, 며칠을 끙끙거려도 잘되지 않는 시 따윈 잊어버려도 그만이었다.

그런데 왜 일요일에도 회사에 나가 텅 빈 사무실에서 책을 읽고 시를 생각했을까.

무언가, 무언가가 있었을 것이다. 겉보기에는 안온한 생활 속에서도 어딘가 아프고 자꾸 목이 마른 그 무엇이 있었을 것이다.

그리고 친구와 선배가 있었다. 낯을 가리는 탓에 만나는 이들은 별로 없지만, 오랫동안 이어진 소중한 인연이 있었다.

1990년 무렵 나는 「시운동」 2기 동인으로 참여하게 되었고, 또 『신서정 7인 시집』이라는 엔솔로지 발간에도 참여하게 되었는데, 이를 매개로 권대웅, 김경수, 나희덕, 이홍섭, 장석남, 정끝별, 주창윤 등을 만나게 되었다. 지금은 어엿한 중견 시인에 대학교수로 자리 잡은 이들이지만, 당시엔 마음도 주머니도 가난했던, 그러나 시에 대한 열정만큼은 충만했던 문청들이었다. 20대 후반에 처음 본 이래 지금까지 잊을 만하면 한 번씩 만나 소년처럼 웃고 떠드는 친구들. 만나서도 시에 대한 얘기는 별로 하지 않지만, 간혹 누가 좋은 시집을 내거나 문학상을 받을라치면 은근히 질투 섞인 '야지'를 놓기도 한다. 그렇게 이 친구들과의 만남은 여름날 저녁 생맥주 한 잔을 들이키는 것 같은 상쾌함이 있었다. 우리는 서로에게 현실적으로 유용한 도움을 준 일은 별로 없다. 그러나 제자리를 지키며 남모르게 시와 고투를 벌이는 모습은 등단 후 11년 만에야 간신히 첫 시집을 낸 게으른 나에게 좋은 자극이 되었다.

문창과 선배들이 있었다.

대학 1학년 때 흑석동 개미집에서 처음 만난 남진우 형은 겉으로는 차가워 보여도 속정이 깊었다. 진우 형은 독서가 넓고 깊었는데, 읽어야 할 책들을 소개해주곤 했다. 우리나라 현대문학뿐 아니라 외국 문학과 인문학에 이르기까지. 졸업 후에도 안산이나 북한산을 함께 걸으면서 드문드문 소개해준 그 책들은 나에게 좋은 거름이 되었고, 때로는 내 생각의 근간을 흔드는 충격을 주기도 했다. 또 형의 시와 비평은 내 시야를 넓히는 계기가 되었다.

형은 나를 「시운동」 2기 동인으로 추천해주었고 시집을 내는 일에도 마음을 써주었다. 첫 시집을 낼 때도 도와주었고, 그 뒤에도 내 시집의 표사와 해설을 써주면서 힘을 보태주었다.

오정국 형은 시에 대한 열정이 남달리 뜨거웠다. 오랫동안 문화부 기자를 한 탓인지 시를 보는 눈도 날카로웠다. 직장은 다르지만 같은 프레스센터에서 일했고, 한때는 같은 동네에서 살면서 자주 만난 형은 자신이 쓴 시를 외우는 사람이었다. 대학으로 직장을 옮긴 뒤 형과 나는 방학 때면 만해마을이나 토지문학관에서 한 철을 같이 보내곤 했는데, 꽝꽝 얼어붙은 북천이나 양안치 고개를 걸으면서 나눈 이야기들이 아직도 기억에 생생하다. '자연 매트릭스'나 '값싼 눈물의 휴머니즘'에 빠진 안일한 서정시들을 질타하는 그의 목소리는 내 눈을 깨워주었고, 시와 존재에 대한 생각을 하게 해주었다. 우리는 시집을 내기 전에 서로 시집 원고를 보여주기도 했으니 형의 시집과 내 시집에는 서로의 애틋하고 서늘한 눈빛이 스며있는 셈이다.

생각해보면 나의 시업은 왜 이리 가난한가 싶기도 하고, 한편으론 내 깜냥으로도 용케 여기까지 왔다는 생각이 들기도 한다. 그러나 시를 생각하고 쓰는 동안 나는 갑갑한 이 세상을 벗어날 수 있었고, 잠깐이나마 나와 세상을 낯설게 바라보며 무언가를 질문하는 순간을 만날 수 있었다. 또 만약 내가 시를 공부하지 않았더라면 어떻게 백석이나 미당, 네루다나 심보르스카의 언어가 주는 경이를 경험할 수 있었을까. 그러니 이 인연에 감사할밖에.

82학번. 1986년 「소설문학」 신인상 시 부문에 당선했으며, 시집 『당신이 없는 곳에서 당신과 함께』 등이 있다. 백석문학상, 윤동주 서시문학상, 노작문학상 등을 수상했다.

이제까지 내가 가장
잘한 일을 꼽으라면

강벼리 | 아동문학가

문창과에 들어가면 무조건 작가가 되는 줄 알았다. 그 순진한 생각이 비스킷처럼 부서지는 데는 오랜 시간이 필요하지 않았다. 하지만 어린 내가 보기에 우리 학과는 신세계 같은 공간이었다. 강의실에 꼭 안 들어 가도 되는 자유로움이 좋았다. 소설가, 시인, 평론가 등 책속에서 만났던 교수님들의 강의를 들을 때는 꿈만 같았다. 그리고 내리에 있는 술집엔 늘 선후배나 동기생들이 모여 있어서 더 좋았다. 술을 마셔도 별로 술값 걱정도 안했다. 돈이 있으면 내고, 없어도 함께 마셨다. 모자란 술값은 거의 선배들 몫이었던 것 같다. 선배들은 주머니 속에 화수분 한 개씩쯤 갖고 있다고 생각했다. 어쩌면 채워지지 않는 술독을 품고 있다는 것을 눈치 채야 했는데⋯⋯. 어디서든 낭만이 술처럼 뚝뚝 흘러넘치는 곳, 사 랑과 우정이 꿀처럼 똑똑 떨어지던 곳, 문학에 대한 열정이 부글부글 끓 어 넘치던 곳, 나의 멋진 신세계였다.

아직도 그 시절을 생생히 기억한다. 가끔 꿈속에서도 대학 시절의 나 를 만난다. 만나면 똑같은 질문을 하곤 한다. 만약 내가 다시 이십대로 돌아간다면 어떤 모습일까? 더 이상 순진하지 않은 나는 내 꿈처럼 소설가가 되었을까? 사실 소설가는 어린 시절부터 오랜 꿈이었다. 특별한 이유는 없었다. 어렸을 때부터 책을 좋아했고, 눈이 나빠질 만큼 많이 읽었다. 혼자 끄적끄적 글 쓰는 것도 좋아해서 당연히 작가가 될 거라고 생각했다. 그렇게 철없던 나는 중학교 때부터 중앙대 문창과에 가겠다고 떠들고 다녔다. 결국 내가 원하는 문예창작학과에 입학을 했다. 얼마나 기뻤는지 당장이라도 손오공처럼 구름 위에 올라 탄 것만 같았다.

이제까지 내가 가장 잘한 일이라면 중앙대 문예창작학과를 졸업한 것이다. 혹자는 '우리 과가 나한테 해준 게 뭐가 있어?' 하고 농담처럼 말하지만 4년 동안 부족한 나를 많이 성장시켜주었다. 많은 시행착오를 충분히 겪은 덕분에 쫄지 않고, 사회에 당당히 나올 수 있었다. 우리 학과는 인원도 많지 않을 뿐 아니라 선후배들 사이가 무척 끈끈하고 돈독하다. 내가 문창과에 오지 않았다면 영영 모르고 지냈을 동기들과 선후배들 간의 소중한 만남……. 아꼈다가 가끔 꺼내먹는 초콜릿처럼 달콤 쌉싸름한 추억들이 떠오른다. 모두 고마운 인연들이다.

4년이란 시간을 곱씹어보면 사랑이 많은 에너지들이 모인 집합체였다. 때로는 지나친 열정과 젊은 날의 객기가 만든 상처마저 소중하다는 생각이 든다. 당연히 우리 학과는 오고 싶다고 쉽게 올 수 있는 곳이 아니다. 서라벌예대 시절부터 역사와 전통을 꿋꿋이 지켜온 문창과에서 나는 소설을 전공했다. 그 자부심은 내가 문학의 끈을 놓지 않고, 지금껏 지속하는 단단한 힘이 되었다. 물론 소설가는 되지 못했다. 내 꿈을 이루지 못했다고 해서 절망하거나 포기하지는 않았다. 그래도 내가 가장 좋아하는 글 쓰는 일을 하고 있다.

지금 나는 엉뚱하게도 시를 쓴다. 그것도 동시를 쓰고 있다. 시는 내 인생에 단 한 번도 없던 그림이었다. 시는 내게 너무나 어렵고 어려운, 넘사벽 같은 존재였으니까. 뮤즈가 와야지만 시를 쓴다고 대학 시절에 얼마나 귀에 딱지가 앉을 만큼 들었던가. 그런데 시가 우연히 내게 왔다. 가장 절망에 가득 찬 시기에…… 내 스스로 문학을 떠나려고 생각했던 그 순간에…… 오십이 훌쩍 넘은 나이였다.

우연히 뒤늦게 찾아온 동시를 매일 썼다. 동화를 쓰던 나는 동시가 뭔지도 잘 모르면서 거침없이 썼다. 하루라도 안 쓰면 손에 물집이 잡힐 것처럼 이상했다. 어떤 날은 3편, 4편, 5편, 하루에 6편을 쓴 적도 있었다. 동시를 썼다기보다는 뮤즈가 찾아왔다. 내 귓가에 뮤즈가 살랑살랑 속삭이는 대로 받아 적었다. 아침에 눈을 뜨면 동시가 말을 걸었다. 잠을 자다가도 벌떡 일어나 받아 적었다. 모든 것에 동시가 숨어있는 것처럼 보였다.

그동안 동화와 그림책 글을 쓰다가 여러 번 벽에 부딪혔었다. 그때 나를 일으켜 세워준 아이가 동시였다. 동시를 쓰면 어린 시절의 아이가 뚜벅뚜벅 걸어 나왔다. 그렇게 나를 다시 만났고, 생각지도 못한 많은 위로를 받았다. 그 아이와 맘껏 뛰놀았다. 그 아이와 함께 울고 웃으며 조금씩 단단해졌다. 나는 다시 성장하기 시작했다. 어린 시절의 아픈 기억과 덜 아문 상처들, 아직 어른이 되지 못한 미숙함 속에서 조금씩 줄기가 뻗고, 잎사귀가 나기 시작했다. 그래서일까? 동시가 오랜 친구처럼 다가왔다.

나는 문예지나 공모전에 당선돼서 작가가 된 게 아니라, 작품집을 출간하면서 데뷔한 조금 드문 경우였다. 한마디로 운이 좋았다. 아이 셋을 키우면서 동화에 관심이 생겼고, 동화공부를 30대 후반에 시작한 나는 뒤늦게 시작한 만큼 절박했다. 빨리 책을 출간해야 좀 더 자유롭게 창작에 집중할 수 있다고 생각했다.

첫 작품집 『먹다 먹힌 호랑이』는 편집자의 눈에 띄어서 출간되었고, 연달아 『먹지 마! 곤충젤리』와 『장화홍련전』까지 2012년 한 해에만 세 권이 나왔다. 신인치곤 화려한 데뷔를 했지만 기대만큼 주목을 받지 못했다. 그 후 그림책 『동백꽃 섬 오동도』와 동화작가들과 함께 SF엔솔로지 동화집 『나의 슈퍼걸』을 출간했다. 이후 별다른 성과물을 내지 못했지만, 버텨왔다. 우연히 찾아온 동시를 쓰면서 2020년 계간 〈어린이와 문학〉 봄호에 동시 추천을 받았다. 2021년 서울문화재단에서 동시 부문 '첫 책 발간 사업'과 올해 아르코 창작기금 발표지원에 동시 7편이 선정되었다. 지인들한테 동시에 대한 감각이 빠르다는 얘기를 듣지만, 내 생각은 조금 다르다. 솔직히 다른 장르에서 동시처럼 미쳐본 적이 없다.

지금도 나는 동시에 흠뻑 빠져 있다. 생각해보면 나는 시를 통해서 성장하는 사람인 것 같다. 미국 시인 에밀리 디킨슨은 2,000편의 시를 썼다고 하는데 우선 1,000편에 도전하고 싶다. 1,000편 동시를 쓰고 나면 백일을 견딘 곰처럼 새로운 변신의 서사가 찾아오지 않을까. 그런 기대감 속에서 늦깎이 작가의 성장은 멈추지 않는다.

또 누가 아는가. 내가 결코 내 꿈을 포기하지 않으면 어느 날, 소설가가 되어 있을지도……. 나도 모르는 내 미래에 대한 기대로 나는 계속 출렁거린다.

85학번. 본명은 강선옥. 그림책 『먹다 먹힌 호랑이』, 『동백꽃 섬 오동도』와 동화책 『먹지 마! 곤충젤리』, 『나의 슈퍼걸』(엔솔로지)에서 「B블록」을 썼다. 2020년 계간 〈어린이와 문학〉에서 동시 추천을 받았고, 2021년 서울문화재단에서 동시 부문 '첫 책 발간 지원' 사업과 2023년 아르코 창작기금 발표지원에 동시가 선정되었다.

오래, 멀리 돌아 이룬 꿈

홍민정 | 동화작가

어린이 독자들이 자주 하는 질문이 있다.

"작가님은 어렸을 때도 꿈이 작가였나요?"

원래 꿈은 가수였다거나, 내가 작가가 될 줄은 꿈에도 몰랐다거나, 이런 극적인 대답을 하고 싶었지만, 아쉽게도(?) 내 어릴 적 꿈은 작가였다.

"네, 저는 어렸을 때부터 작가가 되고 싶었어요. 그런데 동화작가가 꿈은 아니었어요."

그 다음에는 왜, 어떻게 동화작가가 되었는지 짧게 들려준다. 어른이 되어 동화의 매력에 빠졌고, 오랫동안 다른 일을 하다가 뒤늦게 동화를 공부해서 작가가 되었다고. 틀린 말은 아니지만 아이들 앞이라 미처 하지 못하는 말도 있다. 예를 들면, 졸업 후 쫓기듯 일자리를 구했고, 여러 번 이직을 했으며, 오래 다닐 것 같던 회사를 갑자기 나왔고, 등단을 했으나 인세 수입만으로는 살 수 없었다는 얘기 같은 것 말이다. 그렇게 돌고 돌아 작가의 꿈을 이루어서인지, 가끔은 나조차도 내가 동화작가라는 사실이 믿기지 않는다는 말도 아이들 앞에서는 꾹 참는다.

문창과 첫 소설 창작 수업 때, 과제로 제출한 나의 작품을 읽고 선배가 말했다. "이건 소설이 아니죠." 그도 그럴 것이 나는 단 한 번도 소설을 써본 적이 없었다. 초중고 시절 내가 쓴 글은 주어진 글감에 나의 경험과 생각을 녹여낸 에세이가 대부분이었다. 허구의 인물을 만들어 허구의 세상에서 뛰놀게 만들어야 하는 소설 쓰기는 나한테 낯선 도전일 수밖에 없었다. 지금도 원고 합평을 받던 그날의 소설세미나실 풍경과 단단하고 차가운 의자의 느낌과 어깨를 잔뜩 움츠린 내 모습이 또렷하게 기억난다.

그 뒤로도 소설다운 소설을 쓰지 못한 나는 일찌감치 작가의 꿈을 접고 취업을 준비했다. 휴학까지 하며 사설 기자아카데미 수업을 들었고, 덕분에 PC통신 업체에서 발행하는 연예 잡지 창간 멤버로 취직했다. 제대로 된 월급은 잡지 창간 이후 회사가 자리를 잡은 다음에나 줄 수 있다고 했지만, 내 직업을 기자로 소개할 수 있다는 것과 글을 쓸 수 있다는 게 좋았다. 창간 준비가 얼마나 무모하고 힘든 일인지 몰라서 가능한 도전이었다. 1년 8개월 뒤, 나는 월급 대신 쓰디쓴 교훈을 차곡차곡 모아 회사를 나왔다. 그때 그 회사에 가지 말았어야 했는데……. 아니 휴학을 하지 말았어야 했나?

사람들이 말하는 '번듯한' 직장에 들어간 건 2000년이었다. 졸업도 늦고 출발도 늦었다는 생각에 부지런히 일하고 열심히 돈을 모았다. 수습 기간이 끝나고 제대로 된 첫 월급을 받자마자 지인에게 빌린 마지막 학기 등록금을 갚았다. 청약 통장을 만들고, 다달이 적금도 붓기 시작했다. 첫 직장에 비하면 급여, 근무 환경, 업무 체계 등 모든 것이 월등히 나았다. 직장 생활에 대한 만족도는 내가 조직 생활에 잘 맞는 사람이라는 생각으로 이어졌고, 졸업도 하기 전에 접은 작가의 꿈은 나와 완전히 결별한 듯했다.

　그렇게 8년 넘게 회사를 다니던 어느 날, 문득 동화를 쓰고 싶다는 생각이 들었다. 회사 자료실에 꽂혀 있는, 그동안 한 번도 관심을 두지 않았던 단행본 동화책이 하나둘 눈에 들어왔다. 퇴근 후에는 회사 근처 서점에 들러 동화책을 읽었다. 그렇게 동화의 세계로 발을 들여놓으면서 뼈를 묻을 것 같았던 회사를 떠났다. 프리랜서로 일하며 본격적으로 동화를 공부했고, 2012년 버려진 냉장고를 주인공으로 쓴 동화가 신춘문예에 뽑혀 작가의 길에 들어서게 되었다. 당선 소식을 들은 날, 버스를 타고 광화문을 지나가는데 문득 재학 시절 학과 복도에서 봤던 대자보가 떠올랐다.

　'축 당선! ○○학번 ○○○ 소설(시) 당선을 축하합니다!'

　그리고 한없이 부러운 마음으로 대자보 앞에 서 있던 나의 모습과, 나와는 아무 상관없는 일인 것처럼 무심히 돌아서던 나의 모습이 겹쳐졌다. (지금도 학과 복도에 동문의 등단 소식을 알리는 대자보를 붙이는지 궁금하다.)

　등단 2년 뒤 첫 책을 냈고 한 해에 한두 권, 많을 땐 대여섯 권의 동화를 냈지만 여전히 나는 전업 작가가 아니었다. 틈틈이 편집 외주 일을 했고, 전집 원고도 썼다. 독서 논술 교재를 집필하고, 온라인 학습 사이트 구축이 활발하던 때에는 문제를 출제하는 일도 했다. 동화를 쓰는 시간보다 외주 일에 들이는 시간이 많았고, 마감의 우선순위는 당연히 외주 일이 먼저였다. 내 원고를 기다리는 담당 편집자도 출판사도 없었으니 당연한 일이었다.

　그렇게 여러 해를 버티는 심정으로 보내다가 2019년 봄, 몇 해째 묵혔던 원고를 제목만 남기고 새로 써서 창비 '좋은 어린이책 원고' 공모에 보냈다. 그리고 8월 초, 그토록 바라던 당선 소식을 들었다. 등단 후 7년, 퇴사 후 10년, 졸업 후 19년 만이었다.

그 후 4년은 시간이 어떻게 지나갔는지 모를 만큼 빠르게 흘렀다. 수상작은 시리즈로 출간되어 이달 말에 여섯 번째 책이 나온다. 또 다른 시리즈 동화의 다섯 번째 이야기는 겨울에 나올 예정이고, 내년 출간 일정도 어느 정도 잡혀 있다. 학교와 도서관에서 어린이 독자들과 만나는 일에도 꽤 많은 시간을 할애하고 있다. 동화를 쓰는 일 외에 다른 일에는 관심도 없고, 관심을 가질 틈도 없는 전업 작가의 삶을 살고 있는 것이다. 불과 4년 전에는 상상도 하지 못했던 모습이다.

동화를 쓰는 일은 지금까지 내가 해온 일 중에 가장 오래, 포기하거나 지치지 않고 하는 일이다. 오래, 그리고 멀리 돌아서 이 길에 들어선 만큼 뒤돌아보지 않고 열심히 걸어갈 생각이다. 그래서 창과 80주년에도 지금처럼 동화를 쓰며 살고 있었으면 좋겠다. 그때 이 엔솔로지를 다시 펼쳐 읽으며 가만히 미소를 지을 수 있다면 더 바랄 게 없겠다.

94학번. 2012년 전남일보 신춘문예 동화 부문 당선과 MBC창작동화대상 단편 부문 가작 수상으로 문단에 데뷔했다. 2019년에는 제24회 창비 '좋은 어린이책 원고' 공모에서 대상을 수상했다. 동화집 『고양이 해결사 깜냥』, 『낭만 강아지 봉봉』, 『걱정 세탁소』, 『모두 웃는 장례식』, 『행운 없는 럭키 박스』, 『스티커 도깨비 무지 막지』 등이 있다.

뗏목으로 바다 건너기

주영하 | 소설가

    등단한 뒤 여러 번 고비를 넘겼다. 많은 것들이 처음이었다. 당선 소식을 듣고 며칠간 잠을 이루지 못했다. 말 그대로 세상의 모든 걱정이란 걱정은 다 껴안은 사람처럼 굴었다. 망했다, 나는 반, 드, 시, 망하고 말 거야. 넘치는 축하를 받고 집에 돌아와 혼자가 되면 이유 없이 울었다(사실은 질질 짰다고 표현하고 싶다). 눈을 감으면 천장에서 집채만 한 돌이 굴러 떨어지는 꿈을 꾸었다.

    나는 자주 비합리적인 공포에 사로잡히는 사람이고, 지금은 내 그런 성향을 나도 잘 알아서 꽤 효과 좋은 처방 매뉴얼 몇 가지를 갖추고 있다. 하지만 그때는 이 모두가 무용했는데 돌이켜보건대, 좀 거창하게 말하면 그건 내 존재가 걸린 불안이었기 때문이다. 나는 안간힘을 다해 세상에 나가지 않으려고 버티고 있었다. 아아, 사람들이 내 글을 보게 되면 어쩌지. 내가 얼마나 나약하고 비합리적인 인간인지 알게 되겠지. 난 도망칠 거고, 결국 다음 글을 쓸 수 없을 거야.

    그토록 작가가 되길 바랐으면서 동시에 나는 작가가 되고 싶지 않았다. 기뻐해야 할 순간에 왜 이런 기괴한 생각을 하고 있는지 스스로도 이해할 수 없었다.

대학을 졸업한 뒤 근 20년간 나는 인생의 불안 요소들을 이리저리 잘도 피해 왔다. 때맞춰 적절한 밥벌이를 했다. 대체로 풍성한 관계 안에서 틈날 때마다 좋아하는 책을 읽고, 조각 글을 썼고, 떠나고 싶을 때면 여행을 다녔다. 그러다가 사랑하는 사람과 결혼했다.

하지 않은 것은 하나였다. 소설을 쓰는 일. 그 외에는 얕고 따스한 바닷물에 누워 떠밀려가는 것처럼 살았다.

그런데 어느 날 다시 소설을 쓰고 싶다고 생각했고, 실제로 쓰기 시작했다. 눈을 떠보니 20년간 몸을 담았던 얕은 물에서 너무 멀어져 있었다. 발아래에는 무섭고 검고 깊은 바다가, 내가 사랑한다고 의심치 않았던 소설이라는 바다가 펼쳐져 있었다. 그게 번쩍, 내 뺨을 때렸다. 내가 가진 건 뗏목뿐인데 어떻게 건너지?

밤마다 천장에서 굴러 떨어져 나를 짓누르던 집채만 한 돌의 실체는 결국 막막함과 두려움이었다. 먼저 작가가 된 L에게 이 사실을 말하자 햇살은 좀 쬐고 있느냐, 잠은 잘 자냐고 물었다. 잠자코 그게 지나가기를 기다리는 수밖에 없다고 했다. 그게 가잖아? 다음에는 더 큰 게 와.

L의 말은 맞았다. 인간이란 늘 자구책을 찾게 마련이라 초창기의 불안은 그리 오래 가지 않았다. 그러자 이번에는 청탁을 기다리는 고문에 가까운 시간이 찾아왔다. 한 동료의 토로처럼, 세상은 내게 놀랍도록 관심이 없었다. 하지만 그보다 어려웠던 건 청탁이 없는데도 다시 책상 앞에 앉는 일이었다. 어이없게도 '공식적으로' 소설가가 되고 나자 한 줄도 제대로 쓰지 못하는 날들이 이어졌다.

등단 후 몇몇 신인 작가들을 만날 수 있었는데 그때마다 우리는 통성명을 하기도 전에 덥석 서로의 손을 잡곤 했다. 네가 뭘 통과하고 있는지 알아. 우리는 눈으로 먼저 말했다. 한 동료는 등단 후 1년간 소설을 쓰는 게 아예 불가능했다고 고백했다. 읽기조차 힘들어져 인문사회과학 서적만 주구장창 읽었다고 했다. 그때 얻은 지식들을 토대로 이후 놀라운 장편소설을 써냈다. 또 한 동료는 자신이 얼마나 무지한지 깨달아 스터디를 시작했다고 했다. 청탁이 없어 1인 출판사를 차리고 스스로 작품을 내기 시작했다. 모두 각자 스스로와의 싸움 중이었고, 이 무렵 L은 자신이 써왔던 소설을 차곡차곡 정리하기 시작했다. 그거 알아? L이 말했다. 이제야 내가 어떤 인간인지, 내가 뭘 쓰고 있는지 희미하게나마 알 것 같아.

작가가 돼서 좋은 점은 여러 가지가 있겠지만, 무엇보다 이 직업을 진심으로 존중하게 된다는 점이다. 전에는 존중하지 않았는가. 그렇지 않다. 다만 어떤 작가들에게 소설은 은밀한 기쁨에 가깝다. 세상에 내보이지 않아도 되는 작품을 쓰는 것. 그래서 평가라는 냉혹한 단두대에서 목이 잘리지 않아도 되는 것. 아직도 나는 이것이 무엇보다 매력적인 글쓰기의 조건 중에 하나라고 믿는다. (일기의 역사는 그 어떤 글쓰기의 형식보다 유구하지 않은가.) 하지만 이것은 습작기까지만 주어지는 행운임을 이제는 안다. 내가 선택한 벼랑 끝에 얼떨떨하게나마 서야 한다는 걸. 수치와 모멸이라는 관통상을 치료할 또 다른 매뉴얼을 갖춰야 한다는 걸. 주변부에 머물더라도 용기를 가지고 끊임없이 써나가야 한다는 걸.

존중은 그렇게 몸으로 깨달아가며 자라난다. 가장 어려웠던 순간들이 지나자 조급함을 덜고 주변을 둘러볼 수 있었는데, 작가들마다 싸움의 방식은 다르지만 목적은 하나라는 걸 알게 되었다. 계속 쓰는 것. 망하더라도, 그만두지 않는 것.

인생에 크게 상처받았던 시절에 자주 다니던 동네 책방이 있다. 다 읽지도 못할 책을 산더미처럼 사들이던 때라 상당한 적립금이 쌓여 있었다. 그곳은 술도 함께 팔았기 때문에 책을 고르고 나면 그 적립금으로 작은 잔에 따른 위스키나 큰 잔에 생맥주를 주문해 마셨다. 그걸 마시고 책을 뒤적이면서, 나는 행복했지만 불행했다. 닥치는 대로 책장을 넘기고, 책등을 만지고, 결국엔 사들였지만 내 글을 쓰지 못해서 불행했다. 그래서 다시 쓰기 시작했다. 지금도 나는 작가라서 겪게 되는 필연적인 불행과 그때의 간헐적인 불행을 종종 견줘본다. 한 치의 의심 없이 지금을 택할 것이다.

요즘 L과 나는 각자의 한 고비를 넘기고 나면 다음에는 무엇이 올까, 자주 궁금해 한다. 영영 사라지지 않을 팽팽한 긴장을, 그럼에도 지치지 않고 지속할 방법을 부족한 머리 둘을 맞대고 생각한다. 이번에는 또 얼마나 큰 파도일까. 두렵지 않다면 거짓말이겠지만 바다를 건너는 법은 분명히 존재한다.

한 번에 건널 수 없다면 잠수하면 되지. 물 밑에서 얌전히 아가미를 키우고, 어느 날 불쑥 솟아오르자. 우리는 자주 말한다.

96학번, 졸업 후 출판 프리랜서로 일하다가 모든 외부 활동이 정지된 팬데믹 시기를 계기로 다시 소설을 쓰기 시작했다. 2022년 창비신인소설상을 받은 후부터 작품 활동을 이어가고 있다.

시인이 되어서 즐겁다

이소연 | 시인

제주의 동네 책방 시타북빠에 와있다. 함돈균 평론가가 운영하는 이곳 레지던스에서 몇 주 동안 지내며 시 프로그램을 진행할 기회가 있어 흔쾌히 응했다. 어제는 한라산을 올랐다. 경험은 소중하니까. 내가 글을 쓰는 삶을 살지 않았다면 산 같은 건 쳐다보지도 않았을 거다. 인간이 산을 오른다는 건 자신의 미약함을 확인하는 피로한 일이라는 걸 매번 절감해 왔다. 아무래도 편하게 쉬는 쪽이 끌리는데도 오늘의 나무와 지금의 구름이 보고 싶다는 갈망이 매번 나를 일으켜 세운다. 걸음을 옮길 때마다 눈에 담고 싶은 건 왜 이리 많은지. 해발 1,700미터에서 이제 막 물들기 시작하는 골짜기를 내려다보니, 함께 물들고 싶다. 신실해지고 싶다. 온몸으로 공기의 변화를 느끼는 견실한 나무 앞에서 한없이 부끄러워진다. 그래, 그래, 나 여태껏 너무 적당했다. 감탄하는 일은 언제나 반성을 동반하고 나는 살아 있으므로 피로해지는 중이다.

노느라 바빠서 지난주에 마감했어야 할 글을 이제야 쓰고 있다. 전화가 오기 전까지 까맣게 잊고 있었다. 주어진 주제가 있다. 나의 문학 이야기. 문학에 대해 내가 얼마나 진지한가에 대해서는 할 말이 없다. 문학

없는 삶을 생각하면 몹시 삭막하지만, 문학보다 중요한 삶이 도처에 있다는 건 안다. 내가 할 수 있는 말은 시인이 되어서 즐겁다는 것이다. 아주 어렸을 때부터 시인이 되고 싶었다. 초등학생 시절 장래 희망을 적는 란에 시인이라고 적은 친구는 나 하나뿐이었다. 그게 나의 자부심이었다. 반 친구 중 누구와도 같지 않은 나의 장래 희망이 마음에 들었다. 백일장을 함께 다니고 나보다 큰 상도 많이 타고 하던 친구도 장래 희망은 선생님이라고 적었다. 어느 하굣길에 나는 친구에게 물었다.

"넌 시인 되고 싶지 않아?" "응, 시인은 가난하잖아." 시인이 가난하다는 말은 나도 많이 들어왔다. '하지만 가난해지고 싶어서 시인이 되려는 건 아닌데…….' 가난하게 살기도 싫으면서 시인을 꿈꿔도 되는 걸까? 되묻는 날이 많았다. 그래도 난 시인이 되고 싶다고 결론을 냈다. 꾸준히 하는 일이 거의 없는 내가 시를 읽고 쓰는 일만큼은 꾸준히 할 수 있었고, 다른 일엔 금방 싫증이 났으니 어쩔 수 없는 선택이었다.

어쩌다 보니 가난을 각오하고 시인이 되었는데 그다지 가난하지도 않다. 막상 해보면 멀리서 생각할 때보다 언제나 사정이 나은 것 같다. 물론 반대인 경우도 없지 않지만 미리부터 겁낼 필요는 없다. 부자는 아니지만, 밥도 잘 먹고, 멋도 부리고 다니고, 돌아갈 집도 있다. 가끔 비싼 물건이 갖고 싶을 땐 좀 참는다. 그것 때문에 가난하다고 생각한 적 없다. 세상에 태어나 이토록 물건을 사랑할 수도 있나 싶게, 물건을 꿈꾼다. 그러다 마침내 물건을 갖게 되기라도 하는 날에는 온종일 기쁘다. 이런 마음을 주는 이는 누굴까? 궁금해 한다. 그러면 이런 걸 궁금해 하는 내가 무척이나 마음에 든다. '이건 시로 써야 해!' 그러면 또 하루가 잘도 간다.

물론 시인으로 살며, 이런저런 시행착오도 많이 겪었지만, 괜찮다. 마음만큼 잘 되진 않아도 망한 적은 없다. 대학에서 강의도 하고, 심사도 하고, 낭독회도 꾸준히 한다. 동네 책방에서 독자들과 만나는 일은 시인의 일 중에서도 내가 가장 좋아하는 일이다. 시로 만나는 사람들은 하나같이 날 설레게 한다. 처음 한국경제신문 신춘문예로 등단했을 때는 막막했다. 이제부터 어떻게 해야 하나? 그래도 자신감이 있었다. 대학 때 그렇게 놀았는데도 졸업했으니까, 이렇게 막막해도 결국엔 내가 쓰고 싶은 걸 쓸 수 있을 거라 생각했다. 후배 황인찬 시인의 시집을 아주 많이 읽었다. 진짜 잘 쓴다. 매번 감탄했다. 04학번 송승언 시인의 시집도 꼬박꼬박 사서 읽었다. 03학번 동기인 천희란 소설가의 글은 너무 신기하다. '와 내가 아는 그 사람의 마음속에 이런 게 들어 있었구나. 이 사람 정말 멋진 사람이었는데, 난 여태 몰랐네…….' 이런 생각을 맨날 하고 또 한다. 나는 아는 사람 시가 제일 재밌다. 그래서 사람을 알아가는 일이 즐겁다. 시를 쓰면 동료가 생기는 기쁨이 있다. 첫 시집을 내기 전부터 사귀어 온 동료 켬이 그렇고 가까운 동네에 살아서 단짝이 된 김은지 시인이 그렇다. 그렇게 따지면, 남편 이병일 시인의 시가 제일 궁금하긴 하다. 이 사람 도대체 무슨 생각으로 살고 있나 싶으면, 이병일 시인의 발표작을 찾아 읽는다. 꼬치꼬치 캐묻지 않아도 알 수 있는 게 많다. 대화를 할 때 마음의 결을 짚어 가며 얘기할 수 있어서 괜한 말로 상처를 주지 않을 수 있다.

　근래 가까워진 유현아, 김현 시인과는 작은 상가를 빌려 미아 해변이라는 공간을 만들었다. 함께 공간을 만드는 경험은 처음이어서 몹시 떨렸는데, 함께하는 일이 함께하는 사람을 더 사랑하도록 만든다. 이 우정을 오래오래 지켜나가고 싶다. 그래서 난 더 노력할 것이다. 시를 쓴 이후로 내게 주어진 것들이 하나같이 소중해졌다.

골목길을 따라가면 입구에 비치파라솔이 있어서 단박에 찾을 수 있다. 세 명의 시인이 해변 지기로 머무는 미아 해변은 작업실로 만들어진 공간이지만, 가끔 친구들의 낭독회를 열기도 하고 전시회를 열기도 한다. 일 벌이기 좋아하는 시인 셋이 공간을 가꾸는 재미에 푹 빠졌다. 공간이 있으니까 어떤 새로운 시도를 해볼까 하는 생각뿐이다. 매번 성공할 순 없을 것이다. 그러나 실패해도 좋다. 친구들은 서로가 서로에게 다시 시작할 '용기'니까.

여러 장소에서 강연할 기회가 있는데 그때마다 많은 사람들이 쓰는 삶을 살았으면 좋겠다고 말한다. 기록할 만한 가치가 있어서 기록하는 것이 아니라 기록된 삶이 가치 있는 거라고. 나는 믿는다. 나는 쓰고 있고 그래서 내 삶은 가치가 있다고.

03학번. 동 대학원 박사 수료. 14년 한국경제신문 신춘문예로 등단하였으며, 시집으로 『나는 천천히 죽어갈 소녀가 필요하다』, 『거의 모든 기쁨』이, 산문집으로 『고라니라니』가 있다. 2023년 양성평등문화상 신진여성문화인상을 수상했다.

세상에서 가장 아름다운 말,
꿈결에도 스미는 그리운 이름

이대영 | 중앙대학교 예술대학원장

시는 쓰는 게 아니라 토^吐하는 거다. 고등학교 때 시를 쓰면서 토하도록 맞았다. 그래서 내게 문학은 피처럼 붉다. 핏빛으로 시를 쓰고 사유와 문장으로 몸의 고통을 다스렸다.

어느 날, 상단^{上段}문학회에 사용할 배경음악을 고르려고 방송반에 들렀다. 귀에 익숙한 음률이 흘렀다. 육영수 여사 장례식에 쓰인 장송곡이었다. 그리그가 작곡한 "페르 귄트 조곡"의 한 부분이었다. 난봉꾼 페르 귄트의 어머니가 오제이다. 산속에서 숨어 지내던 중에 어머니가 죽었다는 말을 듣고, 내려와 슬피 울 때에 나오는 음악이 "오제의 죽음"^{Aase's Death}이다. 페르 귄트 제 1모음곡의 2번째 곡이다. 입센의 희곡 〈페르 귄트〉를 위해 그리그가 작곡한 연극용 음악이다. 그렇게 입센을 알고 희곡의 묘미를 알고 극작가가 되고자 문창과에 입학하였으나, 당시 문창과에는 극작법 강좌가 없었다. 희곡을 쓴다니 몇몇이 대놓고 나를 홀대했다. 충격이었다. 예술대학이 안성으로 내려간다는 청천벽력은 두 번째 쇼크였다. 이 모두 대학 1학년 때의 일이다. 차범석 선생이 이끄는 극단 산하에 들어가 희곡을 공부하고, 연극을 배우고 4년 내내 연극을 하며 홀로 희곡을 썼다. 실험극장 단원이던 1984년 겨울, 중앙일보 신춘문예 희곡 당선 축전을 받았다. 같은 해, 기형도가 동아일보로 등단했다.

문학, 연극, 영화, 방송, 게임 등 내가 거친 콘텐츠 장르는 모두 극劇, 즉 드라마로 연결된다. 우리네 삶이 드라마다. 개인은 저마다 삶의 무대 위의 주인공이다. 태어나고 죽는 것, 이 자체가 한 편의 연극이다. 내가 희곡을 전공한 까닭이다.

나는 희곡과 연극을 나와 주변과 시대를 바꾸는 혁명의 깃발이라고 생각했다. 문창과는 세상이 말글로 이루어진 우주라는 것을 가르쳐 주었다. 그 가르침에 지금도 나는 희곡을 쓰고 연극을 한다. 희곡은 곧 숨이다. 숨은 생명이다. 들숨 날숨은 음과 양이며 생명을 잉태한다. 시가 정正이고 소설이 반反이면 희곡이 합合이다. 헤겔의 말이다. 시의 압축과 은유, 소설의 인물과 서사가 합쳐져야 희곡이 태어나며, 희곡은 갈등의 예술이다. 삶이 갈등의 연속체이듯이. 나는 '말의 힘'을 믿는다. 말로 만들어지는 관계의 역학 그게 우리네 삶이다.

왕십리 산동네 판잣집에서 물지게를 지고 오르던 어린 시절을 보낸 나는 삶의 고단함을 잘 아는 터라, 아픔을 가진 사람들과 많은 작업을 했다. 대학 시절에는 소년원에서 아이들에게 검정고시 국어를 가르치고, 벌집촌 누이들에게도 한글을 가르쳤다. 지금도 장애인들과 작품을 만들고, 탈북 청년과 함께 연극을 한다. 교도소 재소자들과도 뮤지컬을 통해 정서 치유를 한다. 최근에는 '학교 밖 청소년'들과 저소득층 아이들 멘토를 하고 있다.

연극은 동행이다. 내가 극작과 연출을 하는 까닭이다. 연극은 인간과 사회에 대한 가슴 저린 인식과 통절하고도 현란한 풍자요, 고발이요, 치유이다. 나의 존재 이유이다. 그렇게 2010 유네스코 세계문화예술교육 대회 집행위원장으로 '서울 선언'Seoul Agenda을 이끌고, 예술에는 사회성을, 교육에는 창의성을 심으려 노력했다.

　나는 흑석의 마지막 세대이다. 재학 중 군대를 다녀온 동기들은 흑석이 아닌 안성 흙밭에서 굴렀다. 나는 40여 년간 흑석에서 배회하고 있다. 교련을 받던 흑석의 만주벌판과 도시락을 먹던 에덴동산이 지금은 없다. 나를 키워 준 대학극장도 루이스홀도 사라졌다. 개미집, 호수집, 호남갈비, 대호다방, 블랙스톤도 없다. 내가 기억하고 또 나의 목소리와 웃음을 기억하는 내밀한 벽과 탁자와 무대들은 신기루가 되었다. 늘 응원해주시던 상태 형과 태기 형은 하늘나라로 떠났다. 나를 기억하는 선배들이 하나둘씩 떠나고, 이제는 내가 문창의 역사를 기억하고 기록해야 할 나이가 되었다. 아직 영창 형의 열린 가슴에 기댈 수 있어 다행이다. 나도, 승하 형도, 방カ형도 곧 정년이다. '미아리 20년 + 흑석 10년 문창'을 '안성 40년 문창' 중심으로 새롭게 재편해야 할 때다.

　지금 나는 문창과를 떠나 그 옆 동네인 공연영상학과 교수로 재직하고 있으나, 늘 문창과 걱정이다. 시대는 진보하나 문창은 대한민국 문단의 종갓집 고목이 되어 늙어가고 있는 것은 아닌지 근심이 깊다. 문창동문회는 출신 문인들만의 폐쇄적인 놀이터가 아니다. 문창과가 문인文人 중심이 아닌 문청文靑의 바다로 근본적인 중심 이동을 하면 좋겠다. 이번 70년 고희 잔치에서는 4년 문청의 시절 삶의 시련과 고통과 갈등을 이겨내고, 세상과 맞서 싸우며, 다양한 분야에서 일가를 이룬 동창들이 열화하는 열린 낙원이 되면 좋겠다.

　스토리텔링의 현란한 계시를 실천하고 있는 모든 문창 동문에게 기뻠과 축복의 날이 되기를. 같은 샘에서 태어났으나 가는 방향과 물길이 달라, 서로 만나지 못한 사람들이 많다. 장무상망이다. 그리워하며 살자.

문창, 꿈결에도 바람결에도 스미는 그리운 이름이다. 문창, 세상에 이처럼 아름다운 말이 어디에 또 있을까. 오래 살아서 100주년 행사는 보고 가야겠다. 그럼 망백望百이겠지. 더 많이 웃어야겠다.

81학번. 중앙대학교 예술대학원장. 전국예술대학교수연합 상임대표

문학 언저리 30년

최희영 | 문학TV 대표

이런 모순도 없겠다. 1986년 문창과에 입학하면서 나는 소설가의 길과 멀어졌다.

여고 때까진 문학이 다였다. 하지만 대학에 입학해서는 4년 내내 문학 밖에서 서성였다. 시, 소설보다 대자보와 유인물에 더 시선이 갔고 강의실보다는 화염병이 난무하는 길바닥에 더 마음이 갔다.

고등학교 졸업 후 영등포구 문래동에 있는 방직 회사에서 여공생활을 3년 하는 동안 자신의 정체성이 재정비되었다는 걸 대학에 와서야 깨달았다. 그렇게 나는 시위가 끝난 자리에 반쯤 찢긴 채 나뒹구는 대자보와 전경 군홧발에 짓밟힌 유인물을 수거하면서 '현장'과 '기록'에 눈을 떴다.

'영상기록문학가'라는 길을 찾은 건 2001년~2004년 동안의 중국 유학생활에서였다. 그때는 디지털 혁명과 함께 영화와 음악은 물론 시와 소설 같은 문학적인 영역까지 '콘텐츠'라는 광의의 장르로 편입되던 시기였다.

베이징중앙민족대 대학원 과정에서 민족학(문화인류학)을 전공하며 소수민족간의 문화를 비교하는 답사여행을 많이 했던 나는 여행에서 돌아오면 다른 동기들과 달리 답사보고서와 함께 캠코더로 찍어온 영상기록까지 제출했다. 담당 교수로부터 기획력과 서사적 문장력이 뛰어나다는 칭찬과 함께 '영상 콘텐츠 전문가'라는 별칭도 얻게 됐다.

'영상기록문학가'라는 명함을 파고 본격적으로 활동을 시작한 건 2004년 후반 중국 유학에서 돌아온 후부터였다. 2005년은 영상 콘텐츠 전문가 최희영이 팔팔 날던 한 해였다. 그해 7월 평양에서 개최됐던 민족문학작가대회에 영상기록문학가로 참여했고, 같은 해 10월에는 우리나라를 주빈국으로 초대했던 독일 프랑크푸르트국제도서전의 영상문학PD로 참여하는 행운도 누렸다. 또 2006년에는 다시 평양을 찾아 6.15 남북공동선언 기념행사의 사진기록가로 활동했고, 2007년에는 전주에서 개최됐던 아시아–아프리카 작가대회의 영상기록을 맡아 현장을 누볐으며 '겨레말큰사전 남북공동편찬사업회' 영상공식기록가로 개성과 금강산만 8번을 다녀오기도 했다.

요즘 따져보니 명함이 여러 장이다. '우즈베키스탄 전문가'라는 직함이 요즘 가장 잘 팔리는 명함이다. 금년 봄에 펴낸『우즈베키스탄에 꽂히다』란 인문기행서 때문이다. 덕분에 뒤늦게 차린 '도서출판 라운더바우트' 대표라는 명함도 잘 팔린다. '문학TV'라는 이름으로 유튜브 채널을 운영하다보니 '유튜버'라는 꼬리표도 얻었다. 그리고 이를 모두 아우르는 영상제작사 '씨앤씨플랫폼 대표'라는 명함도 갖고 있다. 문어발식 사업인 것 같지만 사실 알고 보면 모두 문학과 책과 작가라는 대 주제 안에서의 작업이다.

며칠 전 르 끌레지오 등 노벨문학상 수상자를 비롯한 해외작가 12

명을 초청해서 경기문화재단이 주최했던 '2023 DMZ 평화문학축전'(10. 14~17, 파주출판도시)의 영상기록을 맡았다. 그 현장에서 대선배이신 윤정모 소설가부터 후배인 김재홍 시인까지 여러 문창과 선후배님들을 만났다. 이런 경험은 2005년 평양 민족문학작가대회와 프랑크푸르트국제도서전 이후 거듭 반복됐던 일이다. 우리 과 선후배들의 문단 내 보폭 때문이다.

그때마다 가슴이 뿌듯했다. '중대 문창' 출신이라는 게 더 없이 자랑스러웠다. 그들의 문학적 행보를 기록한다는 사실 자체만으로도 이 길을 택한 보람이 컸다. 그 모든 기록들이 언젠가는 후배들에게 좋은 연구 자료로 기능할 것이기 때문이다. 문단 언저리에서 문학의 길을 찾은 내가 이제부터 할 일은 그동안 쌓아뒀던 기록들을 아카이브 하는 일이다. 실로 만만치 않은 작업이다. 그 양이 엄청 방대해서다.

이제 자기소개를 마쳐야 할 시간이다. 2020년 겨울, 언저리산유회로부터 '언저리문학상'을 받았는데, 아직 등단을 하지 못한 내겐 최고의 문학상이다. 문학상 내용은 75학번 우영창 선배께서 써주셨다.

중앙대 문창과 언저리들의 모임인 '언저리산유회'에서는 제8회 언저리 문학상 수상자로 중국, 라오스, 우즈베키스탄 관련 전문저자이자 남북문화교류 공식영상 기록가이며 '문학TV' 대표로도 활약 중인 최희영 동문을 선정하였습니다.

최희영 작가는 일찍이 '여산통신'을 창립해 문학을 포함한 출판물 전반에 걸친 언론의 신속 보도화에 지대한 공헌 및 영향을 미쳤고 '온북TV', '문학TV' 등을 통해 문학의 영상화와 기록화라는, 당시만 해도 낯설었던 영역을 최전선에서 개척해 왔습니다.

새로운 변화와 융합의 시대에, 코로나와 넷플릭스의 시대에, 따라서 기존 개념으로는 정의할 수 없는 영원한 앙팡 테리블인 최희영 동문을 새삼 우리는 주목하고자 합니다.

- 2020년 12월

86학번. 충남 아산 출생으로, 영등포구 문래동에 있는 방림방적에서 3년 동안 여공 생활을 하다 문예창작학과에 입학했다. 졸업 후 중국 북경 중앙민족대학교에서 대학원 과정을 밟았다. 영상기록문학가로 활동하면서 도서출판 라운더바우트와 문학전문 유튜브 '문학TV'를 운영하고 있다. 라오스 여행서 『잃어버린 시간을 만나다』, 인천골목 기행서 『삼치거리 사람들』, 우즈베키스탄 인문 여행서 『우즈베키스탄에 꽂히다』 등의 저서가 있다.

작가는 아니지만
그래도 '성덕'입니다

이상우 | GMT KOREA 편집장

기계식 시계의 기능 중에 '레트로 그레이드 캘린더'라는 것이 있다. 화살표 형태의 바늘이 다이얼의 날짜를 하나씩 가리키다가 마지막 31일이 끝나는 순간 다시 처음 1일 위치로 되돌아가는 기능이다. 요즘 나의 삶이 그러하다. 한 달 치 마감이 끝나면 다시 원래 자리로 되돌아가는 메커니즘을 반복한다. 거의 10년 넘게 프리랜서 생활을 해왔던 터라 이런 한 달 단위의 사이클은 출퇴근만큼이나 어색하다. 최근 나는 시계 매거진에서 편집장으로 일하고 있다. 처음에는 시계를 좋아해서 취미 삼아 매달 칼럼을 연재했던 것인데, 잡지사에서 같이 일해보자는 제안이 와서 2년 전부터는 아예 부편집장으로 취업을 하게 되었다. 그리고 올해부터는 본의 아니게 승진(?)을 해서 편집장을 맡고 있다. 덕분에 스위스에서 열리는 대규모 시계박람회에 참석하고, 오메가 같은 유명 브랜드의 매뉴팩처에 방문할 기회도 얻게 되었다. 그렇다. 나는 취미 생활로 돈을 버는 이른바 '성덕'(성공한 덕후)이다. 물론 물질적으로 큰 성공을 거둔 건 아니지만 좋아하는 일을 하고 새로운 경험을 하면서 두 아이의 아빠로 살아가는 것이니 인생이라는 불확실한 그라운드에서 그리 나쁘지 않은 타율이라고 생각한다. 물론 잡지 업무만으로 서울에서 4인 가족의 생계를 유지하기란 꽤 어렵기 때문에 틈틈이 원래 하던 프리랜서 일도 병행한다. 직장인과 프리랜서 사이에서 균형을 잡는 일은 꽤 어렵다. 소위 'N잡러'에게 시간은 늘 부족하고, 분배를 잘못하면 자칫 일을 그르치게 된다. 그나마 다행인 것은 두 역할에 '글'이라는 공통분모가 있다는 것이다.

나는 사회생활을 늦게 시작했다. 문창과에서 학부와 석사 공부를 마치고 가장 처음 시작한 일은 사사社史 집필 업무였다. 모 기업의 역사책을 1년 동안 만드는 일이었는데, 당시 나는 비정규직 형태의 보조 작가로 투입되었다. 메인 작가가 집필할 수 있도록 자료를 모으고 분류하는 것이 내 주된 역할이었다. 그곳에서 만난 '글'은 내가 학교에서 쓰던 '글'과 이름만 같은 뿐 완전히 다른 존재였다. 기업이 의뢰한 글을 그 기업의 자료를 가지고 그 기업의 입장에서 써내야 했다. 비용을 써서 책을 의뢰하는 고객이 있고, 하청업체에서 해당 용역을 수주한 다음, 작가에게 고객이 요구하는 글을 요청하는 시스템이었다. 말하자면 평범한 갑과 을과 병의 세계였다. 단지 납품하는 제품이 글 혹은 책일 뿐. 학교에서 시·소설 같은 지극히 개인적인 창작물만 접했던 내게는 낯선 세계였다. 동시에 그 세계에는 글을 밥이나 빵으로 바꿀 수 있는 연금술이 존재한다는 것도 알게 되었다. 어쨌든 프로젝트는 무사히 끝났고, 그게 마중물이 되어 사사와 사보를 만드는 편집·디자인 회사에도 다니게 되었다. 아마 내 인생에서 중요한 두 가지 기본기를 그때 배웠던 것 같다. 생존에 필요한 글쓰기 방법, 그리고 모터사이클을 타는 법.

전업 프리랜서 작가가 된 건 결혼을 하면서부터다. 사사, 자서전, 취재, 칼럼, 평론, 에세이, 인터뷰, 심지어 입찰 제안서까지 내가 쓸 수 있는 거의 모든 영역의 글을 썼다. 글재주는 별로 없었지만 오는 일은 절대 거절하지 않는다는 생각으로 몇 년을 버텼더니 매년 평균적으로 일정한 매출이 발생했다. 시간이 지날수록 작업 속도가 빨라졌고, 효율이 높아지자 그럭저럭 가정을 유지할 만큼 수입도 늘었다. 평범한 글쓰기가 내게 보여준 놀라운 연금술이었다.

누군가는 글을 취미로 쓸 수도 있지만 나에게는 취미가 글로 인해 직업이 되었다. 나는 좋아하는 것을 꽤 깊이 파고드는 편인데, 가끔은 그 과정에서 구체적인 결과물을 만들어내기도 한다. 어린 시절부터 게임을 워낙 좋아해서 대학원 때 석사 논문은 디지털 게임으로 썼고, 나중에 여러 지면에 기고했던 글을 엮어서 게임 평론집을 냈다. 자동차와 모터사이클 취미는 '교통인문학' 책을 쓰는 데 큰 도움이 되었다. 시계 관련 글을 쓰게 된 것도 어디까지나 취미생활의 연장이었고, 우연히 좋은 기회를 만나 지금의 시계 매거진에서 일을 하게 되었다. 그리 대단한 글을 쓰지 않았음에도 내가 선택된 이유는 간단하다. 시계를 좋아하는 사람 중에 글을 쓸 수 있는 사람이 많지 않기 때문이다. 20대에는 시인이나 소설가가 되는 것이 문창과 입학의 유일한 목적인 것처럼 살았다. 하지만 돌이켜보니 글이 가장 쓸모 있는 곳은 글이 넘쳐나는 곳이 아니라 글이 부족한 곳이었다. 어쨌든 이 모든 결과물들은 내가 글을 썼기 때문에 가능했다. 만약 대학입학 지원서에 중앙대학교 문예창작학과를 쓰지 않았다면 지금의 성덕은 실현될 수 없었을 것이다.

가끔 농담처럼 이야기한다. 나는 글 쓰는 노동자이면서 자영업자이고, 내 노트북은 소중한 생산 설비라고. 그래서 오래된 노트북을 바꿀 때는 돈을 아끼지 않는다. 사용하는 기능이라곤 웹 서핑과 워드 프로그램이 전부지만 굳이 16인치 맥북 프로를 고집하는 것은 레티나 디스플레이 화면으로 일할 때 마치 종이에 쓴 것 같은 유려한 폰트를 보기 위해서다. 누군가에게는 사치이자 낭비일 수 있지만 내게는 종일 활자를 마주해야 하는 눈을 위한 최소한의 배려다. 하지만 생산 설비가 좋다고 해서 생산이 빠르고 원활한 것은 아니다. 사실 가장 중요한 설비는 내 안에 존재한다. 의식의 컨베이어 벨트가 끊어지면 공장은 자주 멈추고, 불량품이 만들어지기도 한다. 때로는 고객 클레임도 들려온다. 글은 공산품이 아니다. 일정한 시간을 투입한다고 해서 그만큼의 생산량을 보장해주지 않는다. 그럼에도 불구하고 직업인으로서 생존하려면 열심히 공장을 가동시켜야 한다. 게다가 글은 철저하게 수공업이다. 대량생산이 불가능하다. 하청을 줄 수도 없다. 원래부터 그런 노동이었고, 아마 앞으로도 그럴 것이다. 하지만 그래서 글은 삶의 무기가 된다. 그것은 대량 생산되지 않는 수공예품이고, 바로 그 지점에서 희소성과 가치가 발생한다. 글을 쓰는 사람은 어떤 분야에서든 자신의 쓸모를 찾을 수 있다. 비록 멋진 소설가나 시인이 되지는 못했지만 글을 쓰는 덕분에 나는 좋아하는 일을 하면서 살고 있다. 어쩌면 이 순간을 위해 낯선 안성 땅을 밟았던 것일지도 모르겠다. 1996년 어느 화창한 봄날에.

▋ 96학번. 프리랜서 작가. 시계 매거진 <GMT KOREA> 편집장

기다리고 있어

김창훈 | 고양문화재단

문창과 졸업 후 공연 관련 일을 시작한 지도 시간이 꽤나 흘렀다. 문화체육관광부 산하 예술단체 드라마투르기 인턴으로 시작하여, 연극의 메카 대학로 공공극장과 민간 공연장을 거쳐 지금은 경기도 고양문화재단에서 지역민의 문화복지 구현과 문화예술 진흥이라는 다소 거창한 미션을 바탕으로 공연기획제작 업무를 담당하고 있다.

지역의 문예회관은 관객을 문화공간으로 끌어 모으기 위해 공적자금을 활용한 여러 사업들을 추진한다. 연극, 뮤지컬, 클래식, 오페라, 국악, 발레, 무용, 다원, 대중음악 등의 공연예술을 비롯해 전시, 교육, 축제, 생활예술 등 분야도 다양하다. 덕분에 다양한 장르를 고루 경험한 역량 있는 기획자로 성장하는 계기가 되었다.

지방정부 출자출연기관이기 때문에 모든 예산집행과 복무규정은 공무원 기준에 준하는 공공기관 종사자로 회계연도에 따라 업무를 처리하는 스케줄이 이제는 익숙하다. 시즌마다 예산 변동이 있을 뿐 해마다 기획 프로그램을 계획하고, 준비하고, 실행하고, 갈무리하는 일들을 반복하다보니 믿기지 않을 정도로 시간이 흘렀다. 공연분야에 이렇게 오래

몸담게 될 줄은 예상치 못했으나 다양한 장르의 예술가들을 만나고, 그들이 지향하는 에너지와 열정에 매혹되어 이 업계를 떠날 수 없었다.

영상언어가 미장센과 편집, 음향 효과를 가미하여 2D 프레임의 한계를 극복하기 위해 각고의 노력을 기울이고, 끝내는 연출가에 의해 완성되는 '연출의 미학'이 돋보인다면 공연은 성격이 퍽 다르다. 공연에서는 동일한 '시간'과 '공간'이 우선적으로 필요하다. 공연이 시작된 후에는 오로지 퍼포먼스를 선사하는 배우와 무용수, 연주자, 그리고 무대기계, 조명, 음향의 변화를 컨트롤하는 기술 스태프만이 남는다.

그래서 무대공연은 '배우performer의 미학'이고 '실시간real-time의 미학'에 가깝다. 그 순간에만 존재하기 때문에 어떻게 보면 굉장히 사적인 영역이고, 공연이 종료하면 소멸하여 영원 속에 갇힌다. 35년간 브로드웨이에서 오픈런으로 이어졌던 뮤지컬 〈오페라의 유령〉처럼 매일 반복되는 공연은 있지만, 매번 동일하게 재현될 수는 없다. 시작과 끝을 반복하는 공연의 성격이 어쩌면 끊임없이 돌을 굴리는 시지프스의 형벌과도 같지만, 그 형벌이 너무 매력적이라 기꺼이 투신할 수밖에 없다. 뮤지컬 〈하데스타운〉에서 결정적인 실수를 저지르고야 마는 오르페우스에 의해 봄의 노래가 되풀이되듯 말이다.

학창 시절 배웠던 연극의 4요소를 기억하는가? 희곡, 배우, 무대, 관객이다. 공연은 관객이 존재함으로써 비로소 완성된다. 불과 몇 년 사이 COVID-19로 인해 세상이 많이 바뀌었다. 전염을 막기 위해 사람과 사람 사이의 거리가 반드시 필요했던 만큼, 사람들이 모여서 완성되는 현장성이 생명인 공연예술에는 치명적인 시간이었다. 하지만 한국은 세계에서 유일하게 객석거리두기 도입과 QR코드 시스템 등 선제적인 방역시스템을 통해 꿋꿋이 공연을 이어갔고, 코로나가 잦아드는 지금 예년 수준으로 시장규모가 확장되어 뮤지컬의 경우 2018년 3600억 원의 최대 매출 이후 2023년은 5000억 원을 가뿐히 넘을 것으로 전망하는 유망한 산업이 되었다.

반면 2000년대 이후 만개한 영화산업은 코로나 바이러스 유행 이후 관객 수를 도통 회복하지 못하고 있다. '넷플릭스', '티빙', '웨이브', '쿠팡플레이', '디즈니플러스'를 비롯한 OTT^{Over the top} 서비스의 부상, 소비자 수요에 의한 영상 콘텐츠 소비 양상의 변화, '여행', '캠핑' 등 새로운 여가문화 선호 등 여러 사정이 있겠지만, 개인적인 생각을 하나 덧붙이자면 이렇다. 영화관은 멀티플렉스 상영관으로 전환한 이후 날이 갈수록 첨단화되면서 자동화, 무인화를 지향하고 있다. 늦은 시간에 영화관에 가면 때로는 쇠락한 유원지에 있는 느낌을 받을 때가 있다. 여전히 로비에는 대형 스크린이 번쩍거리지만, 이용객이 현저히 줄었고 운영하는 사람마저 줄어들어 무인 검표를 하는 영화관도 등장했다.

반면 공연예술은 반드시 행위의 주체자들이 모두 모여야만 가능하기 때문에 언젠가는 사라질 올드한 장르라고 비관적인 생각을 갖는 사람도 많았다. 하지만 코로나-19를 겪은 인류가 다시금 공연장을 찾는 모습을 보면 인간적인 접촉과 대면을, 사람의 숨결을 그리워했던 것은 아닐까. 여전히 공연을 기다리며 복작복작한 로비에서 대화의 꽃을 피우는 관객들의 모습에서 가장 아날로그적인 공연예술이 오히려 존재 가치가 더 있다는 확신을 가진다.

어쩌면 문학도 마찬가지이다. 호메로스의 서사시부터 이어져온 수천 년의 유구한 기록. 문창과에서 문학을 배우고 사회에 나가 독립적인 생활인으로 살아갈 확신이 들기 어려울 수도 있겠지만, 지금은 바야흐로 콘텐츠 전성시대이다. 쓸모가 없었기 때문에 가치가 있다는 역설적인 문학의 명제가 후대에는 수정되지 않을까. AI와 ChatGPT의 시대에도 원천 콘텐츠로서 문학의 기능과 역할은 여전히 중요할 것이다.

기획자는 오늘도 관객들이 호흡할 수 있는 작품을 계획하고, 홍보물을 만들고, 티켓을 오픈하고, 공연 당일에 많은 청중이 찾아오기를 기다린다. 그렇게 여러 사람의 뜻을 모아 열심히 준비한 작품이 의도한 그대로, 사고 없이 공연이 종료되는 것이 목표다. 그래서 출연진과 제작진, 관객들이 모두들 만족스러운 저마다의 공연을 완성하고 안전하게 집으로 귀가하기를 바란다. 그리고 언젠가 다시 또 웃으며 만나기를.

00학번. 국립오페라단, 한국공연예술센터를 거쳐 2013년부터 고양문화재단에서 공연기획을 담당하고 있다. 몇 년째 초보 오디오파일로 여러 종의 스피커와 앰프에 관심이 많다. 구시대의 유물이 되어가는 음반 수집에 열을 올리고 있고, 공연을 본 뒤 좋아하는 사람들과 함께하는 시간이 가장 즐겁다.

여행 책을 만드는 이유

김준영 | 두사람출판사 대표

여행 책을 만든다고 하면 많은 이들은 "여행을 많이 다니시겠어요?" 라고 부러워한다. 그때마다 "생각보다 여행을 많이 다니지는 않아요."라고 말하면 여행도 안 가고 어떻게 책을 만드는지 의아해 한다.

대학교 졸업을 앞두고 여행서 출판사에 취직을 했다. 팸투어 때 만난 여행 전문 출판사 사장님이 커피 한잔 마시자고 불러서 갔던 자리가 면접 자리였고, 얼떨결에 같이 일해보자는 제안을 받았다. 출판사라고는 하지만 사장님과 편집자 1명뿐인 작은 곳이었다. 여행 출판사에 취업을 했다고 하면 해외여행 경험이 풍부한 줄 알지만 그렇지도 않았다. 학창 시절 가족과 함께 갔던 북경 여행, 복학 후 파리에서 교환학생을 하던 동생을 볼 겸 떠났던 유럽 배낭여행이 전부였다.

문창과에 들어와 보니 나와는 다른 체급의 동기들이 많았다. 고등학교 때부터 각종 문학상을 휩쓸었던 친구도 있었고, 재학 중 등단을 하는 친구들도 있었다. 그들의 글을 읽고 있으면 다른 세상에 사는 이들처럼 느껴졌다. 내가 넘볼 수 없는 벽이 있는 것 같았다. 그들처럼 담배를 안주로 강소주를 마시며 문학에 대해 이야기할 자신도 없었다.

복학 후 국내 자전거 여행을 떠났다. 강남의 유명 베트남 쌀국수 집에서 반년 동안 발렛 파킹 아르바이트를 하며 모은 돈으로 자전거 한 대, 텐트, 50리터 배낭, 침낭을 샀다. 자전거는 국산 브랜드에 20만 원짜리였는데 챙긴 카메라만 4대였다. 두 대의 필름 카메라와 DSLR 한 대, 로모 카메라까지……. 누가 보면 사진과 학생인 줄 알았을 거다.

자전거 여행을 떠났던 이유는 길 위에서 더 많은 사람들을 만나고 경험하고, 이야기를 찾기 위해서였다. 그렇게 두 달여 간 자전거를 타고 국내 3,000km를 여행했다. 서울, 목포, 제주도, 부산, 울릉도, 강릉, 그리고 다시 서울까지. 남해의 몇몇 섬도 거쳤다. 여행에서 돌아와 사진을 현상해 여행 사진전을 열었다. 그때의 자전거 여행과 사진으로 한국여행신문에 여행수기가 당선되어 객원기자로 활동한 것을 시작으로 지금까지 여행서를 만들고 있다.

여행서 에디터라는 직업에 대해 말하자면 '여행자에게 필요한 여행 책을 여행 작가와 함께 만드는 일'을 하는 것이다. 여행사 직원이 상담을 위해 전화를 받는 시간이 많은 것처럼 여행서 에디터도 여행보다는 책상에 앉아 작가의 글과 사진을 보는 시간이 압도적으로 많다. 직업적인 환경이 그렇다는 것이지 모든 경우가 그렇지는 않다.

나는 스스로 여행 책이 꼭 필요한 보통의 여행자라는 점을 다행으로 여긴다. 내가 여행 중 겪을 문제는 일반 여행자들도 똑같이 겪게 될 것들이다. 여행자와 눈높이가 비슷한 셈이다. 그렇기에 최소한 여행자에게 필요한 정보가 무엇인지 또 정보를 어떻게 제공하는 것이 독자들이 찾기 쉬울지 알 수 있다. 코로나 팬데믹 동안은 여행을 떠날 수도, 여행 책을 만들 수도 없었다. 앞이 보이지 않을 정도로 깜깜한 터널을 지나왔다. 여행을 떠나지 못했던 시간 덕분에 여행서 에디터로 해야 할 일도 고민도 많아졌지만 원래 하던 일과 크게 다르지는 않다. 보통의 여행자의 입장에서 조금 더 걱정 없는 여행을 즐길 수 있도록 책을 만드는 일. 그게 내가 여행 책을 만드는 방법이자 이유다.

02학번. 대학 졸업 후 여행 전문 출판사에서 일을 하였고, 지금은 독립해 역시 여행자에게 필요한 여행 책을 여행 작가와 함께 만드는 두사람출판사를 운영하고 있다.

스토리 콘텐츠의
황금 곳간이 되기를

황유정 | 스토리 창작자

중앙대학교 문예창작학과 학부과정을 밟을 때만 해도 순수문학에 몰두했던 나는, 석사 이후 방향을 틀어 다양한 장르의 스토리를 창작하는 작가가 되었다. 방현석 선생님 말씀대로 스토리 만드는 능력이 있으면 밥은 굶지 않는 시대가 왔다. 그래서 나는 여러 개의 필명을 쓰며 웹소설, 장르소설, 게임, 드라마, 동화, 애니메이션 등 매체에 맞는 다양한 스토리 창작을 업으로 삼고 있다. 내가 쓴 스토리가 다른 매체로 각색되는 경우도 겪으며, 감사한 마음으로 시대의 변화를 느끼고 있다.

지난 몇 년간 활황기를 맞았던 콘텐츠 업계의 분위기는 반전됐다. 드라마, 영화, 웹툰 가릴 것 없이 시장이 위축되어 곡소리가 난다. 신작을 제작하는 대신 원작 IP를 사들여 각색하는 경우가 늘어난 것에는 이러한 분위기가 한몫했다. 각색 작업의 경우 신작 대비 비용 절감과 제작 안정성 확보를 기대할 수 있기 때문이다.

인기 웹소설이나 웹툰을 드라마로 제작하면 원작 팬들의 주목을 받는다. 대중성을 검증받은 스토리를 각색하기에 제작 리스크 역시 줄어든다. 원작의 유명세와 팬들이 퍼뜨리는 입소문은 드라마 홍보에도 상당

부분 도움이 된다. 이는 웹소설이 웹툰이 될 때도 마찬가지고, 장르소설이 영화가 될 때도 마찬가지다.

웹소설과 장르문학은 원천 IP의 보고로서, 콘텐츠 업계의 곳간과도 같은 역할을 수행해왔다. 최근에는 드라마를 보나, 웹툰을 보나 인기 웹소설을 각색한 작품들이 눈에 띄게 늘었다. 재미난 점은 웹툰으로 각색될 때와 드라마로 각색될 때, 주로 찾는 웹소설 장르가 다르다는 것이다. 로맨스 판타지 웹소설의 경우 웹툰 원작으로 많은 사랑을 받고 있다. 로맨스 판타지 독자들에게 절대적 지지를 받는 솔체 작가님의 경우 『울어봐, 빌어도 좋고』, 『문제적 왕자님』, 『바스티안』 등 작품 대부분이 웹툰화되었을 정도다. 그러나 로맨스 판타지 웹소설이 드라마로 각색되는 경우는 거의 없다.

반면 현대 판타지 장르나 현대 로맨스 장르의 웹소설은 드라마 제작이 활발하다. 『재벌집 막내아들』, 『사내맞선』, 『김 비서가 왜 그럴까』 등 다양한 작품들이 드라마로 각색되어 큰 사랑을 받았다. 동양풍 판타지 로맨스의 경우 웹소설 업계에서는 메이저 장르가 아니지만, 드라마 업계에서는 퓨전 사극의 원작으로 주목받기도 한다. 웹소설이 아닌 출판 장르소설의 경우 해외에 판권을 팔거나 영화화되는 경우가 늘어나고 있다.

이러한 차이는 결국 매체의 특성에 기인한다. 웹소설은 텍스트 기반의 형식으로 이야기를 전달한다. 독자는 텍스트를 읽어나가며 이야기를 이해하고 캐릭터를 상상한다. 이때 독자의 상상력은 쉽게 시공간을 넘나든다. 현대 한국과 동떨어진 세계관이라도 독자들이 쉽게 녹아들 수 있는 것은 그 때문이다.

반면 드라마는 비주얼 미디어 매체로, 배우들이 연기를 통해 이야기를 전달한다. 오직 텍스트로만 모든 것을 전달하는 웹소설과 달리 드라마는 다양한 감각적 자극들을 동원한다. 텍스트로만 채워진 웹소설 책장과 달리 드라마 화면은 다양한 시각적, 청각적 요소로 구성된다. 배우들의 연기와 대사, 배경 음악 등 다양한 요소가 결합되어 스토리를 전달한다. 따라서 감상자의 상상력이 개입할 여지가 줄어들고, 배우의 역량이 작품을 이끌어간다.

로맨스 판타지 웹소설을 각색한 웹툰의 경우 대사는 한글로 적혀 있지만, 주인공은 대부분 외국인이다. 작품 설정에 따라 한국인 주인공이 빙의나 환생을 통해서 외국인이 되는 경우도 있지만, 이러한 비현실성은 웹툰 감상에 방해가 되지 않는다. 앞서 예시로 든 솔체 작가님의 경우 작품에서 회귀, 빙의, 환생을 사용하지 않고도 많은 사랑을 받는 작가님이다. 중세시대 유럽을 본뜬 로맨스 판타지 특유의 세계관이나 오등작으로 대표되는 신분 질서가 웹툰 독자들에게 거부감을 주지 않는 것이다. 주인공이 차려입은 드레스와 영애들의 티타임을 오글거린다고 느끼는 독자 역시 거의 없다.

그러나 이걸 드라마로 각색한다고 하면 사정이 달라진다. 우리가 얼굴과 이름을 아는 한국인 배우가 판타지 세계관 속 백작 부인을 연기할 때 어쩔 수 없이 느끼게 되는 괴리감이 있다. 네이버나 카카오가 제작했던 웹소설 실사 광고만 봐도 이러한 부분을 느낄 수 있다. 그 특유의 어색함과 오글거림은 배우의 연기력만으로는 넘어서기 힘든 성질의 것이다. 말 그대로 매체의 차이에 기인하는 것이기에.

다양한 장르를 작업한 나의 경험은 각색의 시대를 살아가기에 나쁘지 않은 이력이 되었다. 이어지는 다음 일은 주로 이전의 프로젝트를 함께했던 분들의 추천으로 들어온다. 따라서 아무리 힘든 프로젝트를 맡더라도 마음의 여유를 잃지 말고 예의와 미소로 사람들을 대하길 권한다. 물론 사회생활 이전에 작가라면 글을 잘 쓰는 것이 가장 중요하다. 각 장르와 매체가 요구하는 글쓰기는 스타일이 조금씩 다르지만, '대중이 원하는 재미있는 스토리'에는 공식이 있다. 이러한 공식을 파악하고 자신의 개성을 입히는 훈련을 하면 좋을 것이다.

현재 우리 학과는 스토리 콘텐츠 창작 능력을 기르기에 좋은 최적의 커리큘럼을 가지고 있다. 그러니 후배님들도 충분한 자질을 갖추고 사회로 나올 수 있을 것이다. 나의 모교인 중앙대학교 문예창작학과가 새로운 시대의 콘텐츠 황금 곳간이 되길 기대한다. 어디서든 반갑게 만나 함께 일할 날들을 기다리며, 이 글을 읽는 모든 분의 건승을 빈다.

06학번. 중앙대학교 문예창작학과에서 학사와 석사를 졸업하고 박사를 수료했다. 다양한 장르의 스토리 창작자로 살아가며 대학에서 강의 중이다.

게임회사에서 살아남기

정진선 | 게임시나리오 기획자 겸 웹소설 작가

　내가 게임업계에 발을 들여놓게 된 계기는 단순하다. 나는 게임을 좋아했고, 어느 날 자주 가던 사이트 상단에서 게임회사 채용 공고를 발견했다. 회사에서는 시나리오 라이터를 찾고 있었고, 마침 나는 문예창작 전공자였다. 네 박자가 착착 맞아떨어진 덕분에 나는 게임회사에 입사할 수 있었다.

　문제는 내가 게임 개발에 대해 아는 것이 전혀 없다는 데에 있었다. 무엇보다도 나는 지독한 컴맹이었다. 플러그가 뽑힌 줄도 모르고 컴퓨터가 고장이 났다며 수리 기사를 부를 정도니까. 그런 내가 게임회사 직원이라니! 고난은 이미 예견된 것이나 다름없었다.

　입사 첫날부터 쉽지 않았다. 나는 업무용 컴퓨터를 설치하지 못해 한참을 끙끙댔고, 결국 동료들의 도움을 받아야만 했다. 흔히 사용하는 용어들은 또 얼마나 생소한지 메일 한 번 받으면 모르는 단어부터 검색하기 바빴다. 중요한 파일을 실수로 삭제하거나 업무 지시를 제대로 이해하지 못해 엉뚱한 짓을 하는 경우도 다반사였다.

　그러던 어느 날, 나에게 시나리오 작성 업무가 주어졌다. 나는 드디어 기회가 왔다고 생각했다. 지금까지 크고 작은 실수를 연발했지만, 시나리오만큼은 잘 쓸 자신이 있었다. 문학도의 자존심을 걸고 보여주리라, 숨겨왔던 나의 글솜씨를! 나는 비장한 각오를 다지며 키보드 자판 위에 손가락을 올려놓았다.

완성한 시나리오는 스스로 생각하기에도 썩 훌륭했다. 방대한 세계관, 다양한 등장인물, 흥미로운 사건까지. 지금까지 없었던 색다른 전개는 유저들의 흥미를 자아낼 것이라 믿어 의심치 않았다. 메일로 시나리오 문서를 공유하며 나는 내심 쏟아질 칭찬을 기대했다.

그러나 메일을 보내고 한참이 지나도록 누구도 답신을 보내지 않았다. 촉박한 일정 탓에 즉각적으로 피드백을 주고받는 것이 일상인데, 아무 반응이 없다는 것은 분명 이상한 일이었다. 혹시 메일이 누락된 것은 아닐까 싶어 보낸 메일함을 확인해보았지만 메일은 정상적으로 발신된 상태였다. 자리에서 안절부절 못하던 나는 결국 용기를 내어 동료에게 다가가 피드백을 부탁했다. 그러자 동료는 난감한 기색으로 지금은 업무가 바빠 피드백이 어렵다고 대답했다. 다른 동료들 역시 비슷한 반응이었다. 나는 무언가 잘못되었음을 알았지만, 그게 무엇인지 몰라 답답할 따름이었다.

"이건 게임 시나리오가 아니죠."

팀장님에게 받은 직접적인 피드백은 가히 충격적이었다. 팀장님은 조목조목 내가 쓴 글의 문제점을 지적했다. 방대한 세계관과 다양한 등장인물을 표현하기 위해서는 아트 리소스가 필요한데, 너무 양이 많아 일정 내에 제작하는 것이 불가능할 뿐만 아니라, 들어가는 공수에 비해 활용도가 떨어져 낭비라는 것이다. 게다가 게임에서 이야기를 전달하는 방식에는 한계가 있는데, 내가 쓴 시나리오는 시간과 배경이 수시로 변하는 데다 인물의 내면 묘사가 많아 게임에서 표현하기에는 적절하지 않았다. 무엇보다도 줄글 형태의 글은 가독성이 떨어지기 때문에 개발 문서로 적합하지 않고, 사건을 세분화하여 보기 좋게 차트 형식으로 정리해야 한다는 조언까지 친절하게 이어졌다. 나는 그제야 왜 동료들이 내 문서를 읽기 꺼려했는지 알 수 있었다.

이후 나는 글쟁이의 자아를 버리고 게임 시나리오 라이터로 다시 태어나기 위해 부단히 노력해야 했다. 한번은 '바람에 스러지다'라는 퀘스트 제목을 썼더니 QA^{Quality Assurance}(테스트 및 검수) 담당자로부터 오타 수정 요청이 날아왔다. '스러지다'를 '쓰러지다'의 오타로 판단한 것이었다. 처음에는 '스러지다'의 의미를 설명하며 오타가 아님을 주장했지만, 이후로도 다섯 번의 수정 요청을 받고 나서야 깨달았다. 읽는 사람이 이해하지 못하는 표현은 오타나 다름없음을.

독자와 유저는 다르다. 독자는 자신이 선택한 글을 읽고 즐기지만, 독자는 게임을 플레이하며 스토리를 전달받을 뿐이다. "게임의 스토리는 포르노의 그것과 같다"라는 말이 있다. 한마디로 있어도 되지만 없어도 그만이라는 의미다. 처음에는 내 업무가 그저 고명에 불과하다는 것을 인정하고 싶지 않았다. 그러나 스토리 Skip(건너뛰기) 비율 92%라는 데이터 수치는 그것이 사실임을 증명했다. 그래서 나는 조금 다르게 생각하기로 했다. 어차피 메인 요리가 될 수 없다면 누구보다 예쁜 고명이 되겠다고.

어느새 나는 10년차 게임 시나리오 라이터가 되었다. 그동안 나는 10여 개의 게임을 개발했고, 지금은 프리랜서 활동과 더불어 게임업계

입사를 희망하는 학생들을 가르치고 있다. 가장 예쁜 고명이 되겠다는 목표대로 내가 담당한 게임이 〈대한민국 게임대상〉 시나리오 부분을 수상하는 성과를 이루기도 했다. 최근에는 게임에서 시나리오 비중이 높아지면서 디저트 자리 정도는 넘보고 있다. 그리고 나는 여전히 컴맹이다.

07학번. 2012년 넥슨 입사로 게임업계에 입문했다. 넷마블, 엔씨소프트 등 회사를 거치며 〈메이플스토리〉, 〈일곱 개의 대죄:GRAND CROSS〉, 〈그랑사가〉 등의 시나리오를 담당했다. 현재 프리랜서 시나리오 라이터 겸 웹소설 작가로 활동하고 있다.

사람을 향한 글

서상희 | 채널A 기자

2017년 5월. 야간 당번을 서고 있었을 때 일이다. 쏟아지는 졸음을 삼키며 사건 사고를 취재하던 중, 휴대전화가 울렸다. 평소 알고 지내던 취재원의 전화였다. 수화기 너머 그의 목소리는 떨리고 있었다.

"서 기자, 죽은 사람이 다시 살아났대……."

취재 수첩을 꺼내 들었다. 사망 판정을 받은 환자가 영안실 냉동고에 들어가기 직전 살아났다는 이야기. 하지만 '되살아났다는 이'의 이름도 나이도 알 수 없었다.

날이 밝자마자 병원을 찾았다. 이 넓은 곳에서 내가 환자 보호자를 만날 수 있는 확률은? 과장된 소문일 가능성도 높았다.

응급실 대기실, 중환자 보호자 대기실을 오갔다. 얼마나 지났을까, 직속 선배에게 '철수하겠다'는 보고를 하려던 순간, 한 부부와 눈이 마주쳤다. 환자의 가족이었다.

가족들에게 들었던 당시의 상황을 요약하면 이렇다. 고령에 심장 질환으로 병원에 입원 중이던 80대 아버지. 심정지 상태가 왔고 의료진이 심폐소생술을 진행했지만 아버지는 결국 숨졌다. 몇 월 며칠에 숨졌다는 사망진단서도 나왔다.

그런데 영안실 냉동고로 시신을 옮기려던 중 남성을 덮은 흰 천이 움직였다는 거다. 이후 아버지는 의식을 회복했고 가족들의 얼굴을 알아봤다.

영화보다 더 영화 같은 현실의 이야기. 이런 일들을 접하며 8년 차 현직 방송기자로 일하고 있다.

고교 시절, 전국 백일장을 누비던 문학소녀가 언론인의 길을 걷게 된 건, 중앙대 문예창작학과 수업의 영향이 컸다. 사람을 만나고, 현장을 찾아가 글을 쓰는 논픽션 수업을 들을 때면 심장이 뛰었다.

이른바 '언론고시'라는 언론사 입사가 녹록치는 않았다. 제대로 된 토익점수도 없이 뛰어들었다. 탈락. 탈락. 탈락. 수십 개의 언론사에서 떨어졌다. 신문사에서도 방송사에서도 인턴을 했지만 합격 문턱을 넘지 못했다. 밤을 새우며 공부하고, 자기소개서를 쓰고, 또 쓰고……. 그렇게 나는, 5년 만에 기자가 됐다.

입사 1년 차에 국정농단 사태를 맞닥뜨렸고, 최근엔 감염병의 시대를 취재하고 있다.

2016년 국정농단 사태가 터졌을 때, 매일매일 타사의 단독보도가 쏟아졌다. 무엇을 할 수 있을까. 두려움도 무기력함도 컸던 나날을 보내던 그때, 최순실의 측근 고영태가 입국했다. 내가 알고 있던 건 그의 휴대전화번호뿐이었다. 나흘간 그를 설득하는 문자를 보냈다. 그리고 10월 30일, 그에게서 답이 왔다.

"검찰 재소환 1시간 전입니다. 인터뷰하겠습니다."

고영태 본인이 언론 앞에 나선 첫 순간을, 인터뷰했다.

지난 3년, 코로나19라는 감염병은 방송기자의 삶도 송두리째 바꿨다. 사람을 만나 이야기를 듣고, 현장을 화면에 담아야 하는 게 방송기자인데 비대면 세상이라니……. 반면 온라인에서는 하루가 다르게 감염병과 관련된 가짜뉴스들이 쏟아졌다. 메인뉴스의 팩트체크 코너 '팩트맨'을 1년 3개월간 진행하며, 300여 편의 허위정보를 검증하던 나날을 잊지 못할 것 같다.

어떤 기자가 되고 싶은가, 어떤 기사를 쓰고 싶은가. 누군가 물을 때 늘 답하는 말이 있다. '사람을 향한 글을 쓰는 기자'가 되고 싶다는 것. 생생하게 살아 있는 이 현장에, 오래 서 있는 기자가 되고 싶다.

08학번. 2015년 조선일보 신춘문예 시조부문에 당선됐으며, 2015년부터 현재까지 채널 A 기자로 일하고 있다. 2021년 SNU 팩트체크 우수상, 2022년 한국팩트체크대상 우수상, 2023년 GC녹십자 언론문화상을 수상했다.

문학으로
소양해나가는 시간

윤 한 | 기록장·소양하다 대표

　창업을 결정한 것은 순식간이었다.

　아주 순진한 생각에서 출발했는데, 지금 생각해보면 나는 인생에서 중요한 결정을 해야 하는 순간이 오면 늘 단순하게 생각하고 실행했다. 당시 나는 관광두레 청년프로듀서(문화체육관광부 주관)로 춘천에서 3년째 활동하고 있었다. 활동 종료 시점이 반 년 정도 남았을 때, 나는 다음 스텝을 준비해야 했다. 관광학 석사가 있으니 박사과정에 진학할 것인가, 관광분야 기관으로 이직을 할 것인가. 이도 저도 썩 끌리는 것이 없었다. 어디에 가도 중간은 할 수 있을 것 같았지만, 중간 정도로 만족하며 살기는 싫었다. 나도 나만의 무기를 갖고 싶었다.

　좋은 작가가 될 수 없다는 것을 일찍이 나는 깨달았다. 무어라 명확히 표현할 수 없지만 나에게는 '작가라면 가져야 할 태도' 같은 것이 없었다. 그것은 태도가 아니라 역량이었을지도 모른다. 그렇지만 나는 좋은 작품을 큐레이션하고, 분석할 수 있는 역량은 있었다. 하지만 문창과에는 그런 역량이 있는 사람들도 수두룩했다. 잘 찾고, 잘 읽고, 잘 보고,

심지어 잘 쓰는 능력까지 갖춘 사람들이었다. 나는 좋은 작가가 아닌 좋은 독자로 늙을 순 있겠구나, 하고 우스갯소리를 했다.

그때쯤 유독 주민사업체 구성원들의 손이 눈에 들어왔다. 지역재료와 좋은 밀로 빵을 만드는 사람, 좋은 지역 재료를 한 그릇에 담아내는 청년 농부들, 캔버스에 열심히 그림을 그리는 작가, 한지로 기념품을 만드는 공예가, 여행자의 즐거운 하룻밤을 위해 땀방울을 닦으며 움직이는 게스트하우스 대표. 다들 자신만의 무기를 가지고 손에 굳은살을 만들어내고 있었다. 내가 가진 굳은살이라곤 연필을 세게 잡아서 생긴 오른손 중지, 손톱 옆이 전부였다. 그들이 만들어내는 것에 비해 참 소소하다는 생각이 들었다. 고민이 깊어질수록 나는 소설을 찾았다.

그건 내가 일상을 회피하고 싶을 때 나타나는 버릇 같은 것이었다. 늘 읽던 패턴에서 벗어나고 싶어 손에 집히는 대로 사서 읽었다. 빵에 대한 이야기가 나오면 빵을 만드는 대표님이 생각났고, 자전거를 타는 장면이 나오면 긴 호숫길을 따라 운영하던 체험 프로그램이 생각났다. 도대체 나는 소설을 읽으면서 왜 관광두레 생각을 하고 있는지, 이걸 어떻게 비즈니스화 할지 생각하고 있는지, 내 자신이 우스웠다. 그러다 문득, 의문이 들었다.

왜,

문학은,

지역콘텐츠와

연결되지 않는가!

체험 안에서 소설을 읽으면 글이 그렇게 따분하지 않다. 독서모임은 이미 포화상태로 운영 중이었지만 지역적 체험과 연결되는 것은 거의 없었다. 없다면, 내가 하면 되는 것이었다. 호기로운 생각으로 나는 로컬크리에이터 지원사업에 서류를 넣었고, 강원도 공간재생형 지원사업을 통해 3년째 '소양하다'라는 공간을 운영하고 있다.

'소양'은 문학적 소양과 동시에 춘천을 흐르고 있는 '소양강'의 소양이기도 하다. 나를 포함한 4명이 글을 기반으로 하는 프로젝트 사업을 진행하고, 지역재료를 활용한 음료를 제조하며, 사람들과 커뮤니티 클럽을 운영한다. 최근에는 춘천문화재단의 빈집활용 공간을 위탁받아 '기록장'이라는 이름으로 시민들의 기록아지트를 만들어가고 있다.

공간을 만들 때면 늘 대학 때의 '문연자'(문학연구자료실) 같은 공간이 있으면 좋겠다는 생각을 했다. 공강 때 누구나 올 수 있고, 글을 쓰고 출력할 수 있고, 때로는 늦은 시간 남은 사람들끼리 모여 치킨을 먹고(도대체 우리는 왜 그렇게 치킨에 목숨을 걸었을까?), 누군가의 글을 훔쳐보기도 하며 세계관을 써내려가는 공간. 나는 작가가 되진 못 했지만, 그런 공간을 운영하면서 프로젝트를 만드는 기획자로 살고 있다.

왜 창업을 했어요?

누구든 내게 물어보면 나는 망설임 없이 '자유로워지기 위해서'라고 답한다. 다시 말해서, 나는 내 방식대로 내가 좋아하는 일을 하기 위해 시작한 것이다. 그리고 내가 가장 잘할 수 있는 형태로 풀어나가는 것이 무척 즐겁다. 나는 내가 태어나고 자란 춘천을 좋아하고, 춘천의 사람들을 좋아하고, 문학을 좋아하는 사람이니까. 좋아하는 것들이 가득한 곳에서 나만의 이야기를 만들어가는데 어떻게 재미가 없을 수 있을까. 시를 한 편 읽어도 혼자 묵독하는 것과, 체험과 여행을 통해 함께 읽는 것은 분명 다르다. 책이 좋아 시작했지만, 책 속에서 자유로워지기 위해 나는 이 일을 이어간다. 이것이 내가 문학으로 소양해나가는 방법이다.

09학번. 기록연결자로, '소양하다'를 3년째 운영하지만 여전히 초보 대표이다. 지금은 도시공학도로서 도시에 살고 있는 개인의 가치 있는 경험을 기록해 나가고 있다.

원이 되지 못한
무한의 다각형

박찬호 | (주)마이디어스 대표

"씨발, 회사 그만두면 될 거 아냐."

이미 한참 전 써놓았던 퇴직원이 팀장의 얼굴 위로 날아갔다. 오전 9시를 갓 넘긴 9시 3분쯤에 벌어진 일이었다. 가뜩이나 조용한 월요일 아침, 사무실은 순식간에 물 끼얹은 듯 모든 게 멈춰지면서 그 많은 시선은 일시에 나를 향했다. 지금으로부터 31년 전인 1992년 바람이 쌀쌀해지던 어느 가을 아침의 일이었다. 난 그길로 밖으로 나와 라면 하나를 시켜 놓고 소주 두 병을 깠다. 오전 9시 10분쯤이었다. 지금은 HS애드로 이름이 바뀐 당시 럭키금성 그룹의 인하우스 광고 대행사인 LG애드에 다니던 시절의 얘기다. 사보 담당자로 입사한 지 3년 쯤 지나 벌어진 일이었고, 젊은 시절 질풍노도의 감정이 끝없이 이어지던 시기의 이야기다.

따르릉~~.

"여보세요? 박찬호 씨 댁이죠?"

"LG애드 전무님실 000입니다. 왜 회사를 안 나오고 그러세요?"

웃으면서 전무님이 찾는다고 빨리 나오라는 담당 임원인 전무의 비서로부터 걸려온 전화였다.

다음날 며칠 만에 나간 회사에서 전무님과의 면담 이후 일방적으로 SP^{Sales Promotion} 부문으로 전배가 되었다. 그렇게 무슨 일을 하는 부서인지도 모르고 일방적인 배속으로부터 시작했던 업무가 어느덧 33년을 넘어 오늘의 나를 규정짓는 일이 되었다. 그 길었던 질풍노도의 시기, 학교 시절부터 책자 만드는 일과 친숙했고 회사 생활도 사보 만드는 일로 시작했던 터라 사실 분업화된 조직의 일이 몸에 배지 않은 상태에서 배속된 SP부문의 일은 당시 내 관점에서는 모든 게 사기에 가까웠다. 당시에는 마케팅이란 개념을, 그 실체를 몰랐던 때였고 책을 만들고 원고, 문장 뭐 이런 것들에 친숙했던 때였기에 새로이 배치된 곳의 업무가 무척이나 생경했고 특히, 마케팅이란 미명하에 벌이고 있는 일들이 너무 형이하학적이고 유치하게 생각되었다. 그것이 우리들 삶의 실체이고 진면목인지를 그때는 미처 몰랐다.

내가 학교를 다니던 1980년대 초반 문창과의 분위기는 당시 내가 알던 다른 학교나 학과의 분위기와는 사뭇 달랐다. 물론, 당시 시대상도 그러했지만 우리 과는 내 기억에 유난히 시대의 옳고 그름, 사회의 밝음과 어두움, 인간의 가식과 진실 등 다소 난해하고 형이상학적인 담론들로 가득했던 기억이 있다. 고대 그리스에 '아고라'가 있었다면 내게는 문창과가 그 역할을 대신한 셈이었다. 그렇게 삶은 '진리의 아고라'라고 생각했던 나에게 '일단 어떻게든 물건만 잘 팔면 된다'라는 마케팅의 기본 속성이 내 가치관과 성향에 맞을 리 없었다. 그런 생각이 곧 업무자세로 이어지니 돌이켜 보면 치열한 경쟁 구조하에서 제대로 된 성과를 내기 어려웠을 것이다.

"회사를 그만두겠습니다."

부서를 옮긴 지 2년 만인 1994년 늦여름의 일이었다. 미련 없이 사표를 내고 무작정 혈혈단신 캐나다 유학길에 오른 것이 그해 가을. 그렇게나 하찮게 여겼던 비즈니스 마케팅을 공부하기 위해서였다.

그 2년간의 유학 생활 동안 물론 비즈니스니 마케팅이니 하는 혀 꼬부라지는 말들도 많이 배웠지만 정작 깨달은 것은 숲을 떠나 숲을 보니 숲이 보였다는 것이었다. 그 숲은 다음의 몇 가지로 요약할 수 있다.

첫째, 나는 과연 사회 적응력이 부족한가?

둘째, 나의 가치관과 사회의 요구사항 중 어느 것이 더 중요한가?

셋째, 현재의 나는 선천적으로 만들어진 것인가? 후천적으로 다듬어진 것인가?

이 몇 가지의 근본 질문에 대한 해답까진 아니어도 나름의 모범 답안을 찾았다는 게 그간 보지 못했던 숲을 볼 수 있었다는 것이다.

사람들은 누구나 각형角形을 가지고 태어난다. 혹자들은 그것을 '성격'이라고 표현하기도 한다. 어떤 이는 태어나면서 삼각형으로, 또는 사각형, 오각형으로 등등 내가 원하든 원하지 않든 주어진 각형으로 세상에 나오는 것이다. 이에 대학에 들어가면서 그 학과에 따라, 또는 그 학풍에 따라, 그 분위기에 따라 그 각형은 좀 더 공고해지거나 예각이 되거나 둔각이 되거나 한다. 그런 면에서 문창과는 아니, 그 과에 들어온 사람들은 상당 부분 예각이거나 직각의 각형을 가진 사람들이 많다고 볼 수 있다. 예각이든 둔각이든 어느 것이 더 좋은 각형이라고 얘기할 수는 없다. 하지만 확실한 것은 예각과 직각은 모서리가 날카롭기 때문에 금세 눈에 띄고 잘 깎이기 십상이란 것이다. '모난돌이 정 맞는다'와 같은 이 치일 것이다.

나 또한 이 논리에서 예외일 순 없고 그저 중간 정도의 사각형이었을 것이다. 처음 회사 생활을 할 때 이 사각형의 모습과 성정으로 시작을 했다고 볼 수 있다. 삼각형 또는 사각형은 안정적인 형태이긴 하나 잘 구르지는 않는다. 이 각형들이 남들보다 힘들게 구르기 시작하면서 그 예리했던 각들이 깎이기 시작한다. 사각형이 팔각형으로, 그리고 십육각형으로 삼십이각형으로 그리고 계속 그 모서리들이 깎이면 깎일수록 앞서 말한 사회 적응력은 배가되는 것이다. 그런 사회 적응력이 배가될수록 나의 가치관과 사회의 요구 사항이 합치되는 경우가 많아진다. 결국 선천적인 각형은 후천적으로 깎이고 다듬어져 시간이 지날수록 무한의 각을 지닌 원을 향해가는 것이다. 이 무한의 다각형이 반드시 좋은 것만은 아니나, 사회생활을 하다보면 그 각의 개수와 사회의 적응성이 일면 유의미한 상관관계를 갖는 것은 분명한 듯하다.

직각, 또는 예각으로 태어나 문창과에서 이와 유사한 각형을 가진 사람들끼리 모여 그 각형들만의 관심사를 논하다 사회란 곳에 덜렁 혼자 떨어졌을 때, 그리고 그때부터 구르고 치이면서 계속 다각형으로 변하고 있을 때, 그래서 사람들이 말하는 '사회 적응력'이 뛰어난 사람이 되었을 때도 문창과를 나온 사람들은 다른 사람들과 구분 되는 뭔가가 있다.

그것은 바로 무한에 가까운 원을 향해 달려가지만 결코 원이 되지는 않는다는 것이다. 멀리서 보면 원이지만 가까이에서 만져보면 무수히 많은 각으로 표면이 까칠까칠하다. 각기 저마다 매끄럽기가 다른 다각형처럼 그 개개인의 심연에는 일반 사람들과는 좀 더 다른 세상에 대한 지적

성찰과 인간에 대한 깊은 애정이 있다. 그래서 문창과는 죽었다 깨어나도 형태가 똑같은 완벽한 원은 될 수 없다. 다만 원에 무한히 가까운 다각형이다.

어느새 직장 생활을 한 지 34년이 되었다. 그 사이 사각형은 수없이 구르고, 패이고 까이면서 이제 거의 원에 가깝게 변했다. 어떤 각형에 맞춰도 무리 없이 적당히 어울리지만 어떤 각형에도 정확히 맞지는 않는 나만의 다각형, 아니 우리 문창과만의 개성 있는 다각형. 그래서 좋고 그래서 자랑스럽다.

83학번. LG애드 입사로 광고업계에 발을 들여놓은 지 34년째. 그중 10년은 월급을 받는 사람으로 살았고, 나머지 24년은 월급을 주는 사람으로 광고·홍보·전시 전문회사를 경영하고 있다. 코로나 팬데믹 시기와 암 발병을 계기로 마지막이란 생각으로 시 창작에 몰두하여, 뒤늦게 계간 <미래시학>과 <월간 시>를 통해 등단하여 시인으로도 활동하고 있다.

물빛으로 흐른다는 건

이인호 | 시인·울산광역시 공무원

아직은 후덥지근한 기운이 가시지 않은 9월. 늦은 오후에 제방을 오른다. 가끔 구절초나 원추리를 만나는 행운도 있지만, 대부분 도깨비풀 같은 것들이 웃자란 잡초풀숲이다. 조그마한 둔덕을 오르는 사이 바짓가랑이가 조금 젖었고, 난 제방에 아무렇게나 앉아 물빛을 바라본다. 가을의 물빛과 봄의 물빛이 다르다. 가을은 여름에 쏟아진 많은 비로 상류의 찌꺼기들이 흘러들어 봄의 물빛보다 탁하다. 사진을 찍고 이리저리 둘러본 후 잠시 제방에 앉아본다. 물속으로 구름이 흘러들고 바람이 수면을 간지럽힌다.

분기에 한 번 우리 면에 있는 모든 저수지를 점검하는 이 시간이 너무 좋다. 점점 나이가 들어가는 마을의 어른들처럼 육이오 전쟁 이후, 혹은 해방 이후에 만들어진 스무 개나 되는 오래된 저수지들을 점검해야 한다. 지도에도 없는 길을 찾아 들어가 모두 둘러보려면 열흘은 꼬박 다녀야 한다. 계곡을 막아 세운 저수지이니 만큼 들어가는 길도 만만치 않다. 다른 사람 집의 텃밭을 가로지르는 건 예사고, 여차하면 차가 빠질 것 같은 좁은 농로를 지나가기 일쑤지만 서울에서 직장생활을 하던 시절에 비하면 호사다.

누구나 살아가면서 몇 가지 전환점이 존재하는데 내 인생의 가장 큰 전환점은 아마 농담반 진담반으로 '차라리 공무원 시험을 치겠다'고 외친 그 순간이 아닐까? 노동조합이 있는 직장이었으면 좋겠다는 막연한 생각과 서울을 벗어나고 싶다는 어설픈 고민의 절충점. 그리고 '그래, 잘되면 재수고, 못되더라도 한 1년 잘 논 셈 치자'는 아내의 부적절한 응원이 합쳐져서 공무원 생활을 시작한 지 얼추 이십 년이 되어간다.

어느 글에서 장정일이 '공무원이 되어 퇴근하자마자 침대에 누워 책을 읽으며 사는 것이 꿈'이라 했다던데, 솔직히 몇 가지만 포기한다면 그 꿈대로 사는 것이 어렵지 않은 것도 사실이다. 그의 말처럼 시간이 많아서도 아니고, 노후를 걱정할 필요가 없어서도 아니다. 고요하게 사유할 시간이 많아지고, 애써 혼자 있으려 하지 않아도 그렇게 할 수 있는 시간이 제법 많기 때문이다. 게다가 시골에서 과소비를 할 여력도 없거니와 생활이 규칙적이고 보수적으로 변하니 마음만 먹으면 읽고 쓰는 일이 어렵지 않기 때문이기도 하다. 나 역시 이 직업을 선택하고 나서도 글을 쓰고 싶은 마음을 포기하지 않았고, 꾸준히 읽고 쓰는 연습을 한 덕에 여전히 쓰려고 노력하는 사람으로 남았다.

내가 공무원이 된다고 했을 때, 주변의 어느 누구도 놀라지 않았다. 우린 IMF를 아무 준비 없이 통과해야 했고, 경제위기라는 단어 앞에 무기력했기 때문이다. 다니는 직장은 늘 불안했고, 번뜩이는 기지로 실력을 발휘하며 살기엔 과연 그런 직장이 오래 갈 수 있을까라는 의문이 들었다. 그래, 장정일의 꿈을 내가 대신 이뤄보자 생각하며 시작했고, 다행스럽게도 아내 또한 열심히 한 덕에 같이 글을 쓰는 사람이 되었다.

그건 다 호수 덕이라 생각한다. 아침 출근길에 마주하게 되는 호수. 야산의 능선을 따라 길게 이어진 구불구불한 길. 이른 출근길엔 물안개가 피어오르고, 늦은 가을엔 물속에 알록달록하게 단풍이 든 산의 옆구리가 그대로 비치는 호수. 처음엔 그저 물방울 하나였을 것이다. 그러다 개울이 되고 하천이 되어 흘렀을 일. 나도 그렇게 물방울 하나에서 시작해 개울이던 시절이 있었다.

대학에 입학해서 기말고사를 작파하고 동기들과 함께 금강 하구 둑을 보러 갔을 때 우린 겨우 스무 살이었다. 히치하이크라도 하려 했지만, 남자 넷이 얻어 탈 수 있는 차는 그나마 트럭의 짐칸이었다. 우린 마치 땅이 서서히 움직이는 것 같은 도도한 강물을 바라보며 오줌이 마려웠다. 수풀을 헤치고 들어가 강물 가까이 오줌을 싸는 것으로 우린 그 거대한 물결에 나름의 경의를 표했다. 그래서일까 지금도 저수지를 보고 있노라면 방광이 차올라 오줌이 마려워지곤 한다.

그때 좀 더 시원하게 쏟아냈더라면 나머지 학창 시절이 더 흥미롭지 않았을까 후회도 되지만, 미래란 예측하는 것이 아니라 하루하루 살아온 날의 합이란 걸 요즘 깨닫고 있다. 그러니 지금의 나는 그 시절이 만들어낸 것이다. 퀴퀴한 냄새가 나는 동아리방에 모여 A4 용지를 뚫어져라 쳐다보며 밤늦도록 합평회를 하던 순간. 너구리굴이 따로 없을 정도로 연기로 가득한 조그만 동방. 누군가 제발 돌아가며 피우자고 할 정도로 담배 연기로 가득한 방안에서 오고 가던 이제는 다시 못 할 대화의 시간. 그리고 그보다 더 오랜 시간 학교 앞 술집에 앉아 안주가 떨어지면 김치와 물을 넣어 다시 끓인 잡탕찌개로 합평회보다 긴 뒤풀이를 하며 속쓰림을 달래던 시간. 어쩌면 우리가 세상을 조금은 바꿀 수도 있겠다는 생각으로 거리를 내달리던 시간. 그런 시간이 모여 호수로 흘러들었고, 이제 그 물방울 같은 시간이 모여 잔잔해지는 중이다.

하지만 잔잔해진다는 건 표면의 일. 그 안에선 흘러 모여 가득찬 물길이 서서히 움직이고 있다. 나를 흘러간 시간이 고이고 침잠하며 쓰지 않고는 견딜 수 없도록 만든다. 이제 뭘 쓰냐는 질문은 더는 들을 일이 없고, 왜 쓰냐는 질문에도 이럭저럭 대답할 수 있어 다행이다. 누군가가 나를 지켜 보아줘서 고맙고, 그래서 나를 둘러싼 환경과 상관없이 내가 쓰지 않으면 안 될 것 같아 쓴다는 건, 가끔 폭우가 쏟아지면 다 가두지 못하고 콸콸 흘러넘칠 때도 있고, 생활에 찌들어 오래 가물면 못난 바닥이 드러날 때도 있는 것과 같다.

내일 역시 몇 개의 저수지를 둘러봐야 한다. 들어가는 길은 물기가 가득해 질퍽질퍽할 것이고, 나무에서 늘어진 거미줄이 얼굴을 휘감을지 모른다. 그래도 제방에 올라서면 계곡을 지나 흘러들어온 물길이 보인다. 그건 쉼 없이 지나온 길일 테고, 어쩌면 그게 지난한 생의 연속일지 모른다. 쓰는 일도 그렇다. 업처럼 그저 쓰지 않으면 견딜 수 없어 쓸 수밖에 없는 것. 반짝이지 않더라도 그만이다.

93학번. 『불가능을 검색한다』, 『이별 후에 동네 한 바퀴』 두 권의 시집을 냈고, 제1회 여순 평화인권문학상을 수상했다. 현재 울산의 시골 면사무소에서 근무하고 있다.

농담인가요?

신건호 | 법무법인 뿌리깊은나무 대표변호사

재판정에서

"피고인에게 무죄를 선고하여 주십시오!"

긴 최후변론을 마치며 나는 힘을 주어 말했다. 검사는 내가 최후변론을 시작할 때부터 축 처진 어깨로 고개를 숙이고 있었고, 재판장은 주심판사와 무엇인가를 속닥였는데 나의 변론에 수긍하는 눈치였다. 최후변론을 마치고 자리에 앉으며 확신이 들었다. 이 재판은 내가 이겼다.

상식적으로 생각해 보면 애초에 말이 안 되는 사건이었다. 사건의 개요는 이렇다.

김 씨와 박 씨는 각각 서울 변두리의 오래된 빌라 101호와 201호에 사는 60대 후반 기초생활수급자였고, 둘 다 알콜 중독자였다. 김 씨는 박 씨에게 '넌 술만 마시면 시끄러우니 이 빌라에서 나가'라고 자주 종용하였다. 그 말이 기분 나빴던 박 씨는 어느 날 김 씨의 방에 들어가 화를 내며 빈 세제상자를 바닥에 던졌다. 그러자 김 씨가 112에 신고를 했고 출동한 경찰은 박 씨를 경찰서에 데려가 주의를 주고 훈방하였다. 경찰서를 나온 박 씨는 막걸리 두 병을 마시고 다시 김 씨의 집에 들어가 다투었다. 다투는 중에 서로가 서로의 몸을 잡고 함께 바닥에 넘어졌고 무릎과 팔꿈치에 상처가 생겼다. 두 노인네 싸움이 시끄러워 집주인이 112에 신고를 했다. 다시 출동한 경찰은 박 씨를 현행범으로 체포하였고, 검사는 박 씨를 3개의 범죄혐의로 기소하였다.

검사가 작성한 공소장을 받아본 나는 검사에게 이렇게 묻고 싶었다.

"지금 농담하시는 거죠?"

공소장에 적힌 죄목이 기가 막혔다. 평소 박 씨와 김 씨는 서로의 방을 오가며 함께 술을 마시는 사이였지만, 그날은 박 씨가 김 씨의 허락을 받지 않고 김 씨의 방에 들어갔으니 주거침입죄가 성립한다는 것이었고, 박 씨가 김 씨를 향해 종이상자를 던졌으니 폭행죄가 성립한다는 것이었고, 경찰서에 다녀온 뒤에 김 씨가 112에 신고했다는 것을 이유로 박 씨가 김 씨에게 싸움을 걸었으니 보복폭행죄가 성립한다는 것이었다.

가장 어처구니없는 것은 보복폭행죄인데, 보복폭행은 벌금형 없이 징역 1년 이상의 유기징역이 규정된 무시무시한 범죄이다. 상해가 인정되는 경우 무려 징역 3년 이상으로 형량이 늘어난다. 강간죄가 징역 3년 이상의 징역형이고, 살인죄가 징역 5년 이상의 징역형인 것과 비교해 볼 때 이해하기 어려울 정도로 중형이 규정된 범죄이다. 그 무시무시한 범죄를 박 씨가 저질렀으니 엄벌해달라는 것이 검사의 주장이었다. 농담 같은 일이지만, 이 농담 같은 일이 냉엄한 현실이었다. 변호사가 적극적으로 대응을 하지 않으면 피고인은 긴 세월을 교도소에서 지내야만 할 판이었다.

증거인정, 피해자 증인신문, 목격자 증인신문, 피고인심문 등에서 나는 검사와 수차례 충돌했다. 나는 피해자의 처벌불원서를 받아내 폭행 부분에 대한 공소기각 요건을 만들고, 증인신문을 통해 보복목적이 없었다는 내 주장을 뒷받침할 증거들을 제시했다.

선고기일은 3주 후로 잡혔다. 결론은 뻔하다. 무죄다. 내가 이겼다.

법원을 나오면서 나는 생각했다. 아무래도 법이 너무 이상하다. 보복 폭행죄는 다른 범죄와 비교할 때 형평성이 맞지 않고 구성요건도 합리적이지 않다. 검사가 박 씨를 기소한 것은 검사의 잘못만은 아니다. 법이 그렇게 규정되어 있으니, 검사는 나름대로 법에 충실하게 적용했을 뿐이었다. 정말 문제는 이 법을 만든 국회에 있었다.

나는 국회를 향해 말하고 싶었다. 욕도 섞어서.

"씨발, 지금 농담하는 건가요?"

그런데 이 말은 나 자신을 욕하는 말일 수도 있다. 왜냐하면 나는 불과 몇 년 전까지만 해도 국회에 소속되어 법률 만드는 일을 했었기 때문이다.

25년 전 캠퍼스에서

소설합평회 시간이었다. 나의 습작품을 합평하는 시간이었고, 동기들의 따뜻한 평가를 거쳐, 마침내 내가 존경하고 또 존경하는 신상웅 교수님의 총평 시간이 다가왔다. 교수님은 출입문 쪽에서 팔짱을 끼고 서서 학생들의 평가를 곰곰이 듣고 계시다가 총평시간이 되자 내 습작원고를 벽에 집어던졌다. 그러면서 우렁차게 하신 말씀.

"야, 너 소설 쓰지 마! 이게 소설이냐?"

나는 그 말씀을 가슴 깊이 새기고 빨리 소설 습작을 그만 두어야 했다. 그러나 그러지 못했다. 재능도 없는 놈이 대학을 졸업하고도 몇 년 동안 습작을 계속했다. 가정 형편이 어려워 고시원에서 지내며 낮에는 보습학원에서 아이들을 가르치고, 밤이 되면 컴퓨터 모니터의 새하얀 공간 위에 글자 몇 개를 썼다 지우다를 반복하는 우울한 몇 년을 보냈다.

그러던 어느 날 친구와 수다를 떨다가 나는 문득 친구에게 말했다.

"나는 세상을 변화시키려고 소설 쓰기를 시작했어. 근데 변호사를 병행하면 세상을 변화시키는 일을 더 잘하게 될 것 같아. 난 변호사도 되어야겠어."

변호사가 되어야겠다는 생각을 그 이전에는 단 한 번도 한 적이 없었다. 그 무렵 박원순 변호사가 참여연대라는 시민단체를 만들어 언론에 자주 나오고 있었고, 그 모습이 너무나 멋져 보였기에 무심코 툭, 튀어나온 말이었다. 친구에게는 그저 농담처럼 한 말이었다. 그런데 '변호사'라는 단어가 그 이후로 머릿속을 계속 맴돌았다. 몇 년 뒤 나는 로스쿨 입학시험을 치렀고, 변호사가 되었다.

로스쿨 졸업 무렵

로스쿨 졸업 무렵 나는 친구에게 말했다.

"나는 국회에서 변호사 연수를 받을 테야. 판사든 검사든 변호사든 다 법에 규정된 대로 일하는 사람들인데, 기왕이면 그 법을 만드는 일을 해보는 게 재미있지 않을까?"

신입변호사는 로펌에서 연수를 받는 게 보통이었기에 정말 농담처럼 한 말이었는데, 그 말이 머릿속을 또 계속 맴돌았다. 그래서 나는 변호사시험을 친 뒤 내가 평소에 존경했던 노회찬 국회의원님께 편지를 썼다. 로스쿨을 막 졸업한 연수변호사인데 아무 일이나 시켜주면 열심히 하겠다는 내용이었다. 며칠 뒤 보좌관으로부터 미팅시간을 잡자며 전화가 왔고, 노회찬 의원님과 면담을 한 후 연수기간 동안 의원실 입법보조원으로 일하게 되었다. 연수기간이 끝나자 의원님은 나에게 보좌진에 정식으로 합류하라고 권하셨다. 그렇게 해서 나는 노회찬 의원님 밑에서 법률 만드는 일을 하게 되었다.

수년간 국회에 적을 두었다. 나의 직장 보스이자, 나의 스승이자, 민중들의 친구이자, 많은 국민들의 사랑을 받았던 노회찬 의원님은 어느 날 농담처럼 스스로 생을 마감하였다. 도저히 믿어지지가 않았다. 한동안 시골에 내려가 조용히 세월을 삼켰다.

그러던 중에 여성가족부 장관 비서실에서 전화가 왔다. 장관을 겸직하고 있던 진선미 의원님이 국회로 복귀해야 하는데 보좌진에 합류하라는 것이었다. 1년 만에 나는 국회로 돌아왔다. 진선미 의원님은 국회에서 국토교통위원장이라는 중책을 맡았고, 나는 그 밑에서 실무를 맡았다. 업무로 인해 서울시장으로 일하고 있던 박원순 변호사님을 여러 차례 만났다. 서울시청에서 박원순 시장님과 진선미 의원님의 긴 회의가 있었던 날, 회의에 배석하고 있던 나는 회의를 마치고 나가면서 박원순 시장님께 "저는 시장님을 롤 모델로 삼아 변호사가 되었습니다."라고 말을 하려다가, 아부하는 것 같아 말을 삼키고 시청을 나왔다. 그로부터 일주일 뒤에 박원순 시장님도 농담처럼 스스로 생을 마감하셨다.

정치는 세상을 변화시킬 수 있는 강한 힘을 가졌지만 그 어떤 농담보다 잔인했다. 나는 국회를 나와 서초동에 법률사무소를 차렸다.

요즘 친구에게 하는 농담

요즘 함께 일하는 친구 변호사에게 자주 하는 농담이 있다.

"나는 인권변호사를 해야겠어. 지저분한 사건은 안 해. 굶어 죽어도 안 해."

매달 몇 건의 사건을 수임했는지 서슬 퍼런 눈으로 꼬치꼬치 캐묻는 와이프를 떠올리면 정말 위험한 농담이다. 마흔 중반을 넘어 어렵게 낳은 갓난아기 분유값을 떠올려 봐도 참 발칙한 생각이다.

그렇지만 이 농담이 현실이 될 수 있다면 참 좋겠다.

96학번. 문예창작학과 졸업 뒤 충남대학교 법학전문대학원을 나와 현재는 법무법인 뿌리깊은나무 대표변호사이다. 국회에서 노회찬 의원 비서와 진선미 의원 비서관으로 입법 활동에 참여했고, 한국서부발전 사내변호사로도 일했다. 국가인권위원회 인권강사 전문과정, 중국 정법대학교 법무연수과정, 한국은행 금융경제 아카데미과정을 수료했다.

사랑하는 아이와 안경

윤한철 | 안경사

　회사를 그만두어야겠다고 생각했던 것은 곧 태어날 아이 때문이었다. 맞벌이를 하면서 아이를 키울 자신이 없었다. 맞벌이를 하면서 아이를 키우는 주변 사람들의 생활이 너무 힘들어 보였고, 할아버지, 할머니의 도움을 받지 못하는 육아는 불가능에 가까워보였다. 아빠인 내가 육아를 담당하기로 했지만, 그렇다고 육아 이후를 생각하지 않을 수는 없어서, 이런저런 고민을 하고 있었다. 무엇을 할까 고민을 하던 어느 날, 정류장에서 버스를 기다리고 있을 때였다. 길 건너에 안경원이 있었는데, 손님은 없었고, 안경사 혼자 앉아서 책을 보고 있었다. 나는 안경원을 차려야겠다고 생각했다. 안경원에 앉아서 책을 읽어야겠다고 생각했다.

　예상했던 대로 육아는 힘들었다. 베이비시터의 도움도 받았고, 걷기 시작할 때는 어린이집에도 갔지만, 육아는 힘들었다. 특히 육체적으로 힘들었다. 밤잠을 설치는 것은 100일의 기적 이후로는 괜찮아졌지만, 아이를 들었다가 내리고, 안고 다니느라 어깨가 빠질 것 같은데, 몸무게가 점점 늘어가는 아이는 자꾸 안아달라고 하고, 기저귀를 갈 때마다 허리가 끊어질 것 같았다. 남자인 내가 이 정도로 힘이 드는데, 생수통 교체할 때마다 나를 부르던 혹은 불렀을 그 수많은 여자들은 어떻게 아이들을 업어 키우고 있는 것일까? 내가 모르는 요령이 있는 것일까? 어떻게 한 손으로 아기를 안고, 다른 한 손으로 장바구니를 들 수 있을까?

힘들어 할 때마다 사랑하는 아이는 나를 보면서 항상 크게 웃어주었다.

"아빠, 내가 왜 아빠를 보면서 이렇게 과장되게 크게 웃는 줄 알아? 내가 웃는 모습을 보면서 아빠가 행복했으면 해서야"

이렇게 말해주며 나의 기쁨이 되었던 아이는 100일의 기적에 필적할 법한 10살의 기적을 시현하면서 사사건건 내 속을 긁고 있지만, 그래도 나는 나의 아이가 사랑스럽다.

안경원을 열기 위해서는 안경사가 되어야 하고, 안경사가 되기 위해서는 안경광학과를 졸업해야 한다. 나는 35살에 다시 대학에 들어가 스무 살 친구들과 같이 공부했다. 육아와 학업을 병행하는 만학도를 향한 불안한 시선도 느꼈지만, 즐거운 경험이었고, 공부도 재밌었다. 안경광학과의 공부는 생물학(눈)과 광학(빛)의 이론을 기초로 시력검사와 안경제작의 실무를 훈련하는 과정이다.

눈에 대해 공부하면서 내가 생각했던 것보다 훨씬 많은 주변 사람들이, 내가 생각했던 것보다 훨씬 더 심각한 수준의 시력이라는 것도 알게 되었다. 그 시력으로 지금까지 살아내느라 얼마나 힘들었을까? 특히 책을 많이 읽었던 문창과 선후배, 동기들 생각이 많이 났다. 그런 눈으로 책을 읽고, 공부하느라 고생이 참 많았겠다.

독서는 눈이 일하도록 하는 것이다. 그래서 책을 많이 읽는다는 것은 눈을 혹사시키는 일이다. 눈이 금방 피곤해지고, 눈이 빨리 늙는다.老眼

책 읽는 것이 힘들어지는 나이가 되었다는 것을 깨닫고 슬퍼하는 사람들도 많이 만났다. 작은 글씨 읽는 일이 힘들어지는 나이가 되었다는 것은 눈앞의 작은 일에 마음 조급해하지 말고, 인생을 조금 더 멀리서 보라는 신호가 아닐까?

안경광학과 졸업 후에는 직원 생활도 몇 년 하면서, 내 안경원을 차릴 준비를 해나갔다. 처음 일한 곳에서는 재미있는 인연도 있었다. 규모가 꽤 큰 안경원이라 정년퇴직한 여성분이 경리업무를 담당하고 있었다. 문학공부를 하고 싶었는데, 형편상 하지 못하고, 정년퇴직 후 지역 문화원의 시창작강좌를 들으며 열심히 시를 쓰고 있었다. 문예창작학과에서 시를 전공했다는 나의 이력을 알고부터는 나만 보면 시 이야기를 했고, 자신의 시를 봐달라고 부탁했다. 몇 년 후에는 계간지로 등단해 시집도 낸 시인이 되었다.

"시에서 도망쳐서 여기까지 왔는데, 이놈의 시가 여기까지 나를 쫓아오네요."

"그러니까 윤 선생님도 다시 시 쓰세요."

이런 시시한 농담도 주고받았다.

안경원을 차려야겠다고 생각했던 2011년 가을로부터 8년이 지나서야, 나는 작은 안경원을 열게 되었다. 원래 생각했던 안경원 콘셉트가 있었지만, 작게 시작할 수 있는 규모의 어린이 전문 안경원을 열었다. 그리고 얼마 지나지 않아 '코로나 사태'가 터지고, 나는 내가 꿈꾸던 그대로, 안경원에 앉아서 하루 종일 책을 읽었다. 아이들은 학교에 가지 못했고, 안경원에도 오지 않았다.

들불처럼 번지던 코로나의 위세가 한풀 꺾이고 학교가 다시 문을 열었다. 바깥활동이 줄고, 온라인 수업하느라 아이들의 시력은 이전의 아이들보다 더 나빠졌을 것이다. 사랑하는 나의 아이는 친구들을 만나 웃고 떠들고, 뛰어다니면서 눈으로는 볼 수 없는 것을 만나게 되고, 책과 유튜브가 알려주지 않았던 더 큰 세상을 만나게 될 것이다. 아이야, 사랑하는 아이야. 나는 너를 위해 안경사가 되었어. 나는 네가 좀 더 큰 세상을 볼 수 있도록 너의 안경이 되어 줄게. 너는 다시 만난 친구들의 우산이 되어 줄 수 있겠니? 우산이 될 수 없을 때는 함께 비를 맞아줄 수 있겠니?

97학번. 문창과 졸업 뒤 35살에 다시 안경광학과에 들어가 졸업한 뒤 현재는 경기도 수원에서 어린이 전문 안경원 키즈아이안경원을 운영하고 있다.

웁살라의
방사선사가 되다

전경애 | 스웨덴 세인트요란병원 방사선사

아직 새벽바람이 차가운 시각 나는 스톡홀름으로 떠나는 기차를 기다린다. 여느 때처럼 핑계도 없이 도착이 늦어지는 기차를 조용히 기다리는 직장인들로 가득한 플랫폼에 서서 아직도 문득 낯설게 다가오는 이국적인 얼굴들을 바라보다 헛웃음을 웃게 되는 출근길. 나는 종종 동양의 먼 나라에서 온 내 얼굴이야말로 이 웁살라 기차역의 이국적인 풍경인 것을 새삼 깨달으며 하루를 시작하고는 한다. 나는 어쩌다 이 무대에서 이방인 1의 배역을 맡게 되었을까.

대학을 졸업하고 출판업계에 적을 두고 있던 작은 회사들을 옮겨 다니며 밥벌이를 하던 때만 해도 오늘날의 떠돌이 생활을 짐작하게 할 만한 단서는 내 삶에서 딱히 찾아볼 수 없었다. 평범했다. 무엇도 그다지 낯설지 않았고 그것이 또 싫지 않았던 하루하루가 흘러가고 있었다.

대학을 다닐 때는 글을 쓴답시고 까불어보기도 했지만 나는 도무지 내게서 그에 대한 어떠한 재능도 발견해 낼 수 없었다. 아니 그것을 찾아낼 만큼의 열정이 내게 없었던 것일 수도 있겠다. 졸업을 하면서는 그저 문학을 과소비하는 문창과 동문이 되는 것도 나쁘지 않겠다 싶었다. 그러다 서른이 갓 넘었을 무렵 내 인생에 대규모 지각 변동이 생기는데, 그것이 내 떠돌이 생활의 시초였다.

나는 결혼과 함께 해외로 떠나게 되었다. 스페인의 작은 도시 카르타헤나의 토박이였던 남편을 따라 말 그대로 '시집'을 간 것이었다. 카르타헤나에서의 신혼생활은 꽤 재미가 있었다. 상냥한 사람들과 따뜻한 기후, 그리고 바다의 조합은 신혼 생활에 여유와 낭만을 더해주었다. 그러나 나름의 충만함으로 이어지던 스페인 생활은 3년을 못 채우고 끝이 났다.

마이크 타이슨이 그랬다던가? "누구나 그럴싸한 계획을 가지고 있다. 한 대 처맞기 전까지는." 처음에는 내게도 그럴싸한 계획이 있었다. 그러나 시간의 모퉁이를 다 돌 때까지는 그 앞에 무엇이 우리를 기다리고 있는지 알 방법은 없다. 어떤 사정이 있었는지 세세한 사연은 생략하겠다. 그저 내가 모퉁이를 돌았을 때 마주했던 풍경이 내가 기대했던 것과 하나도 비슷하지 않았다고만 해두자. 카르타헤나를 뒤로하고 나는 남편과 함께 영국을 거쳐 스웨덴으로 갔고, 이곳 웁살라에 도착했다.

사실 웁살라에 오게 된 것은 나의 학업 때문이었다. 스웨덴에 도착했을 때 나는 6년차 주부가 되어 있었다. 그것은 나에게 재미있지도 적성에 맞지도 않는 역할이었지만 난 그때까지 대안을 찾아내지 못하고 있었다. 이곳저곳 기웃거리며 봉사활동도 해보고 파트타임 일자리도 구해보았지만 내가 뿌리내릴 만한 터를 찾기에는 역부족이었다.

그것이 참 싫었다. 유럽의 여러 도시들을 떠도는 동안 낯선 사람들에게 내가 누구인지 설명해야 할 때마다 나는 자신을 소개할 적당한 단어를 찾지 못하고 머뭇거리고는 했다. 나는 누군가의 아내나 딸, 언니, 누나였지만 나 스스로는 점점 아무것도 아닌 사람이 되어가는 듯했다. 내가 망설임 없이 댈 수 있는 것은 내 이름 석 자가 전부였다. 이곳 사람들은 잘 알아듣기도 따라 부르기도 힘든 내 이름. 마음이 점점 고단해졌다.

나는 이 상황에서 벗어나고 싶었다. 스웨덴은 그런 생각을 현실화하기에 좋은 환경을 갖추고 있었다. 이곳의 사람들은 중년 혹은 노년에도 새로운 것을 배워 새로운 직업을 가지는 것을 어색해하지 않았다. 나는 스웨덴은 교육이 무료이니 대학에 합격만 하면 된다고 생각했다. 나는 아무 생각 없이 공부를 하기 시작했다. 그리고 어느 정도 준비가 되자 취업률이 매우 높은 학과를 찾아 지원했다. 웁살라 대학에서 연락이 왔고, 나는 다시 한 번 대학생이 되었다. Röntgensjuksköterskeprogrammet. 우리나라의 방사선학과와 가장 비슷한 교육프로그램으로, 대학을 졸업한 후에는 방사선사로 일하게 될 것이었다.

낯선 나라에서 낯선 언어로 대학 수업을 듣는 것은 그리 녹록한 일이 아니었다. 처음 강의를 들을 때는 교수님의 말 중에 이해할 수 있는 것이 주어와 접속어뿐이었다. 강의의 내용을 이해하는 것은 사치에 가까웠다. 나는 대학 생활 내내 과락을 받고 유급이 될까 두려워하며 매일 무언가를 외우고 있었다. 그렇게 안간힘을 쓰며 나는 끝까지 이 프로그램에 달라붙어 있었고 코로나 팬데믹을 뚫고 이어지는 수업과 시험, 실습을 하나씩 해치워나갔다.

졸업식을 하는 날에는 기분이 날아갈 듯 좋았다. 사실 다른 건 상관이 없었다. 이제 더는 시험을 볼 필요가 없다는 것만으로도 기뻐할 이유가 충분했다. 게다가 유급 없이 졸업을 했고 졸업 전에 취직도 되었으니 일단의 목표는 달성한 셈이었다.

이제 나는 웁살라 기차역에서 통근 기차를 기다리는 익숙한 이웃들의 풍경에 아무렇지 않게 합류해 이방인 1이라는 배역을 착실히 소화해 내고 있다. 스톡홀름의 병원에 도착하면 엑스레이, CT 검사를 기다리는 환자들이 대기실을 채우고 있을 것이다.

내가 주로 근무하는 부서는 응급방사선과이다. 이 부서에서는 주로 응급실이나 병동에서 신속한 검사가 요구되는 환자들을 받는다. 그러니 환자들의 상태가 양호하지 않은 경우가 많다. 근무를 시작한지 1년이 조금 넘었는데 벌써 서너 번이나 검사실에서 심폐소생술을 시행해야 했다. 실수는 환자의 안전과 진단에 큰 영향을 주니 근무 내내 긴장을 늦출 수가 없다.

요즘은 환자들에게 조영제 부작용을 설명하고 혈관에 바늘을 꽂아 넣는 것이 점점 익숙해지고 있지만 난 여전히 이곳이 낯설다. 나는 다시 평범한 직장인이 되었다고 생각했는데, 이것은 내가 처음으로 살아보는 이상한 인생이다. 이렇게 문창과를 졸업하고 20년 후 나는 낯선 곳에서 낯선 일을 하는 이방인이 되었다. 이런 인생도 딱히 나쁘지 않다.

98학번. 중간에 1년 휴학하여 2003년에 졸업하고 작은 출판사들을 경유한 다음, 결혼과 함께 해외로 이주하였다. 2022년 스웨덴 웁살라대학 방사선과를 졸업하고, 현재는 세인트 요란 병원(S:t Görans Sjukhus)에서 방사선사로 일하고 있다.

문창과스러운
샌드아티스트

채승웅 | 샌드아티스트

1999년 봄, 나는 문창과 답지 않은 신입생 중 한 명이었다.

내가 문창과 답지 않은 신입생으로 지목된 건 OT 가는 버스에서였다. 옆자리에 앉은 선배가 대뜸 내게 "넌 뭐 쓰러 문창과에 왔어? 시 쓰러 왔어, 소설 쓰러 왔어?"라고 물어봤고, 난 거기에 대고 "만화 하러 왔는데요?"라고 답했던 것이다. 당시 문창과에서 그런 말을 하면 안 된다는 건 한참 후에야 알았다.

입시생 시절 내 꿈은 만화가였다. 고2 때 갑자기 그림을 그리지 않으면 못살 것 같다는 생각이 들었고, 거기에 가장 가까운 직업이 만화가였기에 그런 꿈이 정해졌다. 문창과에 지원한 나름의 계획도 있었다. 만화에서는 스토리의 비중이 반 이상이니, 일단 스토리 공부에 집중하고 그림 실력은 차차 개선해 나갈 생각이었다. 하지만 당시 문창과에서는 만화 스토리 구성과 비슷한 그 어떤 것도 배울 수 없었다.

나는 신나게 방황을 했다. 수업은 뒷전이었고 피시방을 떠돌거나 동기 여학생과 연애하는 데에 시간을 다 썼다. 동아리라도 들었으면 좀 나았으려나? 아니 이미 만화 하러 왔다고 소문난 나를 받아주는 동아리도

서라벌예대·중앙대 문예창작학과 70년 기념 엔솔로지

없었을 거다. 학과에서 겉도는 게 딱히 기분 좋은 일은 아니었지만 그걸 핑계 삼아 놀고 싶은 만큼 놀았으니 뭐 됐다. 돌아보면 솔직히 그리운 시절이다.

학사경고도 한 차례. 2001년 1월에 입대했고, 2003년 2학기에 복학했다. 군대가 사람을 고쳐놓는다더니, 복학 후에는 어떻게든 여기서 버텨봐야겠다고 생각했다. 수업도 열심히 듣고, 소설도 몇 편 썼다. 억지로라도 문창과스럽게 보이기 위해 그림도 거의 그리지 않았다. 그렇게 약간은 문창과다운 모습으로 졸업했다.

졸업 후 6년 동안 잡지사에서 일했고, 제과제빵 전문 소셜커머스를 운영하다가 실패의 맛도 봤다. 많은 일이 있었다. 그리고 2012년 샌드아트 창작공연을 올리며 데뷔해, 현재 12년째 샌드아티스트로 살고 있다.

내가 샌드아티스트가 된 배경에도 문창과와의 인연이 있었다. 잡지사에 다니던 2008년 초 이동하 교수님 퇴임식에서 샌드아트 공연을 처음 봤다. 순간의 인상이 너무 강렬해서 나중에 무대 위에 내가 서 있을 것 같다는 상상도 했었다. (그리고 몇 년 뒤 현실이 됐다. 당시 샌드아티스트를 초빙한 집행부에 진심으로 감사의 말씀을 올린다.)

미술을 제대로 배우지 않은 나 같은 그림쟁이에게 '샌드아트'는 신이 주신 선물이었다. 내 마음대로 그려도 아무도 뭐라고 하지 않으니까. (나는 샌드아트기 인류 역사상 가장 오래된 미술이리고 우기고 있지만) 여기에는 전통도 없고, 정석이라고 할 것도 없었다. 기초를 배우고 어느 정도 수준으로 올라오면 지켜야 할 게 아무것도 없는 셈이다. 마치 자유로움으로 가득 찬 세계 속으로 들어와 있는 기분이었다. 종교가 없는 나지만, 샌드아트를 시작하고는 하루도 감사하지 않은 날이 없었다.

나는 지난 12년 동안 꽤 괜찮은 모래 예술가로 성장했다. 공연이나 체험, 영상제작 등 돈을 버는 일을 하면서 이 분야에서 이루고 싶은 일들을 연구하고, 개발해 왔다. 미리 제작한 샌드아트 영상 위에 모래판을 올리고 그림을 그리는 방법(D샌드아트), 큰 모래판 위에 사람이 올라가서 그리는 방법(빅샌드아트), 종이컵에 모래를 담고 흐르는 모래를 이용해 한 줄 그리기로 그리는 방법 등 샌드아트의 하위 장르들을 세상에 내놓았다. 이런 무기를 발판삼아 머잖아 세상에서 가장 유명한 샌드아티스트가 될 계획이다(진지함).

샌드아트 공연은 여러 장면을 이어 그리며 이야기를 전달한다. 사람들은 내가 성장한 이유로 스토리 구성력을 꼽는다. 하지만 내가 가지고 있는 샌드아티스트로서의 가장 큰 장점은 바로 '문창과 사람들의 기질'이다. 남들이 다 하는 건 따라 하기 싫어하고, 내가 옳다고 믿는 건 끝까지 밀어붙인다. 창작의 고통을 알고 또 그 고통이 얼마나 가치 있는 일인지 안다. 또 게으를 때는 한없이 게으르지만 열심히 해야 할 때는 누구보다 열심히 한다. 이런 문창과 기질은 나에게 '특별함'을 더해 주었다.

나는 문창과를 나오지 않았어도 샌드아트를 했을 것 같다. 샌드아트는 그만큼 나와 잘 맞는 일이다. 하지만 문창과를 나오지 않았다면 돈 되는 일만 찾아 헤매는, 그저 그런 아티스트가 되지 않았을까? 생각만 해도 등골이 오싹해진다. 나는 죽어도 그저 그런 아티스트가 되고 싶진 않다. 세상에서 가장 '특별한' 샌드아티스트로 기억되고 싶다.

이 정도면 나는 꽤 문창과스러운 졸업생이 아닌가?

99학번. 밝고 따뜻한 작품을 통해 이 세상을 조금 더 따뜻하게 만들고자 하는 샌드아티스트이다. 현재 샌드아트코 대표이자 서울시민청 예술가로 활동하고 있다.

세기말의
음풍농월이라니

박신규 | 시인

그 길을 깊이 사랑했다.

밀집한 나무들 사이 숲 터널, 일몰 직후의 푸른빛과 한밤의 은하수, 거미줄에 앉아 흔들리는 달빛, 시린 그믐과 남쪽으로 흘러가는 하현, 바람이 연주하는 나뭇잎의 선율과 밤새들의 노래……. 대부분 혼자 걸었고 한때 사랑하는 사람과 함께였고, 그가 떠난 뒤에는 다시 홀로 걷던 길, 도서관에서 멋진 책을 발견한 날에는 독서하듯 더 곰곰 짚어가던 길, 낮술 마시고 조팝나무 꽃그늘 아래 설핏 잠이 들면 역시 취해서 오던 벗이 깨워 서로 흔들리며 돌아가던 그곳.

영화를 보다가 가령, "장식음이 얼마나 거슬리는지 알게 될 것이야. 기교를 부린다고 음악인가? 음악은 침묵을 위한 것인가요? 아니, 침묵은 언어의 이면이지" "당신을 만지고 싶소. 바람만이 만질 수 있죠. 바람은 때로 음악도 주죠. 빛이 우리에게 환상을 주듯이 말이죠"(「세상의 모든 아침」, 1992) 같은, 뜻밖에도 시의 비밀을 밝혀주는 대화를 듣다가 온 존재가 뜨거워져 어둑새벽에 나가 긴 호흡으로 들숨 날숨을 어루만져 보던 길. 1990년대 초 안성을 떠올릴 때 기억에 남는 건 1km쯤 되는 도서관에서 자취방까지 이어지는 그 길이다.

그리고 우리는 술을 마셨다.

수업도 제치고 자취방에 모여 밤낮을 지우며 일주일을 마시고 (요새는 들어갈 수도 없는) 교정 잔디밭에 앉아 낮달부터 시작해 아침놀까지 마셨다. 비가 오시고 바람이 좋고 눈발이 난분분하고 하늘이 맑거나 검고, 해가 뜨고 별이 솟고, 초승이 날카롭고 노을이 서럽고, 버릇처럼 실연하고…… 그 모든 것들이 술 마실 명분이자 핑계였다. 광기로는 도무지 셈해줄 수 없는 치기만 흘러넘치던 그때, 일년 중 364일 동안 술 마신 것을 자랑하는 벗들과 종종 술집에서 아침을 맞기도 했다. 그렇게 취중에 잠들고 취중에 깨보니 해는 중천인 데다 대학생활의 반이 지나 있었고, 일년을 또 방황하다가 청춘은 기꺼이 흘러가주었다. 그런데 못 말리는 이 작태는 자연 속, 음풍농월 취생몽사 아닌가?

세기말 암울한 상상력의 시대를 시골 마을에 박혀 달을 끌어안고 바람을 노래하는 청춘이라니.

"사관학교 나오셨구만"

몇년 전까지 소위 한국문학 출판을 대표한다는 출판사에서 20년 가까이 일했다. (자기 글쓰기를 완전히 포기할 작정이 아니라면 모를까 혹시라도 문학 출판인을 꿈꾸는 후배들이 있다면 말리고 싶다. 박봉과 야근은 차치하더라도 자신의 문학적 상상력을 갈아넣어야 하는 소모적인 직업이다. 그럼에도 여전히 고군분투 문학 출판을 지켜내며 좋은 작품까지 써내고 있는 김민정 시인('95)에게 애정 서린 응원과 찬사를 보낸다.) 편집장이라고, 문단 권력의 핵심이라고 문인들은 조심하면서도 은근 조롱 섞어 대했지만, 단언컨대 권력자는커녕 백조의 고고함을 위해 물속에 잠겨 쉴 새 없이 땀 흘리는 물갈퀴 신세가 전부였다. 수작을 발굴한다고 밤늦게까지 허접한 원고 산더미와 씨름하는 한편, 문인들을 만나 계약하고 출간하고 (정말 맛없는 접대) 술을 마시느라 사적인 시간마저도 바치다 보니 또 늙은 청춘이 흘러가버렸다. 그 무렵 일상적으로 만난 수백명의 문인 중에 나의 선후배는 왜 이리도 드문가 하는 생각을 종종 했다. 신인 발굴을 위해 신춘문예와 각종 문예지 신인상을 뒤져볼 때도 마찬가지였다.

어느 겨울날, 소설가 박민규 선배('87)와 술잔을 기울이다가 거의 동시에, 형편없는 습작에 갇혀 밤새도록 은, 는, 이, 가 조사 하나에 집착하며 낑낑댄 게 전부인데 무슨 대작이라도 써낸 듯 퀭하고 자긍심 빛나는 얼굴로 내리 술집에 모인 청춘들의 풍경을 공유하며 쓰게 웃었다. 하필이면 그날도 수십년 전 내리처럼 폭설이 내리고 있었다. 어느 술자리에서 만난 시인은 내가 중앙대 문창과를 나왔다는 말을 전해 듣고 "사관학교 나오셨구만"이라고 툭 던졌다. 술자리를 파하고 걷는데 반어도 야유도 뭣도 아닌 그 말이 올라와 심한 모욕감을 느꼈다.

고교 시절 글을 곧잘 쓴다며 국어선생님들은 나를 아꼈고 그중 늘 애정 어린 시선을 내어주셨던 선생님은 문창과 30년 선배(서라벌예대 62학번)였다. 꼭 그의 영향이 아니라도 문인이 되려면 (다른 문창과는 없는 듯 무시하고) 으레 중앙대에 가야 하는 것으로 여겼고, 고3 담임 역시 아주 당연한 듯 맨 먼저 원서를 써주셨다. 학력고사(수능도 아닌!)를 치르러 간 안성은 예상보다 멀었고 짐작보다 더 구석진 곳이어서 놀랐고, 놀란 것보다 훨씬 더 추웠다. 그렇게 대학 시절 내내 춥고 쓸쓸하고 (모든 것에) 허기졌다.

문청들, 변방에 갇히다

그 시절 우리는 이미 낡은 전설이 된 기형도의 시구들을 유행가처럼 읊조리는 문청들이었지만 정작 수십 년 전에 그가 던진 경고이자 화두를 간과했다. "나는 한동안 무책임한 자연의 비유를 경계하느라 거리에서 시를 만들었다. 거리의 상상력은 고통이었고 나는 그 고통을 사랑하였다. (그러나 가장 위대한 잠언이 자연 속에 있음을 지금도 나는 믿는다. 그러한 믿음이 언젠가 나를 부를 것이다. 나는 따라갈 준비가 되어 있다.)"(기형도 「시작 메모」, 1988) 창작의 원천은 내외면의 갈등과 고통이다. 자연을 관통한 비유는 대상을 향한 인간(주체)의 일방적인 폭력이자 낡고도 늙어 "매운재가 되어 폭삭 내려앉아"버린(미당 「신부」 부분) 영역이다.

그러하니 세대에 맞는 시대 정신을 자각시켜주는 문학적 갈등을 찾아나서야 하는데, 그러한 고통의 과정에서 길어올릴 수 있는 것이 '거리'의 상상력이다. 부러 괄호 친 '잠언'과 '자연'은 종교와 신념의 한편을 차지할 수는 있어도, 문학의 영역으로 치기엔 상상력이 고갈되어 식상한, '사비유'死比喩 같은 것이다.

칠팔년 전쯤엔 서울에 있는 모 문창과 3,4학년을 대상으로 수업을 맡은 적이 있다. 어느 문창과나 시와 소설을 전공으로 선택하는 학생이 드물어졌다는 사실은 알고 있었지만, 두어 번 수업하자마자 적잖은 충격에 빠졌다. 창작 합평과 텍스트 읽기를 병행하는 수업이었는데, 오정희 소설은 처음 접하고 박상륭과 이문구는 이름조차 낯설게 받아들였으며, 심지어 신경림을 아는 학생은 단 한 명인 데다가 『농무』農舞가 그의 대표작임을 아는 학생은 없었다.

그들이 문학의 시조쯤으로 여기는 대상은 1990년대 초반에 활약한 작가들이었다. 그런데도 그 학과에선 문인들을 적잖게 꾸준히 배출하고 있었다. 그들에겐 '거리의 상상력'이 있었고 끊임없이 새로운 감각을 자극하는 교수들이 있었다.

몸과 상상력을 제어하는, 공간 타령이다

공간을 지우고 초연결하는 메타버스와 SNS, 대화형 AI가 새로운 일상인데 무슨 중심과 변방, 공간 타령이냐고? 메타버스 속에서 놀아보고, 큐(Cue:) 덕분에 자취방과 식당을 알아보는 시간을 아꼈고, ChatGPT가 써준 '하이쿠'는 제법 근사했으나…… 성에 차지는 않고 허기 또한 여전하다. (인문서 한 권을 600자 내외로 요약해달라는 프롬프트를 10초 안에 완벽하게 수행하는 것을 보고는 입이 쩍 벌어지긴 했다.) 여기에는 예민한 감각과 실감이 허전하고, '쓴다'는 행위에서 오는 정신과 육체의 고통과 쾌감이 누락되었거나 부족하다.

서울 중심부에 있던 어느 문창과가 한창 전성기를 누리다가 변방으로 이전한 뒤로 쇠락해가는 반면, 서울 북쪽에 있는 또다른 학교는 새롭게 부상했다. 새로운 상상력은 우리 일상을 둘러싼 시공간의 정체성과 그에 민감하게 반응하는 실체적 오감에 비례한다. 그 공간의 정체성이 우리의 몸과 영혼까지 통제한다. 십 년 전(2013) 흑석동에서 열린 문창과

60주년 기념행사에 초대받아 참석한 적이 있다. (후배들을 위해 꼭 필요한!) 문창과 서울 이전을 곧 이뤄낼 것처럼 공표해서 잔뜩 기대했으나 십 년이 지난 지금도 달리 들리는 소식은 없다.

문학이 망하기 전에 우리는 죽는다

AI가 시나리오를 쓰고 그를 바탕으로 한 영화가 흥행한다면 그 저작권 문제는 어떻게 어디로 귀속되나? 이런 질문을 곧 현실에서 맞닥뜨리게 될 것이다. SNS를 비롯해 우리 일상에서 기하급수적으로 늘어나는 이미지와 텍스트 데이터가 쌓일수록 AI는 더 정교하게 진화해 일상의 패러다임을 바꾸고, 순수예술조차 무력화시킬 거라는 전망이 암울하다. 사진 예술에 미치는 영향은 벌써 심각한 상황이고 머잖아 AI는 가장 아름다운 성악곡을 부르며 시조차도 잘 써낼 것이다.

그러함에도 불구하고 적어도 내가 사는 동안은 물론이고 한 세대를 넘어 그 이후까지도 문학은 죽지 않는다고 믿는다. 2000년대 초 삼성 등에서 고가의 전자책 단말기 시제품(지금의 태블릿에 비하면 두껍고 해상도도 형편없는)을 내놓았을 때 종이책은 곧 망하리라는 목소리가 꽤 컸으나 기우였다. (그보다 오래전 시는 '죽었다' 정도가 아니라 부관참시까지 당할 지경이었지만 현재까지도 여전히 숨통이 끊기지 않았다.)

예나 지금이나 출판시장은 '단군 이래 최대 불황'이고, 북미에 비하면 다양한 플랫폼 기술 발전을 이룬 한국에서 오히려 전자책과 오디오북 점유율은 지지부진하다. 이러한 상황이니만큼 여전히 시든 소설이든, 웹소설이든 시나리오든 문창인으로서 글을 써야 하고, 글쓰기를 포기했다면 한 권이라도 더 종이책 읽는 일상을 포기하지 말아야 한다.

한국문학 1번지?

추억의 공간을 떠올리지 않더라도 그 시절 벗들이 몹시도 그리운 만큼이나, (그 공간이 사라진다고 해도) 나는 모교를 사랑하고 자랑스럽게 여긴다. 70년이면 완성이든 미완이든 한 사람의 인생과 같은 소중한 세월이다. 하지만 언제까지 위대한 선배 문인들의 명성을 내세우고 유산을 파먹을 것인가. 혹시 '한국문학 1번지'라는 말은 그저 공허한 레토릭으로만 남은 것은 아닌가. 우리는 과연 지속가능한 상징이 될 수 있는가. 학생들은 떠나도 학교 현장에 남아 있는 교수들과 학교 관계자는 물론이고, 우리 모두가 70년 역사와 전통을 자랑스럽게 여기기 전에 아주 무겁게 받아들여야 하는 이유이다.

92학번, 창비 전문편집위원과 미디어창비 출판본부장을 지냈다. 시집 『그늘진 말들에 꽃이 핀다』(2017)와 산문집 『당신의 모든 순간이 시였다』(2022)를 펴냈다.

망우역사문화공원 및
관동대학살 100년과 한국문학

정종배 | 시인

망우역사문화공원에 대한 관리와 명칭은 지금까지 다음과 같은 변화를 거쳐 왔다. 1933년 경기도 경성부 부립 공동묘지에서 1973년 서울시 시립 망우리공동묘지로 폐장되었다. 1930년대 경성의 도시가 팽창하자 일제가 의도적으로 건원릉의 조선왕릉을 훼손하기 위해 서울 주변 19개 공동묘지를 망우리로 이장 개설하였다고 전해진다. 1991년 서울시 시설관리공단에서 관리하며 망우리묘지공원과 망우리공원으로 불렀다. 2021년 업무 일체를 위탁받아 중랑구청에서 관리하되 조례는 서울시에 두었다. 조례에 따르면 1973년 폐장된 이후에는 이장하여 부부의 합장묘도 새로 쓸 수 없다. 2021년 중랑구청에서는 전국 지자체 처음으로 묘지관리 전담 과인 '망우리공원과'를 개설하고, 현재 '망우역사문화공원'으로 부르게 되었다. 묘지록에 의하면 많을 때는 4만 8천여 묘지였다. 현재 6천 6백여 기가 남았다.

망우역사문화공원에서 이장한 분들을 포함하여 교과서에 수록된 인물은 40여 명으로 그분들을 소개하면 다음과 같다.

오세창, 한용운, 지석영, 방정환, 유관순, 조봉암, 최학송, 계용묵, 김이

석, 김상용, 박인환, 함세덕, 강소천, 김규진, 이중섭, 권진규, 이인성, 장덕수, 설의식, 문일평, 안봉익, 국채표, 장형두, 아사카와 다쿠미 등이다. 이 장하신 분은 안창호, 송진우, 김활란, 임숙재, 박마리아, 이기붕, 안석영, 김동명, 김영랑, 채동선, 송석하, 함이영, 나운규, 임방울, 박길룡, 진영숙, 전한승, 조용수 등이다. 그 외 150여 인물들은 국가 지정 기념일에 거의 다 들어갈 만큼 대한민국 최초, 제1호, 최고로 근현대사 역사문화 박물관으로 거듭나고 있다.

망우역사문화공원 인물열전 가족과 친인척 중 유명인을 소개하면,

순조, 신립, 신완, 오경석, 손병희, 정운찬, 한명숙, 정일형, 이태영, 정대철, 김신환, 김수영, 박순녀, 금수현, 이현우, 전인권, 백선엽, 김준엽, 피천득, 설정식, 김우창, 김보성, 이갑성, 홍수환, 이일래, 박성범, 신은경, 최순애, 이원수, 최영애, 배순훈, 이이화, 나인숙 세종대학·차의과대학 설립자, LG·율산그룹 창업자, 아사카와 노리다카 등이다.

김성수, 이희승, 전혜성, 허화평, 장준하, 김사민, 현봉학, 강수지, 신카나리아, 김천애, 안병원, 박인수, 정원식, 박용구, 오천석, 전두환, 이순자 등은 이장했다.

비문을 쓴 분은 송시열(신경진신도비), 신완(신경진묘비), 홍석주(명온공주·김현근), 정인보(설태희·문일평), 이광수(안창호), 박종화(양천 허씨), 이은상(손창환), 윤보선(이영준), 이병도(국채표), 유달영(이경숙), 김활란(장덕수·박은혜), 주요한(오한영), 조완구·조지훈(박찬익), 박목월(강소천), 조병화(차중락), 김남조(임숙재), 이규태(문일평), 조재명(아사카와 다쿠미), 곽근(최학송표지비) 등이다.

글씨를 새긴 이는 오세창(설태희·방정환·경서노고산천골취장비), 신익희(이

병홍), 김충현(김영랑·조봉암·강소천), 김응현(한용운·오세창), 손재형(안창호·오세창·손창환), 김기승(안창호·장덕수), 배길기(김말봉·김이석), 정학남(김승민), 황재국(김준엽묘비문·최학송문학비), 한묵(이중섭), 송지영(박인환) 등이다.

필자는 2000년 4월 첫 번째 토요일 아사카와 다쿠미 묘지를 알고부터 망우역사문화공원 사색의 길을 오르내리며 탐구 및 답사를 이어왔다. 그날 이후 기회가 있을 때마다 망우역사문화공원과 인물들을 소개하고 있다. 2020년 8월 말 정년퇴직 때까지 학생들과 '봉사와 체험 및 동아리 활동·방과후학교'까지 망우역사문화공원과 인물에 관련하여 탐구·답사 활동을 하였다. 퇴직 이후에도 지인 및 제자들과 답사를 이어가고 있다.

2013년 무연고 처리될 예정인 서해 최학송 소설가 유택의 관리인으로 북한에 있는 후손을 대신하여, 1958년 미아리공동묘지에서 이장하며 등재한 시인 김광섭 뒤를 이어 2010년 필자의 이름을 묘적부에 올렸다.

2000년 이후 서울교원문학회 및 서울초중등문학연구회 발행 〈문학 서울〉과 서울시교육청 발행 〈서울 교육〉 등에 망우리공원을 소개하고 인물과 작품 등을 소개했다. 2011년 아사카와 다쿠미 선생의 80주기 때 『한국을 사랑한 일본인』(부키) 발간에 원고를 수집하고 편집을 맡았다. 2015년부터 2018년까지 (재)수림문화재단의 후원을 받아 (사)중랑문화연구소가 운영한 〈청리은하숙 세계시민학교〉의 숙장대행으로 3년 동안 운영하며 교재인 『청리학』을 발간했다. 2018년 월간 〈작은 책〉 1월호부터 5월호까지 망우리공원에 대해 간략하게 연재했다. '국군의 방송'에 출연하여 독립운동가 활동을 소개했다. 2021년 8월호부터 2023년 2월호까지

월간 〈창조문예〉에 「망우리공원 문인열전」 19명 문인을 20회에 걸쳐 연재했다. 2021년 10월 말 『망우리공원 인물열전』(지노 출판) 책을 내며 유명인사 130여 명과 서민 50여 명의 비문을 엮어냈다. 구상선생기념사업회에서 발간하는 계간 소식지 2022년 겨울호부터 「망우리공원 문인열전」을 연재하였다. 올 4월부터 중랑문화원 인문학 강좌 〈중랑인문학 글쓰기반〉을 운영하며 인물들의 삶과 작품 그리고 비문을 탐구하고 있다. 〈창조문예〉 6월호부터 「관동대지진 조선인 대학살 100년과 한국문학」을 연재하고 있다. 9월에는 정종배 다큐시집 『1923 관동대학살-생존자의 증언』(창조문예사)을 출간했다. 2011년 아사카와 다쿠미 선생의 80주기 때 발간했던 『한국을 사랑한 일본인』(부키)을 90주기를 맞아 늦었지만 재출간하기 위해 원고를 수집하고 편집을 마무리 짓고 있다. 주변 분들과 활동하면 할수록 망우역사문화공원과 인물들에 대한 아쉬운 점은 다음과 같다.

첫째, 망우역사문화공원에 묻힌 50여 명 독립운동가 중 현재 남아있는 20여 명에 대한 국가 관리가 소홀한 점이다. 서훈을 받을 만한 독립운동가 몇 명은 무덤조차 방치되어 있다. 대부분 북쪽이 고향으로 6·25 한국전쟁 전후로 월남한 분들이다. 김기만, 나우, 변성옥, 이영학, 허연, 박현식, 이병홍 등이다.

둘째, 대종교인 10여만 명에 이르는 순국과 사회주의 독립운동가에 대한 자리매김이 되어 있지 않았다. 대종교인은 지석영, 문일평, 신명균, 채동선, 박찬익, 동우 이탁, 나운규 등이며 사회주의 독립운동가는 김사국, 오기만, 조봉암, 장덕수 등이다.

셋째, 친일에 대한 진상을 좀 더 명확하게 자료를 근거로 파악하면서 후손들과의 소통을 통해서 공과를 구분하여 밝히길 바란다. 일제강점기 독립운동을 하고 옥고를 치른 조봉암, 김찬두, 임용하, 김명신, 김분옥 등은 후손과 관계 당국이 머리를 맞대 재검토를 촉구한다.

넷째, 1923년 9월 2일부터 며칠 동안 일어난 제노사이드, 일본 정부가 자연재해를 입은 자국의 민심을 수습하려고 타국인을 살해한 사례는 관동대학살이 세계에서 유일하다. 지금도 같은 상황이면 똑같은 일이 벌어질 수도 있어 재일한국인들은 트라우마에 두려워하며 살고 있다.

망우역사문화공원에 있는 시인 김영랑, 동요 〈오빠 생각〉의 오빠이며 아동문학가 최신복, 사법살인 당한 정치인 조봉암, 민속학의 선구자 송석하, 조선의 유일무이 천재 식물분류학자로 고문사 당한 장형두, 일본 한인교회 목사 오기선 목사와 도산 안창호의 조카사위이자 독립운동가 김봉성, 화가로서 해방 후 최초로 생명보험회사를 창립한 강필상 등은 현장에서 참상을 목격했다. 경성의전 의사 유상규는 오사카 노동자수용소에서 소식을 들었다. 나운규는 영화 〈아리랑〉, 계용묵은 소설 「인두지주」, 아사카와 다쿠미는 '일기' 등에서 관동대학살 관련 이야기를 하였다. 시인 김상용은 릿쿄대학, 경성방송국의 방송인 제1호인 노창성은 도쿄공업고등학교 재학 중이었다.

1923년 9월 1일 오전 11시 58분 리히터 규모 7.9의 대지진이 일본 도쿄와 간토關東 남부를 휩쓸었다. 파괴된 가옥은 약 29만 3천 동, 사망자와 행방불명자는 10만 5천 명을 넘었다. 조선인 희생자는 상해 대한민국임시정부 발행 〈독립신문〉에 6,661명이라 실렸다. 많게는 2만여 명이라고 알려졌다.

올해가 관동대학살 100주년이다. 당시 동아·조선일보에 신문사 특파원과 조선총독부 조사원과 각 지역 유학생 학부모들이 중심이 되어 도쿄로 파견한 조사요원을 통해 확보한 생존자 명단이 게재됐다. 약 7,500여 명이었다. 그중에 200여 명을 정리하였다. 국내 최초라며 연구자들이 1차 사료적 가치를 인정했다.

관동대지진 조선인 대학살의 제노사이드가 대한민국 근현대문학사의 분기점이자 파스큘라PASKYULA와 카프KAPE 등 프롤레타리아 문학에 기폭제가 되었다. 현재까지 필자가 파악한 관동대지진 당시 일본에 거주했던 문인 및 유명 인물은 다음과 같다.

시인–김소월, 이상화, 김동환, 김영랑, 박용철, 유치환·유치상 형제, 장정심, 고한용. 소설가–이기영, 채만식, 한설야, 정우홍, 이익상. 아동문학가–최신복. 평론가–김문집. 불문학자–손우성. 비교문학–이하윤. 극작가–유치진, 이서구, 조준기. 수필가–이양하, 김소운 등이다.

다음은 확인이 필요한 문인과 학자인데 김기림, 김말봉, 김영진, 김진섭, 박승희, 손진태, 오일도, 정지용, 진장섭, 최현배, 김상용 등이다.

항일 저항시 문학의 뿌리는 관동대학살이라고 하여도 지나치지 않을 만큼 이 사건과 관련된 시인들이 많다. 그 당시 참상을 목격한 시인은 김소월, 이상화, 김동환, 김영랑, 박용철, 유치환·유치상 형제, 장정심, 고한용 등이다.

김소월은 지진 이후 한 달 동안 연락이 두절되어 가족들마저 모두 죽었으려니 포기했다고 한다. 시인 구상의 맏형님인 구원준도 지진 이후 행방불명됐다. 윤동주 시인 아버지 윤영석도 명동촌에 무사하다는 전보를 보내고 급히 귀국했다. 이육사 시인은 대학살 다음 해 4월부터 1925

년 1월까지 도쿄에서 유학했다. 시인 홍사용의 동생이고 일본군 육군 중장 포로학대살해 죄목으로 B급 전범으로 기소되어 사형당한 홍사익과 그 가족, 신석정 시인의 형님인 신석갑과 소설가인 사촌 매형 정우홍·이익상, 소설가 신석상의 아버지 신기형 등과 님 웨일즈의 『아리랑』의 주인공인 김산(장지략)과 가수 신형원의 할아버지와 영화배우 강효실의 아버지로 최민수의 외할아버지인 배우 겸 가수인 강홍식도 동경 유학 중에 조선인 제노사이드의 참상을 목격했다. 박재동 화백의 할아버지 박울봉은 부두하역 노동자로 하숙집 주인의 보호로 살아 돌아왔다.

양주동, 이장희, 유엽 등은 방학 중이라 귀국해 있다가 돌아가지 못하였다. 일본에서 기획했던 우리 근대문학사에 나타난 최초의 본격적 시 전문지였던 〈금성〉金星을 백기만, 손진태, 이상백 등과 함께 1923년 11월 10일에 창간했다.

요즘 언론에 드러나 충격을 준 관동대학살 당시 자경단이었던 우치무라 간조內村鑑三나 아쿠타가와 문학상의 아쿠타가와 류노스케芥川龍之介도 자경단에 가입했다 그의 경우에는 잔혹한 학살을 보고 금방 탈퇴할 정도로 당시에는 조선인이라는 이유만으로 제노사이드 당하였다.

음악인으로 〈봉선화〉의 홍난파, 동요 작곡가-〈반달〉의 윤극영, 〈짝짜궁〉의 정순철, 대한민국 최초의 바리톤 김문보, 철학박사 제금가 계정식 등이다.

또한 〈씨올의 소리〉의 발행인 민중운동가 함석헌과 재무부장관 및 3선 국회의원 인태식 등이다. '동경이재조선동포 위문반'이 동경에서 조직되어 재무부원에는 동경 기독교 연합회 목사 오기선과 천도교 도사 박사직, 위문부원 동경 YMCA 총무 최승만 등이다. 서울 상공을 최초로 비행한 안창남, 성균관 대학 총장 변희용, 주불공사 한승인, 사회주의 경제학자 백남운, 영친왕과 이방자 여사 부부, 무정부주의자인 박열과 가네코 후미코 부부 등이다. 조선어학회 3년 옥고 월북 김일성대학 국문과 교수 대종교인 정열모, 복음교회 창시자 최태용 목사, 통도사 주지 신태호 등이다.

그 외에 화가 허백련, 김창섭, 도상봉, 이한복, 인천이 낳은 위대한 미학자 우현 고유섭의 숙부이며 유명한 의사이며 해방 후 인천 최초 신문인 〈대중일보〉 초대 사장을 역임한 고주철 등이다. 그 밖의 인물은 한성고 교장 이성구, 국회부의장 서민호 '불교시보' 대은당 스님 김태흡, 무교회주의 종교인 교육자 김교신, 대한민국 초대 한국은행 총재 구용서, 나운규의 영화 〈아리랑〉의 실제 모델 동경유학생 호남학생단장이었던 국악계몽의 선구자 김낙기, 무정부주의자 독립운동가 효창공원 삼의사 백정기, 서울미래유산인 국내 최초 한옥 형태의 혜화동주민센터(구 한소제가옥) 주인으로 한국걸스카우트의 전신인 대한소녀단을 창설한 여의사 한소제, 상애회 이기동(회장)과 박춘금(부회장), 대표적인 친일행위자 송병준 등이다.

76학번. 오랫동안 중·고등학교 국어교사로 재직했다. 소설가 서해 최학송의 북에 있는 후손들을 대신하여, 서울시 시설관리공단의 추천으로 2010년 '망우리공원' 묘지록에 서해의 묘지 관리인으로 등록하고 2012년 서해최학송기념사업회를 결성하여 추모문화제를 치러오고 있다. 2021년 『망우리공원 인물열전』을 펴냈으며, 시집 『정종배 다큐시집, 1923 관동대학살 -생존자의 증언』 외 다수가 있다.

촛불의 꿈은
언제 완성되려나

김문영 | 미디어피아 대표

1980년 서울의 봄과 5.18 광주민주항쟁, 1987년 6.10 민주항쟁과 노동자 대투쟁의 한가운데서 현실과 마주했다. 1980년대 전반은 학생운동에 후반은 노동운동에 청춘을 바쳤다. 그리고 민주화가 완성된 1990년대 중반까지는 기자생활을 열심히 했다. 가정사적인 어려움은 있었지만 그래도 그 시기 비교적 기자생활에 충실할 수 있었다.

1980년대 중반 일요신문·민주일보 노조위원장, 언노련 초대 중앙위원 겸 대변인 등을 거치면서 언론노동운동에 헌신했던 나는 1991년 문화일보 창간 멤버로 기자생활을 새롭게 시작했다. 당시 사장이었던 이규행 씨(작고, 전 한국경제신문 사장)는 일본의 메이저 신문에 대하여 해박한 지식과 정보를 가지고 있었다. 이를테면 아사히, 요미우리, 마이니치, 산케이신문에 대하여 조직은 물론이려니와 논조에 대해서도 자세히 파악하고 있었다. 이들 매체는 경마를 매우 중요하게 다뤘다. 고 이규행 사장은 이 현상을 보고 문화일보도 경마를 고정면으로 신설할 것을 지시했다. 내가 그 일을 맡게 되었다. 종합일간지 최초로 매주 2면씩 경마를 고정면으로 다뤘다.

경마 예상적중률도 매우 높아 경마팬들에게 폭발적인 인기를 모았다. 이런 인기를 이유로『알기 쉬운 경마여행』이라는 내 생애 첫 번째 책을 출간했다. 이어서『경마사전』,『경마길라잡이』,『김문영의 베팅가이드』 등 전문서적을 잇달아 집필했다. 그 당시 경마는 모든 스포츠종목 중 가장 많은 팬을 확보하고 있어서 책들이 꽤 많이 팔렸다. 지금 경마는 우리 사회에서 완전 천덕꾸러기가 되었다.

전문기자로 왕성한 활동을 펼칠 때 인생의 중요한 선택을 강요받는 시기가 찾아왔다. 1997년 IMF 구제금융 위기라는 국가적 변란이 그것이다. IMF 경제위기는 국민들의 삶을 황폐하게 만들었다. 재벌들에게는 강도 높은 구조조정이 강요되었다. 현대그룹은 1998년 1월 19일 정주영 회장이 직접 문화일보 경영에서 철수하겠다는 안을 전면에 내세운 구조조정을 발표했다.

이에 따라 문화일보도 지면축소와 인원감축 등 강도 높은 구조조정을 시행해야 했다. 인원감축으로 명예퇴직을 신청 받았다. 나는 여러 날 밤을 지새우며 고민한 끝에 명예퇴직을 결심했다. 폭풍우 몰아치는 망망대해에 홀로 항해를 떠나는 돛단배였다. 거센 모험과 도전이 기다리고 있었다. 일반 퇴직금에 더하여 7개월 치 급여를 명예퇴직금으로 받았다.

1998년 4월 9일, 퇴직금과 아파트를 처분하여 한국경마문화신문사를 설립했다. 임금을 받고 생활하던 노동자에서 임금을 줘야하는 상황으로 신분의 변동이 생겼다. 책임감이 한없이 무거워졌다. 대기업이야 막대한 자본을 이용하여 많은 이윤을 창출하지만 10여 명의 인원으로 출발한 한국경마문화신문사는 자영업 형태를 벗어나지 못했다. 초창기에는 많은 어려움을 겪었지만 1년이 지나면서 이윤이 발생했다. 나는 이후『로

또보다 좋은 경마』,『말 산업으로 융성하는 나라』라는 전문서적을 더 출간하는 여유도 생겼다.

그러던 중 2016년 가을에서 2017년 봄 사이, 대한민국을 뒤흔든 사건이 있었다. 박근혜, 최순실 국정농단 게이트. 시민들은 손에, 손에 촛불을 들고 대한민국 대통령의 퇴진을 요구하고 나섰다. 나는 또 그 변혁의 현장에 있어야 했다. 촛불을 들고······.

촛불의 거대한 힘은 정권을 바꾸었다. 피 한 방울 흘리지 않은 혁명이었다. 세계사적으로도 찾아보기 힘든 역사적 대변혁이었다.

그러나 촛불의 꿈은 아직 달성되지 못했다. 정권이 바뀌면 촛불의 꿈이 이뤄지리라 믿었건만 꿈을 달성하기에는 아직도 먼 길을 고단하게 가야 하는 상황이 나타나고 있다.

촛불혁명으로 탄생한 문재인 정부는 베트남 하노이에서 열린 2차 북미정상회담 이전까지만 해도 적폐청산, 평화, 번영, 통일이라는 촛불의 꿈을 잘 실현해나가는 것처럼 보였다. 그러나 이후 촛불정부는 흐느적거리기 시작하더니 식물정부로 전락하고 말았다. 적폐들, 즉 극우 보수집단과 언론, 검찰이 불법과 무법으로 난동을 부려도 속수무책으로 당했다.

이런 현상을 지켜보는 국민들만 울화가 치솟았다. 촛불의 꿈이 이뤄지길 간절히 바라는 국민들의 가슴은 시커멓게 타들어갔다. 적폐청산, 평화, 번영, 통일의 길에 앞장서야 할 문재인 정부는 좌고우면, 부화뇌동, 눈치 보기로 일관해 국민들의 속을 뒤집었다. 또한 조국, 추미애 법무부 장관을 내치면서 항명을 한 윤석열 검찰총장에 대해서는 "문재인 정부의 검찰총장"이라며 보호했으니 문재인 전 대통령은 역상의 죄를 어찌 감당할 것인가.

촛불정부는 연인원 2천만 명에 이르던 촛불의 꿈을 소중하게 생각하여 더 이상 맹물 맹탕으로 허송세월을 보내지 말았어야 했다. 적폐를 청산할 수 있는 기회를 다 잃어버리고 말았다. 금강산관광을 재개하고 개성공단이라도 재가동했어야 했는데 하지 못했다. 적폐들의 난동에 질질 끌려가 결국 촛불의 꿈을 외면하는 식물정부로 주저앉았을 뿐만 아니라 정권까지 적폐들에게 내주고 말았다.

'미국의 앞잡이, 일본의 대변인'이 된 윤석열 정권은 국민의 삶을 끝간 데 없이 힘겹게 하고 있다. 각계 각 분야에서 퇴행이 벌어지고 있다. 피땀으로 어렵게 완성해놓은 민주주의가 끝없이 추락하고 있다. 대한민국을 통째로 거덜 내고 있는 현상을 지켜보자니 참으로 고통스럽다.

아름다운 정이 통하던 공동체는 온데간데없이 사라지고 개인의 이기주의만 팽배하며, 핵가족화로 인한 병폐가 곳곳에서 나타나고 있다. 개인주의를 극복하고 공동체의 정체성을 복원해야 행복한 삶을 이어갈 수 있지 않을까.

촛불의 꿈은 사실과 진실과 정의가 강물처럼 흐르는 세상이었다. 촛불 혁명과 함께 사라졌어야 할 세력들이 촛불의 꿈을 짓밟고 있는 현실이 안타깝다. 우리 후손들에게 물려주어 천년만년 찬란하게 꽃피워야 할 아름다운 문화와 전통이 촛불의 꿈과는 정반대로 모리배 협잡꾼들에게 훼손당하는 현실이 안타깝다.

80학번. 일요신문, 민주일보를 거쳐 문화일보 창간 기자, 전국언론노조조합연맹 중앙위원과 대변인을 역임했다. <경마문화신문>을 창간했고, 현재는 미디어피아 대표이다. 또한 한국인터넷신문협회 이사, 한국전문신문협회 부회장, 한국마사회 경마발전위원회 부위원장, 한국간행물윤리위원회 심의위원, 한국전문신문협회 이사이기도 하다.

여왕의 목을 자른 철부지 예술가

– 저스틴 모티머Justin Mortimer의 여왕

이장욱 | 코오롱미술관 수석 큐레이터

영국 엘리자베스 2세 여왕이 서거한 지(2022. 9. 8.) 1년이 지났다. 작년 10월, 나는 런던 프리즈 아트위크를 맞아 코로나 바이러스 대유행 이후 3년 만에 출장길에 올랐다. 지난 출장 때 쓰다 남은 파운드가 남아 있어서 별다른 환전 없이 떠난 나는 숙소 근처 슈퍼마켓에서 내가 가져간 화폐가 구권이라 더 이상 사용할 수 없다는 말을 들었다. 한 달 전 있었던 여왕의 부고는 한국의 뉴스에서도 많이 다뤄졌고 세계 각국의 수장을 비롯한 유명 인사들이 여왕을 추모하기 위해 런던을 다녀갔다. 출장 간 10월 초에도 추모의 열기가 채 식지 않고 있었다. 2020년 2월 시행된 영국의 신권 화폐 발행은 엄청난 사회적 비용을 들인 사업이지만 여왕의 임종으로 2024년부터는 찰스 3세 왕이 그려진 화폐가 발행, 유통될 예정이다. 엘리자베스 2세 여왕은 영국(UK)에서 독립하려는 움직임이 가장 활발한 스코틀랜드의 밸모럴 성에서 임종을 맞았다. 스코틀랜드에서 자신의 마지막 소임을 다하려 한 것처럼, 그녀는 영원히 해가 지지 않는 나라를 바라며 자신의 초상을 한 번 더 세상에 뿌리고 싶었는지도 모른다.

런던 내셔널 갤러리에 전시된 루시안 프로이드의 엘리자베스2세, 사진_이장욱

엘리자베스 2세 여왕을 떠올리면 연상되는 그림이 있다. 우선 루시안 프로이드(Lucian Freud, 1922~2011)가 그린 여왕의 초상이다. 런던의 내셔널 갤러리에서는 2022년 10월 1일부터 여왕의 초상을 그린 사실주의 인물화의 거장 루시안 프로이드의 개인전을 열었다. 개인적으로 좋아하는 화가 다섯 손가락에 꼽히는 작가의 전시에는 여왕의 초상을 포함한 유명인 혹은 작가 주변인의 인물화 및 누드화가 전시되었다. 작가의 거침없는 붓 터치와 꾸밈없는 표현력이 돋보였던 전시였기에 프리즈 아트위크에

찾아온 세계의 미술애호가에게 여왕이 준 마지막 선물이 아닐까 하는 생각마저 들었다. 이 외에도 내셔널갤러리에는 반 고흐, 모네, 터너 등 여러 거장의 작품이 전시 중이었는데 필자가 갤러리를 방문한 다음 날(10. 14.) 환경 운동가 두 명이 반 고흐의 해바라기에 토마토수프 테러를 가했다. 아주 파란만장한 아트위크가 아닐 수 없었다.

전 세계적으로 여왕을 그린 사람은 셀 수 없을 만큼 많다. 하지만 왕실이나 국가의 정식 요청으로 여왕을 그린 사람은 소수이다. 프로이드와 더불어 여왕을 그린 대표적인 작가는 저스틴 모티머[Justin Mortimer](b. 1970)이다. 스물한 살에 '내셔널 포트레이트 갤러리'에서 주최한 BP Portrait Award(1991)에서 1등 상을 받은 작가는 이후 여왕을 포함한 상류사회에 속한 사람들의 초상을 그렸다.

1998년 영국의 4대 타블로이드지 중 하나인 데일리 메일은 '철부지(어리석은) 예술가가 여왕의 목을 치다.'라는 자극적인 제목으로 여왕의 새로운 초상화에 대한 충격을 표현했다. 이 작품은 영국 왕립 예술협회[Royal Society of Arts]가 여왕과 함께한 50주년을 기념해 27세의 촉망받던 젊은 화가에게 1997년 의뢰해서 1998년 1월 대중에 공개한 그림이다. 많은 권력자가 단두대에서 사라진 역사를 돌아봤을 때, 유럽 사회에서 목을 친다는 것은 여러 의미와 상징성을 지닌다. 당시는 영국인의 사랑을 한 몸에 받던 다이애나 왕세자빈이 교통사고로 사망한 지 얼마 되지 않았을 때였기 때문에 입헌군주제와 여왕에 대한 국민의 불만이 한껏 고조되어 있을 때였다. 이런 예민한 시기에 RSA에서 정식으로 초상화를 의뢰받은 (그림을 위해 여왕이 포즈까지 취한) 작가가 목이 잘린 듯한 그림을 세상에 내놓은 것은 놀라운 사건이 아닐 수 없었고, BBC와 월스트리트 저널을 비

Justin Mortimer, The Queen, United Kingdom, 1997 ⓒJustin Mortimer

롯한 세계의 주요 언론들이 이 일을 언급했다. 하지만 작가는 그저 여왕이 아닌 한 인간으로서의 엘리자베스 2세를 그리고 싶었다는 것과 평소하던 대로 자기 작품에 추상성을 가미한 것이지 별 의도가 있지는 않다고 답변했다. 논란을 종식하고 싶어서인지 아니면 이 신선한 시도가 마음에 들었는지 엘리자베스 2세 여왕은 체임벌린 경Lord Chamberlain의 초상도 그에게 의뢰하게 된다. 이후 유명인들의 의뢰를 받아 초상화가로 명성을 떨치던 그는 초상화가의 길을 벗어나 대중 기호의 반대편, 어둡고 불합리하고 이기적이면서도 잔혹한 현실을 담아내는 쪽으로 그림의 방향을 선회한다. 여왕 서거 이후 그가 그린 초상화 역시 루시안 프로이드의 작품과 마찬가지로 많은 언론을 통해 다시 소개되었다.

런던 소호의 'Bar Italia'에서 저스틴 모티머, 2022, 사진_이장욱

소호의 카페에서 저스틴 모티머를 만났다. 그간 밀린 이야기와 안부를 묻고 프리즈 위크에 런던에서 진행 중인 주요 전시들 그리고 아트마켓 등에 관해 이야기 나누었다. 요즘 주목받는 작가들에 관한 이야기가 무르익을 때쯤, "이젠 정말 백인 프레피의 시대는 지났다고 이야기할 수 있을 것 같아."라는 나의 말에 그는 "너의 말이 맞아. 그리고 나 역시 백인 프레피지. 그래도 나는 장애가 있잖아."라고 웃으며 대답했다. 선천적인 신체장애로 어렸을 때부터 죽음이 단 한 순간도 삶에서 떨어져 있지 않았다던 그였다.

그가 25년 전 호기롭게 목을 자른 여왕은 거의 한 세기를 살았으며, 마지막 임종까지 70년이 되도록 자신의 직분에 충실했다. 시간이 많이 지났고, 이제 편히 물어봐도 되는 시점이 되었지만 나는 끝내 그에게 여왕의 목을 자른 진짜 이유를 묻지 않았다.

여왕이 죽은 지 49일도 안 된 2022년 런던의 가을이었다.

(출처: 한국경제/arte.co.kr/2023.10)

96학번. 코오롱 미술관 스페이스K의 수석 큐레이터로, 지금까지 약 160회의 전시를 기획, 감독했다. 다니엘 리히터(2022), 캐롤라인 워커 (2015) 등의 한국 첫 개인전을 유치했으며, 네오라우흐&로사로이(2021), 헤르난 바스(2021) 등의 전시를 성공적으로 개최했다. 또 소더비 홍콩에서 한국 추상작가 제여란 개인전(2023. 3.)을 큐레이팅했으며, 국립현대미술관과 정부미술은행 등의 자문 및 심사위원을 역임하고 있다.

나의 첫 문장수업과
문자 매체의 더 새로운 미래

방현석 | 소설가 · 중앙대 교수

내 독서와 문장수업의 시작은 동아일보였다. 우리 집은 동네에서 유일하게 신문을 보았다. 날마다 우체부가 집에 들렀다. 다른 우편물은 하나도 없이 우체부가 신문을 가져다 주기 위해 우리 동네에 오는 날이 많았다. 눈이나 비가 오는 날에는 우체부가 내가 다닌 초등학교로 와서 신문을 주고 가기도 했다.

대목으로 전국을 떠도는 아버지보다 내가 먼저 신문을 보는 날이 많았다. 당시의 신문은 조사만 한글이었고 나머지는 거의 모두 한자였다. 나는 빈칸 채워 넣기 하듯이 모르는 한자가 있는 자리에 들어갈 단어를 궁리하고 채워가며 신문을 읽었다.

아버지가 돌아와야 정답을 알 수 있었다. 내가 한글로 채워 넣은 글자가 그 자리에 박힌 한자와 같은 음인지 확인하며 아버지는 한자의 뜻을 설명해주곤 했다. 나는 덕분에 초등학교 저학년 때 한자를 거의 익혔다. 학교 공부는 싫어했지만 한자투성이인 책도 어떤 것이든지 보이면 읽었다.

아버지와 나의 대화는 내가 모르는 한자를 묻고 아버지가 대답하는

서라벌예대·중앙대 문예창작학과 70년 기념 엔솔로지

것이 거의 전부였다. 아버지는 당신이 하고 싶은 이야기를 그 한자를 설명하면서 끼워 넣곤 했다. 아버지가 그 한자의 일본어 음을 덧붙이며 만주를 언급하면 나는 당신이 식민지 시대의 소학교 학생이었음을 비로소 떠올리곤 했다.

내가 한자가 아닌 아버지의 삶을 물었던 것은 당신이 세상을 떠나기 두어 달 전 즈음이었다. 자식이란 존재들이 그렇듯 아버지의 생애가 조금도 궁금하지 않았던 나는 당신의 최후가 임박해서야 당신에 대해 아는 것이 참 없다는 사실을 깨달았다.

아버지를 간병하며 며칠간 인터뷰를 했다. 내 할아버지 형제들을 따라 당신이 이주해 살았던 만주의 유하현. 당신은 울산에서 기차를 타고 열네 살 나이에 혼자 만주까지 오간 이야기를 했다. 이불 한 채를 사서 만주까지 가지고 가면 차비만큼 남았다는.

내 할아버지의 형제들과 아버지가 살았던 유하현은 이회영 선생과 이상룡 선생이 신흥무관학교를 열었던 지역이었다. 내가 유하현 답사를 갔던 것은 개교 100주년을 앞둔 신흥무관학교와 얽힌 이야기를 쓰려는 목적이 아니었다. 그저 평범한 농민과 목수로 살았던 아버지와 할아버지들의 이야기를 한 편 썼으면 했다.

그랬는데, 나는 그곳에서 너무 많은 이야기를 만나고 말았다. 너무나 근사하고, 눈물겹게 아름다운 사람들의 이야기가 내게 말을 걸어왔다. 그렇게 만난 이들과 이야기를 주고받으며 쓴 소설 『범도』를 펴내기까지 13년이 걸렸다.

내가 쓴 5,300매의 원고지 가운데 아버지의 이야기는 단 한 줄도 없다. 그러나 이 소설은 내게 한자와 독서를 가르쳐주었던 당신에게 바치는 헌사다. 내가 이해하지 못했던, 알려고 하지 않았던 당신과 당신의 시대에 바치는 비가(悲歌)이기도 하다.

이 소설을 쓰는데 10년이 훨씬 넘는 시간이 걸린 것은 내가 아버지와 할아버지의 시대에 대해 아는 것이 없고 태백준령과 만주, 연해주가 너무나 아득하고 멀었기 때문만은 아니었다. 모르는 것은 조사하고 취재하고 공부하면서 채울 수 있었다. 10여 년을 부대끼면서 태백준령과 만주, 연해주, 중앙아시아의 비바람도 피부에 와 닿을 것만 같았다.

가장 어려웠던 것은 내가 쓴 이 이야기가 우리 시대에 무엇으로 읽힐 수 있을까, 하는 질문에 스스로 답을 찾는 일이었다. 내가 독서를 시작했던 시절에는 그 어렵고 복잡한 한자로 된 책도 없어서 읽지 못했지만 쉽고 달콤한 책들이 쏟아져 나오는 지금은 읽는 사람을 찾기가 어렵다. 내가 쓰는 소설 『범도』는 무엇으로 읽힐 수 있을까. 나는 그 '무엇'을 썼다.

그렇지만 내가 생각한 그 무엇이 아닌 다른 무엇을 독자들이 읽어준다면 더 좋겠다.

나는 그 모든 것을 문자로 썼다. 다른 어떤 매체의 도움도 없이 오롯이 문자로 읽을 수 있는, 그것이 가장 완전한 향유의 형태가 될 수 있는 소설을 쓰려고 애썼다. 그러나 나는 문자가 아닌 다른 방법으로도 이 소설이 읽히면 좋겠다.

'원 소스 멀티 유즈'는 실체가 도래하기도 전에 어휘만 과잉 소비되어 그 엄연한 실체를 진부하게 만들어버린 대표적인 용어다.

『범도』를 준비하고 쓴 13년은 내가 홍범도부대의 부대원으로, 항일무장투쟁전선의 종군작가로 산 시간이었다. 나는 그렇게 쓴 소설이 내가 문학을 익히던 시절과 어떻게 다른 방법으로 독자들을 만나는지 흥미롭게 지켜보고 있다.

작품의 평판이 비평가와 기자가 아닌 독자들에 의해서 직접 결정되는 시대다. '내돈내산' 독자들이 다른 진성 독자들에게 가장 큰 영향을 미친다. 나는 지난 몇 달 동안 거의 매일 독자들과 만나는 북콘서트, 대담, 특강에 나갔다. 소설을 읽고 참여하기도 하지만 듣고 읽기도 한다.

비대면의 SNS 공간은 대면의 공간보다 즉각적일 뿐만 아니라 가시적이기도 하다. 단순히 기존 언론을 대체하는 것이 아니라 비교와 검증, 실천의 기능까지 갖춘 SNS 매체는 문자로 완성한 이야기를 다른 형식으로 옮기는 역할까지 담당한다. 그 기능에 의해서 탄생한 것이 〈범도루트〉라는 역사탐방 프로그램이다. 글로 읽은 공간을 직접을 밟아보는 이 프로그램은 SNS에 제기된 요구에 의해서 탄생했다. 진행되고 있는 『범도』의 뮤지컬 작업도 마찬가지다. 이들이 또 어떤 다른 형식으로 소설 『범도』를 바꾸어 놓을지 알 수 없다.

문자 매체는 결코 낡지 않는다. 새로운 매체가 더 새롭게 바꾸어 놓을 것이다. 나는 문자 매체를 활용한 새로운 매체의 더 눈부신 성장을 확신한다. 그래서 문자 매체의 힘을 더욱 굳건히 확신한다.

80학번. 소설집으로 『새벽출정』, 『내일을 여는 집』, 『랍스터를 먹는 시간』, 『세월』, 『사파에서』가 있고, 장편소설로는 『범도』, 『그들이 내 이름을 부를 때』, 『십년간』이 있고, 창작방법인 『이야기를 완성하는 서사패턴 959』 등이 있다. 신동엽문학상, 황순원문학상, 오영수문학상, 요산김정한문학상, 임종국상, 세상을바꾼콘텐츠상 등을 수상했다. 현재 중앙대 문예창작학과 교수이자 베트남을 이해하려는 작가들의 모임 대표다.

공수래공수거

_스마트소설

이승하 | 시인·중앙대 교수

인식의 포장마차는 개업한 지 두 달이 지났건만 현상 유지가 고작이었다. 소주가 하루 평균 30병이면 그에 따르는 안줏값만 해도 50만 원이 넘게 마련이었다. 그런데도 그의 주머니에는 원금만 달랑 남을 뿐이었다. 그 돈으로 다시 술을 사 오고 안주를 장만해 밤이 깊도록 장사를 해봤자 밑지지는 않았지만 남는 것도 없었다. 아니, 남는 것이라고는 문예창작학과 후배들의 이름이 나열된 외상 장부랄까.

"제기랄, 주책을 풀어쓰면 술집 외상 장부랬지. 주책 그만 떨고 과감히 때려치우자."

후배들은 언제나 소주 한두 병 마실 돈만 갖고서 포장을 들치고 들어왔고, 통상 서너 병은 까고 일어섰으니 외상은 다반사였다.

"선배님, 한 병만 더 주세요. 국물도 한 그릇 더 주시구요."

"안주는 안 시키냐?"

씨익 웃는 녀석들이 야속했지만 선배 된 도리로 박정하게 대할 수는 없는 노릇이었다.

인식은 두 달이 지나자 이거 안 되겠구나 생각하고는 공도면 내리의 자취방에 틀어박혔다. 마침 학기말 시험이 다가와 후배들의 출입이 뜸할 때였다. 소설이라도 몇 편 탈고해 각 대학의 현상문예에 일단 던지고, 멀리는 신춘문예에도 응모하자는 계산에서였다. 포장마차를 차린 원금을 갖고 자취에 돌입했으니 배수의 진을 친 격이었다.

인식이 전역신고를 함으로써 민간인으로 복귀했을 때, 남은 것은 반년이 넘는 시간밖에 없었다. 복학하기까지의 몇 달 동안 못 읽던 책을 읽고 싶은 생각은 굴뚝같았지만 인식은 그럴 여유가 없었다. 돈을 벌어야 했다. 학자금 융자로 가을학기에 등록할 수도 있었지만 그렇게 하면 생활비 한 푼 없는 궁핍한 대학 생활이 될 게 뻔했다. 애당초 등록금 걱정은 하지도 않던 것이었다. 그런데 병장 계급을 달 무렵 수마가 고향의 전답을 덮쳐 일가가 모두 이재민이 되고 말아, 집으로부터의 송금은 기대할 수가 없게 되었다. 궁여지책으로 형님에게 50만 원을 빌려 사업이랍시고 포장마차를 시작했으나 2개월 만에 폐업하고 보니 공수래공수거라는 불가의 말을 알 듯도 싶었다.

학과 후배들이 많이 도와주리라 생각하고 술장사를 벌인 것은 인식의 판단 착오였다. 후배들 또한 인식 못지않게 가난한 놈들이라 술은 하나같이 말술이어도 주머니는 하나같이 빈털터리였다. 다들 인식을 돕겠다고 계속 찾아주는 것은 고마웠지만 매상을 올려주는 후배는 한 명도 없었으니 어느 날엔가 알거지가 될 것이 뻔했다. 그리하여 인식은 자신의 상술과 인격이 부족한 탓이라고 깊이 반성한 뒤 자취방 문에다 '출입금지' 네 글자를 써 붙이고는 원고지와의 싸움에 들어갔다.

실로 길고 힘든 싸움이었다. 하루 두 끼를 라면에 밥을 말아 신 김치만 얹어 먹으면서도, 꽁초를 주워 피우면서도, 매일 A4지 열 장을 메꾸는 전력투구의 나날이었다. 그가 기대하고 있는 유일무이한 것은 평소 칭찬에 인색한 과의 교수님 한 분이 입대 전에 들려준 다음과 같은 말이었다.

"너는 이 땅의 문학에 새 바람을 일으킬 놈이다. 너의 자질에 노력이 첨가된다면 문학사에 기록될 것을 믿는다. 군에 가서 개죽음하지 말기 바란다."

그 교수님의 사람 보는 눈은 어긋남이 없는 것으로 정평이 나 있었다. 인식이 땀을 뻘뻘 흘리며 팬티 바람으로 쓴 소설이 숙명여대의 범대학문학상에 당선 없는 가작으로나마 첫 응모에 뽑혔던 것이다. 대학축제가 끝나고 며칠 되지 않은 날 조교한테서 연락을 받고서도 인식은 두문불출, 원고지를 메워 나갔다. 인식의 목표는 상금 100만원에 있지 않았다. 이미 돈과 명예에 눈이 멀어 있는데 형님에게 꾼 돈을 갚게 되었다고 희희낙락할 인식이 아니었다. 그는 다음 학기 등록금과 생활비를 신춘문예 당선으로 일시에 해결하기 위해 엉덩이에 땀띠가 날 정도로 뭉개고 앉아 쓰고 또 썼다. 그러던 어느 날 2, 3학년의 과대표가 조교를 대동하고 인식의 자취방을 찾아왔다.

"선배님, 내일 숙명여대 시상식장에 나가신다면서요?"

"물들인 군복이 단벌인 걸 아는데 그 옷 입고 시약시한 시약시들 앞에 설 겁니까?"

함구해주기를 부탁했던 조교가 발설한 것이 섭섭했지만 그는 인식의 동기였다. 웃는 낯에 침 뱉으랴, 조교는 의미심장하게 웃더니 웬 보자기를 내밀었다.

"입어 봐. 맞을 거야. 연영과 조교한테 딱 이틀 빌렸어."

인식은 눈시울이 뜨거워졌다. 짜식들, 뭔가를 아는군. 신춘문예에 당선만 되면 소주와 안주를 무료로 제공하마.

"개미집에서 조촐하게 축하연도 열기로 했습니다. 지난 몇 달 동안 그 고생을 하시더니……. 선배님은 저희들의 열렬한 기대를 저버리지 않으셨습니다."

"선배님이 소설 창작에 몰두하시는 걸 알고는 저희들이 그간 찾아뵙지도 않았습니다. 간만에 한잔하시지요."

인식은 속으로 쓴웃음을 웃었다. '한잔 사겠습니다'가 아니고 '한잔하시지요'라고 한 것은 상금으로 술을 마시자는 얘기가 아니고 무엇인가. 주머니 사정을 빤히 알면서 그런 말을 하는 후배가 괘씸하다는 생각이 들었다. 그래도 축하연을 베풀어주려고 수업을 빼먹고 흑석동에까지 와서 진을 치겠다니 상금을 안 풀 도리가 없었다. 울며 겨자를 먹자니 눈시울이 또 한 번 뜨거워졌다. 인식은 그래도 고맙다를 연발하며 양복을 입어보았다. 손거울로 이곳저곳 비춰보니 강남의 물 찬 제비는 저리가라였다.

다음날 늦은 오후, 주점 개미집의 문을 열고 인식이 들어섰을 때는 이미 술판이 무르익어 있었다. 자욱한 담배 연기 속에서 후배들 얼굴이 추석날 사과 빛이어서 인식은 마침내 울화가 치밀었다. 주인공이 등장도 안 했는데 니들끼리 이렇게 기분을 내고 있는 거냐. 상금이 동이 나는 것은 기정사실이었고 앞으로 얼마를 더 마셔댈지 짐작도 가지 않았다.

"형, 축하해요. 저기 대구집하고 안동장에서도 학년별로 모여 있습니다."

"선배님, 우리 문창과의 희망이신 박 선배님, 한잔 받으십시오."

술을 권하는 백술이는 제법 취한 듯, 한 손으로 술을 따랐다.

"그래, 기분도 그렇지 않은데 오늘은 좀 마시자."

인식은 주는 대로 마셨다. 계속 침묵 속에 마셔댔으니, 다름 아닌 홧술이었다. 빈속에 알코올을 부어댄 결과는 뻔했다.

심한 갈증과 두통으로 잠에서 깨어났다. 둘러보자 분명 연못시장 내의 싸구려 여인숙이었다. 좁은 방 안에 세 명의 후배가 뒤엉켜 코를 골고 있었다. 무슨 돈으로 그토록 마셨는지 3차 이후는 도무지 기억도 나지 않았다.

삼겹살과 돼지갈비를 안주로 먹었던 일, 후배 서넛을 주먹다짐으로 교육시킨 일, 외상을 안 주겠다는 술집 주인과 실랑이를 벌인 일, 어느 주택가 골목에 들어가 방뇨한 것까지도 기억나는데 연못시장에 찾아든 것은 필름이 끊어진 이후의 일이었다. 싸웠는지 넘어졌는지 턱과 오른쪽 광대뼈가 쓰라렸다. 무릎도 욱신거렸다. 방구석에 던져져 있는 양복 상의가 눈에 띄었다. 연영과 조교한테서 빌렸다는 바로 그 양복이었다. 옷을 집어드는데 무엇인가 이상했다. 인식은 휘둥그레진 눈으로 이리저리 살펴보았다. 막걸리와 국물이 튀겨 엉망이 되어 있는데 언제 담뱃불에 스쳤는지 불판에 스쳤는지 등판에 자국 하나가 선명하였다.

79학번. 1984년 중앙일보 신춘문예 시 당선, 1989년 경향신문 신춘문예 소설 당선. 시집 『생명에서 물건으로』, 『생애를 낭송하다』, 『예수·폭력』, 『사람 사막』 등이 있고, 평전 『마지막 선비 최익현』, 『최초의 신부 김대건』, 『진정한 자유인 공초 오상순』 등이 있다. 지훈상, 시와시학상, 가톨릭문학상, 편운상, 유심작품상 등을 수상했다.